BUITEN

Van dezelfde auteur:

De blauwe marlijn

JAMES HALL

BUITEN DE WET

the house of books

Oorspronkelijke titel
Off the Chart
Uitgave
St. Martin's Minotaur, New York

Vertaling
P.M.H. Cuijpers
Omslagontwerp
Studio Jan de Boer BNO, Amsterdam
Omslagdia
Mark L. Stephenson/Corbis/TCS
Foto auteur
© Doyle L. Bush
Opmaak binnenwerk
ZetSpiegel, Best

ISBN 90 443 1020 8
D/2004/8899/167
NUR 332

Voor Evelyn,
mijn rots, mijn schat.

Dankbetuiging

Met dank aan Stephen Bell en Garry Kravit, die me op de rechte koers hebben gehouden. Aan Arthur Lane, die de hightech voor me ontraadselde. Aan Richard en Charlie, voor hun nimmer aflatende hulp, helderheid en goede ideeën. Mijn hartelijkste dank aan Vaughn Morrison, een man die werkelijk thuis is in de natuur en wiens kennis van vogels en beesten en het luchtruim erboven een voortdurende bron van inspiratie is.

We zijn slimmer dan we weten.
– *Ralph Waldo Emerson*

Proloog

Glimmend in het maanlicht en het zweet lagen Thorn en Anne Joy naakt in Thorns bed toen ze zich waagde aan het verhaal van haar turbulente jeugd in Kentucky. Haar ouders vermoord. Waanzin en geweld. Piraten, piraten, piraten.

Tot die nacht hadden ze niets van hun verleden met elkaar gedeeld. Tijdens hun affaire waren ze een maand lang opgejaagd door een ademloze koorts. Een onblusbare geilheid. Met blauwe plekken en rauw vlees waar de heupbeenderen op elkaar hadden gebonkt, een telkens oplaaiend vuur wanneer hun huid die van de ander ook maar éven raakte. Uren achtereen wisselden ze amper een woord met elkaar en wanneer ze dat wel deden was het steeds duidelijker geworden dat ze voornamelijk deze hitsige passie met elkaar gemeen hadden.

Maar die nacht vertelde ze hem op een rustig moment het bloedstollende verhaal van haar jeugd, inclusief details waarvan ze beweerde dat ze ze nooit met iemand had gedeeld. Ze zei dat ze niet wist waarom ze hem dit alles bekende, maar ging er onverdroten mee door.

Verbluft door de ongerijmdheid dat deze gesloten vrouw opeens tot in de kleinste details verslag deed van haar leven, lag Thorn stil, aandachtig te luisteren. Op dat moment had hij geen flauw vermoeden dat het verhaal van Annes jeugd een voorbode was van de ellende die Thorns eigen geliefden te wachten stond – de ontvoering van een kind, de moord op vele anderen. Maar hoewel het volkomen onmogelijk was geweest dat hij het had kunnen voorzien en dat hij in haar schilderachtige relaas het onweersgerommel van zijn eigen toekomst had kunnen horen aankomen, nam dat niet weg dat hij zich dit daarna altijd is blijven verwijten.

Het was een ruige namiddag in het oosten van Kentucky. De winterhemel had de broze grijze kleur van oud ijs aangenomen, maar

Annes vader, een crimineel, en haar oudere broer bewogen zich hemdloos in de kou en timmerden het wankele geraamte in elkaar onder de toeziende blik van haar moeder. Zoals Anne het beschreef was de tuin van de familie Joy boomloos en armetierig. Hun woning lag op een helling vanwaar je uitkeek op de grauwe, deprimerende stad Harlan.

Anne stond van achter haar slaapkamerraam het werk van haar familie in de voortuin te bekijken. Ze negeerde al een uur lang het geroep van haar moeder dat ze moest komen helpen. Anne was pas zeven, maar ze wist toen al dat ze met deze flauwekul niets te maken wilde hebben.

Bij het invallen van de schemering was het bouwsel klaar en hadden haar vader en broer er overal slierten kerstlampjes aan opgehangen. Aan de mast fladderde de Jolly Roger-vlag. De doodskop en de beenderen klapperden in de koude bries. Toen haar vader de stekker in het contact stak kwam de gammele constructie in een fel licht tot leven: zes meter hoog, vijftien meter lang, alle contouren van de romp en de bolle zeilen van een piratenschoener gemarkeerd door rode en groene en blauwe lichtjes.

De navolgende acht jaar was die constructie in hun voortuin blijven staan en waren de lichtjes elke koude winternacht op die helling in Kentucky blijven flikkeren, zelfs nog tijdens de eerste zachte nachten van de lente en hun zwoele, met sterren bespikkelde avonden, als decor voor het sjirpen van krekels en het krassen van uilen, en ook nog bij het naderen van de herfst, met onverminderde schittering, wanneer de lucht boven de suikerahornen zich vulde met de zoete geur van rotting en de aankomende koude. Steeds bleven de lichtjes twinkelen en stralen, en het piratenschip zeilde eindeloos voort over de rotsachtige, versteende oceanen van Annes jeugd. En voor iedere geestelijk gezonde bewoner van die regio te zien – een potsierlijk baken, een regenboogkleurig memento van wat-kan-het-mij-verdommen waanzin.

Sedert de dagen van haar eigen jeugd, op de Keys van Florida, was Annes moeder, Antoinette, in de ban geweest van piraten. Die kinderlijke hobby was uitgebloesemd tot een volwaardige obsessie voor de gehele Joy-clan. Zelfs Jack Joy had moeten buigen voor haar gebiedende enthousiasme. Annes vader was een zwartharige, extravagant getatoeëerde ex-marinier, die in een Nash Rambler met benzine-inspuiting reed om voor de gebroeders Woodson diverse illegale drugs over parkeerplaatsen in heel oost Kentucky, Tennessee en West

Virginia te distribueren. Zelfs een ruwe klant als Jack Joy zwichtte voor de obsessie van zijn vrouw en werd een deskundige op het gebied van lieden als Long John Silver, kapitein Kidd en Blackbeard, van wie hij de vermetelheid en hun lak aan de wetten uiteindelijk zelfs met die van hemzelf was gaan vergelijken.

Anne leerde de scheldpartijen op het schoolplein te verdragen, het eeuwige uitlachen, de akelige nachten waarin hele autoladingen jongelui voor het huis parkeerden en floten en joelden en met bierblikjes naar Antoinettes piratenschip gooiden, tot zij of Jack het geweer van zijn haken op de achterkant van de voordeur pakten, naar buiten stapten en een waarschuwingsschot losten over de boeg van die gestrande schoener heen.

Afgezien van die bezoekjes door lokale hooligans was huize Joy vredig. De liefdesrelatie tussen Annes ouders was stralend en aanminnig. Hoewel de stadsbewoners met een grote boog om Jack Joy heen liepen wanneer hij zich in het openbaar vertoonde, heeft Anne nooit ook maar een glimpje agressie bij hem waargenomen wanneer hij binnen zijn eigen vier muren was. Er sprak zelfs een soort jongensachtige onschuld uit de manier waarop hij zijn vrouw aanbad en aan al haar grillen toegaf.

Elke avond na het eten zakte Jack Joy tevreden en verzadigd onderuit, terwijl Antoinette het gezin voorlas uit het boek dat die dag op het programma stond om voor amusement te zorgen. Radio en televisie waren uit huize Joy verbannen en de enige boeken die waren toegestaan waren degene die hen door de tijd terug voerden naar de eeuwen van de beroemde piraten.

'Er zijn ook andere boeken,' had Anne op een avond gezegd. 'Over andere soorten mensen.'

'Maar geen van die mensen kan zich meten met de boekaniers.'

'Hoe kunnen wij dat nu weten, mama?' had Anne gevraagd.

'Piraten zijn gewoon onvergelijkbaar. Ze maakten hun eigen regels, schuimden naar believen de zee af, overleefden alles door hun slimheid. Zelfs beroemde outlaws als Jesse James zaten vast in een netwerk van rechte en smalle straten en snelwegen. Ze reden in auto's, droegen gewone kleren. Maar piraten waren ongetemd, ze konden zwerven waar ze wilden. Ze bewogen zich voort op de wind, net als arenden en grote haviken. Hoog aan de hemel.'

'En ze hadden te gave ooglappen,' had Vic gezegd. 'En haken in plaats van handen.'

'We zijn helemáál niet vrij,' had Anne gezegd. 'Kijk maar eens om je heen. Dit is geen vrijheid.'

'De piraterij zit in ons bloed, Anne. Jij zou even trots op dat erfgoed moeten zijn als wij allemaal. Vroeg of laat zul je het moeten accepteren.'

'Zelfs als je vader drank heeft gesmokkeld,' had Anne tegen haar moeder gezegd, 'maakte dat hem een smokkelaar, maar geen piraat.'

'Daar zit weinig verschil in,' had haar vader beweerd. 'Een zeevarende outlaw.'

'Een boef in een boot,' had Vic gezegd.

'Waar het om gaat, liefje,' had Antoinette gezegd, 'is dat we geen gewone mensen zijn. Door ons bloed onderscheiden we ons van de rest.'

'Ik wil niet speciaal zijn,' had Anne gezegd. 'Ik wil zijn zoals iedereen is.'

'Te laat,' had Vic geroepen. 'Je bent door en door een rare.'

Op zaterdagen reden ze soms met hun vieren een halve dag om ergens een matineevoorstelling van *Captain Blood* of *Morgan the Pirate* te bezoeken, waarna Antoinette zich tijdens de rit naar huis altijd verkneukelde over de tientallen grove fouten die Hollywood ten opzichte van de werkelijkheid had gemaakt. En daarna overhoorde ze Vic en Anne, die de blunders luidkeels moesten herhalen.

Echte piraten voeren nooit op galjoenen. Met die lompe oorlogsschepen had je een uur nodig om van koers te veranderen. Ze gebruikten snelle en wendbare schoeners, zoals het model in de voortuin, of anders sloepen of kleine fregatten, en ook wel eens brigantijnen of driemasters met vierkante zeilen. En geen enkele piraat onder Gods blauwe hemel zou ooit vertrouwen hebben gesteld in een nichterig degentje als dat waarmee Errol Flynn om zich heen zwiepte. Echte boekaniers hadden zware sabels in de hand, waarmee je een man in één mep half doormidden kon klieven.

'Gatver!' zei Jack Joy wel eens op zulke momenten. 'Om de kriebels te krijgen!' En dan gaf hij vol gas, waardoor die race-Rambler van hem met gierende banden naar voren spoot en Anne en Vic duizelig tegen hun rugleuning werden geperst.

Als ongeschoolde was Jack Joy nog onnozeler gemaakt door zijn liefde, overweldigd door wat hij zag als de verfijnde smaak en superieure educatie van zijn echtgenote. In haar nabijheid speelde hij een hoffelijke rol, deels een zuidelijke gentleman, deels een filmidool. Antoinette van haar kant verzekerde iedereen die het wilde horen dat haar Jack wel twee Errol Flynns of Tyrone Powers waard was. Tijdens bijna twee decennia huwelijk bleven zij en Jack bedwelmd door die fantasie.

Maar Anne Joy was geboren met de ogen van een scepticus. Zodra het zonlicht haar kamer binnenviel begon ze elke nieuwe dag met een blik tot achter het gammele lattenstaketsel dat het piratenschip moest voorstellen. En dan zag ze gekloofde hellingen en grijze nevel, en dan rook ze de zurige stank van een ondergrondse brand die deze mijnstad al van voor haar geboorte teisterde. En dan moest ze denken aan haar eigen droom – een zo volledige ontsnapping uit deze omgeving, dat ze daarna nooit meer één herinnering aan dit Harlan tot haar gedachten zou hoeven toe te laten.

In dit opzicht was Vic haar tegenpool. Hij was een gezworen volgeling van zijn moeder, hij was haar eerste stuurman op haar bezopen reis. Zijn lievelingsklus was het opsporen van de doorgebrande lampen in de kerstverlichting in hun tuin, die de schoener soms in het duister zetten. Dan zat hij plichtsgetrouw hele middagen de ene lamp na de andere los te draaien tot hij de boosdoeners had opgespoord.

Anne kon niet uitmaken of haar moeder waanzinnig was, dan wel alleen maar fanatiek bezig om zich van de neus-optrekkende lokale medeburgers te onderscheiden. Het aanbrengen van zulke nuances was toen en daar trouwens weinig gangbaar, en het was ook niet aan een kind om haar ouders aan een diagnose te onderwerpen. Het was aan een kind om haar ouders te verdúren, meer niet. Hoewel ze in menig opzicht werd vernederd wegens de obsessie van haar moeder, had deze het positieve neveneffect dat Anne op een binnenwaartse reis werd gestuurd naar een veiliger plek, waar ze vaste grond onder de voeten had. Daardoor bereikte ze een niveau van introspectie dat ze in een minder bizar huishouden niet zou hebben verworven.

In die stad van mijnwerkers waren drugs en religie de enige vluchtwegen uit de dagelijkse routine, en de broers Woodson werden van jaar tot jaar vetter, en steeds kiener op de winsten uit hun pillenfabriekjes en handel in marihuana. Na verloop van tijd waren zowat alle leden van de clan Woodson, die op het omringende platteland woonden, berucht om de opzichtige pick-ups waarin ze rondreden en hun openbare dronkenschap wanneer ze over de straat waggelden.

Van tijd tot tijd verschenen grote Al Woodson en zijn kleine broer

Sherman onaangekondigd in de woonkamer van de Joys. Met brede whiskeygrijnzen klopten ze dan hun hoeden af tegen hun broekspijpen, schuifelden naar binnen en knikten naar Antoinette, van wie ze de naam onnodig vaak hardop herhaalden, als om de exotische klank ervan te proeven.

Het was precies op zo'n avond, vroeg in april, dat de heren Woodson hun laatste bezoek aflegden en er voorgoed een eind kwam aan de jeugd van Anne Joy. Vic was zeventien. Hij had pezige spieren en droeg zijn zwarte haren achterovergekamd op Elvis-manier. Anne, die twee jaar jonger was, was toen al opgezadeld met de weelderige rondingen van heupen en borsten die de rest van haar leven mannen haar kant op zouden lokken.

Het was nog niet helemaal zomer. Er brandde wat knapperig groen pijnhout in de haard om de kilte te verjagen, en het gezin had zich op de gebruikelijke manier in de krappe woonkamer verzameld. Anne zat op het liefdesbankje van versleten corduroy, terwijl haar vader languit op het blauw-en-rode lappenkleed in het midden van de kamer lag. In een hoek zat Antoinette te kliederen op het doek dat ze op een geïmproviseerde ezel had gezet. Het was een hobby van vroeger, die ze onlangs had hernomen, nadat Vic haar een keertje te vaak had doorgezaagd over haar kinderjaren op de wetteloze Keys.

'Heb ik geen foto's van,' had ze gezegd. 'Maar ik kan proberen het te schilderen.'

En na twee weken zwoegen waren er op het doek een strook strand en twee kromme palmen verschenen, en op het zand van het strand was iets te zien dat op een gekantelde schatkist leek, waarvan de kostbare inhoud deels naar buiten was gevallen. Tijdens een van de laatste eenzame middagen van haar noeste arbeid had Antoinette zich laten ontvallen dat juist op dat stukje strand de hofmakerij door hun vader een eerste extatisch hoogtepunt had bereikt. Misschien, zo vertrouwde ze haar kinderen fluisterend toe, was Vic zelfs toen en dáár verwekt.

Zo lang Anne zich kon herinneren hadden haar ouders gesproken over een terugkeer naar het verre land waar ze elkaar hadden ontmoet en op elkaar verliefd waren geworden. Op een goede dag, en nu duurde het niet lang meer, zo luidde het verhaal, als hun spaargeld voldoende was aangegroeid, zouden de Joys deze verdomde heuvels verlaten en beginnen aan de lange pelgrimstocht terug naar het paradijs, om daar hun rechtmatige plekje op te eisen in dat milde land van zon en water en een weelde aan vissen. En dan zouden ze deze bittere kilte voor eeuwig van hun botten schudden.

'Dat zal nooit gebeuren,' zei Anne op een van die stille middagen.

'Wat niet?' vroeg haar moeder, die zat te schilderen.

'We gaan nooit terug naar Florida. Dat is alleen maar een sprookje.'

Antoinette legde haar penseel neer en draaide haar hoofd naar haar dochter.

'Natúúrlijk gaan we. Zodra het ei in het nest groot genoeg is.'

'We zouden nú kunnen gaan,' zei Anne. 'Er is niets dat ons hier houdt. Je zou kunnen werken. We kunnen allemaal werken.'

'En wat zou jij me dan laten doen, Anne Bonny?'

'Je kunt serveerster worden,' zei ze. 'Ik babysitter. Vic kan een krantenwijk nemen. Papa zou van alles kunnen doen – een vrachtwagen besturen, dingen bezorgen. Of hij kan postbode worden. Ze hebben daar toch zeker postbodes?'

'Serveerster?' Haar moeder lachte en wijdde zich weer aan haar schilderij. 'Here, here, je zult mij nooit betrappen op het rondbrengen van eten naar dikke idioten. Nee, dame. Ik blijf liever in dit heuvelland zitten dan dat ik daar in Florida de serveerster moet uithangen. En je papa is een veel te verheven persoon om rekeningen en catalogussen bij mensen thuis te moeten bezorgen. Als ik naar huis ga, dan in stijl.'

'Je bedoelt dat je bang bent,' zei Anne. 'Je laat ons liever ons hele leven steenkoolstof inademen. Het is allemaal een leugen. Alles. De hele verdomde boel is één grote leugen.'

Haar moeder penseelde iets op het doek en verviel in een van haar dodelijke stiltes.

Op die laatste avond lag Anne op het liefdesbankje te luisteren naar Vics poging om de archaïsche taal voor te lezen van een piratenboekje dat hij uit de schoolbibliotheek had opgevist. Het was toen dat zij het zware gebrom hoorde van Al Woodsons terreinwagen, die over hun onverharde oprit kwam aanrijden. Haar broer hield midden in een scène op met lezen en sloot het boekje om zijn vinger. Zoals zijn gewoonte was, reed Al met zijn auto tot vlak naast de voordeur, waarna hij nog even drie keer vol gas gaf alvorens de motor uit te zetten.

Annes moeder legde haar penseel weg en keek naar Jack.

'Zeg de man dat het te laat is voor bezoek. De kinderen moeten naar school.'

'Hij komt niet als het niet belangrijk is. Het duurt maar even.'

De woorden waren neutraal genoeg, maar Anne zag dat alle stoerheid uit haar vaders gezicht was weggetrokken. Haar moeder zag het ook. Ze ging staan. Haar tot vuisten gebalde handen hingen naast haar heupen naar beneden.

'Je hebt toch niets gedaan dat niet deugt, Jack? Zeg het me.'

Haar vader aarzelde een moment, haalde toen zijn schouders op – een bevestiging. Hij wuifde naar het doek op de ezel.

'Alleen om ons wat sneller daar te krijgen. Een handvol, nu en dan. Niets ernstigs.'

'O nee, Jack!'

'Een risico dat het nemen waard was,' zei haar vader. 'En het is trouwens onmogelijk dat die knakkers het ontdekt hebben.'

'Ga niet naar buiten, Jack. Steek alleen je hoofd om de hoek van de deur en stuur ze naar huis. Zeg dat we de kinderen naar bed doen, dat we met het avondgebed bezig zijn. Regel het overdag, als er iets te regelen is. Geef ons tijd om na te denken. Of probeer anders te vluchten.'

'Goed,' zei haar vader, maar dat woord was even leeg als zijn blik.

Hij opende de deur, stak zijn hoofd naar buiten en duwde de deur toen langzaam verder open. Hij stapte op de veranda. Het duurde maar een paar seconden tot de stemmen een foute klank kregen, en ze hoog en hees werden, en oplaaiden in vloeken, gevolgd door een onnatuurlijke stilte. En toen hoorde Anne het vochtige geluid van een vuist die huid trof en het geschraap van zware laarzen op de planken van hun veranda. De vloer van de woonkamer trilde mee. Al Woodson gromde een commando naar zijn kleine broer.

Roerloos staarde Antoinette vanuit het midden van de kamer naar de gordijnen. Vlak achter dat venster kreunde Jack als een man die meer tilde dan hij kon dragen, en toen beefde het hele huis.

Antoinette schoot door de kamer, rukte het geweer van zijn haken en rende met de loop naar voren de deur uit. Een seconde later kreeg het geweerschot twee snelle revolverschoten tot antwoord, waarna het venster aan de voorzijde explodeerde. Jack Joy stortte achterover de kamer binnen, rukte de roodgeruite gordijnen met zich mee en bleef toen als een hoopje verwrongen onderdelen bewegingloos liggen in een plas bloed.

Buiten knalde het geweer nogmaals. Vic stapte naar buiten, met Anne pal achter hem.

In de rokerige avondlucht zag Anne hoe Al Woodson achteruit tegen de verlichte schoener aan werd geblazen, waarbij zijn armen en benen verward raakten in de slierten lampen. De lampen bleven flikkeren, maar de grote man verroerde zich niet meer. Vlak voor Annes voeten lag haar moeder op de grond. Ze had een voltreffer in haar ongerimpelde voorhoofd gekregen en lag met haar armen wijd uit elkaar tegen de veranda aan, alsof ze wachtte tot haar lieve man zich nog een laatste keer op haar zou werpen. Met haar waanzinnige ogen nog open – spiegeltjes voor de groene lichten en de blauwe en de rode, het eeuwige knipperen van die schoener.

Verderop in de voortuin zat Sherman Woodson met zijn handen omhoog. Vic hield het geweer vast dat zijn moeder had laten vallen. In zijn rechterhand had Woodson zijn verchroomde pistool nog, maar zijn armen maakten trillende bewegingen in de lucht.

'Je pa zat fout, jongen. Hij heeft zijn verdomde fikken in de suikerpot gestoken. We *moesten* hem wel een bezoekje brengen. Maar niemand wilde natuurlijk...'

Vic vuurde op de man en schopte hem toen tot hij languit op zijn rug uitgespreid naast zijn broer lag, vlak onder dat rasterwerk van kleurige lichtjes dat boven het donkere dal bleef twinkelen.

Anne hurkte neer en betastte met haar vingertoppen de keel van haar moeder. Ze voelde de koude stilte van vrouwenvlees en veegde toen de bebloede haren van haar moeders voorhoofd en drukte haar oogleden dicht. Anne knipperde haar brandende tranen weg en richtte zich tot haar broer.

'En wat nu? Er zijn wel honderd Woodsons binnen gehoorsafstand.'

Vic liet het geweer op de grond vallen, liep het huis in en kwam terug met een meelzak onder zijn ene arm en Antoinettes schilderij onder de andere.

'Wat is dat?'

'Het ei in ons nest,' antwoordde Vic.

Vic liep over de kale voortuin naar de Rambler, legde de zak en het schilderij op de achterbank, kroop achter het stuur en draaide het wat hoger.

Vervuld van een dromerige verdoving die als een nimmer eindigende trance bezit zou nemen van haar hoofd liep ook Anne naar de auto en nam plaats op de passagiersstoel, waarna het tweetal stil door de heuvels wegreed, met gedoofde lichten, en al even stil door de donkere stad naar de snelweg in zuidelijke richting tuftten. De eerste uren daarna zagen ze het licht van heldere koplampen in de achteruitkijkspiegels, maar die raakten langzaam steeds verder achterop, want Vic bleef voortdurend plankgas rijden en scheurde gierend door de donkere nacht.

Nadat ze de Woodsons ten slotte van zich af hadden geschud reden ze op hoge snelheid door Tennessee en Georgia, waarna ze uitkwamen in de naadloze grijze monotonie van noordelijk Florida. Ze bleven doorrijden zonder te rusten of te eten tot de hemel weer blauw werd en de winter van de ene dag op de andere in de zomer veranderde, en de vogels lange poten hadden en wit waren, en Amerika ten slotte steeds smaller en dunner werd, tot er alleen nog een rij rotsachtige eilanden over was, de Keys, waar de weg smal en laag liep en zich een geul door de blauwe zee leek te banen, alsof Mozes zelf daar nog pas seconden geleden was voorbijgekomen om voor te gaan op de weg naar het beloofde land.

Naast haar in het donker gelegen luisterde Thorn hoe Anne Joy's onstuitbare biecht tot een besluit kwam. En toen ze was uitgepraat bleef hij nog een poosje zwijgend liggen, onthutst door haar verhaal, zoekend naar iets dat hij zou kunnen zeggen. Maar voordat hij de woorden kon vinden, gleed Anne het bed uit, kleedde zich snel aan en verliet zijn huis zonder zelfs maar gedag te zeggen. Thorn rende over de trappen achter haar aan, maar ze was eerder dan hij bij haar auto en reed weg in een sproeiregen van opspattende kiezels.

Ze keerde nooit terug in Thorns huis, maar ze glimlachte hem stralend toe toen hij naar haar flat kwam om met haar te praten. Ze gaf echter geen antwoord op zijn vragen en vroeg hem ten slotte om weg te gaan.

Na verloop van tijd kwam Thorn tot het geloof dat de band die Anne en hij in die maand van niet te stelpen wellust hadden opgebouwd simpelweg te fragiel was geweest om de abrupte, onhanteerbare last van haar verleden te dragen. Misschien zou het later beter zijn gelukt – als het bouwsel sterker en ook hun onderlinge vertrouwen steviger zou zijn geworden. God wist dat Thorns eigen verhaal niet voor het hare hoefde onder te doen in dood tegen dood en in schaamte tegen schaamte. Maar het was te vroeg in de cyclus geweest voor een zó zware dosis waarheid, en hun broze onderlinge band was na dat ene bekentenismoment tot poeder verkruimeld.

Wanneer Thorn later terugdacht aan die nacht waren de zaden van het toekomende in Annes verhaal volkomen evident geworden, en de waarschuwingen godallemachtig duidelijk. Had hij de profetische hints toen maar kunnen snappen, dan zou hij nog diezelfde nacht uit zijn bed zijn geklommen om zijn pistool te laden en een paar kilometer over de Overseas Highway te rijden om ginds één specifieke man te doden. Het zou een daad zijn geweest die velen van de dood zou hebben gered en die een jong meisje voor een vreselijke schade zou hebben behoed – dat onschuldige, intelligente kind, dat voor Thorn bijna zo close was als een echte dochter.

Een

Op die warme zondagmiddag toen Thorn terugkwam van de plee werden juist de drankjes geserveerd. Hij en Alexandra Collins zaten aan een tafel voor zes op het buitenterras van de Lorelei op Islamorada. Het transparante februarilicht had de ruime baai veranderd in een laag stralend blauw mica. Verderop bij de reling stonden Lawton en Sugarman en zijn tweelingmeisjes naar de lokale school tarponvissen te kijken die daar tussen het paalwerk rondzwom.

'Hallo, vreemdeling,' zei de serveerster toen ze de glazen bier bracht en de cola's op de lege plekken op de tafel zette.

Thorn moest een seconde zoeken naar haar naam.

'Hé, Anne. Hoe gaat het?'

'Gewoon weer een dag in het paradijs,' zei ze. 'En met jou?'

'Goed, goed.'

Ze boog zich naar voren en drukte haar lippen op de zijne. Toen Thorn die vertrouwde geur van haar shampoo inademde – limoen en een of ander kruid – kreeg hij een cascade van herinneringen, een werveling van nachten samen en verstrengelde lichamen en lakens die op de grond waren gevallen. Plus dat laatste verhaal, dat hun band voor altijd had verbroken.

Er was meer dan een jaar verlopen sinds Thorn Anne Joy voor het laatst had gezien. Ze was vooraan in de dertig, maar droeg haar kastanjebruine haar nog steeds zeer kort. In haar donkere ogen gloeide nog hetzelfde elektrische schijnsel. Dunne lippen, met zachte jukbeenderen en een gladde, koperachtige huid, en de koele, afstandelijke glimlach van een mannequin. Maar haar lichaam was veel te weelderig gevormd voor dat beroep, en hoe wijd en onflatteus de kleren ook waren die Anne nu droeg, dát feit konden ze niet verhullen.

Ze deed een stap van de tafel vandaan en klemde haar dienblad tegen haar borsten.

Alexandra keek met een nieuwsgierig opgetrokken wenkbrauw naar Anne op.

'Ik denk dat we even wachten met bestellen,' zei Thorn. 'De kinderen zijn de vissen aan het voeren.'

'Zeker, oké,' zei ze. 'Ik kom zo wel terug.'

Ze wierp een tweede blik op Alexandra, waarna ze Thorn een snelle, goedkeurende glimlach gaf, en repte zich naar de andere tafels.

'Het spijt me,' zei Thorn. 'Ik had jullie aan elkaar moeten voorstellen.'

'Dus dit is er weer eentje?' vroeg Alex.

'Wat voor eentje?'

'Kom, kom, Thorn. Geef je al je serveersters een kus? En zeg niet weer dat het een oude schoolvriendin is. Daar is ze tien jaar te jong voor.'

Alex schudde haar hoofd. Haar glimlachje was wat schraal geworden.

'Tja, het is een klein stadje,' zei hij. 'Met een beperkte voorraad aan ongetrouwde vrouwen.'

Alexandra proefde haar Heineken. Ze zag de meisjes van Sugarman brood in het water werpen. De Lorelei zat bomvol, toeristen stonden in de rij om een plaats te krijgen.

'Was het serieus?'

'Een maand misschien. Nee, niet serieus.'

'Een maand is naar mijn maatstaven best wel opmerkelijk.' Alex keek hem recht in zijn ogen. Ze hield haar hoofd schuin, alsof ze naar een spoortje van bedrog zocht.

'Het klikte niet,' zei hij. 'Anne is nogal gesloten, een binnenvetter.'

'Niet ontspannen en sociaal, zoals jij.'

Ze schudde haar hoofd en keek naar het nevelige blauw van de baai, waar een ondiepe boot langs scheerde die een witte pluim van schuim achter zich aan trok.

'Kom, kom, je kunt toch niet jaloers zijn? Je weet wat ik voor je voel.'

'Het verbáást me alleen,' zei ze. 'Overal waar we komen vinden we er weer een.'

'Ik woon hier al mijn hele leven,' zei Thorn.

'Ja, en het is een klein stadje. Maar toch.'

'Hoor eens, ik ben geen versierder,' zei Thorn.

'Hoe zou je het dán willen noemen?'

Thorn was zo verstandig om daar niet op in te gaan. Hij schonk de rest van zijn Red Stripe in zijn stenen kroes en liet het schuim precies tot aan de rand omhoogkomen, zonder dat er een druppeltje werd gemorst – een van zijn knappe, totaal nutteloze motorische vaardigheden. Toen hij weer opkeek zat Alexandra naar hem te glimlachen, maar in haar ogen zag hij nog steeds iets strengs.

'Ooit gehoord van Vic Joy?' vroeg hij haar.

'De naam klinkt bekend.'

'Bezit zowat de helft van de noordelijkste Keys,' zei Thorn. 'Geen vriendje van de wetshandhavers. Heeft die casinoboot achter de Holiday Inn, plus een stuk of tien jachthavens en bijbehorende resorts vanaf Islamorada tot Key Largo. Kijkt niet zo nauw of iets wettig of onwettig is. Een heel advocatenkantoor is fulltime voor hem in de weer om hem uit het gevang te houden. In de afgelopen vijftien, twintig jaar zijn er minstens een half dozijn moorden geweest waarin Vic Joy's naam op de achtergrond meespeelde. Maar dan veranderden getuigen hun verhaal of weigerden mee te werken of waren opeens met de noorderzon verdwenen. Zo'n vent. Anne vertelt nooit iemand dat ze Vics zuster is, maar de mensen weten het.'

'Broertje is een topgangster, zusje nog steeds een serveerster?'

'Er is een zekere wrijving tussen die twee. En Vic laat haar in het oog houden. Controleert haar vriendjes, laat ze weten dat ze zich netjes moeten gedragen. De eerste week dat wij elkaar kenden kwam hij bij me langs en stelde me een massa vragen. Keek nieuwsgierig om zich heen. Begon me voor te schrijven wat ik wel en niet mocht doen.'

'Ik wed dat je heel beleefd hebt geluisterd.'

'Ja, tot ik hem bij zijn hemd pakte, naar zijn auto sleurde en hem naar binnen gooide.'

'Dat meen je niet.'

'Ik verloor mijn geduld,' zei hij. 'Dat deze boef mij een lesje in fatsoen probeerde te geven!'

'Maar je was bereid de wraak van deze gangster te trotseren en bleef met zijn zuster omgaan.'

'Kom, kom, Alex. Vergeet het nu maar.'

'Je hebt een lang en kwalijk verleden, Thorn. Het verbaast me continu.'

'Het punt is,' zei hij, 'dat Anne en ik niet harmonieerden. Maar jij en ik wel.'

'Is dat hoe je het noemt? Dat wij harmoniëren?'

'Het lijkt me een accurate omschrijving. Ja, daar houd ik het bij.'

Hij probeerde zich uit de netelige situatie weg te glimlachen, maar Alex werkte nog niet mee.

Lawton kwam schuifelend terug naar de tafel en ging zitten. Alex streek Thorn discreet over zijn schouder. Oké, verhoor voorbij, alles vergeven. Zoiets.

Lawton nam een slokje van zijn cola en ze keken alle drie naar Sugarman en zijn twee dochters. Hij was Thorns oudste en beste vriend. Sugarman had Thorn geholpen tijdens een paar verblindende tornado's van ellende en hij had diverse keren zijn leven voor hem gewaagd toen alle anderen hem in de steek hadden gelaten. Tien jaar geleden was Sugarman een hulpsheriff geweest, nu sappelde hij vrijwillig als een privé-detective.

Dit was het weekend met zijn maandelijkse bezoek van de tweeling. Een lunch, een tochtje met de boot, avondeten bij Thorn thuis. En daarna reed Sugar de meisjes het hele eind terug naar Fort Lauderdale, waar Jeannie, zijn ex-vrouw, woonde. De meisjes waren acht. In mei zouden ze negen worden.

Oom Thorn, noemden ze hem.

Waarschijnlijk zou hij nooit verder komen dan deze meisjes, qua het hebben van kinderen. Biologisch mankeerde hem niets, nam hij aan, maar hij was te verdomd vastgeroest voor kinderen, te verknocht aan zijn gewoonten, zijn privacy. Maar hij hield van Sugarmans kinderen en hun wilde spelletjes en het plezier dat ze ontleenden aan de kleinste ontdekkingen – bijvoorbeeld het bekijken van een hibiscusbloem onder een vergrootglas, terwijl hun vader de onderdelen daarvan opnoemde en uitlegde waarvoor ze dienden, precies zoals hij het in de biologielessen op school had geleerd. Thorn had geen probleem met de nukken of de huilbuien van de meisjes, want die kwamen en gingen als onweersbuitjes en werden zo snel gevolgd door zonneschijn dat het leek alsof het nooit had geregend.

Een tweeling, maar heel verschillend. Jackie was verslaafd aan televisie en zat de rest van de tijd gevangen in de oortelefoon van haar draagbare cd-speler. Voor haar zestiende verjaardag had ze een BMW met een open dak op het oog. Janey werd gefascineerd door vogels, insecten, kikkers en slangen. En had een verbazingwekkend geheugen voor namen van dingen. Je hoefde haar zoiets maar één keer te zeggen. Janey was voortdurend bezig haar vaders kennis van de natuur te testen. Ze dwong Sugarman zijn bibliotheek uit te breiden en stapels natuurgidsen in te slaan, waar ze zich dan samen urenlang over bogen. Janey was een stil kind en ze volgde Thorn met haar blik alsof ze bijna verliefd op hem was. Ze zag hem graag zijn vliegen voor het vissen op bonefish binden, dat trage, ingewikkelde ritueel van het rangschikken en strikken van felgekleurde veertjes en bontpluisjes met Mylar-draad. De vorige maand had ze zelf een vlieg gebonden en toen ze de losse draadeindjes had afgeknipt had ze haar verfomfaaide product in de hoogte gestoken en gezegd: 'Laten we nu een stommeling gaan vangen!'

Ook Alexandra en Lawton waren dol op de meisjes. Wanneer zij op bezoek waren zag Thorn hoe Alex smolt – wanneer ze zich bukte om hun veter te strikken of een gekneusde knie te strelen. Het was een natuurlijke reactie voor vrouwen van die leeftijd. Lawton mopperde over hun rumoerige en wilde gedoe, maar wanneer ze vertrokken waren werd hij stil en in zichzelf gekeerd. Het was duidelijk dat hij hun afwezigheid pijnlijker voelde dan hij wilde toegeven.

Thorn mocht dan te oud zijn om zelf kinderen te nemen, maar voor déze was hij niet te oud.

Lawton nam nog een flinke slok van zijn cola en zette zijn glas terug op de tafel. Hij depte zijn mond met een papieren servetje.

'Jullie twee zouden ook even naar de tarpons moeten gaan kijken. Ze zijn kolossaal.'

'We hebben al gekeken, pa, toen we kwamen.'

'O ja?'

'Ja. Een paar minuten geleden. Voordat we hier gingen zitten. Je was bij ons.'

Lawton stak zijn handen omhoog en streek met zijn vingers door zijn witte haar, waarna hij zijn handen plat op de tafel legde en er hard tegen duwde – alsof hij zoiets als een levitatie beoogde.

'Aha,' zei hij. 'Dat verklaart waarom ik het niet meer weet. Waarom zou ik geheugencapaciteit verspillen aan iets van een minuut geleden? Dat zal waarschijnlijk tóch nooit van betekenis worden. Alle belangrijke dingen zijn lang geleden gebeurd.'

'Dat weet ik niet zo precies,' zei Alex, nadat ze Thorn even had aangekeken. 'Ik geloof dat er zich ook nú nog wel belangrijke dingen kunnen afspelen.'

Ze nam een slok van haar bier en klopte haar vader op zijn hand.

'Hé, hebben jullie de tarpons al gezien?' vroeg Lawton opgewekt.

‘Ginds bij het paalwerk. Ze zijn echt reusachtig. Die moet je even gaan bekijken!’

Lawton was bijna vijfenzeventig en hij had last van een afnemend geheugen en een toenemende verwarring over allerlei grote en kleine dingen. Tot nu toe had geen dokter deze conditie een concrete naam gegeven, maar het was duidelijk dat Lawton op de steile eenrichtingshelling van de dementie was terechtgekomen. Er waren de laatste tijd momenten geweest waarop de oude man de hele wereld nog maar door een gaatje ter grootte van een speldenprik leek waar te nemen. Dan kon hij een vol uur zwijgend naar een grasspriet zitten staren, of een druppelende kraan, of de haartjes op de rug van zijn hand.

De afgelopen maanden was hij geobsedeerd geweest door een terugkeer naar het huis van zijn jeugd in Ohio. Dan kon hij op elk uur van de dag of de nacht zijn koffer inpakken en naar de snelweg lopen om daar de bus te nemen. Twee keer hadden Thorn en Alex bij het wakker worden ’s nachts moeten vaststellen dat hij niet op zijn veldbed lag. Beide keren hadden ze hem aangetroffen bij de bushalte, anderhalve kilometer van Thorns huis vandaan, met zijn koffer op zijn knieën – klaar voor de terugreis naar Columbus.

Toen Thorn hem vroeg waarom hij het paradijs van de Keys wilde verruilen voor Columbus in Ohio had Lawton daar even over nagedacht, en vervolgens geantwoord dat hij naar huis wilde om de tijdcapsule op te graven die hij en zijn broertje Charlie daar vijfenzestig jaar geleden hadden begraven. Een tijdcapsule? Alexandra wilde weten wat er zo belangrijk was aan een tijdcapsule. ‘Mijn verleden,’ had hij gezegd. ‘We hebben hem begraven in de grond achter het witte houten huis op nummer 215 van Oak Street.’ Maar wat bevátte die capsule dan, dat Lawton het nodig vond midden in de nacht te vertrekken om het ding te halen. ‘Wat er in zit?’ had hij gevraagd. ‘Hoe kan ik verdomme nog weten wat ik er vijfenzestig jaar geleden in heb gestopt? Daarom moet ik die verdomde capsule nu juist ópgraven.’ Hij had zijn dochter recht in de ogen gekeken en gezegd: ‘Zo kan ik misschien ontdekken wie ik verdomme ooit ben gewéést!’

Nu sprak Alexandra hem elke avond voordat ze hem in bed stopte streng toe. Als Lawton nog een keer zou proberen ’s nachts weg te lopen, zouden ze voortaan de deur vergrendelen. Lawton hoorde het verhaal steeds met een ernstig gezicht aan, maar hoewel hij niet meer de benen had genomen, had Thorn noch Alexandra sindsdien nog rustig geslapen.

Overdag paste Thorn op de oude man, terwijl Alexandra als fotograaf werkte voor dezelfde politie van Miami waarbij haar vader vroeger in dienst was geweest als rechercheur. De laatste maanden had ze de bijna honderd kilometer van Key Largo naar de gevaarlijke straten van Miami en 's avonds weer terug dagelijks afgelegd. Ze beweerde dat ze dit forenzen rustgevend vond.

Ze hadden elkaar een aantal maanden geleden leren kennen toen Lawton opeens bij Thorn op de stoep had gestaan. De voormalige rechercheur was op een zelfbepaalde missie gegaan om een moordenaar na te zetten. Thorn was slechts een station op die route geweest. Uren nadat Lawton was verdwenen had Alexandra zich vertoond. Zij was op zoek naar haar vader. Aanvankelijk had het tussen hen beiden gebotst, maar de vonken van zijn steen op haar staal hadden ten slotte het van binnen smeulende vuur doen oplaaien. En dat was steeds heter geworden.

Terwijl Alex met haar servetje een colavlek van haar vaders broek depte dwaalde Thorns blik af naar Anne Joy, die aan een nabij tafeltje bediende. Hij was de vrouw bijna vergeten. Het was een zeer intensieve relatie geweest, maar de maanden daarna waren voorbijgegaan en Anne was vervlogen in rook en bijna volledig uit zijn geheugen weggewaaid.

'Thorn?' Alex gaf hem een tikje op zijn schouder. Hij draaide zijn hoofd naar haar toe, maar ze had het object van zijn aandacht al gelokaliseerd. Haar glimlach was vals.

'Ja?'

'Pa en ik gaan nog even naar de tamme tarpons kijken. Kom je mee of blijf je hier zitten gapen?'

'Ze zijn enorm groot, die vissen,' zei Lawton. 'Had ik mijn hengel maar bij me!'

Thorn ging staan en nam Alexandra's hand in de zijne. Ze beantwoordde zijn kneepje met een lichte tegendruk. Toen liepen ze over het terras naar de leuning naast het water en voegden zich bij Sugarman en zijn dochters.

Zoals iedereen die op die zonnige zondagmiddag op het terras van de Lorelei zat, zag ook Anne Bonny Joy de slanke zwarte Donzi naar de aanlegsteiger van het restaurant drijven – gewoon weer een rijke patser uit Miami die op de Keys kwam lunchen. Ze zou het geval geen tweede blik hebben gegund, maar haar oog viel op de naam die met gouden letters op de boeg van de grote ronkende speedboot was getekend: *The Black Swan*. Dat was toevallig de naam van de piratenfilm die haar moeder altijd de allermooiste had gevonden.

De kapitein van de boot en twee topzware blondines van amper twintig namen plaats aan een van Annes tafeltjes, en terwijl de meisjes de kaart bestudeerden hield de man zijn hoofd schuin en genoot met zijn ogen dicht van de zon. Anne Bonny kwam naar hen toe, zette glazen water klaar en wachtte toen naast de tafel tot de man zijn hoofd met een ruk naar voren boog en zijn donkerblauwe ogen onthulde. Zijn wimpers waren langer en dikker dan de hare.

'Wilt u bestellen?' vroeg ze.

Zij stond daar in haar Lorelei-uniform: een groene short en een wijd wit T-shirt. De meisjes droegen bikinitopjes en strakke broekjes, de vent had een bloot, karamelkleurig bovenlijf. Zijn donkere haar was lang en hing los, zoals bij tieneridolen van veertig jaar geleden. Het was een man die er knapper uitzag dan goed voor hem was – of voor wie dan ook.

'Hoe gaat dat gewoonlijk?' vroeg hij, loom grijnzend. 'Behoor je niet eigenlijk te zeggen: hallo, ik ben Mandy, ik zal jullie helpen?'

De meisjes waren allebei platinablond. Ze konden een tweeling zijn. Anne keek hun kant op toen ze giechelden om het grapje van de man, maar richtte haar blik toen weer op hem.

'Wilt u bestellen?'

'Wat is hier goed?' vroeg een van de meisjes. 'Laten we iets bestellen wat hier goed is.'

'Een cheeseburger,' zei het andere meisje. 'Jullie hebben toch wel cheeseburgers?'

'Het is een visrestaurant, Angie,' zei haar dubbelgangster. 'Je moet iets met vis bestellen.'

'Ik houd niet van vis. Het ruikt niet lekker.'

'Hoe heet je?' De man was midden dertig, ongeveer van Annes leeftijd. De stoppeltjes van zijn lichte zwarte baard – hij had die ochtend niet de moeite genomen om zich te scheren – glinsterden in het felle zonlicht.

'Het staat op haar hemd, dat naamplaatje,' zei een van de meisjes. 'Anne Bonny.'

De man draaide zijn hoofd naar de blondine.

'Ik kan lezen,' zei hij. 'Maar ik wil haar die naam hardop horen zeggen.'

De lippen van de blondine produceerden geroutineerd een pruilmondje.
'Mijn naam is Anne Bonny Joy. Kan ik uw bestelling opnemen?'
'Dat is een rare naam,' zei het andere meisje.
'Het is een illustere naam,' zei de man. 'Legendarisch.'
'Nooit van gehoord,' zei het pruilende meisje. 'Ik vind het een stomme naam.'
'Driehonderd jaar geleden,' zei de man, 'was Anne Bonny de beroemdste vrouw ter wereld. Groter dan een filmster.'
'Driehonderd jaar geleden waren er nog geen films,' zei de blondine. 'Of wel?'
De man zat Annes gezicht op te nemen. Zijn stem klonk donker en vloeiend en de blik van zijn blauwe ogen was gefixeerd op de hare en boorde door haar gewoonlijk ondoordringbare schild heen. Ze verroerde zich niet, hield haar potlood bij haar notitieblokje. Meer kon ze niet opbrengen. Meeuwen krijsten boven haar hoofd. Aan de andere kant van de patio startte de reggaeband een eigen versie van *I shot the sheriff*. Een belletje uit de keuken liet weten dat een van de bestellingen klaar was. Een geur van knoflook en garnalen en zonnebrandcrème en kokosolie waaide aan.
'Anne Bonny was de beruchtste piraat van het Caribisch gebied. Ze was meedogenloos en ze durfde alles, en deed voor geen man onder.'
'Nou en?' zei de pruilster.
'Mijn moeder noemde me zo,' zei Anne. 'Het is maar een naam.'
'Wat je zegt.'
De man legde een vingertopje op de rand van zijn waterglas en keek er glimlachend op neer.
'En uw boot?' vroeg Anne, geïrriteerd nu. Ze wilde iets terugdoen.
'Mijn boot?'
'*The Black Swan*.'
'O.' Hij keek om naar de kade en richtte zijn blik toen weer op haar. 'Het is de naam van een oude film met Tyrone Power.'
'En Maureen O'Hara,' zei Anne.
'Ja, natuurlijk.' Hij bekeek haar met iets meer aandacht. 'Wie zou Maureen O'Hara kunnen vergeten?'
'Hé,' zei de pruilende blondine, 'gaan we nou nog lunchen of niet?'

In de keuken van de Lorelei deed Vic Joy een aanbod. Zeven miljoen dollar.

En Milton Stammer, de eigenaar van het restaurant, zei zeker, zeker, hij zou erover nadenken en Vic snel iets laten horen. Waarop Vic ontplofte.

'Nádenken?' vroeg Vic. 'Het is verdomme twee miljoen meer dan de tent waard is!'

Milton Stammer was een kleine, kalende man met een enorme pens. Hij hield zijn handen voor zijn opgezwollen buik alsof hij een zwangere vrouw was die aan de nieuwe situatie probeerde te wennen.

'Oké, stel dat ik je het restaurant verkoop, wat moet ik daarna doen, Vic? Naar Boca verhuizen, de godganse dag op de golfbaan rondhangen, cocktails om vier uur, vroeg aan tafel, de hele avond ouwehoeren over hoe iedereen de negende hole heeft gedaan? Ik ben een binnenzitter. Ik ben veel te oud om nog te leren golfen.'

Vic keek door het venster van de keuken naar buiten en zag Thorn en zijn groepje daar in de zon zitten, wachtend op hun lunch. In zijn vrije tijd had Vic Thorn de afgelopen maanden verheven tot zijn project. Hij schaduwde hem, won overal informatie over hem in, wilde een indruk krijgen van wat die lul zou kunnen motiveren.

Vandaag ook weer. Zo was hij uitgekomen bij de Lorelei. En daar werkte zijn eigen zuster. Van wie hij was vervreemd. De twee hadden in geen jaren met elkaar gesproken.

Toen Thorn en zijn gezelschap bij de Lorelei arriveerden had Vic zijn auto op korte afstand van het restaurantcomplex geparkeerd. Even was hij blijven zitten om het gezelschap naar binnen te zien gaan. Vic was misschien wel duizend keer langs de Lorelei gereden, zonder ooit serieus te kijken naar de kenmerken die de tent als onroerend goed bezat. Het geheel zag er op een aardige manier krakkemikkig uit. Ouderwets, ontspannen, buitenlucht. Een uitstraling die mooi aansloot bij de rest van zijn bezittingen. Nog geen vijf minuten na zijn aankomst op de parkeerplaats was hij in de rumoerige keuken bij de eigenaar en hield hem zeven miljoen dollar voor de neus. Zo werkte Vic Joy nu eenmaal. Hij vertrouwde op zijn creatieve impulsen. Kijken en toeslaan op de juiste momenten. Zo had hij inmiddels een aardig imperium opgebouwd.

'Een complex als dit,' zei Vic, terwijl hij naar het plafond keek, 'met al dat hout. Moet een vermogen kosten om het te verzekeren.'

Milton sloot zijn ogen en schudde van nee.

'De vlam in de pan,' zei Vic. 'Of misschien een roker die op de plee een peuk in een afvalemmer flikkert. Of kortsluiting, slechte bedrading. Shit, het kan wel op honderd manieren beginnen. Al dit oude hout – binnen twintig minuten ligt de hele zooi in de as. Dan heb je spijt als haren op je hoofd dat je mijn zes miljoen niet hebt genomen.'

'Wat is er met de zeven gebeurd?'

'Heb ik zeven gezegd? Nou, ik bedoelde zes.' Vic bekeek de turbulente activiteiten in de keuken. Stoom die uit de vaatwasmachine naar buiten wolkte. Een donkerder soort stoom uit de frituurovens. De Lorelei was een drukke zaak, erg populair. Het keukenpersoneel repte zich van hot naar her, maar wierp ongeruste blikken hun kant op. Iedereen kende Vic Joy, wist hoe hij werkte. 'Om de waarheid te zeggen, Milton, nu ik hier eens wat beter om me heen heb gekeken moet ik zakken tot vijf. Al dat hout. Het lijkt verdomme wel een brándstapel. Ik snap haast niet dat het er allemaal nog staat.'

Milton had zijn korte armen naast zijn lichaam laten zakken. Hij had grijze, ietwat bolle ogen. Grote ogen, ogen van een grote man. Als je ze uit hun kassen pulkte zouden ze je handpalm vullen. Heel even had Vic een visioen van twee grijze oogbollen in een glazen flesje, zwevend in formaldehyde. Zou een leuke aanvulling voor zijn verzameling zijn.

Hij glimlachte naar de stevige man, maar Milton was niet in een glimlachstemming.

'Ik zal je zeggen wat ik doe, Vic. Ik vat al dat vuurgeleuter op als een dreigement. Ik weet niet of je het zo hebt bedoeld, maar zo vat ik het op. En nu wil ik dat je hier opsodemietert. En als ik je zielige verschijning nog oóit in de buurt van mijn restaurant zie rondhangen, bel ik de politie. Gesnapt? En zeggen dat je me chanteert.'

'De politie?' Vic huiverde en zwaaide paniekerig met zijn handen. 'Heb medelijden! Niet de politie!'

Milton gaf Vic een laatste, bittere blik, draaide zich toen om en liep door de drukke keuken stampvoetend naar zijn kantoor, waarvan hij de deur hard achter zich dichtsloeg.

Vic stapte naar de kok die bij het open fornuis stond. Het was een lange, magere man met een haakneus. De vent had staan luisteren, tersluikse blikken geworpen.

'Je weet wie ik ben, knul?'

'Vic Joy,' zei de haakneus.

'Bingo.'

De kok schoof met een brede spatel een hamburger op een bord en een visboterham op een andere. Met sla, tomaten en uitjes ernaast.

'Laat me dat briefje eens zien.' Vic stak zijn hand uit en trok het bestellingenbriefje uit de klem. Een paar minuten tevoren had hij gezien hoe Anne Bonny het was komen brengen. Toen zij verscheen had Vic zich met zijn rug naar haar toe gedraaid. Wilde zijn kleine zusje niet de stuipen op het lijf jagen, zeker niet tijdens haar werk, door zich als lang uit het oog verloren broer zo maar opeens aan haar te vertonen. Hij bestudeerde het papiertje. In het handschrift van zijn zus stond er *Thorn* naast een van de bestellingen.

'Welke is de baars met Zwitserse kaas?'

Vic knikte naar de zes borden die in de verwarmde vitrine klaarstonden.

De haakneus keek Vic bedachtzaam aan.

'Welke?' herhaalde Vic.

De kok tikte met zijn spatel een van de sandwiches aan.

Dat was Thorns lunch. Vis met een laagje gesmolten kaas eroverheen. De man zou stikken in de cholesterol, als hij niet oppaste. Niet dat het Vic iets kon schelen, mits Thorn er maar mee wachtte tot hij met hem klaar was.

'Die vent is een vriendje van me,' zei Vic. 'We doen dit soort dingen met elkaar. Geintjes over en weer.'

'Dat zal wel.' De kok begon een cheeseburger van een dressing te voorzien.

Vic tilde de bovenkant van het broodje baars en legde deze op het bord. Toen haalde hij een mesje uit zijn zak en knipte het open. Buiten zag hij Anne Bonny bij een ander tafeltje op het zonnige terras een bestelling noteren. Bij twee blondines en een knaap met zwart haar. Vic boog zich naar voren en tuurde in het felle licht naar buiten.

De donkerharige Romeo glimlachte naar Vics zusje. Wapperde met zijn wimpers. En Anne wapperde terug.

Vic legde het lemmet van het mesje tegen zijn linker handpalm. Toen keek hij naar de kok, maar de man was verdiept in zijn werk.

Vic beet op zijn tanden en maakte een snee in zijn handpalm, twee centimeter lang, drie, juist diep genoeg om een paar druppels bloed te laten opwellen, die hij op de groefjes in zijn handpalm verzamelde.

En toen hield hij zijn gesloten vuist boven de sandwich voor Thorn en liet het bloed naar beneden druppelen. Zes, zeven druppels op de gesmolten Zwitserse kaas.

Hij kneep nog een laatste druppeltje uit de vuist, legde de bovenkant van de sandwich terug en schoof het bord weer in de verwarmde vitrine, juist toen de kok op een belletje drukte om aan te geven dat de bestelling klaar was.

Even later kwam Anne de zes borden halen. Er lag een heel klein glimlachje om haar lippen. Een ander zou het waarschijnlijk niet hebben opgemerkt, maar Vic was haar broer en hij had vele jaren bestudeerd hoe op Anne Bonny's gezicht veranderingen zichtbaar werden en weer verdwenen. Dit specifieke glimlachje had hij nooit gezien. Helemaal nooit.

Vic dook weg achter de vitrine tussen de keuken en het terras. Hij veegde zijn bebloede handpalm af aan zijn spijkerbroek en probeerde met zijn lippen een replica van Annes glimlach te maken, maar deze voelde op zijn gezicht fragiel en onecht aan.

Toen hij weer naar buiten keek zag hij dat ze de borden op Thorns tafel zette. Vic bleef vanuit de schaduw achter de vitrine kijken tot Thorn eindelijk zijn sandwich oppakte en hem een poosje bij zijn mond hield, terwijl hij lachte om iets wat een van de kinderen had gezegd. Toen nam hij een flinke hap van de baars, die was gekruid met Vic Joy's bloed.

Vic keek grijnzend toe. Thorn slikte, nam toen een tweede hap. Die slikte hij ook door. Brokken voedsel gleden via Thorns keel zijn slokdarm binnen en daarvandaan naar zijn maag. Het zou niet lang duren voor Vic Joy in de bloedsomloop van die klootzak zou binnenglijden. Zich vermengen, gaan woekeren. Wortel schieten.

'Een verdomd raar geintje,' zei de kok.

Vic draaide zich naar hem om en fixeerde zijn blik op de hand die de spatel vasthield.

'Denk je dat je nog sandwiches kunt maken als je een haak aan het eind van je arm hebt?'

De man staarde naar zijn rechterhand, daarna weer naar Vic. Zijn adamsappel trilde.

'Verdomme, meneer Joy, ik zal echt geen woord zeggen! Geen létter! Echt waar!'

Vic gaf de jongeman een knipoog en begaf zich naar de parkeerplaats.

Twee

Drie weken na hun ontmoeting in de Lorelei ontbeten Daniel Salbone en Anne samen op het buitenterras van de Cheeca Lodge.

In de afgelopen nacht had zich een koufront ontwikkeld. Er hingen lage wolken, die even zwaar en dreigend leken als een dikke plaat van lei. Een paar meter bij hun tafel vandaan beukte de Atlantische Oceaan schuimend tegen het witte strand van het resort. Terwijl ze van hun koffie nipten dwaalde Daniels blik steeds af naar het einde van de lange houten pier, waar een wit jacht lag afgemeerd. Het afgelopen half uur hadden mannen diverse karretjes die kant op gereden en de voorraden aan boord gebracht.

Annes geest tolde nog na en haar lichaam was nog oververhit na drie weken furieuze seks en extravagant voedsel en plankgastochtjes op *The Black Swan* – zij beiden bloot op het dek in het maanlicht. Afgezien van die tochtjes hadden ze hun kamer in de Cheeca Lodge niet verlaten en het *niet storen*-kaartje voortdurend aan de deurknop laten hangen. Dienbladen van de roomservice stapelden zich op in een hoek van de kamer en hun lakens werden met het uur drabbiger. Ze hadden de airconditioning uitgezet omdat ze wilden zwelgen in hun eigen sappen en elkaars ware geuren wilden inademen. Ze openden de ramen om de oceaan en de meeuwen te horen en het zilte briesje op te zuigen. En wanneer ze in de zwarte nacht naast elkaar lagen, of rond het middaguur, met hun voeten verward in de lakens, en hun huid glimmend nat, trok ze met haar vingertoppen streepjes over de eindeloze vlakten van zijn gespierde vlees.

Een paar nachten geleden had Daniel in het donker gevraagd: 'Is dit liefde?'

'Jezus, nee,' had ze gezegd. 'Dit is seks, rauw en rechtuit.'

Hij had gelachen en zij toen ook.

Even later had hij gezegd: 'Je wilt niet dat het liefde is.'

'Hoe bedoel je dat?'

'Je wilt iets oppervlakkigs, iets wat je in de hand kunt houden, iemand van wie je kunt weglopen als het klaar is.'

'Dit is niet echt,' zei Anne. 'Het is als een bliksemschicht tijdens een zomeravond.'

'Je bent bezorgd, is het niet? Je bent bang.'

'Waarvoor?'

'Dat het echt is. Dat het tastbaar is.'

Ze was stil. Tuurde naar de duisternis.

'Ik ben niet gauw bang,' zei ze toen.

'Dan ben je een zeldzame vrouw.'

'Kom je daar nu pas achter?'

De spookachtige gordijnen verroerden zich in een warme windvlaag.

'Dus wie was die vent in het restaurant?'

'Restaurant? Welke vent?'

'De Lorelei, de dag waarop we elkaar voor het eerst zagen. Ik zag je een man kussen. Je vriend?'

'O.' Ze zuchtte. 'Hij is niemand. Een inboorling met wie ik een poosje heb verkeerd. Dat was al eeuwen uit.'

'Hoe heet hij?'

Ze aarzelde een halve seconde. 'Thorn,' zei ze.

'Voornaam of achternaam?'

'Zo noemen ze hem. Ik weet het niet.'

'Dus dat is over? Hij vraagt zich niet af waar je de afgelopen drie weken hebt rondgehangen?'

'Helemaal over en uit.'

'Je hebt hem gekust. Dat heb ik gezien. Je hebt nog gevoelens voor hem.'

Met verstrakt lichaam lag Daniel naar het donker te staren.

'Hé, wat krijgen we nou? Je hebt een betekenisloze kus van weken geleden opgekropt! Ben je misschien zo'n superjaloerse controlefreak? Zeg het dan nu meteen. Met dat soort verrassingen wil ik later niet geconfronteerd worden.'

Haar woorden bleven in de duisternis hangen. Toen hij antwoordde klonk zijn stem ernstig, bijna verontschuldigend.

'Goed,' zei hij. 'Ik zal niet tegen je liegen. Ik veronderstel dat ik een felle beschermer kan zijn van iets waar ik om geef. Is dat een misdaad?'

'Nou, er is niemand om jaloers op te zijn, Daniel. Helemaal niemand.'

Hij pakte haar hand vast en schoof dichter naar haar toe. Toen hij zijn volle lengte tegen haar aan legde leek de strakheid uit zijn lichaam weg te trekken.

'Dus je hebt jezelf bewaard voor mij,' zei hij. 'Voor dit.'

'Nee,' zei ze. 'Je bent helemaal niet wat ik in mijn gedachten had.'

'En op dit moment? Heb je me nú in je gedachten?'

Hij raakte haar aan in het donker en zij kreunde iets vaags.

'Ben je niet gelukkig? Maakt dit je niet gelukkig, Anne Bonny?'

'Een centimeter of vijf lager, dat zou helpen.'

Anne had zich één keer te vaak ziek gemeld en de Lorelei had haar laten vertrekken. In hun drie weken samen hadden Daniel en zij vrijuit met elkaar gesproken, maar alleen met volle aandacht voor het hier en nu, zonder elkaar iets over hun verleden te vertellen. Nu was het voorbij.

Vanmorgen, toen Anne nog in bed lag, was Daniels mobiele telefoon voor het eerst in drie weken gaan zoemen. Daniel was ermee op het balkon gestapt en had daar even zachtjes staan praten. Toen was hij weer naar binnen gekomen en had gezegd dat hij haar moest verlaten.

'Voor de rest van de dag?' had ze gevraagd.

Hij had zijn hoofd geschud.

'Om wat te doen? En waar ga je heen?'

'Ik kan er niet over praten.'

'O, je kunt er niet over praten. Ik snap het.'

Anne stond op uit bed, liep naar de kleerkast en rukte haar kleren van de hangers. Het was alsof er in haar borst dingen in elkaar klapten. Haar blikveld was wazig.

'Niet op dit moment.' Daniel wenkte haar en leidde haar naar de muur aan de andere kant.

Na een korte aarzeling was ze hem gevolgd, naakt. Daniel hield de schemerlamp die daar op het nachtkastje stond scheef en wees naar het witte schijfje dat onder het voetstuk was geplakt. Amper groter dan de dop van een fles, met een miniem draadje eraan. De antenne. Anne staarde ernaar en wilde toen iets zeggen, maar Daniel legde een vinger op haar lippen.

Hij wees naar zijn oor en toen naar het voetstuk van de lamp.

'O,' zei ze. 'O.'

'Ontbijt?' vroeg hij op zijn normale toon, terwijl hij de lamp weer op zijn plaats zette.

Buiten, op het terras van de Cheeca Lodge, bracht een serveerster hun koffie en zette hun kopjes overeind.

Toen ze weg was vroeg Anne: 'Luistert iemand ons hier buiten af?'

'Waarschijnlijk niet,' zei hij.

'Dus je bent vuil,' zei ze.

'Vuil?'

'Misdaad,' zei ze. 'Een crimineel.'

Daniel glimlachte.

'Dat ben je, waar of niet?'

Hij keek naar het jacht in de verte. Een van de mannen stond bij een paal te kijken naar de dozen die door andere mannen aan boord werden getild.

'Jarenlang heb ik voor mijn vader gewerkt,' zei hij. 'Vincent Salbone. Ooit gehoord, die naam?'

Het kostte haar een moment om het zich te herinneren, nog een moment om het te verwerken.

'Op tv,' zei ze. 'Eeuwig omringd door advocaten. Komt altijd weg.'

'Ja,' zei Daniel. 'Altijd.'

'Dus je bent opgegroeid binnen de maffia. Als een prinsje.'

Zijn glimlach trok weg.

'Niet echt,' zei hij. 'Ik ben voor mijn vader veeleer een teleurstelling geweest. Vooral de laatste paar jaar.'

Daniel keek om zich heen over het terras. Een gezin zat twee tafels verderop te babbelen – een jong stel met een kleuter. De andere tafels waren leeg.

Hij stak zijn arm uit en omvatte haar hand met de zijne. Zijn stem klonk zacht, maar vastberaden. Daarentegen kwamen zijn woorden haperend, bijna moeizaam, alsof hij deze dingen nog nooit hardop met deze woorden had gezegd.

'Het familiebedrijf – ik heb een paar jaar hard gewerkt om het draaiende te houden, maar ik was rusteloos, ongeduldig. Doordat ik de dingen moest doen zoals ze altijd al waren gedaan kreeg ik het gevoel in een val te zitten. Niet op mijn plek. Toen drugs, gokken. Ik was in de war. Ik voelde me bezoedeld, onnatuurlijk. Dus ik heb een poos om me heen gekeken, tot ik iets anders vond, iets dat me meer inspireerde. Iets schoners. Een ouderwetse vorm van handel die een tijd geleden is uitgestorven, maar nu aan het terugkomen is. Iets dat beter bij me past. Avontuurlijker is.'

Anne keek hem strak aan.

'Wat bedoel je te zeggen, Daniel?'

'Mijn vader kwam van de straat. Philadelphia. Een stadsjongen. Maar ik ben hier geboren. Geboren en getogen in Zuid-Florida. Boten, water. Ik voel me lekkerder wanneer er geen land in zicht is.'

'Je ziet er niet echt uit als een visser.'

'Ik denk dat je weet wat ik ben. Ik denk dat je het vanaf ons eerste gesprekje hebt geweten. Tyrone Power. Maureen O'Hara. Dat soort dingen.'

De kleuter krijste en gooide een handvol bestek over de terrasvloer.

Anne boog zich naar voren en trok haar hand los uit de twee van Daniel.

'Probeer je me duidelijk te maken dat je een piráát bent?'

'Zelf heb ik *boekanier* altijd mooier vinden klinken,' zei hij.

Ze leunde achterover in haar stoel. De adem was gestokt in haar keel. Ze wreef met haar hand over haar haren en voelde dat haar gezicht verhit raakte.

'Wel, mooier kan het niet. Mijn moeder zou zijn flauwgevallen.'

'Dat zijn mannen van mij, daar op de pier. Dat is een van mijn schepen.'

Anne staarde naar het jacht. Het werk was klaar, de mannen eromheen stonden te roken.

'Hoe werkt het dan?' vroeg ze. 'Je neemt op volle zee een schip in beslag, schildert er een nieuwe naam op, hijst een andere vlag en zeilt ermee weg alsof het van jou is?'

'Dat is één manier,' zei Daniel.

'En vermoordt iedereen, gooit de lijken overboord?'

'We moeten ons soms verdedigen. Maar nee, we zijn geen moordenaars. Vijf jaar, en nog geen ongevallen. Aan beide zijden.'

'Maar je zou het doen als het moest. Jullie zijn gewapend.'

'Als het nodig was, uit zelfverdediging. Ja.'

Daniel ontweek haar blik niet en ze zag een weerloosheid in zijn ogen die ze niet eerder had gezien. Elk sprankje arrogantie was verdwenen, en zelfs zijn nonchalante glimlach. Dit was hoe hij was, zonder pantser, zonder masker, zonder opsmuk. Haar minnaar was verdomme een piraat!

Anne bracht een vingertopje naar haar voorhoofd en duwde een sliertje haar terug. Dit was niet de man op wie ze had gewacht. Ze had op geen énkele man gewacht. Ze was nog jong. Er zouden andere kerels langskomen. Of geen kerels. Ze had zichzelf altijd voorgehouden dat het wat haar betrof allebei even goed was. Ze kon oud worden op Islamorada. Een oude serveerster met een verweerd gezicht en bros haar van de zon, en een hese stem van het meeroken. Wilt u bestellen, meneer? Ze kende er heel wat van die soort. Woonden in een zilveren stacaravan met een te dikke kat en hun kwartliters rum. Timmerlieden of booteigenaars kwamen af en toe een weekje of twee hun bed delen. Niet zo heel slecht.

Ze sloot haar ogen en luisterde naar haar lichaam. En ze voelde hoe een vreemde huivering zich door haar ingewanden verspreidde. Al die jaren nooit meer dan een vage tinteling bespeurd, en nu dit. Deze man was veel te knap om te zien, veel te gevaarlijk. Al die jaren was ze netjes binnen de grenzen gebleven, een keurige burger, onzichtbaar. Diensten van tien uur, dan terug naar haar flat. 's Nachts las ze in bed dikke biografieën die ze in de bibliotheek haalde. Dan ging ze op in het leven van anderen, en hun grillen, en hun momenten van triomf en wanhoop. Tijdens haar vrije uren tufte ze in haar aluminium sloep tussen de mangroven door en tuurde ze naar de eindeloze vormenwisseling van de wolken. Er waren andere serveersters met wie ze praatte – niet echt vriendinnen. In de loop van de jaren had ze enkele tientallen mannen toegestaan haar mee naar bed te nemen, maar geen daarvan had haar bloed doen kolken. Behalve misschien Thorn, maar zelfs in zijn geval was het haar gelukt de relatie tijdig te verbreken. Ze weigerde zich door hen te laten inpalmen. Ze bewaarde steeds haar discipline, trok zich terug zodra de eerste hete rillingen zich aandienden. Ze was niet van plan alles te vergooien. Haar leven in handen te geven van een dromer met donkere ogen. Of een martelares voor de liefde te zijn, zoals een paar sentimentele heldinnen in piratenfilms.

'Wie heeft die microfoon onder de lamp op onze kamer geplakt?'

'Ik weet het niet,' zei hij. 'Dat kunnen diverse mensen zijn geweest.'

'Hoe lang weet je al dat het ding er is?'

'Sinds gisteren.'

De serveerster kwam terug. Het was een oudere vrouw met blond haar dat al dun werd.

'Nog wat koffie?'

Hij keek naar Anne en zij schudde haar hoofd.

'Alleen de rekening, alsjeblieft,' zei Daniel.

De serveerster wierp Anne een blik toe, draaide zich om en liep naar de kassa.

'Ik wil dat je met me mee komt, Anne. Probeer het eens. Als het niet werkt, als er ook maar iets bij is wat je niet bevalt, zal ik je meteen hierheen terugbrengen. Zonder vragen, zonder treuzelen.'

'Dat kun je niet serieus menen, Daniel. We zijn pas drie weken samen en nu verwacht je van me dat ik een piraat word? Een crimineel?'

'Ik ben zéér serieus. Ik ben nog nooit zo serieus geweest.'

Iemand van de scheepsbemanning was over de pier genaderd en wachtte nu bij de omheining van het terras. Daniel keek zijn kant op en de man wees naar zijn horloge.

Anne keek naar de tafel verderop. De moeder gaf de kleuter uit een potje te eten en de vader las een krant.

Anne Bonny Joy had nooit een man nodig gehad. Ze had hard gewerkt om haar eigen wereld samen te stellen, haar eigen gewoonten te vormen, elke verdomde seconde volledig onder controle te hebben. Het gevoel in haar ingewanden was echt, inderdaad, en ook deze nieuwe rillingen die door haar botten gingen, maar als ze lang genoeg wachtte zou het wel weer overgaan. Dat wist ze.

'Het is oké,' zei Daniel. 'Ik kan je voorzichtigheid goed begrijpen.'

Anne Bonny draaide zich weer naar hem toe. Haar hart bonkte.

'Moet je niet zeggen dat je van me houdt? Op je knieën vallen? Sméken?'

'Zou het verschil maken?'

'Geen reet,' zei ze.

'Je weet al dat ik van je houd.'

Dat wist Anne inderdaad. Voor wat het waard was.

'Als het bij jou niet blijkt te werken, zal ik dit leven opgeven,' zei Daniel. 'En een baan nemen.'

'Ja, ja. Het rechte pad op. Kom nou, Daniel.'

'Als dat nodig is om met jou samen te zijn,' zei hij, 'zou ik geen seconde aarzelen.'

'Je had me kunnen waarschuwen. Een beetje voorbereiden. Je gooit me meteen in het diepe. Met mannen die op de pier staan te wachten. Een motor die al loopt. Wat had je dan verwacht?'

'Ik had gehoopt dat we meer tijd zouden hebben. Dat ik het je op een meer ontspannen manier had kunnen vertellen.'

'Waarom heb je dat dan niet gedaan?'

'Het microfoontje in onze kamer.'

'Hoezo? Zit de politie je op de hielen? Staan we op het punt gearresteerd te worden?'

'Mogelijk,' zei hij. 'Ik geloof niet dat we de luxe van veel tijd hebben.'

'Maar die boot ligt hier vlakbij. Ben je niet bezorgd?'

'Het schip is schoon. Als ze genoeg hadden om me te arresteren, zou het ondertussen al gebeurd zijn.'

'Jij zou nooit van negen tot vijf kunnen werken, Daniel. Daar zou jij stapelgek van worden. En binnen de kortste keren zou je mij vurig haten omdat ik je ertoe heb gedwongen, en tjonge, wat zullen we dán een lol hebben samen!'

'Mensen veranderen,' zei Daniel. 'Ik weet dat ik het zou kunnen, Anne. Als dat werkelijk is wat je wilt.'

Daniels blik was kalm en open, en hij haalde geen enkel trucje uit – geen poging om harder te praten, de charmekraan open te zetten. Glanzende blauwe ogen met een kalme diepte. Hij zat lekker in zijn vel. In hun weken samen had hij haar niets anders dan een stabiele hoffelijkheid betoond, een zachtmoedige manier van lief zijn die aan verlegenheid grensde. Op dat ene moment van opflakkerende jaloezie op Thorn na. Zelfs wanneer ze beiden duizelig waren van wellust had Daniel zich nog gereserveerd, waardig gedragen. Een eerbare man, een boekanier.

Maar anderzijds had ze weinig vertrouwen in haar oordeel. Slechte training, aangetaste genen, misvormd waarnemingsvermogen. Lang geleden had ze zichzelf verbannen naar een solitaire afzondering en sindsdien had ze braaf de straf uitgezeten die ze haars inziens had verdiend.

Ze zag de serveerster terugkeren naar hun tafel. Ze had de rekening in een dikke leren map gedaan. De vrouw was ergens in de zestig. Ze droeg geen ring en de rimpels in haar gezicht waren niet van het lachen. Ze slofte behoedzaam hun kant op, alsof ze op de rand van de uitputting balanceerde.

De kleuter aan de tafel verderop gooide zijn plastic drinkbeker in de lucht. Het ding rolde weg over de tegels. Daniel schoof zijn stoel naar achteren, stond op, liep erheen, raapte de beker op en gaf hem aan de jonge moeder. De vader legde zijn krant weg en knikte een bedankje. Daniel zei een paar woorden tegen het jonge stel en ze lachten. Toen keerde hij terug naar hun tafel.

'Ik kom wel wanneer u klaar bent,' zei de serveerster.

'We zijn nu klaar.' Daniel telde de biljetten af en voegde een fooi toe waarmee een diner voor twaalf personen betaald zou kunnen worden. De serveerster staarde naar het geld en Daniel zei: 'Bedankt voor al je goede zorgen.'

De vrouw keek nog even naar Anne en liep toen weg.

'Ik ken je amper,' zei Anne.

'Je weet meer van me dan iemand ooit heeft geweten. Dit is voor mij ook niet gemakkelijk, Anne. Maar het is goed. Dát weet ik zeker. Het is echt.'

'En ik moet zo maar aan boord van dat schip stappen en hier alles achterlaten?'

Anne zag dat de serveerster was begonnen zoutvaatjes bij te vullen.

'Als jij niet dezelfde gevoelens hebt als ik, Anne, moet je hier blijven. Ik zal je beslissing hoe dan ook respecteren.'

Het lid van Daniels bemanning kwam nu het terras op en liep naar Daniel toe. Hij had een smal gezicht en een olijfkleurige huid. Hij droeg een wit hemd en een kaki broek. Zijn zonnebril hing aan een leren koordje om zijn nek. Hij had iets bij zich dat op een kleine radio leek. Hij gaf Anne een knikje.

'Het weer in de Straat wordt slechter,' zei hij. 'We hebben misschien nog tot vanavond voordat het losbarst. Daarna wordt het een woelige aangelegenheid.'

'Bedankt, Sal. Ik kom eraan.'

Sal knikte nog eens naar Anne en liep weer weg.

'Het is heerlijk geweest,' zei Daniel. Hij omvatte haar hand weer. 'Zoiets heb ik nooit eerder meegemaakt.'

'Stop daarmee,' zei ze. 'Ik zit niet te wachten op van die verdomde vaarwelwoorden.'

Ze wendde haar blik van hem af en keek naar de golfjes die stuksloegen tegen het strand. Er hing een muskusachtig, seksueel geurtje in de lichte nevel die naar het terras kwam aanwaaien. Zeewier, krabben, schelpdieren in de zon – alsof het laken even van de oceaan was getrokken om de verborgen rijkdom eronder bloot te leggen.

Om de waarheid te zeggen, Anne had in haar binnenste een as voelen kantelen. Het was al dagen geleden gebeurd. Misschien was het kantelen al begonnen toen ze Daniel voor het eerst zag, op het terras van de Lorelei. Ze had geprobeerd het te ontkennen. En te doen alsof hij zo maar weer een man was die ze tot haar bed had toegelaten. Maar dat was een leugen geweest. Hij had haar veranderd. Hij had voorkeuren en aspiraties bij haar wakker gemaakt die ze tot dan toe had gesmoord. Een gevaarlijke man. Een piraat.

'Goed dan, verdomme.' Anne Bonny hoorde de woorden ongevraagd uit haar keel opborrelen. Een stem die zekerder klonk dan zijzelf zich voelde. 'Maar laten we één ding duidelijk afspreken, meneer de kaper.'

'Ja?' vroeg Daniel.

'Ik word geen verdomde keukenmeid voor een stel schurftige honden!'

Daniels mond ontspande zich tot een glimlach. En de zon had nog nooit zo stralend geschenen.

'Een gespikkelde grutto,' zei Janey.

'Waar?' Sugarman bracht zijn kijker omhoog.

'Elf uur, tweehonderd meter.'

Sugar draaide de kijker naar links, maar ving nog slechts een flits van de vogel op. De grutto maakte een ruime bocht naar het westen om een toerist onder een parazeil te ontwijken.

'Ja, ja. Goede ogen, Janey. Scherp gezien. Of was het een wulp?'

'Het is een grutto, papa. De snavel is te recht voor een wulp.'

Janey richtte haar kijker nu op een vlucht pelikanen die vlak boven het loodachtige oppervlak van de Blackwater Sound scheerden. Het was het eerste weekend in maart en er waaide weer een koude luchtstroom hun kant op, die het water in beroering bracht, de palmbomen deed schudden en af en toe wat kille regendruppels uit de voortjagende blauw-zwarte wolken naar beneden blies. Thorn was boven met Alex een lunch aan het voorbereiden, terwijl Lawton lag te soezen in een hangmat tussen twee kokospalmen.

Op de picknicktafel op het terras naast het huis had Jackie haar kin op haar vuisten gelegd. Ze was weer eens kwaad. Ze had opnieuw naar de Lorelei gewild om naar de reggaeband te luisteren die ze daar drie weken geleden had gehoord. Sugarman had nee gezegd. Oom Thorn had hen uitgenodigd voor de lunch en hij had daarvoor veel moeite gedaan. Gisteren had hij een paar dozijn van zijn handgemaakte vliegen bij een van zijn vaste klanten geruild voor tien pond steenkrabben en een emmertje verse garnalen.

Jackie had gezegd dat ze een hekel had aan krabben en naar alle waarschijnlijkheid ook aan garnalen. Voordat de zaken verder escaleerden had Alexandra gezegd dat ze even naar de Upper Crust zou rijden voor een extra grote pizza met kaas en paprika. Jackie wilde zich echter niet laten sussen. Ze had een flinke portie van haar moeders egocentrische nukken geërfd. Ik kom op de eerste plaats, én de tweede, én de derde. Sugarman probeerde de tweeling met kalmte en geduld te behandelen, maar op momenten als deze viel dat niet mee. Vooral Jackie was lastig. Het ene moment een zonnetje, het volgende moment totaal over haar toeren.

Aan het einde van Thorns aanlegsteiger zat Janey naast Sugarman met haar verrekijker voor haar ogen. Het afgelopen half uur hadden zij en haar vader de bewolkte hemel en de rotsachtige kust en de smalle stroken bos aan weerszijden van Thorns huis afgezocht naar vogels en een wedstrijdje gehouden wie ze het eerst bij hun naam wist.

Zoals gewoonlijk lag Janey ver voor. Tijdens de kleine dertig kilometer van de rit van het vasteland naar dit deel van de Keys had ze al vijf roze lepelaars, tien witte pelikanen en ontelbare zilverreigers en grote reigers gezien, plus vijf ijsvogels op de telefoonpalen. Na hun aankomst bij Thorn had ze nog een andere ijsvogel gezien, twee nachtegalen, een roodstaartbuizerd en een visarend. Vele honderden meters boven hun hoofd hing een enkele fregatvogel aan de hemel, die zich met minieme bewegingen van zijn vleugelpunten op de luchtstroming zwevende hield. Tot dan toe had Janey de fregatvogel gemist, maar dat zou niet lang meer duren, wist Sugarman.

Zelf legde hij zijn kijker neer en begon te bladeren in *Sibley's Vogelgids*. Hij wilde de Latijnse naam bij de hand hebben wanneer ze dadelijk die fregatvogel had opgemerkt. Een paar sappige feiten zouden eveneens welkom zijn. De laatste tijd had Janey zo vlot namen van vogels en insecten en slangen gespuid, dat Sugar zich zorgen begon te maken of hij niet tekortschoot in zijn plichten als ouder. Sindsdien had hij voor de kinderen op bezoek kwamen steeds wat huiswerk gedaan – een paar uurtjes bladeren in Sibley of een van de Audubon-gidsen die hij had verzameld. Na zijn leven lang op de Keys te hebben gewoond wist hij al het nodige van wadlopers en andere kustvogels. Ook de roofvogels die overdag jaagden kende hij goed. Idem dito de aalscholvers, de anhinga's en de andere pelikaanachtigen. Hij was zwak in de kleine oeverlopers, maar vooral de trekvogels nekten hem. De Keys waren zoiets als een snelweg van noord naar zuid voor talloze soorten vogels, waaronder zeer exotische, die tijdens de winter en de lente voorbijkwamen. Rode zwaluwen, zwaluwstaarthaviken, papegaaien, klauwieren en vireo's, winterkoningen en vinken en mussen. Het zou hem alleen al twee levens extra kosten om al die mussensoorten uit elkaar te houden.

'Daar bij die varens,' zei Sugar. 'Wat staat daar met zijn staart te zwaaien?'

Ze richtte haar kijker die kant op en vond de vogel.

'O, dat weet je best, papa. Het is een palmnachtegaal. Ze lopen bijna altijd op de grond, zitten zelden op boomtakken.' Ze zocht met haar kijker langzaam de zoom van het bosje af. 'Heb ik je al over de gekuifde mees verteld?'

'Die in Orlando?' vroeg Sugar.

'Ja, in Disney World. Zat daar in een struik die in de vorm van een brontosaurus was geknipt. Hun roep is erg indringend. *Piete-piete-piete*. Gekuifde mezen zijn hier op de Keys nogal zeldzaam, hè?'

'Ja, zo ver zuidelijk zie je ze zelden,' zei Sugar. 'Heten ze trouwens niet gewoon kuifmezen?'

'Kijk daar eens, papa. Daar boven!' Janey had haar kijker schuin omhoog gericht.

Sugarman had zich voorbereid.

'Een *fregata magnificens*,' zei hij. 'De fregatvogel heeft in verhouding tot zijn gewicht de langste vleugels van alle vogels die er bestaan. Steelt voedsel van andere vogels. Een piraat.'

'Niet de fregatvogel, papa,' zei Janey. 'De man aan de vlieger.'

'Is die verdomde exhibitionist weer terug?' Thorn was achter hen op de aanlegsteiger verschenen en bracht een schaal met boterhammen en gerookte vis. 'Doe je ogen dicht, Janey. Die vent is vulgair.'

'Hij maakt foto's van ons,' zei Janey. 'Kijk maar.'

Ze overhandigde haar kijker aan Thorn.

Het kostte hem een paar tellen om het grote blauwe parazeil tegen de achtergrond van de donkere hemel te lokaliseren en toen de kijker naar beneden te bewegen om de man te zien die in het tuig eronder hing. Hij droeg een mouwloos zwart T-shirt, een witte korte broek en een rode doek om zijn hoofd. En hij hield een camera in zijn handen en maakte foto's.

'Wat zullen we nou hebben?' vroeg Thorn. 'Is dat wie ik denk dat het is?'

Sugarman richtte zijn kijker.

'Misschien denkt hij dat ik nog omga met zijn zuster.'

'Ik heb erover gehoord,' zei Sugarman. 'De man maakt overal boven de kust foto's. Hebben diverse mensen me verteld, maar ik geloofde het niet.'

'Wie is het?' vroeg Janey.

'Een slechte man,' zei Thorn. 'Een boef.'

'Zijn naam is Vic Joy, schat,' zei Sugarman.

De boot die het parazeil voorttrok draaide langzaam weg van de kust en zocht dieper water op.

'Waarom is hij slecht?'

'Waarschijnlijk door zijn verleden,' zei Thorn. 'Er zijn erge dingen met hem gebeurd toen hij nog een kind was.'

'Nee, ik bedoel wat hij *doet.*'

'Hij maakt misbruik van andere mensen, liefje,' zei Sugar. 'Hij speelt geen eerlijk spel. Hij probeert te pakken wat hij wil hebben, ongeacht wie hij daarmee pijn doet.'

Janey staarde een poosje naar de baai en borg dit nieuwe feitje op in haar geheugen. Het water had een zilverachtige glans als op afkoelende lava. De geur van het naderende koufront die werd meegedragen door de bries mengde zich met die van gevallen bladeren, brandend hout en het zoete aroma van zojuist gekapte pijnbomen, plus het lichte snufje zwavel en saffraan dat bij deze tropische lucht hoorde.

Toen pakte Janey haar kijker weer op en richtte hem naar rechts. Slechte mannen, oké – maar nu weer aan het werk!

'Een geelkop-nachtreiger, papa! Kijk daar, op drie uur.'

Drie

Het was de maandagmorgen na weer een druk weekend met de kinderen van Sugar. Een dag van vogels kijken en verstoppertje spelen. Lawton was heel grappig. Hij liep met stijve benen, op Frankensteinmanier, en met samengeknepen ogen en naar voren gestoken armen achter de gillende meisjes aan, die zich achter struiken en in kasten verstopten. Tijdens het diner knabbelde Jackie aan haar pizza, terwijl de anderen steenkrabben en garnalen verorberden.

Toen Alexandra was vertrokken om naar haar werk te gaan en Lawton in zijn hangmat lag met een stapel tijdschriften over vissen trok Thorn zijn overall aan, vulde de zakken met spijkers en stortte zich op zijn jongste project. Hij werkte er al een maand aan en had het frame nu bijna klaar. Hij gebruikte een stapel planken die al jaren op het grind naast zijn huis had gelegen – restanten van toen hij het hele huis had herbouwd. Hij had besloten dat het tijd werd om de oude planken te gebruiken om de open ruimte af te sluiten tussen de acht dikke palen die het huis viereneenhalve meter boven de grond hielden.

Het zou een kamer voor Lawton worden, waardoor ze allemaal weer een mate van privacy kregen die ze sedert de komst van Alex en haar pa niet meer hadden gekend. De laatste maanden had Lawton op een veldbed in Thorns woonkamer geslapen, op maar een meter of drie van de plek waar hij en Alexandra het bed met elkaar deelden. Thorn had het tweetal verteld dat hij een werkplaats aan het maken was, want hij wilde zijn ware bedoeling geheim houden tot de kamer er enigszins toonbaar uitzag.

Als hij in het huidige tempo kon doorgaan zou Lawtons kamer over een maand klaar kunnen zijn. Tegen die tijd zou hij ook met redelijke zekerheid weten of het veilig was Alexandra het ware doel van zijn inspanningen te vertellen. De reden waarom hij het nog niet had durven zeggen was dat hij haar niet wilde afschrikken. Het leek zo definitief, zo ingrijpend. Een eigen kamer voor Lawton. Het was een onmiskenbaar symbool voor de steeds sterkere band die hij voelde met de oude man en zijn mooie dochter.

Tegen de middag was hij met het raamwerk klaar. Om het te vieren besloot hij Lawton mee te nemen op een tochtje met de skiff, voorbij Crocodile Dragover naar de McCormick Creek, waar hij een paar mooie snoekgaten wist. Om er wat schade toe te brengen aan de visstand.

Dus hij nam een douche, trok een schone short en een wit T-shirt aan, en liep met zijn hengels en zijn viskist naar de skiff. Een eind achter de aanlegsteiger hoorde hij een gierend geluid – een lawaai waaraan hij de laatste tijd gewend was geraakt. Twee percelen ten noorden van het zijne was een bulldozer het Island House aan het afbreken. Het kleine motel met een half dozijn losse bungalows had daar een halve eeuw gestaan. Hij had gehoord dat Doug en Debbie Johnson de zaak hadden verkocht, maar hij had gemeend dat de nieuwe eigenaars het motel intact zouden laten, net als alle vorige in de afgelopen vijftig jaar.

Thorn stond op het einde van zijn steiger en zag het grote gevaarte een oude gumboboom ontwortelen en daarna een paar schrale Australische pijnbomen platwalsen – bomen met ondiepe wortels, die decennia nodig hadden gehad om zo hoog te worden. Dat stukje rotsachtige kust met dat gammele hotel had hij zoveel uren en jaren vanuit zijn ooghoeken gezien, dat de plotselinge leegte daar hem nu bijna duizelig maakte.

Wanneer het opruimen klaar was, zou daar waarschijnlijk het zoveelste buitenhuis met-een-halve-hectare-land verrijzen. Een landhuis van een miljoen dollar voor een hartchirurg uit Miami of een achtervanger van de Florida Marlins, met een half dozijn speedboten en waterscooters aan de steiger. Vooruitgang.

Ietsje verderop stond Lawton tot aan zijn enkels in het water met een vislijn om zijn beide armen. Wegens de sterke wind was het uitwerpen van die lijn een fiasco geworden.

Over een paar uur zou Alexandra thuiskomen en dan zouden ze een fles wijn openen en handjes vasthouden bij het kijken naar het verdwijnen van de laatste glimpen daglicht. Als ze in de stemming was, zou ze hem vertellen over de zaken waar ze die dag mee te maken had gehad. Op luchtige toon, maar steeds met duidelijke verwijzingen naar de gruwelen die in haar dagelijkse werk zo gewoon waren. Hij zou verslag doen van zijn uren met Lawton – de dingen die de oude man gezegd of gedaan had. En daar zou ze zonder commentaar naar luisteren, met een verre blik in haar ogen. Na diverse maanden was dit een routine geworden die degelijk, betrouwbaar aanvoelde. Thorn, zijn minnares, de vader van zijn minnares – een raar gezinnetje, maar toch echt een gezinnetje. Voor iemand die zich het grootste deel van zijn leven had ingespannen om in afzondering te blijven was het verrassend te moeten constateren dat de voortdurende aanwezigheid van die oude man en zijn eigenzinnige, mooie dochter zo bevredigend was.

Thorn glimlachte om Lawtons geknoei met de werphengel en ging naar hem toe om te helpen – blij met een excuus om niet aan het beulswerk van de bulldozer te hoeven denken. Hij was halverwege de steiger toen hij een auto vanaf de Overseas Highway over het grind van zijn oprijlaan hoorde naderen. Het was een donkerblauwe Crown Victoria.

De auto werd in de schaduw naast het huis geparkeerd en er stapte een man uit die kort en gedrongen was en die een vierkant gezicht bezat, alsmede een buikje dat de knopen van zijn blauwe katoenen hemd zwaar belastte. Ondanks zijn korte benen kwam de man met kwieke schreden naar Thorn toe gelopen. Zijn schedel was glimmend geschoren, maar zijn kaken en kin werden afgezoomd door een smal, scherp gesneden baardje. Hij droeg een spijkerbroek en bootschoenen, maar ze zagen eruit alsof hij ze pas een uur geleden had gekocht. Het dragen van vrijetijdskleding leek hem niet gemakkelijk af te gaan.

'Thorn,' zei hij, terwijl hij door de tuin naderbij kwam.

Lawton plukte aan de vislijn alsof hij bezig was zich van een spinnenweb te bevrijden.

'Gaat het, Lawton?'

'Best, best,' zei de oude man. 'Ik heb deze keer een monster gevangen. Mezelf.'

De vreemdeling stak zijn hand uit en na een momentje van tegenzin nam Thorn hem aan.

'Ken ik u?'

'Dat zou moeten,' zei de man glimlachend. 'Vind je het erg als we in de schaduw gaan staan?'

Thorn volgde hem naar de schaduw onder zijn tamarinde.

'Jimmy Lee Webster,' zei de man.

'Hoor eens,' zei Thorn, 'ik wil niet onbeleefd zijn, maar...'

'Ja, ja,' zei Webster, 'je hebt het druk met het binden van vliegen, of wat je ook allemaal doet in je vrije tijd.' Hij schonk Thorn een tweede flits van een glimlach, en vervolgde: 'Die het grootste deel van je dagen schijnt te vullen. En een flinke portie van je nachten.'

Weer produceerde de man zijn armetierige glimlach – als iets wat hij had geleerd van een tweederangs toneelregisseur.

'Je hebt me misschien ooit op tv gezien,' zei Webster.

'Als ik er een had gehad.'

'Of in de krant.'

Thorn schudde zijn hoofd.

'Jimmy Lee Webster.'

'Ik heb het de eerste keer al verstaan.'

'Echt? Zelfs geen belletje?'

'Wat bent u? Een tv-ster?'

'Staatssecretaris Webster.'

'Waar dan?'

'Oké, oké, ik was gewaarschuwd. Humorist.'

'Tja,' zei Thorn. 'Maar ik ken u nog steeds niet, Webster.'

'Ik was in de vorige regering staatssecretaris van Marine.'

Lawton had zich op het gras laten vallen en probeerde de vislijn van zijn benen en sandalen los te trekken. Hij zag dat Thorn naar hem keek en toonde zijn handpalmen. Had geen hulp nodig, het lukte hem best wel.

'Ik weet het,' zei Webster. 'Moeilijk te geloven, als je me ziet. Niet bepaald een militaire uitstraling. Niet het stoere, schietgrage type. Maar gelukkig zijn bevorderingen bij de strijdkrachten niet afhankelijk van je uiterlijk.'

'Nou, gefeliciteerd,' zei Thorn. 'Uw ouders zullen wel trots zijn.'

'Ik was op tv omdat ik controversieel was,' zei Webster. 'Ik botste frontaal met de grote jongens, maar hield mijn poot stijf. Heb best een aantal dingen bereikt in die vier jaar.'

Een windvlaag blies Websters aftershave naar Thorn toe. Een scherpe combinatie van houtrook en motorolie.

'Hoor eens,' zei Webster. 'Je kent me niet, maar ik weet het een en ander van jou. Solitair type. Houdt niet van vreemdelingen die zich bij zijn huis komen melden. Nou ja, wie wel? Dat snap ik. En het feit dat ik staatssecretaris van Marine ben geweest breekt geen ijs. Oké, daar kan ik ook nog wel inkomen.'

Jimmy Lee Webster haalde een witte zakdoek uit zijn broekzak, depte het zweet van zijn gezicht en haalde hem een keer snel over zijn kale hoofd.

'Ik snap niet hoe jullie het hier volhouden in deze hitte.'

'Er is weinig tegen te doen.'

'Nou, hier komt het,' zei Webster. Hij zette zijn voeten uit elkaar en nam een houding aan alsof hij Thorn bij zijn hemd wilde pakken om hem door elkaar te schudden. Hij produceerde zijn namaakgrijns nog maar eens en zei: 'Regelrecht tot de kern, dat is mijn stijl. Zo verspillen we nog maar weinig van je waardevolle vliegentijd. Hoor eens wat er gaande is. Tijdens een onderzoek dat ik uitvoer dook jouw naam op. En ik besloot dat ik een praatje moest komen maken.'

'Grote genade,' zei Thorn. 'Dat is al meer dan genoeg.'

'Hoor eens, ik kan je de hele reutemeteut hier in de zon uitleggen. Of we kunnen naar binnen gaan, een biertje drinken en de details bespreken in de airconditioning.'

'De enige airconditioning die ik heb voelt u momenteel al.'

Lawton had de vislijn van zich af weten te wikkelen en legde het verwarde hoopje nu naast de steiger. Hij wreef zich in zijn handen alsof hij zojuist een stier had geveld en liep toen naar de schaduw van de tamarinde om zich bij hen te voegen.

'Jammer,' zei Webster. 'Ik heb begrepen dat je een heftige en vurige affaire hebt gehad met Anne Bonny Joy.'

Lawton kwam tussen Jimmy Webster en Thorn in staan. Hij boog zich naar voren en nam Webster eens aandachtig op.

'Hé, je bent die marineknaap,' zei Lawton. 'Van de tv. Die dat schip liet zinken.'

Webster glimlachte naar Thorn. Zie je wel, iemand herkende hem.

'Die specifieke affaire waar u op doelt,' zei Thorn, 'is al heel lang achter de rug.'

'Zo heb ik het niet gehoord. Ik hoorde dat er nog heel wat hitte is. Vonken.'

Thorn haalde diep adem om te kalmeren, keek naar het water en richtte zijn blik toen weer op Webster.

'Luister eens, meneer de staatssecretaris...'

'Niet meer,' zei Webster. 'Ik behoor tegenwoordig niet meer tot het kabinet. Maar heb nog wel een voet tussen de deur bij de regering, op andere terreinen. Iets meer achter de schermen.'

'Clandestien,' zei Lawton. 'Geheime zaken.'

Jimmy Lee keek naar Lawton.

'Is dit je vader?' vroeg hij toen.

'Zo goed als.'

'Je bent naar het juiste adres gekomen, Webster,' zei Lawton, 'want toevallig heb ik in mijn dagen ook het nodige werk als undercover gedaan. Voor de politie van Miami. Diverse zeer geruchtmakende afrekeningen. Gestolen waar, cocaïne. Dus ik weet hoe dat gaat. We hebben een stel behoorlijk rotte appels uitgeschakeld.'

Jimmy Lee antwoordde de oude man met een onzeker knikje.

'Vergeet Thorn maar,' zei Lawton. 'Hij is het schuwe, teruggetrokken type. De man met wie je wilt praten staat hier recht voor je.'

Thorn legde zijn hand op Websters schouder en begon hem resoluut in de richting van zijn auto te duwen.

'Ik wilde je alleen maar uithoren over Anne Joy.'

'U weet nu alles, partner. Tijd om de snelweg weer op te zoeken.'

'Je hebt hem niet eens gevraagd wat hij wilde?' vroeg Alex. Lawton lag op zijn veldbed, de volle maan scheen boven de bomen en de Blackwater Sound was berijpt met een laagje goud.

'Ik heb hem naar zijn auto geleid en heb hem vervolgens weggestuurd.'

'Jezus, Thorn. Jimmy Lee Webster.'

'Een hoge pief, zeker?'

'Een tijd lang.'

'Hij beweerde dat hij controversieel was.'

'Jazeker,' zei Alex. 'Hij was de knaap die het groene licht gaf aan de torpedojager die ergens bij Maleisië op een vrachtschip vuurde.'

'Waarom?'

'Had iets met piraten te maken. Maar het probleem was dat hij het verkeerde schip te pakken nam. Foute inlichtingen. Ik weet de details niet meer. Veel burgers verloren het leven, het schip zonk. Zo herinner ik het mij. Achteraf natuurlijk heel wat sabelgekletter. En een hoorzitting door de Senaat, wel twee weken achter elkaar op tv. Heb daarna niet veel meer over hem gehoord.'

'Piraten?'

'Dat was het, geloof ik. De marine-inlichtingendienst meende dat een Amerikaanse olietanker was gekaapt door boeven, die nu ergens naartoe voeren, nadat ze de bemanning hadden vermoord. Dat deel bleek achteraf te kloppen. Er was inderdaad een olietanker gekaapt, maar onze lui hadden het verkeerde schip voor. Een Amerikaanse torpedojager heeft geprobeerd deze verkeerde tanker tot stoppen te dwingen, en toen het schip niet reageerde hebben onze jongens het vuur geopend. Een stuk of tien doden, meen ik me te herinneren. Of misschien meer. En veel olievervuiling.'

'Nou, nu doet hij kennelijk iets anders. CIA misschien. Wie kan het zeggen?'

Alex leunde tegen zijn schouder. Ze stonden bij de omheining en keken uit naar het duister.

'Jouw naam dook op?'

'Dat zei hij.'

Thorn overwoog een halve seconde om haar iets meer te vertellen over de Anne Joy-episode, maar besloot het te laten. Onnodig om dat nog eens op te rakelen.

'Het had interessant kunnen zijn om zijn verhaal aan te horen.'

'Ondenkbaar. Ik ben op vakantie.'

'O ja? Hoe lang nog?'

'Voor de rest van mijn natuurlijke leven.'

'Nou, dat is mooi. Maar *ik* had wel eens willen horen wat hij te bieden had.'

'Wat het ook mag zijn, ik heb mijn handen toch al vol,' zei Thorn, terwijl hij haar heup een zachte por gaf met de zijne. 'Mijn beker vloeit al over.'

'Ha, nu snap ik waar het over ging,' zei Alexandra. 'Je naam dook op tijdens een onderzoek naar de Romeo's aller landen.'

'Grappig,' zei hij. 'Oergeestig.'

Hij stootte haar zachtjes met zijn elleboog in haar ribben.

'Ze wilden weten wat je zo onweerstaanbaar maakt voor vrouwen. Destilleer het. Stop het in flesjes, deel het uit aan de vijanden. Een massaverleidingswapen.'

Thorn lachte. Hij hief zijn glas omhoog, tikte ermee tegen het hare en nam een slok. Ze gaf hem een vluchtige kus op zijn wang, trok haar hoofd terug en keek om naar de donkere oprit.

'Onweerstaanbaar?' vroeg hij. 'Hoezo dat?'

'Begoochelend.' Alex dronk het laatste slokje van haar cabernet en zette het glas op de tafel achter hen. 'Overweldigende aantrekkingskracht.'

Ergens in de dichte mangrovebosjes die zijn terrein omringden krijste een vogel. Was het een liefdesroep of een waarschuwing? Hij kon niet meteen bedenken wat voor soort vogel het was. Het klonk niet naar een zilverreiger of een roodstaartbuizerd, en nog minder naar een uil. Sugarman of Janey zou het wel geweten hebben.

'Nou, het is fijn om te horen,' zei Thorn, 'dat ik echt het neusje van de zalm ben.'

'Ja,' zei ze, 'dat ben je. Zeker weten.'

Ze verstrengelde haar vingers met de zijne en draaide hem een kwartslag van het water, waarna ze hem in haar sterke armen nam. Zo bleven ze staan tot ze beiden buiten adem en duizelig waren van hun wederkerige hitte. Toen stapte ze uit zijn omarming, nam hem bij de hand en leidde hem stilletjes langs Lawtons veldbed naar de slaapkamer die ze met elkaar deelden.

Vier

In de paar weken die volgden leidde Anne Bonny het leven waartoe ze door haar voornamen was gepredestineerd. Niet dat ze over open zeeën schuimden met een uitkijk hoog in de mast om met een telescoopkijker uit te zien naar kaapwaardige schepen. Daniels werkwijze maakte gebruik van een simpele methode die was gebaseerd op de FROM zelf – de Fleet Remote Monitoring. Dit systeem hield de posities bij van de schepen die tegen piraterij beschermd moesten worden, waardoor de reders steeds exact wisten waar ze zich bevonden, hoe snel ze vorderden, welke koers ze aanhielden. Een speciaal GPS voor zeeschepen. Het systeem was bedoeld om de eigenaren van die schepen tijdig te waarschuwen wanneer een ervan opeens een rare koers ging varen. De nieuwe koers kon worden gevolgd en daardoor was het mogelijk om hulp die kant op te sturen.

Sal Gardino was Daniels computerwhizzkid. Hij had een manier gevonden om via een worm of een backdoor – Anne Bonny kon het hackersjargon nooit precies onthouden – door de beveiliging van het FROM-systeem heen te komen. Daardoor kon Daniel na een paar minuutjes werk op zijn laptop die site binnenkomen en op zijn gemak de exacte posities bekijken van duizenden schepen op volle zee. Vrachtboten, tankers, containerschepen van Maersk, Hanjin, Trans-Asia, Global Transport en tientallen andere rederijen. Al hun bewegingen waren een open boek voor hem. Daniel genoot van de ironie dat hij hun beveiligingssysteem tégen de reders gebruikte.

Ze bleven vier weken aaneengesloten op zee. Op twee schepen. Een ervan het slanke, veertien meter lange Hatteras-sportjacht dat hen bij de Cheeca Lodge was komen ophalen. Superieure dieselmotoren onder het dek. Anne en Daniel aan boord, plus Sal en Marty. De Nicaraguanen en de rest van de bemanning bevonden zich op een tweede vaartuig, een voormalige garnalenvisser die extra motorvermogen had gekregen om de Hatteras bij te houden. Elk van beide schepen had een opblaasboot voor zeven personen bij zich, aangedreven door viertaktmotoren van het merk Yamaha. Deze boten werden als sloepen gebruikt. Wanneer ze onderweg waren hielden de twee schepen een buffer van drie tot vijf kilometer tussen zich. Zo bewogen ze zich van plek naar plek tussen de West-Indische Eilanden of voor de Zuid-Amerikaanse kust. De Hatteras had een handvoorraad automatische wapens bij zich, het satellietcommunicatiesysteem en de computer die Sal gebruikte om de FROM-site te kraken.

Wanneer al die gegevens van scheepsbewegingen open en bloot voor je lagen was het kiezen van een prooi zoiets als wedden bij de paardenraces. Je bestudeerde het programma, controleerde de gegevens, schatte je kansen in, woog het ene schip tegen het andere af, rekening houdend met de andere races die die dag gelopen zouden worden, en de waarde van de lading, het gemak om deze van de hand te doen, en vooral de noodzaak om niet meer op het spel te zetten dan je je kon veroorloven te vergokken.

Vroeg in april, nadat ze in vier weken evenzoveel doelwitten hadden gekaapt, bivakkeerden ze in de Gray Ghost Lodge, een klein vissersresort dat Daniels eigendom was. Vijftien hectare in de Barra de Colorada, bij de grens tussen Costa Rica en Nicaragua.

Tien sobere houten hutten, een kleine eetzaal, een haventje dat groot genoeg was voor een half dozijn open vissersboten. Hier bewaarde Daniel zijn Donzi, *The Black Swan*, de playboy-speedboot die hij met zoveel succes had ingezet om Anne Bonny te versieren.

Het visserskamp grensde in het westen en zuiden aan dicht regenwoud – een wegenloos natuurreservaat dat zich ver van de toeristische trekpleisters bevond. Ten noorden en oosten ervan bevond zich een labyrint van riviermondingen en geulen en ondiepe, bijna ondoordringbare lagunes en baaien, vanwaar je uitkwam in de Caribische Zee.

Deels voor de schijn, deels voor zijn eigen genoegen, hield Daniel het afgelegen vissersresort tijdens het winterseizoen open. Dan waren er gidsen, koks en andere bedienden om het geheel op een legale onderneming te laten lijken. Van november tot februari betaalden rijke vissers vijfhonderd dollar per dag om in die hutten te wonen en met gidsen op de reusachtige bonefish en tarpons te gaan vissen waar het in de ondiepten boven het zand van wemelde.

Maar in de smoorhete maanden van de lente en de zomer, wanneer het regenseizoen was begonnen en de bonefish en de andere grote vissen waren gemigreerd, sloot Daniel de zaak en gebruikte hij het terrein als schuilplaats en voor het hergroeperen, alsmede voor het uitvoeren van reparaties aan schepen en wapens. En om er wat rum te drinken en zich te ontspannen naast de tropische lagune.

Niet ver van de Gray Ghost Lodge passeerden dagelijks honderden schepen binnen aanvalsafstand de kustlijn, maar ondanks al die gemakkelijke doelwitten hield Daniel zich aan zijn gewoonte om tijdens de rustperiode passief te blijven. Het zou niet verstandig zijn de aandacht te vestigen op dat stukje kust zo lang er talloze ongecontroleerde vierkante kilometers oceaan beschikbaar waren. Ze probeerden zo mogelijk in internationale wateren te werken. In zijn eeuwige jacht op terroristen en drugssmokkelaars was de Amerikaanse Kustwacht al onderbemand in de eigen territoriale wateren, laat staan in de rest van de omringende zeeën.

Met zijn satelliettelefoon en laptop kon Daniel in principe elke plek ter wereld als zijn commandocentrum kiezen, zonder het contact te verliezen met zijn mensen in Taipei en Rio, Montevideo en Jakarta, Singapore, Hongkong en Anchorage. Hetzelfde netwerk dat hij jaren tevoren had helpen opbouwen voor zijn vader – toen ten behoeve van de handel in hasj en cocaïne – hielp Daniel nu van zelfs zijn meest exotische buit af.

In die paar weken had Anne zich aangepast aan de routine van geweren en voortdurende verplaatsingen en de beheerste opwinding van het enteren van schepen. Welke twijfels Anne overdag ook mocht koesteren, tijdens de lange nachten werden ze uitgewist door Daniel. Zijn afgemeten rust, zijn zekerheid. Niet de flamboyante, waaghalzerige kaperkapitein waarvan haar moeder had gedroomd, maar een man met een simpele taak voor ogen – zo snel mogelijk zo veel mogelijk geld bij elkaar graaien met zo weinig mogelijk risico.

'Mooie piraten zijn we,' zei ze op een avond in het vissersresort. 'De hele maand hebben we nog geen enkele keel doorgesneden.'

'Ik zie mezelf graag als een entrepreneur. Een ondernemer in avonturen.'

'Dat is een goeie.'

'We romen alleen maar een beetje af van de obscene bedrijfswinsten en laten de verzekeringen de verliezen van de rederijen betalen. De dagelijkse tredmolen van het grote geld begint daardoor te draaien. De grote jongens die de grote bedragen rondpompen.'

'Je hebt het allemaal gerationaliseerd.'

'Ik heb mijn morele principes,' zei Daniel.

'De meeste entrepreneurs gebruiken geen automatische wapens.'

'Het zijn slechts rekwisieten,' zei Daniel. 'Hebben we ooit één schot afgevuurd?'

'Maar ze zijn geladen,' zei Anne. 'En geweren hebben wel eens de neiging om af te gaan.'

'Heb je hier moeite mee, Anne? Wil je naar huis terug, naar een veiliger bestaan? Je hoeft maar te kikken, dan breng ik je terug.'

'Het zijn alleen de geweren,' zei ze. 'Ik heb je over mijn ouders verteld. Ik heb met eigen ogen gezien wat er kan gebeuren.'

'Ik weet het,' zei hij. 'Maar dit is anders. Jouw pa roomde de winst van een stel primitieve drugshandelaars af. Maar dit is het andere uiteinde van het spectrum.'

'Het geraffineerde einde,' zei Anne.

'Het veilige einde,' zei Daniel. 'Het slimme.'

Wanneer Daniel een schip enterde waren hij en zijn helpers gewoonlijk talrijker dan de bemanning. Ze vielen aan in het donker, de helft vanaf stuurboord, de helft vanaf bakboord. Eerst namen ze de brug over en overmeesterden de kapitein. Ze schreeuwden en dreigden en stompten weerspannige bemanningsleden met de kolf van hun Mac-10 of AK-47. In de afgelopen vier weken hadden ze er een paar op hun knieën gedwongen en sommige helden een bloedneus of een gebroken arm bezorgd, niets ergers. In deze weken hadden ze van alles gekaapt, van driehonderdduizend gallons lijnzaadolie tot veertienhonderd splinternieuwe Toyota-terreinwagens en een containerschip vol koelkasten en magnetrons, maar er was geen schot gelost. De schepen waren nooit bewapend en de bemanning bestond uit zeelui, niet uit soldaten. En niet één achtervolging ter zee, laat staan een aanhouding.

Nadat ze de FROM hadden uitgeschakeld droegen ze het schip over aan een van Daniels Latijns-Amerikaanse medeplichtigen, die het naar een bevriende haven in Colombia of Venezuela loodste, waar de goederen werden uitgeladen. Wat er daarna met die schepen gebeurde werd overgelaten aan de zakenpartners. Soms lieten deze het leeggeroofde schip gewoon ergens achter, andere keren maakten ze er een spookschip van. Dan gaven ze het een ander verfje en een andere vlag, pikten een nieuwe lading op van een legitieme vervoerder, kozen het ruime sop en voeren linea recta naar een andere bevriende haven, waar ze de lading losten. Twee keer kassa met één schip.

Maar Daniel wilde daar niet bij betrokken zijn. Inpikken en wegwezen, was zijn motto. Room de melk af, en laat de moeizame logistiek van het afhandelen van de lading en de schepen maar over aan anderen. Zelfs onder de camouflage van nieuwe kleuren en een nieuwe nationaliteit waren spookschepen relatief gemakkelijke prooien voor de Kustwacht van de Verenigde Staten of andere landen. Daniel achtte het gewoon het risico niet waard om aan boord van een gestolen vrachtschip betrapt te worden ter wille van een bonuslading olijfolie of zoiets.

Het gebeurde tijdens die eerste week in april, toen hun groep zich ontspande in de Gray Ghost Lodge, dat Daniel op een middag het nieuwste stapeltje uitdraaien van de FROM aan Anne overhandigde. In de komende twee weken zouden zich zevenenvijftig schepen naar de Caribische Zee begeven, waarvan de meeste binnen honderdvijftig kilometer van hun locatie zouden passeren.

'Het wordt tijd dat jij eens kiest,' zei hij. 'Je weet wat voor dingen we zoeken.'

'Ik dacht dat je in dit deel van de Golf nooit iets deed?'

'Alleen deze ene keer,' zei hij. 'Dat kan geen kwaad.'

'Tja, ik ben nog niet klaar om het schip uit te kiezen.'

'Jawel, hoor.'

Daniel had haar al gedemonstreerd met welke toegangscodes ze in de FROM-site kon inbreken en hij had haar de procedure laten oefenen tot ze het binnen tien minuten voor elkaar kreeg. Hij behandelde haar met respect, als een zakenpartner op voet van gelijkheid met hem, niet slechts als zijn liefje. Dus Anne nam het stapeltje papieren aan, liep naar de houten hut bij de lagune en bestudeerde daar de computeruitdraaien een uur lang.

'De *Rainmaker*,' zei ze daarna tegen Daniel in hun cabine.

'En waarom hém?'

'De naam bevalt me.'

Sal Gardino en Marty Messina keken zwijgend toe.

'De naam bevalt je? Kom, kom, Anne. Wees eens serieus.'

'Vier of vijf schepen voldoen aan onze vereisten,' zei ze. 'Ladingen ongeveer van gelijke waarde, allemaal via het Kanaal van Yucatán op weg naar New Orleans of Galveston, vlak langs hier, allemaal met een even grote bemanning. Nou, als de rest allemaal zowat gelijk is, kies ik voor een naam die me bevalt. Een regenmaker is een oud indiaans opperhoofd dat blijft zingen tot de hemel zich opent. Om een eind te maken aan een lange tijd van droogte.'

Sal Gardino glimlachte, maar Marty Messina, die met zijn armen over elkaar in de deuropening had gestaan, trok een grimas en beende weg.

Marty was een vlezige man van achter in de dertig, die pas een paar maanden uit de gevangenis was, nadat hij zes jaar had gezeten omdat hij voor Daniel drugs had vervoerd. Voordat hij voor de rechter kwam hadden de drugsbestrijders van de DEA hem immuniteit, getuigenbescherming en een levenslang pensioen aangeboden, mits hij wilde doorslaan over de Salbones. Maar hij had zijn mond stijf dichtgehouden, had zijn straf uitgezeten en was naar Miami gekomen in de verwachting Daniels belangrijkste handlanger te worden. En dat was precies de rol die Anne meteen na háár komst nu aan het invullen was.

Vanaf het begin – meteen toen hij de situatie doorkreeg – was Marty pijnlijk beleefd geweest met zijn glimlachjes en zijn ja-mevrouws, maar hij was een beroerde toneelspeler. Hij wilde zijn geclaimde positie niet zomaar opgeven. Om hem tevreden te stellen had Daniel Marty Messina belast met het onderhouden van hun buitenlandse contacten en het aanknopen van nieuwe. Hoewel dit een essentieel onderdeel van hun activiteiten was, leek Marty daar toch niet echt genoegen mee te nemen.

Daniel bestudeerde de gegevens over de *Rainmaker* en neuriede voor zich uit.

'Ze is een snelle leerling,' zei Sal.

'Ruwe olie,' zei Daniel. 'We moeten meteen een koper zien te vinden.'

'Die man in Buenos Aires,' zei Sal. 'Met zijn nieuwe raffinaderij. Of de Texaan.'

'Wil jij ze bellen, Anne? Onderhandelen?'

'Dat is Marty's werk.'

'Oké,' zei hij. 'Ik zal het hem zeggen, laat hij maar eens rondkijken. Zien wie er dorst heeft. We zullen op zee moeten overladen.'

'Altijd nog makkelijker om dit spul kwijt te raken dan die verdomde lijnzaadolie.'

Hij bladerde nog even door de uitdraaien en glimlachte toen naar haar.

'Goed,' zei hij. 'Die nemen we. Uitstekende keuze, Anne. De *Rainmaker*. Je weet nu hoe het moet. Voor als mij ooit iets overkomt.'

Daniel glimlachte bij die woorden, maar er loerde een schaduw in de diepte van zijn donkere ogen, alsof hij al had aangevoeld wat niemand had aangevoeld: het glinsterende projectiel in zijn baan naar beneden.

'Kom nou,' zei Anne. 'Dit werk is veiliger dan serveerster zijn. Dát is pas een riskant beroep. Je weet nooit wie je tegen het lijf loopt.'

Sal Gardino stond op, knikte zijn instemming en vertrok.

'Nog een jaar,' zei Daniel toen Sal weg was. 'Zes maanden, als we mazzel hebben. Dan zetten we er een punt achter.'

'Ben je ergens bezorgd over?'

'Nee, niet bezorgd. Het is alleen zo dat mijn visie op risico en gevaar de laatste tijd veranderd is. Nu ik iets heb waar ik dol op ben.'

'Als je werkelijk bezorgd bent, zouden we nú al kunnen stoppen.'

'Is dat wat je wilt, Anne?'

'Wat wil *jij*?'

Hij keek haar even aan en richtte zijn blik toen weer op het stapeltje papier.

'Nog zes maanden, dan hoeven we onze handen nooit meer vuil te maken.'

'En dan?'

'Dan kunnen we ons terugtrekken op dit mooie plekje.'

'Leven in de jungle.'

'Je droomhuis bouwen, een tropische bungalow, wát je maar wilt. Het is hier ideaal. Papegaaien in het wild, fantastisch viswater. Als de Keys, alleen ongerepter. Om nog maar te zwijgen over het uitstekende belastingklimaat.'

'Hier wonen en wat dan *doen*?'

'Dat weet je best.'

'Ik wil het je horen zeggen.'

'Goed,' zei Daniel. 'Onze kinderen opvoeden in de Hof van Eden. Opnieuw beginnen, deze keer goed.'

'En ze in isolement houden? Zonder stripboeken, zonder computerspelletjes?'

'We zouden geweldige ouders zijn,' zei hij.

'Waarom denk je dat?'

'Omdat we van elkaar houden.'

'Is dat alles wat ervoor nodig is?'

'Het is een verdomd goed begin,' zei hij.

De tien dagen daarna volgden ze de vorderingen van het schip via de laptop.

Na 840.000 vaten North Slope crude te hebben geladen vertrok de *Rainmaker* op een stormachtige middag van Pier 5 van de Alyeska-haven in de baai van Valdez, Alaska. Alle elf tanks van de *Rainmaker* waren vol en het schip lag zwaar en log in het woelige water van de noordelijke Pacific. De tanker was eigendom van de TransOcean Shipping Lines, een Amerikaans bedrijf dat gevestigd was in San Francisco, al was het schip om belastingredenen in Panama geregistreerd en voer het onder Panamese vlag. De eerste honderden kilometers werd de tanker geplaagd door stormen. Hij had acht dagen nodig om langs de kust van Californië te varen en om het schiereiland Baja heen, door de oostelijke Pacific bij het Panamakanaal te komen. Voor Daniel en de zijnen was dit kanaal een zeer behulpzame trechter, waar een groot deel van het scheepvaartverkeer op dit halfrond doorheen moest.

Toen de tanker om halfvijf aan de Pacifische kant via de Mirafloressluis het kanaal binnenvoer werd het daar door een camera gefilmd en op de internetsite van de Panama Canal Authority vertoond. Deze webcam werd om de paar seconden ververst en toonde de onophoudelijke stoet van schepen die zich vanuit de Pacific via het kanaal naar het oosten verplaatsten. Sal bekeek deze website om de gegevens van het FROM-systeem te checken.

'Onderweg,' zei Sal. 'Precies op schema.'

Hij zat aan hun bureautje en Anne keek over zijn schouder mee toen hij de toegangscodes van de FROM begon in te toetsen. Vanaf dat moment zouden ze de koersgegevens vanuit die website ophalen.

'Shit,' zei Sal. 'Shit, shit, shit.'

Daniel legde de Mac-10 weg die hij had zitten schoonmaken en kwam naar hen toe.

'Wat is er?'

'Een stremming,' zei Sal. 'Kijk.'

Anne en Daniel bogen zich dichter naar het scherm. De stroom gegevens die zich daar afrolde en die elke twee of drie seconden werd vernieuwd was vertraagd tot iets stroperigs.

'Hoe komt dat?'

'Ik weet het niet,' zei Sal. 'Maar dit is niet goed.'

'Hebben ze ons in de gaten? Weten ze dat we binnen zijn?'

'Het kan aan de satelliet liggen. Atmosferische omstandigheden of zo. Maar ik heb het nog nooit zo traag gezien.'

Terwijl ze toekeken flikkerde het scherm alsof de laptop bijna geen stroom meer kreeg, maar toen hernam de stroom cijfers en codewoorden opeens zijn normale snelheid weer.

Daniel deed een stapje achteruit.

'Een hapering in de transmissie,' zei hij. 'Niets om ons zorgen over te maken. Onweer boven de Grote Oceaan. Of bliksem in Guam. Van geen belang.'

'Ja,' zei Sal. 'Zou kunnen.'

'Is het mogelijk,' vroeg Anne, 'dat ze weten dat we meekijken? En onze positie ontdekken?'

'Als ze een reden hadden om achterdochtig te zijn, ja, dan zouden topspecialisten misschien kunnen ontdekken dat we hun site hebben gekraakt,' zei Sal. 'Maar onze positie hier opsporen? Nee, tenzij het Pentagon erachter zit met een supercomputer om het werk te doen. Niet gewone beveiligingsmensen van een doorsnee-bedrijf. En anders zouden het huurlingen kunnen zijn.'

Daniel wendde zijn hoofd naar Sal, maar Anne vroeg: 'Huurlingen? Hoezo?'

Daniel draaide zich van haar af en zei: 'Huurlingen. Gewapende lui.'

'Voor het eerst dat ik ervan hoor,' zei ze.

'Er zijn een paar gevallen geweest,' zei Daniel. 'Beide keren in de Chinese Zee. Een bende ex-soldaten, ingehuurd door de rederijen.'

'En toen? Hebben ze toen piraten gearresteerd?'

'Uitgeschakeld, zou ik eerder zeggen,' zei Sal.

'Uitgeschakeld? Gedood?'

Daniel wierp Sal een snelle blik toe en zei tegen Anne: 'De details zijn niet echt helder.'

'Maar die lui bestaan,' zei Anne. 'En dit zijn ze?'

'Het kwam door het weer,' zei Sal. 'Gewoon ergens een onweer met bliksem.'

Ze bleven nog een poos kijken, maar de gegevens rolden met een constante snelheid over het scherm.

Daniel gaf Sal een tikje op zijn schouder en vroeg hem even naar buiten te gaan. Sal stond op, keek nog even naar het scherm, haalde toen zijn schouders op en vertrok. Daniel deed de deur achter hem dicht.

'Anne,' zei hij, 'ik denk dat je deze keer beter aan wal kunt blijven.'

In zijn blik liet hij niets doorschemeren. Zijn glimlach was zonder diepte.

‘Waarom? Heb je een voorgevoel? Wegens deze storing in de computer?’

‘Doe me het plezier, deze ene keer. Oké?’

‘We *hoeven* helemaal niet toe te slaan,’ zei ze. ‘Er is niets bijzonders aan deze tanker. Als iets niet goed aanvoelt, laten we er dan mee kappen.’

Daniel kwam naar haar toe en legde zijn handen op haar schouders.

‘Wil je dit voor me doen? Deze ene keer? Blijf thuis.’

‘Wat gebeurt hier? Ik sta versteld. Moet ik in training om een huisvrouwtje te worden?’

Hij trok zijn handen terug alsof hij ze zojuist had verbrand. Het was niet haar bedoeling zo bijtend te zijn, maar ze kon het niet opbrengen zich te verontschuldigen. Hij zag er nu anders uit. Onzeker, verdwaald. Het onthutste haar hem zo te zien. Het was alsof de grond onder haar voeten wegzakte.

Hij wreef met beide handen over zijn glanzende haren en richtte zijn blik op een van de vensters van de hut.

‘Als ik doodging,’ zei hij, ‘of we raakten uit elkaar, wat zou jij dan doen, Anne?’

‘Je gaat niet dood.’

Toen draaide hij zich naar haar om. Zijn blik was killer dan ze ooit eerder had gezien.

‘Ik vroeg wat je dan zou doen.’

‘Oké,’ zei ze. ‘Ik zou waarschijnlijk naar huis gaan.’

‘Terug naar Key Largo?’

‘Ja.’

‘Terug naar je broer en je vriend?’

Zijn blauwe ogen waren vol kronkelige lichtjes.

‘Je stelde me een vraag, Daniel, en ik probeer eerlijk te zijn. Ik zou naar huis gaan en mijn leven proberen te hervatten. Er is geen vriend. En Vic wil ik niet zien.’

‘Key Largo,’ zei hij. ‘Oké, dat is goed. Als er ooit iets gebeurt zal ik je daar vinden. Dan zal ik daar naartoe komen.’

‘Daniel? Wat is er mis? Wat gebeurt er?’

Hij staarde haar een poosje aan en zei toen: ‘Het spijt me, Anne. Ik ben gespannen, meer is het niet. Het spijt me dat ik zo uitviel. Vergeef me.’

‘Natuurlijk,’ zei ze. ‘Natuurlijk.’

Maar toen hij naar haar toe kwam en haar vasthield, was het de eerste keer sinds ze elkaar kenden dat die versmelting van hun lichamen, dat wegvallen van hun afzonderlijke ego's, dat ze was gaan verwachten en waarop ze rekende, zich *niet* voordeed.

Op die drukkende middag in april passeerde de *Rainmaker* eerst de Pedro Miguelsluis en het Gatunmeer en ten slotte de Gatunsluis, waarna hij het Panamakanaal had verlaten en op de Caribische Zee was aangekomen voor de laatste etappe van zijn reis. Deze voerde via de drukste van diverse scheepsroutes door de Straat van Yucatán naar de Golf van Mexico en de monding van de Mississippi, en vandaar naar de raffinaderij van Marathon Oil in Garyville, Louisiana, halverwege tussen New Orleans en Baton Rouge. De tanker had een bemanning van veertien personen aan boord.

Gebruikmakend van twee van de vissersjachten van de Gray Ghost Lodge vertrokken Daniel en Anne en hun bemanning drie uur nadat de *Rainmaker* de laatste sluis van het Panamakanaal was gepasseerd. Eerder die dag had Marty Messina een rendez-vous geregeld met twee kleine tankers die in Barranquilla lagen en had hij hun de GPS-locatie in het aangrenzende Bassin van Colombia opgegeven waar ze morgen tegen het ochtendgloren bijeen zouden komen om de ruwe olie over te pompen.

De bemanning was een allegaartje. Vijf voormalige guerilla's van de Sandinista, zwaar bewapende, rustige figuren, die tijdens de wintermaanden een dubbelrol speelden als gids voor de vissers die in de Gray Ghost logeerden. Verder Pedro en Manuel Cruz, twee Cubaanse broers uit Miami, die Daniel bij diverse drugsovervallen in de haven van Miami hadden geholpen voordat hij het familiebedrijf vaarwel had gezegd. Ook twee andere bemanningsleden had hij losgeweekt uit Vincent Salbones team in Miami: Sal Gardino, zijn jonge computerman, en Marty Messina.

Twee uur na hun vertrek van Gray Ghost kregen ze de olietanker in het oog, en het volgende uur schaduwden ze hem, Daniel in de voorste boot en Anne Bonny met Sal Gardino en drie van de Nicaraguanen in de tweede. De *Rainmaker* voer een honderdvijftig kilometer uit de Midden-Amerikaanse kust in noordelijke richting. Ver genoeg, met de snelle jachten die ze hadden, om het schip te enteren, de bemanning vast te binden, naar de afgesproken overlaadplaats te varen, de ruwe olie over te pompen en dan overmorgen alweer terug te zijn in de doolhof van geulen van de Barra de Colorado. Lang genoeg voor een attente eigenaar om gealarmeerd te raken wegens het wegvallen van het contact met een van zijn schepen, maar te kort om hulp te kunnen sturen.

Toen de zee in alle richtingen vrij was gaf Daniel het teken. De twee boten kwamen aan beide kanten van de tanker langszij en toen de rompen elkaar raakten brachten de mannen de enterhaken in gereedheid. Op dit punt was er in eeuwen niets veranderd: het waren nog steeds stalen haken met vier vertakkingen. Het enige verschil was dat de moderne versie een laagje kunststof over het staal heen had, om het gekletter waarmee ze op de reling vielen iets te dempen.

De laatste jaren waren reders begonnen, gezien de sterk toenemende piraterij, laserapparaten te installeren die signaleerden of er pogingen werden gedaan om aan boord te klimmen. Er klonken alarmbellen, schijnwerpers zetten het dek in een zee van licht – en de piraten gingen meestal op de vlucht. Zo niet, dan stond de bemanning gewoonlijk klaar met krachtige brandslangen om ze van boord te spuiten.

Maar Sal Gardino had de specificaties van de *Rainmaker* bestudeerd, inclusief de plaatsen en data van recent onderhoud, en hij wist zeker dat de tanker geen alarminstallatie bezat. Eenmaal aan boord zou Sal alleen de FROM hoeven te vinden en uit te schakelen, waarna het schip simpelweg van de computerschermen zou verdwijnen.

Op een teken van Daniel werden de haken omhoog gegooid. Wanneer ze aan de reling bleven haken vielen er automatisch touwladders naar beneden. De *Rainmaker* was een tanker van de middenklasse, net driehonderd meter lang en bijna vijftig meter breed. Tijdens dit uur van de avond brachten de zeelui hun vrije tijd door in hun hutten en was er slechts een klein ploegje op de brug aan het werk. Het was hoogst onwaarschijnlijk dat een van de kapers bij het aan boord klimmen een bemanningslid tegen zou komen.

Maar deze avond verschilde van alle vorige.

Anne Bonny was halverwege de ladder, met Pedro, een van de Nicaraguanen en Sal Gardino voor haar uit, toen ze de eerste scherpe knallen hoorde. Haar adem stokte in haar keel en haar handen verloren bijna hun greep.

Ze had in Gray Ghost Lodge met de Mac-10 op een schietschijf geoefend en herkende het snelle geratel. De eerste paar schoten werden beantwoord door doffere klanken, de gedempte klanken van wat ongetwijfeld wapens met een geluiddemper waren.

Pedro, bij de reling gekomen, aarzelde. Met zijn ene hand hield hij de touwladder vast, met de andere worstelde hij om de AK-47 van zijn rug te halen. Toen klonk er een nieuw salvo van schoten, dat deze keer langer duurde. Paniekkreten vanaf het dek en het metalige gejank van kogels die op het staal van het schip afketsten. Ze hoorde Daniels stem. Hij beval Marty Messina met een vreemde kalmte om dekking te zoeken.

'Actie!' riep Anne. 'Ze hebben problemen. Snel, verdomme!'

Pedro richtte zich op en zette zijn voet op de onderste stang van de reling en een halve seconde later werd de kleine man door een regen van vuur achterover gestoten. Hij schreeuwde en maakte een salto achterover, waarbij hij, voordat hij in zee stortte, met zijn hak Annes schouder raakte. Heel even verloor ze haar houvast. Ze verbrandde haar hand in het gevecht weer greep op het touw te krijgen en klauterde toen naar boven, om Sal Gardino heen, die verlamd was en iets stond te brabbelen. Een techneut. Nutteloos na de eerste knallen van een vuurgevecht.

Op de bovenste sport van de touwladder bleef Anne Bonny even staan om op adem te komen. Met gebogen hoofd, om onder de dolboord te blijven, greep ze naar haar Mac-10. Ze dacht amper na over haar volgende actie, maar wierp zich over de reling en kwam met haar schouder pijnlijk op het ruwe, geribbelde dek terecht. Ze liet zich twee, drie keer om haar as rollen en kwam tot stilstand tegen een ijzeren wand.

Ze voelde zich duizelig en misselijk, en even meende ze geraakt te zijn door een afgeketste kogel. Ze sloot haar ogen en zocht in gedachten haar lichaam af, maar ze voelde geen verdoofd plekje, geen hete tinteling. Alleen een pijnlijk bonkende schouder aan de kant die met het stalen dek in aanraking was gekomen.

Ze ging rechtop zitten, met haar rug vlak tegen de metalen wand gedrukt, en probeerde haar Mac-10 goed in de greep te krijgen, toen ze de schaduw zag van een man die zich naar de reling bewoog. Opeens zag ze heldere lichtflitsen toen hij Sal en de anderen op de ladder onder vuur nam.

Hij loste minstens tien schoten voor het Anne Bonny lukte haar wapen te richten. Sal schreeuwde en een van de Nicaraguanen vloekte in het Spaans voor zijn stem verstomde. Anne Bonny mikte op het midden van het kogelvrije vest dat de rug van de schutter beschermde en haalde toen de koele trekker over, waarna de man naar voren stortte en over de reling viel.

Ze ademde diep uit, maar voordat ze verder iets kon doen baadde het dek opeens in een verblindend licht en op hetzelfde moment hoorde ze vanuit het noorden het onmiskenbare geluid van een helikopter naderen.

'Blijf laag, Anne! Blijf laag!'

Overal om haar heen knetterden nu automatische wapens en sloegen kogels met doffe ploffen of snerpende metalige klanken in de keiharde huid van de tanker.

Daniels stem had van rechts geklonken, ongeveer vijftig meter bij haar vandaan. Ze richtte zich half op en stak haar hoofd tot boven de rand van de metalen wand, waarvan ze nu kon vaststellen dat het geen wand was, maar een gele vrachtcontainer met het embleem van rederij Maersk erop.

'Anne, plat op het dek! Blijf laag!'

Een reeks staccatoknallen sneed zijn stemgeluid af. Luidere knallen klonken ten antwoord, en ook weer veel doffe ploffen. En toen was het stil. Aan de noordkant zag ze het zoeklicht van de helikopter over de donkere wateren aan de stuurboordzijde van het schip glijden. Telkens opnieuw opende een mitrailleur van zwaar kaliber het vuur op de mannen in het water. Een van hun snelle boten ontplofte – een bal van vuur die opbloeide onder de zwarte hemel.

Met haar gezicht dicht bij het dek kroop ze naar de rand van de gele container en keek om de hoek naar de plek waar ze Daniels stem voor het laatst had gehoord.

Twee mannen in camouflagepakken met zwarte T-shirts eronder stonden bij zijn lichaam. Ze hadden wapens met geluiddempers in de hand. De grootste van de twee zei iets tegen de andere, waarna deze zijn wapen leegschoot op Daniel. Ze dacht dat ze Daniel op tijd zag wegdraaien om de kogelregen te ontwijken. Toen liepen beide mannen schuifelend tot buiten haar blikveld.

Er vormde zich een jammerklacht in Annes keel, maar voordat ze zich kon oprichten om te schieten zag ze een paar zwarte laarzen op niet meer dan een meter voor haar neus.

'Eén verdomde beweging en je bent dood.' Zijn accent was puur New York – het nasale geluid van een straatjongen. 'Schuif het langzaam naar voren, dat klotengeweer. Hoor je me, slet? Verroer je en je bent morsdood.'

Een jaar eerder zou ze onmiddellijk hebben gehoorzaamd en haar handen omhoog hebben gestoken, opgelucht dat deze lange en angstaanjagende droom was afgelopen. Maar dat was vóór Daniel geweest. Voordat hij haar naar de rand van de afgrond had gebracht, haar hand in de zijne had genomen en achter het verleden in haar ogen naar domeinen van haarzelf had gekeken waarvan zij zelf het bestaan niet had geweten, waarna ze samen over de rand waren gesprongen en in één eindeloze extatische val waren terechtgekomen, waaraan pas op dit zwarte moment een einde was gekomen.

Anne Bonny Joy duwde de Mac-10 over het dek naar voren, centimeter na centimeter, tot hij volledig in het gezicht lag. En toen liet ze haar hand over de kolf glijden en vuurde een stuk of tien kogels af op de tenen van de zwarte laarzen. En ze zag die laarzen opspringen, en in die halve seconde draaide ze naar rechts, sprong overeind en sprintte naar de reling. En dook de bodemloze duisternis in.

In de ruwe zee lukte het haar een reddingsvest van een van de Nicaraguanen uit te trekken. Ze dook weg wanneer het zoeklicht naderde en zwom onderwijl langzaam en gestaag tot buiten het gebied waar ze aan het speuren waren. De hele nacht zwom en dreef ze zo peddelend voort, geteisterd door een mengsel van vochtverlies, woede en wanhoop. Ook werd ze door de stroming vele kilometers noordwaarts meegevoerd, tot ze een uur na zonsopgang werd opgemerkt door een Panamese vissersboot en uit het water werd opgevist.

Ze zetten haar aan land op een strand bij Puerto Cabezas in Nicaragua en ze gebruikte een paar van de dollars die ze bij zich had om per bus naar de Muskietenkust in het zuiden te reizen. De campesino's in de bus staarden naar haar. Toen Anne diep wegzakte op haar bankje tikte een oude vrouw haar op de schouder om na te gaan of ze nog leefde. In Punta Castillo huurde Anne een skiff om naar de Barra de Colorado te varen. Dodelijk vermoeid liet ze de skiff achter om de laatste vijfentwintig kilometer van de reis te voet door het regenwoud af te leggen. Ze bereikte het resort laat in de middag, vier volle dagen na de ramp op de *Rainmaker*.

Ze hield zich verborgen in een bosje buiten het complex en luisterde naar de kreten van de papegaaien en de brulapen. Ze snoof de lucht op, maar ze rook noch vreemde geuren, noch verbrand hout. Ze wachtte tot het bijna donker was en betrad toen eindelijk het resort.

In de vallende duisternis bewoog ze zich voorzichtig van hut naar hut. Een zakmes was haar enige wapen. De zure stank van de personeelslatrine, een omgevallen vuilnisbak, nu geplunderd door dieren uit de jungle. De sigarettengeur in de barak waar de Sandinisten hadden geslapen. Bij elke stap meende ze vage echo's van stemmen te horen.

Ze glipte de grote hut binnen die zij en Daniel de laatste weken hadden gedeeld. Het bed was netjes opgemaakt. Ze staarde naar zijn kam op de kleedtafel en haar borstel, die ernaast lag. Ze wreef zich haar ogen helder, liep naar de spiegel in de badkamer en tilde hem van zijn haakjes. Ze vocht tegen het trillen van haar vingers en toetste de code in. De stalen deur zwaaide open. Even dacht ze in de schemering dat alles in orde was, maar toen stak ze haar hand uit en betastte de lege vakken. Een diep gekreun welde op uit haar borst. Iemand was haar voor geweest en had de reserves gekaapt.

De reis terug naar Florida kostte twee weken. Lange ritten per Greyhound in de nacht, uitstappen overdag, met neergeslagen ogen, zonder met iemand te praten. Logeren in goedkope hotelletjes aan de kust, in Texas, Louisiana en Florida. De luiken stijf dicht tegen het daglicht en zichzelf klem drinken, die onmogelijk lange dagen. En naar vuile muren en grijze schermen van tv's staren. Paranoïde, triest, zo nerveus dat ze geen oog dichtdeed. Zelfs in de afgrijselijke weken na de dood van haar ouders had ze zich niet zo wanhopig gevoeld.

Ergens ten oosten van Pensacola schrok ze op haar plekje in de bus wakker uit een dutje. De tiener naast haar, die een cowboyhoed droeg, keek haar bezorgd aan.

'Gaat het, mevrouw?' De jongen zette zijn Stetson af en legde hem op zijn schoot. 'Een nachtmerrie?'

Anne keek de jongen even aan en draaide haar hoofd toen naar het venster, naar de palmbomen en de bosjes waar ze langs reden.

'Wás het dat maar,' zei ze. 'Wás het dat maar.'

Vijf

'Kom, kom, Thorn. Zelfs een man als jij zou wel raad weten met twee miljoen dollar.'

'Niet echt, Marty.'

Marty Messina schudde zijn hoofd en kreunde. Hij was een grote man met een vierkant hoofd en ruig zwart haar, dat hij in militaire stoppeltjes had geknipt. Een lokje van een paar centimeter haar aan de voorkant was ingevet en hing als een perfect golfje over zijn voorhoofd. In de jaren sedert Thorn hem voor het laatst had gezien was Marty steviger geworden. In zijn schouders en armen waren nu gevaarlijke spierbundels te zien. Zijn nek was zo dik, dat hij zijn bloemenshirts waarschijnlijk op maat moest laten maken. Hij droeg hoge tennisschoenen met een ingewikkeld rijgsysteem en verder een krappe blauwe spijkerbroek en een zwart kunstzijden hemd met gele hibiscusbloemen erop. Het hemd hing open tot aan zijn borstbeen en liet tot aan zijn keel een matje zwart krullerig borsthaar bloot. Marty was vroeger dol geweest op zware gouden sieraden, maar ze moesten daar in zijn nor een modeklasje hebben gehad, want nu droeg hij nog slechts een speld met een diamant. En die speld had hij door de bovenkant van zijn rechteroor gestoken.

Marty schudde zijn hoofd, zuchtte demonstratief, liep naar de houten trap van Thorns huis op palen en plantte zijn achterwerk zo nadrukkelijk op de vierde trede, dat hij kennelijk wilde suggereren dat hij hier bleef tot Thorn toegaf.

Thorn pakte de plank weer steviger vast, drukte hem tegen de bok en bewoog zijn handzaag heen en weer om de laatste centimeters van het zachte hout af te zagen. Toen dit stukje in het gras was gevallen schaafde hij het einde van de plank een beetje bij, liep naar de schaduw van de tamarinde en legde de plank op de bank, die voor driekwart klaar was. Toen veegde hij het zaagsel van zijn handen en polsen en keek naar Lawton Collins, die een tukje deed in de hangmat tussen twee kokospalmen, vlak naast de rotsachtige oever van de Blackwater Sound.

Het was ongeveer vier uur op die middag in mei en de Blackwater Sound lag te zinderen in een fel blauw licht. Een bruine pelikaan scheerde een meter boven het stille water, meegevoerd door een warme wind uit het westen. Een bries die van de Everglades kwam aanwaaien, vol schimmelsporen en muggen en de eerste ozongeurtjes van een voorjaarsonweer. Het was een bar droog jaar geweest. In deze winter hadden zich slechts een paar koufronten door de hele staat heen weten te ploegen, maar allemaal zonder regen te brengen. En de moessons van de zomer waren nog steeds niet gearriveerd.

Het gras voelde droog en bros aan onder je voeten, maar de bougainvilles leken extatisch te genieten van de droogte, en hun grote bossen rode en roze en witte bloesems omzoomden de bomen en struiken op de dik twee hectaren die Thorn de zijne mocht noemen. De wilde lantana en de penta deden het ook goed. Al generaties lang floreerden deze inheemse planten op de paar centimeter zanderige aarde op het kalksteenpuin dat op de Keys van Florida voor grond moest doorgaan. Regelmatig overstroomd door zout zeewater of gegeseld door orkanen, leken deze inheemse soorten na elke beproeving weer met des temeer geestdrift op te bloeien.

Het jaar van meedogenloze hitte was bijna fnuikend geweest voor Thorns handeltje in vliegen en lures. In het ondiepe water waren de bonefish en de roden zowat lethargisch geweest van de hitte. Een warmer dan gemiddelde winter in het noorden en een serie vliegtuigongelukken hadden de toeristenstroom gehalveerd, dus de gidsen die de toeristen mee uit vissen namen in deze wateren hadden zich niet echt voor Thorns deur staan te verdringen. Hoewel Thorn aardig door zijn spaargeld heen raakte en zich bij het doen van inkopen vaak achter de oren krabde, was hij niet van plan zoiets aan de neus van Marty Messina te hangen.

Toen Marty Messina nog maar een kleine drugshandelaar was op de noordelijkste Keys, ging het verhaal dat hij banden had met een misdaadsyndicaat in Miami. Of het waar was wist Thorn niet, maar de knaap had er zich inderdaad naar gedragen. Een deel van zijn winsten had hij witgewassen via de Tarpon, een restaurant aan de kust in het nabije Rock Harbor. Waarschijnlijk door domme mazzel had Marty daar een jonge kok in dienst genomen die in zijn visschotels een creatief gebruik wist te maken van kaneel en bananen en exotische Caribische vruchten. Het was op Key Largo iets totaal nieuws, dus het restaurant was gaan lopen als een trein. Zelfs Thorn was er voor speciale gelegenheden wel eens geweest.

Marty hield zijn prijzen laag en gaf routineus rondjes aan de hele bar om zijn geluk te vieren. Maar toen werd een boot die door Marty werd bestuurd vlak voor Islamorada aangehouden door de DEA. Er was bijna duizend kilo Mexicaanse marihuana aan boord. Binnen een paar weken werd Marty weggevoerd om zijn croquetvaardigheden te verbeteren in een vrijwel open gevangenis ergens in het noorden van Florida, waarin ze corrupte politici, witteboordencriminelen en ander gespuis met goede advocaten opborgen. In zijn afwezigheid was het restaurant van eigenaar veranderd. De kok vertrok naar elders en het restaurant was weer gewoon een van de vele tenten waar toeristen hun vissandwiches en slappe frieten konden kopen.

Een paar weken geleden was Marty Messina weer op Key Largo opgedoken. Thorn had van een van zijn visvriendjes gehoord dat Messina zijn kont op een kruk in de bar van zijn oude restaurant had geparkeerd en de zaak had afgekamd tegenover iedereen die maar wilde luisteren. En had gesnoefd wat voor een goudmijn het was geweest toen *hij* daar nog de baas was.

'Dus je bent nu makelaar, Marty? Heb je in de nor je diploma gehaald?'

'Val dood, Thorn.'

'Lijkt me best plausibel,' zei Thorn. 'De makelaardij is de logische volgende stap voor een leerling in de misdaad.'

'Hé, Thorn, kom op, man. Ik heb niet de hele verdomde dag. Zeg gewoon ja en ik ga weg en laat de papieren opstellen en je geld uittellen.'

Marty gaf hem weer een vreugdeloze grijns.

'Mijn koper betaalt de hele mep contant,' zei hij. 'Tweeënhalf miljoen.'

'Een minuut geleden was het nog twee.'

'Ik onderhandel.'

'O, gaat dat zó?'

'Oké, drie,' zei Marty. 'Drie miljoen dollar, Thorn.'

Marty stond op en kwam naar de zaagbok gelopen.

'Je onderhandelt in een vacuüm. Ik verkoop niet.'

'Ja, dat heb ik hem ook verteld. Dat je een eersteklas druiloor bent.'

Thorn keek op, maar Marty stond naar de glazige zee te staren.

'Zeg hem dat hij moet langskomen. Dan zal ik het in zijn gezicht weigeren.'

'Dit is geen vent die langskomt, Thorn. Hij betaalt mensen om bij iemand langs te gáán.'

Marty draaide zich om en keek Thorn in de ogen, en er verscheen langzaam een glimlach op zijn gezicht, alsof hij zichzelf had verbaasd met zijn onheilspellende grapje.

'Hoe heet hij, Marty? De man die dit lapje grond zo graag wil hebben.'

'Hoor eens, Thorn, als je rotzooit met mij, dan rotzooi je met hem. En geloof me, maatje, met hem wil je niet rotzooien.'

'Is het heus?'

'Ja, heus.'

Marty hield Thorns blik vast met zijn donkere ogen en kneep zijn lippen op elkaar alsof hij bang was dat de naam anders naar buiten zou glippen. De koper kon iemand van wel honderd oude zakenpartners zijn – en drugshandelaren die voldoende cash bij elkaar hadden gegraaid om zich op de Keys in legale zaken in te kopen. Thorn had niets tegen de soort. Hij had in vroegere jaren zijn eigen portie marihuana gerookt, tot het spul door inteelt zo verdomd hallucinogeen was geworden dat je er wel een maand lang naar bleef snakken. Hij kende hele horden loodgieters en elektriciens en dakdekkers op de eilanden die hun eerste bestelbusjes en gereedschappen hadden aangeschaft van de opbrengst van één succesvolle drugsimport. De meesten van hen waren inmiddels brave burgers. Kerkgangers, met een hypotheek, kinderen op de middelbare school, een kleine boot waarmee ze in het weekend gingen vissen. Maar hij had in die goeie ouwe drugstijd ook een paar figuren gekend die hun concurrenten té hardhandig en gulzig hadden afgetroefd en uitgebuit, en die té diep in de zwarte poel van afgestorven zintuigen waren gestapt. Ze bevonden zich nog op de eilanden, maar je zag ze niet meer open en bloot. Ze stuurden lakeien, zoals deze Marty Messina, om hun klussen op te knappen.

'Oké,' zei Thorn. 'Wat wil hij dan doen met mijn land?'

'Het verbeteren,' zei Marty.

'Aha.' Thorn legde een nieuwe plank op de bok en trok een aluminium rolmaat uit. 'Ja, dat is inderdaad hoognodig.'

'Word nou niet lollig, Thorn. Mijn geduld begint op te raken.'

'Hé, Marty, ik heb een tip voor je. Zeg je man dat hij het perceel moet kopen waar het Island House stond, even verderop. In maart heeft iemand daar alle bomen geveld en het land braak gelegd, en zo ligt het er nog steeds bij. Het geld zal wel op zijn. Dat lijkt me een zeer geschikte lap grond om te verbeteren.'

'Hij wil déze lap grond.'

'Je bent net een poosje terug in de stad en strooit al meteen met miljoenen. Hoe weet ik dat het legaal is? Begrijp je wat ik bedoel?'

'Dit is echt, Thorn. Het aanbod is bonafide. Wat betreft dat net in de stad terug zijn, tja, dat klopt. Maar er zijn hier mensen die zich me herinneren, die respect hebben voor mijn capaciteiten. Ik heb uitstekende referenties.'

'Met een aantal jaren in de nor bijna bovenaan op de lijst.'

'Ik ben een aantal jaren weg geweest, oen. Ik heb wat andere dingen gedaan en nu doe ik dit. Niet dat het je een reet aangaat.'

'Je probeert mijn land te kopen. Dan gaat het me toch wel een beetje aan, dacht ik zo, toch?'

Thorn haalde het potlood van achter zijn oor en markeerde de plank, waarna hij op de plaats van het teken met de tanden van de zaag een eerste inkeping maakte. Voordat hij met zagen kon beginnen stapte Marty zo dicht naar de bok toe dat het niet ging.

'Luister, Thorn. Je hebt een ouwe roestbak als auto. Door en door verrot. Dezelfde klotenwagen die je al had toen ik in de bak belandde.'

Thorn keek Marty aan. Hij hield zijn zaag stil.

'En je hebt dit gammele huis. Eén flinke storm, één harde windvlaag, Thorn, en de hele boel waait zo de baai in.'

Marty kreeg een vermoeide uitdrukking in zijn ogen, alsof de zaak hem verveelde, alsof het hem verveelde met deze druiloor te redetwisten, hoewel hij nog steeds echt zijn best deed om beleefd te zijn.

'Drie miljoen, dan kun je elke auto kopen die je maar wilt. En een huis aan het water, overal in Florida waar je wilt. Beleg de rest in aandelen en obligaties, dan kun je leven van de opbrengst. Kijk eens hoe het aanvoelt om je één keer in je leven als een volwassene te gedragen.'

Thorn keek naar Lawton, die zijn armen rekte, geeuwde en toen in de hangmat ging verliggen om de rest van zijn dutje voor te bereiden. De laatste tijd droeg de oude man kleren die van Thorn waren. Vandaag had hij een wijd wit T-shirt aan en een kaki korte broek met twee zakken met drukknopen aan de voorkant, precies dezelfde outfit als Thorn zelf aan had. Het officiële uniform voor Kamp Thorn.

'Ik héb al een huis aan het water, Marty. En ik heb de roestbak die ik wil hebben. Dus waarom ga je niet terug naar het kantoor van meneer Belangrijk en zegt hem dat hij maar een andere nederzetting moet zoeken om te plunderen?'

Marty keek Thorn een aantal seconden recht in de ogen en schudde toen bedroefd zijn hoofd, alsof hij op het punt stond een fatale diagnose te moeten uitspreken.

'Ik heb mijn man verteld hoe je bent. Maar hij zei dat ik toch maar moest gaan, want hij geloofde dat ik je kon overhalen om te verkopen. Dat soort vertrouwen heeft die man in mij. Nu moet ik terug om hem te zeggen dat je me het bos in hebt gestuurd. Dan sta ik in mijn hemd, Thorn. En daar houd ik niet van.'

Thorn legde de gekartelde kant van de zaag op de inkeping in de plank.

'Je zou er toch ondertussen aan gewend moeten zijn, Marty.'

Boven hun hoofd waaide een zwoel briesje door de dorre takken. Marty keek nu écht verveeld. Hij had alles al meegemaakt. Door de wol geverfd. Te blasé om zich door een amateurgrapjas te laten opnaaien. Toch zag Thorn een vuurrode blos over zijn nek omhoog kruipen als het kwik op een hete augustusmiddag.

Marty hield zijn starende blik nog even vol en keek toen naar de zaag in Thorns hand. Zijn donkere ogen verloren hun glans.

'Je bent een rare klootzak, Thorn.'

'Dat zeggen ze.'

'Ik geloof dat je hem zou gebruiken. De zaag. Naar me uithalen en dan mijn kop afzagen, als je de kans kreeg.'

'Je zou nog een minuut of twee hier kunnen blijven om het proefondervindelijk na te gaan.'

Thorn glimlachte er onschuldig bij.

'Wijsneuzen zoals jij, daarvan gaan er in de nor dertien in een dozijn. Maar het punt is dat ze het niet lang volhouden met die scherpe tong. Vroeg of laat zijn ze één keer te vaak geestig, en dan wordt zo iemand de tong uit zijn bek gesneden en op een schoon wit bordje aan hem overhandigd.'

Thorn keek naar de plank en begon te zagen. Het blad miste Marty's been op een centimeter of twee. Hij praatte zonder op te kijken.

'Als je weer thuis bent, Marty, moet je eens voor je spiegel gaan staan en je verkooptechniek wat oefenen. Die werkt nog voor geen meter.'

Marty deed een paar stappen in de richting van zijn auto, bleef toen staan en draaide zich abrupt om.

'Hij komt achter je aan, Thorn. Dit is een vent die geen nee accepteert. Hij zal dit land in zijn bezit krijgen, hoe dan ook. Ik zeg je dit als faire waarschuwing.'

'Breng hem mee,' zei Thorn. 'Breng de lul maar hierheen.'

Meteen achter de toegangsdeur tot de Tarpon griste Marty de draagbare telefoon van de haak en nam hem mee naar de bar om hem te gebruiken, waardoor hij op dit moment van vroege reserveringen de enige lijn blokkeerde. De oude receptioniste stak vragend haar hand uit, maar Marty draaide zijn rug naar haar toe en wachtte tot ze weg was. Wat hij nodig had was een verdomd mobieltje, maar hij had nog niet genoeg cash bij de hand.

Hij nam contact op met zijn baas en gaf het slechte nieuws over Thorn door, en zijn baas was kwaad op de stijfkoppige klootzak, maar niet verrast.

Marty's baas dacht ongeveer een minuut na, onderwijl voor zich uit neuriënd alsof hij zich aan het scheren was of zo, en kwam toen weer aan de lijn en zei dat Marty zich kon revancheren door een ander klusje voor hem te doen, eentje dat hij waarschijnlijk per telefoon voor elkaar kon krijgen. Marty kreeg de details en hing op, en op dat moment kwam de receptioniste terug en tikte hem op zijn schouder, maar Marty negeerde haar en belde een nieuw nummer, in de hoop de knaap te pakken te krijgen voordat zijn werkdag was afgelopen. Hij moest vijf minuten wachten, terwijl de secretaresse die had opgenomen de telefoon naar de man op zijn heftruck bracht, ergens verderop in het bedrijf.

Deze heftruckman hoefde door Marty niet met grof geschut benaderd te worden. De naam van zijn baas en het aanbod om hem voorman te maken in een andere marina voor het dubbele salaris, waren genoeg. Voor dat geld was hij bereid salto's en radslagen te maken, zei de man. En terwijl Marty twee minuten aan de lijn bleef, en de receptioniste van de Tarpon nog eens kwam en ging, na hem vergeefs op zijn schouder te hebben getikt om de telefoon terug te vragen, kwam de heftruckman weer aan de lijn en zei dat hij het had. Vijf bladzijden – de hele maand mei – met alle vaarplannen van alle boten in hun marina. Marty gaf hem het faxnummer van zijn baas en de man beloofde dat hij de kopieën meteen zou verzenden.

'Mooi,' zei Marty. 'Kom maandagmorgen langs bij de Paradise Boatyard. Daar hebben ze een baan vrij met jouw naam erop.'

'Bedankt, meneer,' zei de heftruckman.

'Ga het spul faxen,' zei Marty. 'En vertel godverdomme niemand wat je uitvreet, of je hangt.'

Twee minuten later belde hij zijn baas, die meteen zei: 'Eindelijk doe je eens iets goed, Marty. Ik begon al te twijfelen.'

'Is er iets bij wat je kunt gebruiken?' Marty negeerde de hatelijke opmerking. Hij had er voor die dag al genoeg gehad van Thorn.

'Aanstaande donderdagavond. Het is perfect. Twee vliegen in één klap. Thorn is de klos.'

'De man is een harde. Ik weet het niet.'

'Ik weet alles van hem, Marty. Ik heb een hele studie gemaakt van die lul. En als ik zijn land heb ingepikt, zo heb ik me voorgenomen, snij ik zijn ballen af en zet ze op sterk water.'

'Dat zou ik willen zien.'

'De man heeft een vriend,' zei zijn baas. 'Sugarman.'

'Ja,' zei Marty. 'Was vroeger bij de politie, werkt nu als zo'n verdomde private eye.'

'Wat ik hoor is dat die twee verdomd close zijn. Als je Sugarman zijn neus kietelt, begint Thorn te niezen.'

'Dat klopt wel, ja.'

'Nou, ik weet een manier om Sugarman de snot uit zijn neus te kietelen.'

'Zodat Thorn gaat niezen.'

'Precies, Marty. Zodat hij zich zijn hersens uit zijn rotkop zal niezen.'

Een minuut later verbrak Marty de verbinding, bracht het apparaat terug naar de receptie en legde het neer.

'Deze is van jou, geloof ik.'

De oude receptioniste keek hem kwaad aan, maar draaide zich toen om en heette nieuwe gasten welkom, die ze glimlachend naar hun tafel bracht.

Zes

Tegen het eind van de middag was Thorn bijna klaar met zijn bank. Aan de westelijke hemel waren een paar spichtige cirruswolken boven de horizon verschenen – als de sierlijke nekhaartjes van een elegante dame. De zon was koperachtig rood en nog maar een paar minuten verwijderd van de zoveelste duik in de Golf. De wolken in het westen hadden al gouden randen en de baai had een bloedrode gloed gekregen, alsof iemand in de diepte een ader van de aarde zelf had opengesneden.

Terwijl hij zijn blik op de spectaculaire hemel gericht hield, kwam uit het dichte bos dat zijn terrein omringde een gelige labradorpuppy zijn grasveld opgelopen. Een spotvogel boven de zee krijste naar het hondje en fladderde toen naar beneden en dook met zijn kop in het water, maar de labrador scheen er niets van te merken.

Na het grasveld te hebben bekeken zag de puppy Lawton in de hangmat liggen slapen, met een been over de rand. Hij dribbelde die kant op en bleef staan onder Lawtons blote voet, waarna hij zijn kopje schuin omhoog hield, het bleke vlees bekeek en toen met zijn tong over de blote voetzool van de oude man likte. Lawton schrok met een kreetje wakker.

Thorn glimlachte, pakte zijn handzaag en zaagde de laatste plank af. Terwijl Lawton tegen de puppy lag te praten droeg Thorn de plank naar de bank en hield hem op zijn plaats. Toen hij zeker wist dat de plank waterpas hing schroefde hij hem vast, waarna hij de spleten tussen de verschillende planken nog eens met een kritisch oog bekeek. Toen draaide hij zich om, liet zich op de zitting zakken en leunde met zijn rug tegen de achterkant. Het voelde stevig en veilig aan. Misschien niet de comfortabelste bank, maar goed genoeg voor wat hij in gedachten had.

Aan de andere kant van de tuin liet Lawton zich uit zijn hangmat in het hoge gras tuimelen. Hij schaterde als een kind. De puppy rende eerst weg, maar kwam toen terug en begon aan Lawtons grijze baardhaartjes te likken.

Thorn vroeg de oude man of hem niets mankeerde, maar Lawton wuifde geruststellend, terwijl het hondje hem bleef besnuffelen.

Thorn veegde wat zaagsel van de bank en liep dichter naar het stoeiende tweetal toe. Hij hurkte neer, terwijl de puppy zich uit Lawtons greep losmaakte, zich duchtig de vacht schudde en toen naar een van Lawtons leren sandalen dribbelde, die los op het gras lagen. Hij liet zich zakken en begon aan het voorste deel te knabbelen. Hij had klitten in zijn vacht en er liepen donkere vettige strepen over zijn gouden rug. En onder zijn sjofele jasje waren zijn ribben te zien.

'Nogal schurftig,' zei Thorn. 'Het lijkt wel alsof hij in een teerton heeft geslapen.'

'Het is een overlever,' zei Lawton. 'Hij heeft zich gevoed met het goede der aarde.'

'En hoe weet je dat?'

'Hij heeft het me daarnet gezegd.'

Lawton wriggelde met zijn vinger boven een polletje gras en het hondje pauzeerde tussen twee happen en tuurde naar deze nieuwe prooi. Lawton bewoog zijn vinger nogmaals en deze keer liet de puppy zijn staart zakken, richtte zich half op, liet zijn kopje een paar centimeter zakken en was alert als een getrainde jachthond. Lawton wriggelde nog eens met zijn vinger, het hondje sprong omhoog en landde op Lawtons hand.

De oude man lachte en richtte de blik van zijn grijze ogen toen op Thorn.

'Wel verdomme, ik wil dit hondje hebben en ik zál hem hebben, dus rij me niet in de wielen, mister!'

Thorn onderdrukte een zucht. De afgelopen paar maanden was Lawtons conditie in een reeks grillige sprongetjes achteruitgegaan. Zoals deze kleine uitbarstingen van irritatie. Dan begon de oude man opeens zonder duidelijke aanleiding te vloeken.

'Deze puppy en ik,' vervolgde Lawton, 'hebben een band met elkaar. Het zou een godgeklaagde misdaad zijn om ons van elkaar te scheiden.'

'We zullen het met Alex bespreken wanneer ze thuis is. Eens horen wat zij ervan zegt.'

'Het kan me geen reet schelen wat zij zegt. Als ik een hond wil, verdomme, dan zal ik een hond hébben! Ik ben te godvergeten oud om me nog door iemand iets te laten zeggen.'

Het hondje beet zich vast in Lawtons vingertop, maar toen Lawton de labrador over zijn keel aaide deed de broodmagere puppy zijn ogen dicht en begon tevreden te sabbelen aan de gerimpelde vinger van de oude man.

'Ik heb een hond nódig, godverdomme,' zei Lawton. 'Ik moet iemand hebben om tegen te praten.'

'Je kunt tegen mij praten,' zei Thorn. 'Wanneer je maar wilt.'

'Je weet best wat ik bedoel,' zei Lawton. 'Iemand op mijn eigen niveau.'

Thorn glimlachte.

'Hoe oud ben ik trouwens?' vroeg Lawton.

'Nog niet zó oud.'

'Ben ik nog een jongen?'

Thorn schudde zijn hoofd.

'Ouder dan een jongen.'

'Nou, verdomme, maar ik voel me als een jongen,' zei Lawton. 'Een jongen van twaalf. En elke jongen heeft een hond nodig. Dus deze is nu van mij.'

Terwijl Lawton het jonge hondje bleef strelen leunde Thorn naar achter en steunde met zijn ellebogen op het dorre gras. De hemel was roze geworden, met daarin vegen en spetters in vage en heldere tinten die even onbenoembaar en grillig waren als die van klipvissen. Hoog boven hen schoof een school kersenrode wolken voorbij en de hele baai had een nevelige roze kleur als van baksteengruis gekregen.

Nu het laatste schijfje van de zon wegzakte hoorde hij vanaf het dak van een van de buren het getoeter van een trompetschelp klinken. Een eerbiedwaardige traditie op de Keys, waaraan sommigen nog vasthielden: een laatste saluut aan de stervende dag, bestaande uit slechts één lang aangehouden toon en voortgebracht met behulp van de schelp van een nagenoeg uitgestorven weekdier. De koninginnentrompetschelp, het officiële embleem voor de Keys van Florida, werd in de wateren daar nauwelijks nog aangetroffen. Er waren té veel verkoopstalletjes geweest en té veel toeristen die een souvenir van hun weekje in het paradijs zochten. En ook té veel restaurantjes waar trompetschelpen werden gefrituurd of in de soep gedaan. Tegenwoordig lieten de toeristenwinkels hun schelpen per vliegtuig aanvoeren van verre stranden – waar de inheemse bevolking nog meende dat ze de hoeders waren van een eindeloze voorraad.

Terwijl Lawton met de puppy speelde stond Thorn op en liep naar de schaduw van de gumboboom. Hij opende een blik gele verf, roerde erin tot deze strijkklaar was en begon zijn nieuwe bank te verven.

Terwijl het eerste laagje verf droogde stak Thorn de kolen van zijn grill aan en liep toen naar boven om een plak te marineren van een mahimahi die Lawton en hij de vorige dag aan de rand van de Golfstroom hadden gevangen. Hij zette ook een ketel met bruine rijst op het fornuis en sneed verse avocado, een portabellapaddestoel en een grote vleestomaat in stukjes – allemaal verse spullen die Alexandra het afgelopen weekend op een markt op Key Largo had ingekocht.

Ook ontkurkte Thorn een fles wijn die ze had meegebracht uit Miami en hij schonk voor zichzelf in een halfhoog cocktailglas een paar centimeter in. Het was haar favoriete wijn, een volle cabernet uit Oregon. Ze hadden zichzelf de afgelopen maanden verwend – en goede wijn, verse vis, bonbons na het eten. Een dieet dat veel royaler was dan waar ze allemaal aan gewend waren geweest. Hij nam aan dat het door hun vurige liefde kwam dat ze zoveel eetlust hadden, alsof hun zintuigen zo overgevoelig waren geworden door de voortdurende aanblik en betasting en geur van elkaars vlees, dat alleen het weelderigste voedsel daarmee nog kon concurreren.

Toen hij klaar was met deze voorbereidingen liep hij naar de veranda. De lucht was nu somber grijs. Alleen boven de horizon brandde nog een smal vurig randje. Lawton was bij de aanlegsteiger. Hij probeerde het hondje te leren zitten. De puppy had slechts een korte aandachtsspanne en blafte in protest, telkens wanneer Lawton hem op het gras neerzette en commandeerde dat hij zo moest blijven zitten.

Terwijl Thorn de plakken mahimahi en de reepjes portabella op de grill rangschikte kwam Alex het grind van de oprijlaan oprijden en parkeerde haar glimmende blauwe Honda naast zijn roestige VW. Thorn schoof de plakken naar de zijkant van de grill en liep naar de auto om haar te begroeten.

'Hij heeft een hond,' zei hij.

Alexandra keek langs hem heen naar de tuin. 'Dat zie ik.'

'Die kwam zomaar uit het bos aangelopen en hij heeft hem geadopteerd.'

'En jij hebt gezegd dat hij hem mocht houden?'

'Ik heb gezegd dat we zouden wachten tot jij thuis was en dat we er dan over zouden praten.'

'Zodat ik de kwaaie pier zal zijn.'

'Dat doe ik wel. Als jij het zo beslist.'

Thorn boog zich naar voren en gaf haar een kus op haar lippen, die na enkele tellen opwarmde tot iets dat méér was dan een hallo.

De indringende geur van een lange werkdag in Miami plakte aan haar kleren en huid. Gemiddeld kwam ze tijdens een dagdienst op een stuk of vijf plekken des misdrijfs, waar ze dan diverse fotorolletjes volschoot en zo nodig haar videocamera gebruikte voor overzichtsopnamen. Naar wat Thorn ervan had begrepen was er geen glamour aan verbonden en kwam het maar zelden verder dan routine. Vrouwen die door hun vriendje dood waren geslagen, tieners die bij hun eerste drugsdeal waren neergeschoten, zelfmoorden van zeer oude mensen, baby's die door hun moeders doodgeschud waren in een poging ze stil te krijgen. Gewoonlijk bewoog Alexandra zich in troosteloze, allang niet meer bewoonde kamertjes met afbladderende verf en afgedankte meubels, en zag ze het ene lijk na het andere, meestal met gebruikte naalden, zilverpapier of lege zakjes in de directe nabijheid. In de jaren dat ze dit werk deed had Alex zoveel dood en ellende gezien, een catalogus van alle gezichten van de wreedheid, dat het een wonder was dat dit alles haar bijna eeuwige glimlach niet had uitgewist.

Ten slotte maakte ze zich los uit zijn omhelzing en legde haar hand op zijn borst om hem op afstand te houden, met een niet-nu-maar-gegarandeerd-straks glimlach in haar ogen.

'Over die hond.'

'Nou, ik heb geprobeerd neutraal te blijven, want ik vond het jouw zaak.'

'Omdat hij mijn vader is.'

'Ik vond dat het niet aan mij was om hierover te beslissen.'

'Moet je hem daar eens zien.'

Lawton was naast de steiger op het gras gaan liggen, languit op zijn rug, met zijn beide handen in elkaar gevouwen onder zijn hoofd. De labrador had zijn kopje op Lawtons borst gelegd.

'Een hond is een langetermijnbeslissing,' zei ze. 'Ben je daar klaar voor?'

Ze draaide langzaam haar hoofd en fixeerde haar blik op Thorns ogen.

'Nooit klaarder geweest.'

Er verscheen een schaduw van scepsis onder het oppervlak van haar glimlach.

'Dus hij kwam zomaar vanuit het bos aangelopen?'

'Pfft, daar was hij.'

Ze stak haar handen omhoog en kamde met haar vingers door haar dikke zwarte haren alsof ze op die manier duizend onzichtbare klitten van haar lange dag gladstreek. Hij hoorde iets uit haar keel komen dat op een zacht kreunen van genot leek. Toen hield ze haar hoofd scheef en schudde haar haren zodat ze over de rug van haar mouwloze witte bloes streken. Thorn keek naar haar nek, haar fraaie oren, het dons van de haartjes ernaast.

'Een jongen en zijn hond,' zei ze. 'Jezus, waarom niet?'

Ze legde een arm om zijn middel en ze liepen samen naar de waterkant.

'Ik heb hem een naam gegeven,' zei Lawton. 'Ik heb de hond een naam gegeven.'

'Hallo, pa,' zei ze.

'Ik noem hem Lawton.'

'Maar dat is jouw naam.'

De hond keek naar Lawton alsof hij een nieuwe opdracht verwachtte.

'Ik weet dat het mijn naam is. Denk je dat ik zo ver weg ben dat ik mijn eigen naam niet meer weet?'

'Lijkt je dat een goed idee?' vroeg Thorn. 'Twee Lawtons, dat is er misschien één te veel.'

'Waarom? Het is een goede naam,' zei Lawton. 'Ik heb er veel plezier van gehad.'

'We zouden jullie door elkaar gaan halen. Lawton de hond, Lawton de papa.'

'Door elkaar halen? Wie is nou bezig zijn verstand te verliezen? Ik ben een mens, dit is een hond. Hoe kun je dat door elkaar halen?'

'Daar zit iets in,' vond Thorn.

Ze keek hem aan en deed toen even haar ogen dicht.

'Oké, oké,' gaf ze toe. 'Maar je zult hem zelf moeten verzorgen, pa. Dat is veel werk. Ben je daar klaar voor? Hem wassen, naar de dierenarts brengen. Hij heeft spuitjes nodig.'

'Kijk,' zei hij. 'Ik heb hem al geleerd op te zitten. Het is een snugger kluitje bont.'

Lawton opende zijn hand en wees de hond dat hij moest gaan zitten, maar de puppy sprong op en probeerde in zijn vingers te happen.

'Zit, Lawton. Zit!'

Het hondje blafte een keer klaaglijk en liet zich toen met zijn achterwerk op het zanderige pad zakken, waarna hij met zijn staart over de korrelige bodem kwispelde en naar Lawton opkeek.

'Zie je wel,' zei de oude man. 'Het is een snelle leerling.'

'Dat is mooi, pa. En jij bent kennelijk een goede leraar.'

'Het is maar goed dat hij snel leert,' zei Lawton, 'want ik heb niet veel tijd meer over om hem dingen bij te brengen.'

'Kom, kom, zeg zoiets niet, pa.'

'Waar is die man Webster gebleven? Hij bood me een baantje als undercover aan. We moeten nog afspreken wanneer ik zal beginnen.'

'Dat was maanden geleden, pa. In maart. Nu is het mei. Hij is vertrokken en is nooit meer teruggekomen.'

'Vertrokken?'

'Enfin, je hebt nu een hond. Je hebt geen baan meer nodig.'

'Maar Webster rekende op mij. Het was een zaak van nationale urgentie. Het kan zijn dat ik ons allen in gevaar breng. Het draaide allemaal om die vrouw, Anne Joy.'

'Anne Joy?'

Alexandra hurkte naast de puppy en krabde hem onder zijn keel. Het hondje liet zich zakken onder haar aanraking.

'Haar naam kwam ter sprake,' zei Thorn.

'Hoor ik voor het eerst.'

'Webster noemde hem. Toen heb ik hem de mond gesnoerd en weggejaagd.'

'Jawel, jawel, ik voel het aankomen,' zei Lawton. 'Het einde is nu echt niet ver meer. Dit hondje zal mijn nalatenschap moeten worden.'

'Pa,' zei Alex, 'stop daarmee.'

'Maar het geeft niet,' zei Lawton. 'Ik ben er klaar voor. Nu jij eindelijk in goede handen bent en er iemand is die mijn naam blijft dragen wordt het tijd dat ik vertrek.'

Alexandra ging staan. Ze had haar lippen strak op elkaar geknepen.

'Trek het je niet aan,' zei Thorn. 'Het zijn maar woorden.'

'Weet ik. Weet ik. Maar toch.'

'Klaar voor een glaasje rood?'

'Thorn, wat wilde Webster van Anne Joy?'

'Hij dacht dat ik iets over haar wist. Ik bezwoer hem van niet.'

'Dat had je me moeten vertellen.'

'Ik weet het,' zei hij. 'Maar ik wilde niet dat je op verkeerde gedachten zou komen.'

'Het soort gedachten dat ik nu heb, bedoel je.'

'Ja, dat type.'

'We moeten dingen niet verborgen houden.'

'Het spijt me. Je hebt gelijk. Echt, het spijt me.'

Ze keek hem in de ogen en hij zag dat ze het liet gaan. Grotendeels.

'Maar ik heb nog een andere bezoeker gehad,' zei hij toen ze naar de veranda slenterden.

'Zo, hebben ze deze keer de vice-president gestuurd?'

'Sinds wanneer ben je zo grappig?'

Ze bleef naast de bank staan.

'En wat is *dit* in hemelsnaam?'

'Een bank. Een gele bank.'

'Wat is het, Thorn?'

'Ik dacht dat Lawton hem misschien leuk zal vinden. Voor als hij midden in de nacht op stap gaat, bedoel ik. Misschien houdt het hem bij de snelweg vandaan als we hem ervan kunnen overtuigen dat de Greyhounds hier ter plekke stoppen.'

Ze staarde naar de bank, toen weer naar Thorn, nu met een warme glimlach om haar lippen.

'Het proberen waard,' zei hij. 'Ik was van plan hem daar neer te zetten, bij de gumboboom. Bijna net zoals bij de bushalte.'

'Je bent een heel bijzonder mens, Thorn.'

'Nou ja, als meubelmaker niet veel soeps, dat staat vast.'

Ze boog zich naar hem toe en gaf hem een zo innige en lange kus op zijn mond dat hij zijn ogen sloot en ze nog een paar seconden dichthield nadat zij zich had teruggetrokken.

'En wie is er dan nu op bezoek geweest?'

Hij nam haar hand in de zijne en wuifde met zijn vrije hand naar de open tuin en het invallende duister boven de baai.

'Zou je dit alles willen inruilen voor drie miljoen dollar?'

'Dit alles?'

'Het huis, het land, mijn auto. De hele boel.'

'Drie miljoen dollar voor die roestbak die jij een auto noemt?'

'Ik ben serieus. Voor het huis, het land, alles. Zou jij dat doen?'

Ze hield zijn blik vast.
'Het is niet aan mij om dit te verkopen.'
'Stel eens dat je het wél kon. Je kon drie miljoen incasseren, ergens anders gaan wonen, het geld beleggen in aandelen en obligaties, leven van de rente. Je hoefde nooit meer te werken, kon doen waar je zin in had.'
'Obligaties?' Ze stak haar hand uit en voelde zijn voorhoofd. 'Heb je de hele dag blootshoofds in de zon gelopen?'
'Geef eens antwoord op de vraag,' zei hij, zelf verrast door het ongeduld in zijn stem.
Ze nam haar hand van zijn voorhoofd. Haar glimlach vervaagde.
'Of ik dit alles zou verruilen voor een kar vol cash?' vroeg ze. 'In geen miljoen jaar, Thorn. Zelfs in geen drie miljoen.'
Thorn blies de adem uit die hij naar zijn gevoel eindeloos lang had ingehouden.
'Ja, dat dacht ik al.'
'Was dit een soort test, Thorn?'
'Hoe bedoel je?'
'Omdat ik meende dat we de testfase al een beetje voorbij waren.'
'Is ook zo,' zei hij. 'Maar je baan, weet je, al die ellende die je elke dag meemaakt, ik vraag me wel eens af of je niet blijer zou zijn als je met pensioen kon.'
'Je zou dit alles verkopen om mij aan mijn pensioen te helpen?'
'Het zou plezierig zijn je dagelijks hier te hebben.'
'En dan wat? De hele dag wat rondlummelen, en wuiven met palmbladeren en gezichtjes snijden in kokosnoten?'
Ze keek naar Lawton, die bezig was de snuit van de puppy te kietelen met een grasspriet.
'Man,' zei ze, 'ik moet er niet aan denken.'
Ze verplaatste haar blik van haar vader naar hem. Het weemoedige waas dat ze altijd over haar ogen kreeg wanneer ze naar haar vader keek trok meteen op. Haar blik was helder en er ontstond geleidelijk een voorzichtige glimlach om haar brede mond.
'Ik ben een stadsmeisje, Thorn. De stank van zinderend asfalt, het gieren van banden, het janken van sirenes. Ik heb daarvan mijn dagelijkse dosis nodig. Zo zit ik in elkaar. Zelfs het fotograferen van slachtoffers, het bezoeken van plaatsen delict. Het houdt me scherp, alert. En aan het einde van de werkdag keer ik dolgraag hierheen terug. Dit is een heerlijk oord. Hier krijg ik zin om aan tequila te nip-

pen, mijn kleren uit te trekken en met jou in bed te kruipen. Maar ik heb dat andere ook nodig, Thorn. Zo is het gewoon.'

'Dat weet ik.'

'Ja,' zei ze, 'ik weet dat je het weet. Alleen vergeet je het af en toe.'

Ze kuste hem op het hoekje van zijn mond en deed een stap opzij. Haar glimlach was stralend.

'Oké,' zei hij, 'laten we dan een glas wijn nemen. Ik zal je alles vertellen over Marty Messina. Je zult ervan smullen.'

Zeven

Donderdagmorgen 2 mei, toen Anne uit de taxi stapte, stond haar huisbazin over het grindpad gebogen om hier en daar wat onkruid uit te trekken. Annes verroeste Corolla stond nog waar ze hem had geparkeerd voordat ze was weggelopen om piraatje te spelen. Haar flat bevond zich op de begane grond onder het betonnen paalhuis van de weduwe aan de waterkant van een kanaal in Stillwright Point. Er was ruimte voor een eenpersoonsbed, een fornuisje en een paar potten met bonsaiboompjes. Haar koelkastje was zo krap dat het met zes blikjes bier en een stengel bleekselderij al bomvol zat.

'Ik heb het verhuurd.' De huiseigenares had wit haar en een leerachtige huid. Ze kwam naar Anne toe met in haar hand een drievoudig gevorkt harkje om onkruid te wieden. 'Er woont nu een leuke jonge knul van de plantsoenendienst.'

'U hebt mijn flatje verhuurd?'

'Je was opeens verdwenen. Ik heb niets van je vernomen.'

'En mijn spullen?'

'Leger des Heils,' zei de vrouw.

'Het verbaast me dat u mijn auto niet hebt weggesleept.'

De vrouw kwam een stap dichter naar Anne.

'Je broer is langs geweest.'

'Wat?'

'Vic Joy is vorige week hier geweest. Hij zei dat hij je broer was. Is dat waar?'

'Wat wilde hij?'

'Als je weer opdook, moest ik je zeggen dat je hem moest opzoeken.'

'Dat heeft hij gezegd?'

De calico van de huiseigenares kwam nuffig op het grindpad zitten en keek toe.

'Hij zei dat het over je vriend ging. En wat er met hem ginds op het schip was gebeurd. Jij zou het wel begrijpen, zei hij.'

Vic Joy werkte vanuit het Paradise Funeral Home in het noorden van Key Largo.

Anne had het geprobeerd, maar je kon nergens op de Keys in een bar, restaurant of hotel werken zonder een of twee keer per week de naam Vic Joy te horen. Zijn laatste aanwinst, zijn recentste schaamteloze wandaad. Weer een resort of marina op zijn lijst van bezittingen, weer een casinoboot aan zijn vloot toegevoegd, weer een botsing met de lokale autoriteiten over illegaal uitbaggeren of het strafbaar lozen van het afval van zijn casino's, inclusief afgewerkte olie en ontelbare drollen van toeristen, dat alles in kanalen voor en achter de huizen van een miljoen dollar – met dank aan Vic Joy. Zijn mensen waren wel tien keer betrapt op het ontbossen van hele hectaren van beschermde mangroven, en op omkoperij en op valsheid in geschrifte om hun sporen te verbergen. Vic trok zich niets van regels aan. Zijn beleid was simpel. Als een beschermde boom in een bos wordt omgezaagd en er is niemand aanwezig die het ziet of hoort, is het dan ooit *gebeurd*? En aan de andere kant, als er iemand stampij maakt, dan heb je daar advocaten voor. En Vic had een heel legertje van Miami's sluwste exemplaren in zijn dienst.

Anne Bonny was wel honderd keer langs het Paradise Funeral Home gereden op weg van en naar de eilanden, maar ze had zichzelf nooit toegestaan ernaar te kijken. Ze had haar blik steeds strak naar voren gericht gehouden. Maar vandaag reed ze met veel kabaal het gravel van de oprijlaan op en zette haar auto vlak naast een witte Cadillac. Over de parkeerplaats verspreid stond een half dozijn Harley-Davidsons, en hun dikbuikige berijders in volledig zwart ornaat stonden in de schaduw van een flamboyant Budweiser te drinken uit flesjes met lange halzen.

Het uitvaartcentrum was een laag, uitgebreid complex met witgepleisterde buitenmuren en een meer dan levensgrote engel op het dak. Vanuit de vensters van het mortuarium had je uitzicht op het Tarpon Basin.

Toen ze naar de ingang liep keken een paar van de pummels haar kwijlend na, maar zodra ze bleef staan en omkeek wijdden ze zich onmiddellijk weer aan hun bier.

De vrouw achter de balie was in de zeventig en zag er broos uit. Haar witte haarlokjes waren zo dun als geschaafd ijs.

'Hij is in vergadering. Zonder afspraak kan ik niets voor je doen.'

Ergens vandaan klonk orgelmuziek. Iemand zat *Sympathy for the devil* te oefenen en begon telkens na vijf of zes maten weer van voren af aan.

'Zoem hem op,' zei Anne. 'Zeg hem dat het zijn zo lang verloren gewaande zuster is.'

De adem van de oude vrouw stokte even. Zonder haar blik van Anne af te wenden begon ze een nummer in te toetsen. Ze fluisterde iets in het mondstuk en legde de hoorn neer.

'Ik zag het niet meteen,' zei ze, waarna ze naar een schemerige gang wees. 'Meneer Joy verwacht u.'

Toen Anne de deur opende stond Vic op van achter zijn bureau en kwam met wijd geopende armen naar haar toe. Zij deed een stap achteruit en stak een afwerende hand op en hij bleef staan, maar zijn grijns werd geen millimeter smaller.

Hij droeg een simpel wit T-shirt, een grijze spijkerbroek en bootschoenen. Zijn schouderlange haar was zilverig geworden sinds ze hem voor het laatst had gezien. Tien jaar geleden? Vijftien? Ze wist het niet precies en had geen zin gehad om het na te rekenen. Zijn armen waren pezig. Hier en daar was een blauw waas van oude tatoeages te zien. Hij was nog steeds slank, een meter vijfentachtig lang, en had rechte schouders. Zijn huid zag vaal, net een tint lichter dan het crèmekleurige geel van kalfsleer. Zelfs na decennia van tropisch zonlicht was zijn pigment tot niets meer dan dit in staat. Vic had de bleke huid van zijn vaders kant. Die kwam uit een familie van arme sloebers in Kentucky, die generaties lang in mijnen hadden geploeterd om kolen uit te hakken.

De gelambriseerde wanden van Vics kantoor hingen vol met plaquettes en foto's. Ze wierp een snelle blik op de verzamelde rotzooi. Allemaal rechters en sheriffs die voor Vics glimlach of zijn smeergeld waren bezweken.

'Annie, Annie, wil je me na al die jaren niet eens even omhelzen?'

Voordat ze kon antwoorden zag ze achter de deuropening iets bewegen.

'O ja,' zei Vic, in die richting wuivend. 'Marty Messina ken je al, geloof ik.'

Anne keek Marty ijzig aan.

'Wel verdomme!'

'Marty werkt nu voor mij. Mijn nieuwe rechterhand.'

'Klootzak! Hoe ben je weggekomen?'

'Overboord gesprongen, net als jij. Ik kan goed zwemmen.'

'Gelul.' Anne stapte naar Vics bureau. 'Nu is het me allemaal duidelijk.'

'Kalmeer, liefje,' zei Vic. 'Marty is oké.'

'Marty is een verdomde verklikker! Een informant! Hij heeft Daniel verlinkt en nu zit hij achter jou aan.'

'Grappig,' zei Vic. 'Dat is precies wat Marty over *jou* heeft gezegd.'

'Hij was het,' zei Anne. 'Hij is de enige die levend is weggekomen.'

'Op jou na,' zei Marty.

'Oké, luitjes,' zei Vic, 'dus niemand vertrouwt de ander. Mooi, dat brengt ons allemaal op gelijke voet met elkaar.'

Een seconde later was er een gouden briefopener in Annes rechterhand. Die moest op Vics bureau hebben gelegen en onbewust haar aandacht al hebben getrokken voordat Marty Messina van zijn stoel achter de deuropening was opgestaan, met zijn scheve mond die al open ging om iets geinigs te zeggen. Maar nu Anne de briefopener had gepakt en zich snel omdraaide veranderde zijn gezichtsuitdrukking en bracht Marty zijn hand omhoog, die grote poot aan een harige arm, en sloten zijn vingers zich klemvast om haar pols.

De punt van de briefopener hing een paar centimeter voor zijn keel, waar zijn donkere krullerige borsthaar in een rechte lijn vlak onder zijn adamsappel abrupt ophield. Ze had hem in de Gray Ghost Lodge gadegeslagen bij het wegknippen van zulke haren – anders zou zijn haargroei hem in een paar dagen totaal hebben overwoekerd, zou hij verzopen zijn in zijn haren.

De punt kwam trillend dichter bij zijn huid. Ze was uit haar lichaam getreden, ze voelde geen woede, geen inspanning, maar zag onthecht, als van boven, hoe de dolk van richting werd veranderd en naar haar terug werd gedraaid, en nu haar eigen keel bedreigde.

Marty's adem wasemde in haar gezicht, paprika, uien en een pepermuntachtig mondwatertje waren tot een walgelijke putstank vermengd. Haar hand was verdoofd door zijn klemmende greep om haar pols, maar haar arm boog zich bij haar elleboog naar achter, en toen was Vic er opeens, gillend, en rukte hen uit elkaar, maar Anne werd meegesleurd door het kolken van haar bloed en stootte haar knie keihard in het kruis van de grote man, van wie ze de greep onmiddellijk voelde verslappen. In die halve seconde rukte ze zich los en ramde de scherpe punt van de briefopener in Marty's vlezige borst – een spier boven zijn hart – en drukte zo hard mogelijk door.

Marty brulde en viel opzij, en Vic kreeg Annes arm nu beter in zijn greep en slingerde haar tegen de andere wand aan. Ze verloor haar evenwicht, draaide een keer om haar as en viel met haar hoofd voorover en zag verblindend opspattend water. Ze voelde hoe haar lichaam slap werd en dat haar rug tegen de wand drukte en dat ze langzaam naar beneden zakte. In de deuropening van het kantoor stond de oude vrouw met het broze witte haar. Ze bedekte haar mond met een hand, terwijl Anne verder naar beneden zakte onder het oppervlak van een warme oceaan en toen wegdreef in een ademloze duisternis.

'Je hebt hem in zijn oksel geraakt, liefje,' zei Vic toen Anne haar ogen had geopend.

Ze zat ineengedoken in een leren stoel tegenover zijn bureau. In de hoek zat Marty Messina breeduit in een andere stoel. Hemdloos nu, met een lap verband om zijn linkerschouder, waarin zich een bloedvlek nog steeds uitspreidde. Orgelmuziek deed de foto's trillen en hun lijsten tegen de wand kletteren. De rouwenden zongen vals mee en waren minstens een volle maat achter bij de organist.

'Een paar centimeter verder en je zou zijn aorta hebben geraakt. En dan had ik hier een nieuw tapijt moeten leggen.'

Anne probeerde op te staan om een nieuwe aanslag op de klootzak te plegen, maar ze trok bleek weg en viel terug in haar stoel.

'Jij hebt een mep opgelopen, schat. Blijf stil zitten, ontspan je. Je kunt Marty later nog eens neersteken, als je wilt. Ik denk dat hij wel zin heeft in een volgende ronde, is het niet, Marty?'

De man keek vanuit zijn hoek naar Vic, maar richtte zijn haat toen op haar.

Vic leunde achterover in zijn stoel en verstrengelde zijn vingers achter zijn hoofd.

'Niet dat je iets hebt om zo gehaast naar toe te gaan, liefje. En neem me niet kwalijk dat ik het zeg, maar je ziet er beroerder uit dan stront. Alsof iemand met een mestkar over je heen is gereden.'

Ze bewoog zich in haar stoel, maar het was zinloos. Haar lichaam werkte niet mee. Ze richtte haar blik op Marty Messina. Wat hij ook zei, hoe goed zijn verhaal ook was, ze slikte het niet.

'Dus laat Marty even met rust, ja? Hij en ik kennen elkaar uit de slechte ouwe tijd. We zijn maatjes. Niet, Marty?'

Marty zei niets, maar bleef Anne woedend aankijken.

'Tien, vijftien jaar geleden deelde Marty stuff rond voor je vriendje

Salbone. Hij werkte dus voor de concurrentie, maar toch mocht ik Marty wel. Ik mag hem nog steeds, en dat geldt ook voor zijn kijk op het leven. Die lijkt veel op de mijne. Streef naar het hogere. Wees niet bang om daarbij je handen vuil te maken. De waarheid is dat ik hem heb proberen los te weken van Salbone, maar hij wilde niet komen.'

'Te weinig poen,' zei Marty.

'Maar als je bij mij was gekomen had je jezelf tien jaar nor bespaard. Geen van mijn mensen is ooit veroordeeld. Niet eens voor te hard rijden. Je hebt toen een strategische fout gemaakt, vriendje. Een kortzichtig standpunt ingenomen. Maar hé, daar is Marty opeens terug in de stad en ik hoor het en ga naar zijn oude tent, dat visrestaurant dat hij vroeger had, en hup, Marty wordt mijn man. Mijn zwaargewicht, mijn eerste luitenant.'

'Jullie verdienen elkaar,' zei ze.

'Nou, nou, wat een massa wrok, Annie. Als je dat zo opkropt krijg je een tumor. Je moet een deel van het gif laten wegvloeien. Zorg voor een positieve uitlaatklep.'

'Psychologisch advies door Vic Joy? Laat me niet lachen.'

Vic grinnikte.

'Nou, Annie, Marty vertelt me dat jullie grote schepen hebben gekaapt. Tankers, vrachtschepen, kolossale schuiten. Klopt dat? Of heeft hij het maar verzonnen om me te imponeren?'

'Dat is dan het enige waarover hij niet heeft gelogen.'

'Nou, in dat geval ben ik trots op je, Annie. Erg trots. Mama zou het ook zijn geweest.' Hij richtte zijn blik op Marty. 'Zoals ik je heb verteld was onze mama een piratenfreak. Nam ons mee naar al die oude films, liet ons die boeken lezen. Was dol op dat spul. Errol Flynn, Charles Laughton, Douglas Fairbanks. Die vrouw was gek op boekaniers. Schreef fanbrieven naar Hollywood, bekritiseerde de hoge studiobazen dat ze historische feiten verkeerd weergaven. Ik bedoel, verdomme, kijk ons beiden nou eens, helemaal het Oedipusverhaal, opgesloten in een eeuwige cyclus. Met die training in onze jeugd kónden we niets anders dan rovers worden.'

'Makkelijk zat,' zei Anne. 'We hadden álles kunnen worden.'

Vic boog zich naar voren, legde zijn armen op zijn bureau en begon te spelen met een vulpen, waarvan hij de dop losdraaide, en dan weer vast. Aan de andere kant van de muur speelde de organist een volgende gouwe ouwe en een bibberige alt zong er de tekst bij. 'Ik zag haar vandaag bij de receptie.'

Vic knikte naar de muur.

'Weer zo'n motorrijder die met zijn meloenknikker tegen de US 1 is geflikkerd. Die wet over de vrijheid hebben al dan niet een helm te dragen is goed voor onze business. Die zultkoppen worden hartstikke sentimenteel, spelen hun stupide oude roadmuziek, springen op hun rossen, rijden een kilometer over de strip naar de Caribbean Club, zuipen zich lam en breken het meubilair af. En op weg naar huis rijdt er minstens één zich te pletter, zodat we de hele verdomde kermis volgende week kunnen herhalen. Maar hoe achterlijk ze ook zijn, je moet wel van die lui houden. Want voor vijftig pegels snijden ze iemand de borst open, voor honderd brengen ze je zijn hart op een papieren bordje. De goedkoopste knokploeg die ik ooit heb gehad.'

Anne Bonny staarde naar de deur op een metertje of twee afstand en schatte haar vluchtkansen in. Maar het duizelde haar nog en bij elke hoge toon van het orgel voelde ze steken achter haar ogen.

'Wat weet jij over Daniel?'

'Daar komen we nog op, schat. Te zijner tijd.'

'Hou me niet aan het lijntje, Vic. Als je iets weet, zeg het me dan.'

'Ik heb mijn eigen volgorde om de dingen te doen, Annie,' zei Vic. '*Tranquilo*.'

'Ja, *tranquilo*, teef,' zei Marty.

'Oké, het zit namelijk zo,' zei Vic. 'Wegens mijn erfelijke belasting heb ik sedert ons laatste gesprek zelf ook een paar kaperservaringen achter de rug. Enigszins parallel aan jouw eigen ervaringen, maar niet zoiets indrukwekkends als een olietanker. Zoals ik Marty heb uitgelegd, ben ik gespecialiseerd in pleziervaartuigen. Jachten, zeilboten. Meer als vrijetijdsbesteding eigenlijk, een nevenactiviteit die veel spanning oplevert. Een manier om in vorm te blijven en mijn handen vuil te houden. Tot nu toe heb ik er twaalf, dertien gedaan. Ik ben nog niet echt lang bezig, moet je weten. Alle zakelijke ondernemingen die ik heb lopen kennen af en toe inzinkingen in hun cash flow. Dan is het handig om iets achter de hand te hebben dat netto wat extra binnenbrengt. En ik doe het anders dan jullie het deden, volgens wat ik van Marty heb gehoord. Ik zoek namelijk eerst een koper en spoor dan een schip op dat bij de specificaties past. Soms zelfs uit een van mijn eigen marina's, daar heb ik een verdomd grote keuze. Weet je dat ik elf van die jachthavens heb, Anne, overal op de Keys, en een paar in Naples, Fort Myers en eentje in Tampa? Ik heb het niet slecht gedaan, sinds ik je voor het laatst heb gezien. Steeds meer juwelen aan mijn kroon gehangen.'

Vic schulpte zijn hand en wierp de vulpen onderhands naar haar toe. Hij vloog regelrecht naar haar gezicht. Anne schrok, maar plukte hem uit de lucht en wierp hem in dezelfde beweging naar Vic terug. Hij ving hem met twee handen op en glimlachte naar haar.

'Aardig,' zei hij. 'Hé, Marty, ik geloof dat haar reflexen ietsjes sneller zijn dan die van jou. Misschien moet je deze dame maar scherp in het oog houden.'

'Ja, ik doe het nu al in mijn broek,' zei hij.

Vic wees met de pen naar haar.

'Maar het is waar, Annie. Ik heb veel ontzag voor wat jij en Marty voor elkaar hebben gekregen. Olietankers, verdomme! Dat is een onderwerp waar ik graag meer over wil horen.'

'Marty had er weinig mee van doen. Hij mocht meeliften.'

'Dat heb ik ánders gehoord,' zei Vic. 'Ik heb gehoord dat hij de buitenlandse contacten deed. De telefoon. Lijkt me een verrekt belangrijk deel van de business.'

'Zeker,' zei Anne. 'Wat je maar zegt, Vic.'

'Ik bedoel, ja, ik weet natuurlijk wel dat Danny Salbone de show leidde. O ja, jammer van zijn einde. Ik heb me laten vertellen dat zijn kop eraf is geschoten. Het spijt me dat te horen. Ik heb de man altijd graag gemogen. Hij speelde het fair. Respecteerde mijn territorium. We zijn elkaar in de loop van de jaren een paar keer tegengekomen, maar het ging er altijd zakelijk aan toe. Ik mocht hem. Het was een beste knul, voor een stomme driedubbel dwarsgenaaide varkensleren spaghettiklootzak.'

Marty grinnikte.

Vic was altijd een wijsneus geweest, als kind al. Er kwamen aan één stuk door woorden uit zijn mond getuimeld, maar te snel om iets te kunnen betekenen. Gewoon een behangsel van lawaai, alsof hij een horloge voor je neus heen en weer liet bungelen om je in trance te brengen en dan je portemonnee te pikken.

'Het gaat hierom,' vervolgde Vic. 'De top van mijn hitparade van dit moment is een poging om een bepaald perceel land te verwerven. Zie het als de hoeksteen van een groot project. Deel van mijn erfgoed. Dat is iets waar ik de laatste tijd hard aan werk, mijn erfgoed. Zoals ik mij dat herinner.'

'Alsof het iemand een hol interesseert,' zei ze.

'Wat ik besloot te willen hebben,' zei Vic, 'was de allerallergrootste verdomde grafsteen op het hele kolerekerkhof, als je begrijpt wat ik bedoel. Een gigantische marmeren tombe om mijn superieure bestaan op deze aarde te memoreren.'

Anne verplaatste haar blik naar de muur achter hem en het stel gekozen dieven dat daar Vics handen hing te schudden. Als je scherp keek kon je zijn briefjes van honderd waarschijnlijk wel van eigenaar zien verwisselen.

'Maar enfin, Marty had geen succes bij de eigenaar van dat land, hoewel hij hem een bijzonder genereus aanbod heeft gedaan en zich de pleuris heeft geslijmd. Alles tevergeefs. Dus toen jij daarnet verscheen was ik Marty net aan het vertellen dat ik dit probleem met een incourante aanpak zou benaderen. Ken je dat woord, Annie? *Incourant*. Het betekent ongebruikelijk, niet zo gangbaar.'

Hij tikte met zijn pen op het bureaublad en glimlachte naar haar.

'Wat ik ga doen,' zei Vic, 'is wat ook wordt gedaan bij het klieven van een diamant. Als je iets hards hebt, moet je kijken waar het zwakke plekje zit en dan hoef je alleen maar daar toe te slaan, met een zacht tikje, en meteen ligt het ding in duizend diggelen. Dat is wat we nu gaan doen met die vent Thorn. Kun je me volgen, Annie? We gaan die lul in duizend stukjes breken.'

'Thorn?' vroeg ze.

Vic glimlachte.

'Ja, je oude vriendje. Meneer Slome Junkie in eigen persoon.'

'Wat is dit voor gezwam, Vic?'

'Om de waarheid te zeggen, Annie, ben ik je enige dank verschuldigd. Als jij niet met deze Thorn had geneukt zou ik nooit hebben ontdekt dat hij bestaat. De lul houdt zich ontzettend gedeisd. Maar toen jullie vorig jaar aan de scharrel gingen heb ik de moeite genomen hem op te zoeken en een praatje met hem te maken, om eens te kijken of hij de uitdaging aankon om een goed lid van de Joy-clan te worden, en bij die gelegenheid zag ik op wat voor toplocatie deze sukkel zich heeft genesteld.'

Anne richtte zich op in haar stoel.

'Niet te geloven! Jij hebt in mijn privé-leven rondgesnuffeld?'

'Alleen om even te kijken of mijn zusje niet met een of andere loser de koffer in dook. Als een soort surrogaatvader, snap je? Wat die Thorn aangaat was ik trouwens dankbaar dat het uit raakte. Echt onmogelijk om dat stuk verdriet als zwager te accepteren! Verdomde arrogante niksnut. Ik had onmiddellijk de pest aan die druiloor.'

'Hoe vaak heb je dat gedaan, praten met mijn vriendjes?'

'Weet ik niet. Hoeveel heb jij er in je bed gehad, de afgelopen jaren. Twaalf, dertien? Dat zou míjn schatting zijn, denk ik zo.'

'Klootzak.'

'Gewoon een beetje op mijn zusje passen. Zoals pa gedaan zou hebben.'

In het gebedsgedeelte zette de organist een verminkte versie van *Yesterday* in. Een paar hese stemmen probeerden mee te zingen. *All my troubles seemed so far away.*

'Enfin, om kort te gaan,' vervolgde Vic, 'deze klepzeiker Thorn weigert vierkant om mee te werken. Reageert niet op normale zakelijke aanbiedingen. Maar dat gaat nu allemaal veranderen, want Marty en ik stoppen hem in een notenkraker en draaien de schroef aan. Nietwaar, Marty?'

Marty grijnsde.

'Vic,' zei Anne. 'Wat heeft dit verdomme met *mij* te maken?'

'Nou, ik weet dat het wat kort dag is, maar ik hoopte dat je misschien zou willen meedoen aan een kleine kaping die ik voor vanavond heb gepland. Je zou een hulp kunnen zijn, gezien je ruime ervaring met piraterij en zo. En het zou je een kans geven om jezelf te bewijzen.'

'Ik hoef tegenover jou niks te bewijzen.'

Ze keek Marty weer eens giftig aan. Hij had nog steeds die zelfingenomen grijns op zijn gezicht.

'Oké, als je niet mee wilt, mij best. Laten we het dan vanuit een andere hoek benaderen. Wat zou je zeggen van een half miljoen dollar voor ongeveer tien minuten van je tijd? Je zou wel wat cash geld kunnen gebruiken, denk ik, hè?'

'Een half miljoen?' Anne probeerde het ironisch te laten klinken, ongeïmponeerd, maar ze hoorde zelf de ondertoon van gretigheid.

'Een paar minuten,' zei Vic. 'Meer kost het niet. Leer me hoe ik dit FROM-geval moet kraken, waarover Marty me heeft verteld. Zodat ik kan zien waar al die tankers en vrachtschepen zich bevinden. Dát is iets wat we zouden kunnen gebruiken.'

'Aha, dus daar draait het allemaal om. De code om in de FROM binnen te komen.'

'Vooruit, ik maak er een miljoen van,' zei Vic. 'Met een paar olietankers verdien ik dat terug.'

'Je weet niet echt iets over Daniel, wed ik, hè?'

Vic zette zijn onnozele glimlach op.

'Een miljoen pegels, Annie. Een miljoen.'

Anne keek naar de wanden van Vics kantoor. Tussen de foto's van burgemeesters en politiebazen hingen ook een paar snuisterijen die van haar moeder waren geweest – wat gouden munten, een doodskopvlag, een vuursteenpistool.

'Ik zal er eens over nadenken,' zei ze.

Vic ging staan. Liet zijn pen op het vloeiblad vallen.

'Oké, zusje, doe dat,' zei hij. 'Denk er eens over na.'

Hij bekeek haar gezicht aandachtig, alsof hij zocht naar een teken van tegenspraak. Anne hield haar mond in een neutrale stand, ontspannen.

'Ik weet dat je een onderkomen nodig hebt,' zei Vic. 'Het is een feit dat ik thuis plaats zat heb. Plus een paar dingen die ik je graag zou laten zien.'

Na haar reis van weken was Anne uitgeput. Haar botten voelden loodzwaar aan. Ze vroeg zich af hoe Daniel haar zou kunnen vinden als ze niet meer in de Lorelei werkte en uit haar flatje vertrokken was. Leuk of niet – maar Vic was dan misschien wel het beste alternatief.

'Waarom niet?' zei ze. 'Best, Vic. Waarom ook verdomme niet?'

'En misschien verander je nog van gedachten over dat meegaan op ons boekaniersavontuurtje vanavond?'

'Nee, Vic. Mijn piratendagen zijn voorbij.'

'Wees daar maar niet zo zeker van, Annie, meiske. Het zit in ons bloed. Die shit zit in ons verdomde bloed.'

Acht

Tegen negen uur diezelfde avond bevonden Vic en Marty zich dik dertig kilometer buiten de kust. De Atlantische Oceaan lag als één grote olievlek aan alle kanten om hen heen. Marty bediende het stuurwiel en Vic stond naast hem door de ruit te turen. Hij voelde een toenemende tinteling in zijn bloed. Anderhalve kilometer voor hen uit glom het jacht dat ze volgden in het licht van de volle maan.

'Mooie avond,' zei Vic. 'Jammer dat Anne niet mee kon komen. Ze zou ervan hebben genoten.'

Marty draaide zijn hoofd en keek Vic aan alsof deze gek was geworden.

'Hé,' zei Vic, 'we mogen toch wel genieten van de maan en de sterren, ook al komen we straks in actie?'

Vic keek naar de lege strook oceaan voor hen uit en zei Marty dat hij wat meer snelheid moest maken. De grote man duwde de gashendel iets verder naar voren, waarna ze langzaam op het enorme jacht begonnen in te lopen. Het plezierjacht had alle deklampen branden en maakte op de kalme zee ongeveer twintig knopen. Het trok een witte streep van schuim achter zich. Door al dat licht op de dekken konden ze vanaf het jacht maar weinig zien in de duisternis om hen heen. En dat was best, dat was uitstekend.

Vic pakte de kijker, richtte hem op de verlichte brug en stelde hem scherp. Nog steeds die magere man met zijn witte overhemd en witte broek aan het stuurwiel. Glinsterende gouden knopen. Een geüniformeerde kapitein, helemaal in zijn eentje, en dat was al een uur zo, nadat ze de vaargeul naar de Morada Bay Marina hadden verlaten.

Vic wist het niet zeker, maar hij vermoedde dat er benedendeks nog een paar bemanningsleden waren, waarschijnlijk om cocktails te serveren. Jonge kerels waarschijnlijk, zongebruinde dekhengsten die kussens opschudden en de mousse paté koud zetten. In de jachthaven had hij vijf passagiers aan boord zien gaan. Plus dus misschien wat varend personeel, dat waarschijnlijk al aan boord was geweest. Twee, drie man, het maakte niet uit. De enige die telde was de man aan de knoppen, de man die de radio kon gebruiken om alarm te slaan.

Maar daar zou hij de tijd niet voor krijgen. Hij zou pas weten waardoor hij was geraakt wanneer hij al op zijn gat lag. Vic had in deze acht meter lange Interceptor twee superstille viertaktmotoren laten inbouwen – 300 pk die niet luidruchtiger waren dan een spinnend katje. Ze hadden trouwens ook de forse bries tegen, die elk geluid wegblies. Ze voeren nu in het kielzog van het grote jacht, met hun lichten uit. De kapitein moest een kijker met nachtzicht hebben om hen te kunnen zien. Vic hoefde nu alleen nog de laatste achthonderd meter te overbruggen, dan was hij langszij en kon de pret beginnen.

'Gebruikten jullie messen bij het kapen van de schepen?'

'Messen?' vroeg Marty.

'Ben je doof?'

'We hadden geen messen nodig, Vic. We hadden Uzi's, Mac-10's. Dat soort dingen. Vuurkracht.'

'Een mes tussen de tanden, dat is mijn stijl. Dan heb je allebei je handen vrij om je over de reling te trekken en je hebt het mes altijd bij de hand als je het nodig hebt om een keel door te snijden. Bovendien is een scherp mes verdomd intimiderend. Als ze me zo zien aankomen schijten ze in hun broek.'

Marty trok de gashendel iets naar zich toe en de boeg zakte in het water.

'Wil je zeggen dat je geen vuurkracht bij je hebt, Vic? Ik doe dit niet zonder schiettuig.'

'Ik heb schiettuig bij me, natuurlijk. Dacht je dat ik achterlijk ben? Ik heb alleen een zwak voor messen, snap je? Omdat ze tot de traditie van de kapers horen. En niet ten onrechte. Wacht maar eens tot je ziet hoe ze reageren als ze mij met een mes tussen mijn tanden zien aankomen.'

Marty bracht hun schip weer op snelheid en Vic keek naar het glazige oppervlak van de zee. Zelfs geen glimpje weerkaatsing te zien.

'Je hebt me niets voorgelogen, Vic? Je hebt dit vaker gedaan? Met kleine schepen, zoals deze?'

'Als je een Davis van drieëntwintig meter klein wilt noemen, ja, ik heb ervaring. Tien, twaalf keer misschien. Vaak genoeg om te weten dat het lucratief is. Er is meer geld te verdienen op deze ene avond dan ik in een maand verdien op een casinoboot voor de kleine man. Om over mijn verdomde motels en restaurants nog maar te zwijgen. Nee, *dit* is het betere werk, Marty. Simpel, direct, schoon. Plus dat ik deze keer twee vliegen in een klap sla. Dat is mijn levensfilosofie. Twee vliegen in één klap.'

Vic pakte de kijker weer op en keek naar de brug. Daar stond nu een blonde vrouw met de kapitein te praten, een mooie dame met een laag uitgesneden jurk die fladderde in de avondwind. Een van de gasten wilde flikflooien met het personeel, maar de kapitein keek nog steeds om in hun richting en bracht zijn verrekijker naar zijn ogen.

Nu het jacht zo dichtbij was begon Vics bloed serieus te kolken. Hij trok een rode doek uit een zak van zijn spijkerbroek, schudde hem los, vouwde hem dubbel en bond hem om zijn hoofd, en wel zodanig dat hij de bovenste helft van zijn voorhoofd bedekte. Hij knoopte de uiteinden van de doek aan de achterkant aan elkaar vast en haalde toen twee ooglapjes uit zijn heupzak, waarvan hij er Marty een aanbood.

De grote man keek Vic aan en schudde zijn hoofd.

Vic spande het elastiek om zijn hoofd en schoof het lapje voor zijn oog. Het jacht was nu duidelijk in hun blikveld gekomen. Driehonderd meter. Over hoogstens een minuut waren ze langszij.

'Als jij geen ooglapje wilt, mij best,' zei Vic. 'Maar ik ben in deze contreien een bekend personage. Ik kan hier niet de kaper en vrijbuiter uithangen zonder een of andere vermomming.'

Vic bukte zich en opende een kastdeur onder het besturingspaneel, waarna hij een stel pistolen tevoorschijn haalde. Hij gaf Marty een tikje op zijn schouder en gaf hem er een van.

Marty nam het wapen aan en draaide het rond in het maanlicht.

'Jezus, Vic, dit is verdomme maar een .22! Een proppenschieter!'

'Het zijn Rugers. De Special Forces gebruiken ze. Twee voor ieder van ons, in elke hand een. Maakt diepe indruk.'

'Shit, ze zijn maar een graadje beter dan een alarmpistool.'

Vic trok zijn ooglapje recht.

'Ja, oké, als dit een olietanker was zouden we misschien zwaarder geschut hebben meegenomen. Op dat terrein ben jij de erkende expert. Maar op een schip als die Davis daar, geloof me, is een .22 het beste. Als we iemand moeten neerschieten gaat de kogel naar binnen en komt niet naar buiten. Als je op een dergelijk jacht met een zwaarder kaliber aan het knallen gaat ben je een maand lang bezig kogels uit het teak te peuteren voor je de boot aan je koper kunt afleveren. Om nog maar te zwijgen over de verdomde bloedvlekken. Dat is dus niet kosteneffectief.'

Marty bereikte het achterschip en paste hun snelheid in het woelige kielzog aan bij die van het grotere schip, waarna hij de romp ervan aan stuurboordzijde naderde. Vic stak zijn hand uit naar een klamp bij de reling, bond er een lijn aan vast. Toen grijnsde hij naar Marty en hees zich naar boven.

Hij had zich vergist wat het varend personeel betrof. Dat bestond slechts uit één persoon, de kapitein zelf, een grote man van rond de vijftig, met een smal, mager gezicht en grote oren. In Harlan zouden ze hem de bijnaam Bierpul hebben gegeven. Een schrale man, alsof ze zo maar een stel kale boomtakken in dat witte kapiteinsuniform hadden gestoken. Als je hem op straat tegenkwam zou je hem misschien voor een onschuldige magere man houden, maar toen Vic met een mes tussen zijn tanden boven de rand van de dolboord verscheen, stond deze man op minder dan een halve meter klaar met een bloeddorstige blik in zijn ogen.

En een seconde nadat Vic de kapitein in het oog had gekregen zag hij tevens iets donkers langs zijn hoofd flitsen. Een biljartkeu of zoiets.

Vic dook weg achter de dolboord, maar de stok raakte hem tegen zijn schouder. Daardoor verloor hij heel even zijn houvast. Hij gleed een eindje naar beneden en het touw schroeide zijn hand. Ondanks die pijn voelde Vic tevens een bruisende opwinding. Hij haalde diep adem en hees zich weer naar boven, grommend, roekeloos.

De tweede stoot ving hij op met zijn andere schouder, maar nu wist hij zijn lichaam over de dolboord te werken. Hij viel op het dek, rolde een stukje door en sprong toen overeind. Hij bukte zich, deed een stap opzij en weerde de volgende stoot af met zijn verdoofde arm. Toen greep hij met zijn rechterhand zijn mes vast en zag de volgende stoot aankomen. De kapitein hanteerde de verdomde keu met de precisie van een timmerman die een tweeduims spijker aan het inslaan was.

Vic wankelde even en dreigde voorover te vallen, wat hem een volgende treffer kostte, nu op zijn nek. Bijna zakte hij weg in duisternis. Hij proefde bloed en was zo dicht bij de kapitein dat hij diens citroenachtige aftershave rook, en toen ramde hij zijn mes in het zachte vlees ergens onder al die gesteven, gebleekte, smetteloos witte, van gouden knopen voorziene stof.

En draaide het om. En hoorde het vlees scheuren, voelde hoe het meegaf, zag 's mans houding verslappen, terwijl er op zijn eigen rechterhand een plakkerig, zeepachtig laagje verscheen. Hij keek omhoog naar de ogen van de kapitein, die aan het wegdraaien waren en toen naar een onafzienbaar niets staarden.

Hij hief zijn hoofd omhoog en zag Marty even verderop staan met zijn hand op de mond van de vrouw in de witte jurk gedrukt. Slank, met haar haar in een vlecht die begon los te raken. Ze verzette zich kronkelend tegen Marty's greep en staarde naar het lichaam van de kapitein op het dek.

'Jij staat daar gewoon te kijken,' zei hij.

'Je redde het best in je eentje.'

Vic masseerde zijn linkerschouder, waarin hij een bonkende pijn voelde.

'Moet ik steeds over mijn schouder blijven kijken om te zien of je haar nog vast hebt?'

Marty verstevigde zijn greep en de vrouw hield op met haar verzet.

Vic liet zijn blik nog even op Marty rusten, draaide zich toen om, klom naar de brug en liet de motoren stationair draaien. Daarna pakte hij een tang uit een holster aan zijn riem, knipte de draden van de microfoon door en wierp hem overboord.

Daarna stapte hij weer op het dek en zoog een diepe teug van de heerlijke zilte lucht naar binnen, die hij zo lang mogelijk in zijn longen hield en langzaam uitblies.

'Ik neem haar over,' zei Vic.

Marty liet de vrouw los en Vic pakte haar bij een schouder en duwde haar naar de deur van de salon. Hij klemde het bloedige mes tussen zijn tanden, stootte de vrouw voor zich uit de kajuit in en volgde haar naar binnen.

Rond een grote ronde tafel zaten daar drie volwassenen. Midden op de tafel stond een verjaardagstaart van vier verdiepingen. Een oude grijze vrouw in een cocktailjurk. De twee mannen droegen scheepskleren: witte mocassins, sportieve witte shorts, hemden met epauletten – kraag open. De jongste van de twee was de rijke stinkerd die het enorme jacht bezat, doctor Andy Markham. De vrouw liet haar mond openvallen, Markham zette zijn magere borst op, deed een stap in de richting van Vic, maar bleef toen staan.

Markham was in de veertig. Hij had bleke blauwe ogen en dikke lippen. Zijn zandkleurige haar was met zorg in een slordige coupe geknipt. Zo'n kapsel dat je elke dag moest laten bijhouden om het naturel te laten lijken. Jongensachtig gezicht, gezonde bruine tint, blond haar, goede high school, Princeton. Alle voordelen op een rij.

'Wat heeft dit te betekenen?'

Vic haalde het mes tussen zijn tanden uit en stak het achter zijn riem. Hij trok nu ook zijn tweede Ruger en richtte met zijn rechter pistool op Markham en het andere op de twee aan de tafel.

'Betekenen?' Vic keek naar Marty. De grote man zweette als een paard en begon een zurige geur te verspreiden. 'Alles wat betekenis heeft is helaas al uitverkocht. We hebben alleen nog chaos en toeval in de aanbieding.'

'Is dit een grap? Wat wíllen jullie?'

'Meer dan je hebt,' zei Vic.

Toen ging de vrouw met de gelige haren die met de kapitein had gepraat achter Markham staan en porde hem met haar vingertoppen in de rug.

'Die man heeft de kapitein gedood,' zei ze. 'Stak hem in zijn maag. Ik denk dat hij dood is, Andy. Ik denk dat hij dood is.'

De dokter keek naar haar en vervolgens met samengeknepen ogen naar Vic. Hij zette voorzichtig een stap zijn kant op.

'Oké, laten we maar eens allemaal gaan liggen,' zei Vic. 'De dokter en jullie oudjes. Maak het je gemakkelijk. Kies een plek en strek je uit.'

De oude mensen maakten aanstalten om te gehoorzamen, maar Markham schreeuwde dat ze het niet moesten doen.

'Blijf zitten. Niemand heeft mijn gasten iets te commanderen!'

De vrouw met de grijze haren bleef heen en weer kijken van Vic naar Marty en terug. Haar lippen trilden, tot ze ten slotte uitbarstte in een lach die diep uit haar buik kwam.

Vic deed een stap haar richting uit en haar lach stierf nasputterend weg, maar ze bleef een brede glimlach om haar mond houden. Haar brede rode lippen trilden alsof ze nog steeds moeite had om een schaterlach te onderdrukken. De vrouw droeg een zwarte japon met een diepe halsopening en dunne schouderbandjes, en een halve kilo diamanten om haar nek, en riemloze gouden sandalen. Ze had witte vlezige armen en heel veel sproeten op het zichtbare deel van haar uitgezakte borsten. Ze kon haar ogen niet stilhouden en draaide ze steeds weer van Vic naar Andy Markham, en dan weer naar Vic.

'Wat is er zo grappig?' vroeg Vic.

'Nou, zeg, Andy, deze zijn lang niet zo goed als de vorige. Die haremslaven, daar ben ik ingetrapt, echt waar. Met al die spieren en geschoren borsten en babyolie. Maar deze zien er sjofel uit. Nogal clichématig.'

'Clichématig?' vroeg Vic.

'Hoofddoek, ooglap, mes tussen de tanden. Kom nou toch, dat is derderangs Errol Flynn.'

Vic richtte zijn pistolen nu allebei op Markham.

'Maar wel echt,' zei de blondine. 'Ik heb het gezien. Deze man heeft kapitein Johnson in zijn buik gestoken. Hij is dood. Het is echt. Ik heb het gezien.'

'Het zijn acteurs, Charlotte,' zei de oude dame. 'Andy doet dit af en toe. Het is een van zijn kleine trucs om de zaken wat spannender te maken en ons in de juiste stemming te brengen. Maar deze keer is het nogal tekenfilmachtig.'

'Zo, tekenfilmachtig?'

Vic keek de oude vrouw minachtend aan, maar hield zijn pistolen op de dokter gericht.

'Nou, Markham, zo te zien hebben we een van je seances onderbroken.'

'Wie ben je?' De dokter staarde naar Vic en hield zijn hoofd schuin, alsof hij het dan beter kon zien.

'Dat is je business, nietwaar? Onnozele rijkaards hypnotiseren, ze meenemen op een mysterietocht. Heb je zo deze boot bij elkaar gefinancierd? Door stomme idioten kaal te plukken?'

'Het is geen zwendel,' zei de oude man. Hij had een gedistingeerde grijze haardos, een rood gezicht en een blauw halsdoekje onder zijn keel. Een Britse bankier die zich voor het diner had gekleed na een lange dag op safari. 'Doctor Markham is wereldberoemd. Hij is een feilloze gids in de wereld van vroegere levens.'

De dokter zette een onzeker stapje voorwaarts.

'Breng ze naar buiten, Marty,' zei Vic. 'Begin met de lachende dame.'

'Om wat te doen?'

Vic rukte zijn ooglapje af en stak het in een broekzak.

'Laat haar een kaartje kopen voor het volgende leven.'

'Kom, dit is belachelijk,' zei de oude vrouw. 'Het is helemaal niet amusant meer, Andy. Doe iets. Maak hier meteen een eind aan.'

'Neem haar mee, Marty. Breng haar naar buiten, daar kan ze lachen tot ze blauw ziet. Laat haar zien wat voor tekenfilm dit is.'

Marty aarzelde, dus liep Vic naar de oude vrouw toe en drukte de loop van zijn Ruger ruw tegen de zijkant van haar nek. De vrouw strompelde naar voren en Vic porde nog eens, deze keer nog ruwer, en ze liep jammerend naar de kajuitdeur. Markham maakte aanstalten om naar haar toe te gaan, maar Vic zwaaide allebei zijn pistolen zijn kant op en de lust verging hem.

'Andy? Andy? Dit deugt niet. Dit deugt helemaal niet, Andy.'

De dokter liet zijn tong langs zijn lippen glijden.

'Wil je zien hoe het gedaan wordt, Marty? Kijk, zó wordt het gedaan.'

Vic duwde de vrouw de kajuit uit en het dek op, naar de bakboordzijde.

'Kijk goed, Marty. Misschien leer je iets bij.'

Marty keek door het kajuitvenster naar buiten, waar Vic zijn pistool tegen de slaap van de oude vrouw drukte en de trekker overhaalde. Ze viel slap tegen de dolboord en Vic moest haar om haar volle middel pakken en optillen om haar overboord te kunnen werken.

Toen keerde hij in de kajuit terug.

'Heb je het beeld nu, Marty? Wat hebben ze je in die luxueuze kolerepetoet ánders geleerd, man? Stijldansen?'

Marty staarde Vic zwijgend aan.

Vic draaide zich half om en wees met de loop naar de dokter.

'Waar is het meisje?'

De dokter knipperde twee keer met zijn ogen en probeerde een glimlach, maar dat werd een zielige mislukking. De twee anderen keken elkaar aan.

'Je komt hier niet mee weg. Je zult worden gepakt.'

'Neem een volgende, Marty,' zei Vic. 'Jouw beurt.'

'Welke?'

'Pak die gereïncarneerde Longfellow maar.' Vic knikte naar de man met het halsdoekje.

Marty liep op de man toe, pakte hem bij zijn rechter bovenarm, trok hem van achter de tafel vandaan en mee naar het dek. De oude man probeerde zich aan Marty's greep te ontrukken, maar dat was nutteloos.

Vic wachtte tot hij buiten op het dek een scherpe knal had gehoord. Niemand zei iets. Iedereen had al moeite genoeg met gewoon ademhalen. Toen verscheen Marty in de deuropening van de kajuit. Hij zag er een beetje grauw uit.

'Ik vraag het nog een keer, Markham.' Vic liet het pistool voor zijn neus heen en weer dansen. 'Waar is dat verdomde meisje?'

Negen

In zijn achterslaapkamer, met zijn benen krampachtig opgetrokken onder het antieke kaptafeltje van zijn ex-vrouw, zat Sugarman naar het scherm van zijn tweederangs laptop te turen, terwijl Janey ergens ver weg op de Atlantische Oceaan een kijker voor haar webcamera hield. Om het cadeau te demonstreren dat ze van haar aanstaande stiefvader had gekregen. Van doctor Andrew Prescott Markham.

Janey verlangde geen commentaar van Sugarman, maar toonde hem alle sterke staaltjes waartoe de kijker in staat was.

Deze antieke tafel, waarop hij de computer had gezet, was een van de slechts drie dingen die Jeannie had achtergelaten toen ze van elkaar waren gescheiden. Deze tafel, en een spiegel waarvan ze de lijst had versierd met schelpen die ze tijdens het begin van hun huwelijksjaren overal in Florida had verzameld, plus een onhandelbare mobile die ze had gemaakt van hele kleine gedroogde alligators aan draden van geel garen.

'Het is een Zeiss Victor S van 8 bij 56,' citeerde Janey uit de handleiding. 'Waterproef en met droge stikstof gezuiverd om dampaanslag te voorkomen.'

'Tjonge,' zei Sugarman. 'Dat is niet niks.'

Janey hield de verrekijker weer recht voor het oog van de camera. Sugarman keek even naar de andere kant van de achterslaapkamer, waar de honderd dollar-kijker die hij Janey voor haar verjaardag had gekocht naast Jackie's nieuwe mp3-speler op het bed lag. Nog niet ingepakt, maar al met pakpapier en doorzichtige plakband ernaast.

Hoewel hij *Sibley's Vogelgids* naast zich had liggen, had het Sugar toch een paar uur gekost om op Janey's verjaardagskaart vijftien verschillende vogeltjes te tekenen. Daaronder een gespikkelde grutto, een fregatvogel, een roze lepelaar en een palmnachtegaal. Verdomd goed gedaan, al zei hij het zelf.

'Cool cadeau, hè? Veel beter dan de oude kijker die ik gebruikte.'

'Ja, dat ziet er goed uit, schat. En die stikstofzuivering lijkt me heel belangrijk met al die vochtigheid hier.'

Maar hij wist niet zeker of zijn stem de afstand tot haar wel overbrugde. Janey vierde haar negende verjaardag aan boord van Markhams jacht. De laptop die zij daar gebruikte had een ingebouwde satelliettelefoon en webcam. Psychiater Markham beschikte altijd over de nieuwste technische snufjes om op elk moment en vanaf elke plaats met zijn verwarde patiënten te kunnen communiceren. Sugar en Janey belden nu met elkaar via Markhams server, die vierentwintig uur per etmaal een hele reeks van zulke chatrooms beschikbaar hield om dit soort tweegesprekken met beeld mogelijk te maken. Van cliënten onderling of tussen cliënten en een van Markhams discipelen, die zijn evangelie een-op-een aan rijke debielen doorgaven.

Maar vanavond moesten er zonnevlekken in het spel zijn, want het beeld van Janey's gezicht was nogal korrelig. Soms bevroor het, dan sprong het een paar seconden vooruit, terwijl er ook steeds sneeuw kwam en ging, waardoor haar gezicht nu en dan helemaal verdween. Het audiogedeelte was ook niet best. Het laatste half uur had Janey's stem continu een octaaf te laag geklonken, waardoor het leek alsof ze bezeten was door boze geesten.

Haar zusje Jackie had de vorige dag griep gekregen. Zij en haar moeder waren daarom thuisgebleven in Fort Lauderdale, maar toen haar de keus was geboden was Janey toch maar meegegaan op de boottocht. Ze was veel doller op de zee dan haar zuster, en trouwens ook dan Jeannie. Ook een van de terreinen waarop Janey meer naar Sugarman aardde dan naar haar moeder.

Deze computercontacten gingen hem nog steeds niet gemakkelijk af. Sugar zou veel liever een ouderwetse telefoon hebben gebruikt, maar de meisjes leken gebiologeerd door hun webcams, en omdat hij ze krachtens de scheidingsovereenkomst slechts twee keer per maand mocht zien gaf dit Sugarman tenminste de kans zijn dochters veel vaker te aanschouwen, al was het maar op zo'n korrelig plat schermpje. Toen Jeannie de vorige herfst met dit idee van bezoek-op-afstand was gekomen, had Sugarman tegengesputterd. Hij had geen computer en nu zijn bedrijfje voor bewaking en recherche op de rand van een bankroet balanceerde kon hij er ook beslist geen kopen. Het leek hem bovendien erg fout, erg onpersoonlijk en te technisch.

Maar toen Jeannie zei: vergeet het dan maar, kennelijk geef je niet genoeg om je eigen vlees en bloed om je wat simpele computerkennis eigen te willen maken, had Sugarman bakzeil gehaald. Hij had tot de uiterste limiet van zijn ene creditcard moeten gaan om de goedkoopste laptop te kopen die hij had kunnen vinden. Verder had hij wat lessen genomen van een snuggere tiener bij hem in de buurt om het spul op te zetten en aan de gang te krijgen – wat hem nog eens honderd dollar had gekost, die hij niet bezat. Om nog maar te zwijgen van de kosten van zijn DSL-verbinding en het maandabonnement. Maar na een stuk of tien van deze schermgesprekjes was hij aan het idee gaan wennen en voelde hij zich dankbaar voor dit toegenomen contact met zijn meisjes, zelfs al zou dit eventueel moeten betekenen dat hij de rest van zijn leven alleen nog maar drie keer per dag boterhammen met pindakaas kon eten.

Toen Janey een pauze liet vallen in haar demonstratie van de kijker vroeg Sugarman: 'Voel je je lekker, schat? Geen spoor van griep?'

'Dokter Andy zegt dat ik te sterk ben voor een griepje.'

Mooie dokter, had Sugar willen zeggen. Dokter in hocus-pocus. Dokter Kwakzalver. Dokter van schatrijke uilskuikens. Al zijn steenrijke cliënten waren in hun vorige leven – o, wat toevallig – Cleopatra of Julius Caesar of Shakespeare geweest. Geen enkele voormalige galeislaaf of landarbeider in de hele clientèle. Markham schreef boeken, had een wekelijks programma op de kabeltelevisie en nam eens per maand een paar welgestelde idioten mee op een boottocht om zijn bankrekening te reïncarneren. Jeannie hokte al een jaar met Markham en ontkende nog steeds dat hij een charlatan was.

'Wat gaan jullie vanavond doen, liefje?'

'Verder de oceaan op, papa. We zijn op het jacht.'

'Alleen heen en weer, of varen jullie door naar Fort Lauderdale?'

Markham had zijn jacht in een dure marina op Islamorada liggen. Een lange, lastige rit vanaf zijn woning in Lauderdale. Daarom vroeg Sugar zich wel eens af of het Jeannie's idee was geweest om het schip hier te stationeren – om haar ex-echtgenoot nog eens goed onder de neus te wrijven hoezeer haar status verbeterd was. Bijna elk weekend kwamen Markham en Jeannie zowat bij Sugars achtertuin showboatje spelen, dat mooie paar met die leuke blonde tweeling. Hun foto's stonden regelmatig in de societyrubriek van het plaatselijke blaadje.

'Janey, kun je me horen?'

Janey's antwoord ging verloren in drie seconden statisch geruis dat uit het luidsprekertje kwam knetteren. Het scherm werd wit, maar toen keerde het beeld terug.

'Je bent nog tamelijk laat op,' zei Sugar. 'Donderdag. Morgen moet je naar school.'

'Het is pas negen uur, papa. En ik sla morgen trouwens over. Mama heeft gezegd dat het goed was.'

'Zei ze dat?'

'O, ik vergat nog te vertellen,' vervolgde Janey, 'dat dokter Andy ons meeneemt op een reis om de wereld. Dan ga ik een hele maand niet naar school.'

Dit was nieuws. Sugarman wist vrijwel zeker dat Jeannie voor zoiets zijn toestemming nodig had, maar hij had de scheidingspapieren niet zo gedegen bestudeerd als eigenlijk had gemoeten – met een vergrootglas erbij om alle kleine lettertjes te lezen. Hij was er een paar keer aan begonnen, maar zijn ogen waren altijd al na een paar alinea's gaan branden.

'Om de wereld? Wanneer moet dat gaan gebeuren?'

Ze zette de kijker voor haar ogen en keek ermee naar de webcam.

'Weet ik niet. Ooit,' zei ze. 'Om de hele wereld heen. Afrika en Parijs en alle leuke plaatsen.'

'Nou, ik geloof niet dat je met dat schip in Parijs kunt komen, schat.'

'Dat weet ik, papa. Dokter Andy zegt dat we per privé-vliegtuig naar Parijs kunnen.'

Sugarman zuchtte.

Zij speelde met de scherpstelling van de kijker en leek het niet te horen.

'Janey, kom je vanavond thuis? Want papa wordt geacht je zaterdagmorgen op te halen. Overmorgen.'

Ze liet de verrekijker zakken, keek in de camera en glimlachte.

'Wat gaan we dan doen? Kunnen we naar het strand?'

Jeannie weigerde altijd om de meisjes mee te nemen naar het strand. Ze beweerde dat ze bang was dat haar huid daar ruw zou worden en blijvende schade kon oplopen. Sugarman wist dat er meer achter zat, maar hij had haar er nooit op aangesproken. In werkelijkheid vreesde Jeannie dat wanneer haar dochters melkachtige tint een graadje of twee donkerder werd, mensen zouden kunnen opmerken dat ze van gemengd ras waren.

Hun grootvader, Sugarmans ouweheer, was een onversneden Rastafarian uit Kingston, Jamaica, geweest, compleet met reusachtige ganja-sigaren, rastavlechtjes en alles. Zanger van een band die in een kroeg op Islamorada speelde, tot die tent werd gesloten door de drugspolitie. Sugars moeder, een vurige groupie van de band, was een statige Noorse ijskoningin geweest. Ze waren een maand na hun eerste ontmoeting getrouwd en een maand na Sugars geboorte gescheiden. Het was een bizar en onhoudbaar huwelijk geweest. En Sugar, hun enige kind, neigde qua uiterlijk naar zijn moeder. Zijn huid was slechts licht mahoniekleurig, in zijn gelaatstrekken waren haar strenge Noorse hoeken terug te vinden. Dat was nogal ironisch. Zijn vader was namelijk buitengewoon trots geweest op zijn Afrikaanse erfgoed, waarmee hij op elke manier die hij kon verzinnen te pronk had gelopen, maar in zijn enige zoon was het bloed dat hij voor zo nobel had gehouden verdund tot iets bleeks.

Van haar kant was Jeannie stijfkoppig en trots, een volbloed-Amerikaanse, een Schots-Ierse prinses, die haar dochters wanhopig graag voor idem dito wilde laten doorgaan. Hoewel ze het nooit hardop had gezegd, wist Sugarman dat de geringste zonnebrand op de huid van de meisjes haar in paniek bracht. Het was beangstigend om te bedenken tot welke extreme stappen ze bereid was om hen de rest van hun leven uit de zon van Florida weg te houden. Toen hij haar tijdens het scheidingsproces eens had gevraagd waarom ze eigenlijk met hem getrouwd was, had Jeannie geantwoord: 'Omdat je een football-held was, schat. Ik was achttien en viel in zwijm voor de opkomende back.'

Op het scherm zag hij dat Janey in de handleiding van de kijker bladerde.

'We kunnen niet naar het strand, liefje. We zijn uitgenodigd bij Thorn thuis, weet je nog? We gaan wat vis vangen en grillen.'

'O ja, dat was ik vergeten. Bij Thorn thuis is leuker dan op het strand. Veel leuker.'

'Wat voor gebak hebben jullie vanavond voor je feestje?'

'Chocola,' zei Janey. 'Weet je dat deze kijker elfhonderd dollar heeft gekost, papa?'

'Elfhonderd?'

'Ja. Dokter Andy heeft me het bonnetje laten zien. Dat is een massa geld, hè?'

'Het bonnetje laten zien,' zei Sugarman zacht.

Janey vroeg hem te herhalen wat hij had gezegd.

'Het is de gedachte eráchter die telt,' zei Sugarman. 'Geld is niet de enige maatstaf om dingen aan af te meten.'

Toen draaide Janey haar hoofd met een ruk naar opzij en keek naar boven.

'Janey?'

Ze bleef naar het plafond kijken.

'Wat is er, Janey? Is er iets mis?'

Ze draaide haar gezicht half naar de microfoon.

'Vuurwerk, denk ik.'

Sugarman hoorde een knalletje in het statische geruis, en daarna een afnemend en weer aanzwellend gezoem, alsof de verbinding op het punt stond weg te vallen.

'Paps schiet voetzoekers af.'

'Paps?' Het woord ontsnapte Sugarman als een schorre zucht. Het was de eerste keer dat een van zijn meisjes op die manier naar Markham verwees. Sugarman voelde zijn hart kantelen in zijn borst, waar zich een dichte mist van sombere duisternis aan het samenballen was.

Janey tuurde nog steeds naar boven. Ze had zich opzij gebogen van de webcam, zodat Sugar nu haar rechterwang in profiel zag. Zijn computerscherm had een beroerde scherptediepte, maar met een beter scherm zou hij de sproetjes rond haar neus hebben kunnen tellen en de letters van een ogentestkaart op de wand achter haar hebben kunnen voorlezen. Maar op dit schroothoopexemplaar hoefde een van zijn meisjes maar een paar centimeter te dicht bij de camera te komen, of zijn beeld werd dat van een onscherpe, misvormende lachspiegel. Voeg daarbij de grillen van de satellietverbinding en het was een wonder dat hij Janey überhaupt kon zien.

'Janey?'

'Ze hebben niet op mij gewacht. Ze hebben me niet gezegd dat ze gingen beginnen.'

'Ga dan maar gauw,' zei Sugarman. 'Je wilt je eigen feestje toch niet missen?'

Maar ze gaf geen antwoord. Ze draaide zich om, met haar rug naar de camera, en haar blonde krullen zwaaiden van links naar rechts alsof ze een commando weigerde. Sugarman boog zich dichter naar zijn schermpje en tuurde naar de werveling van de elektronen. Hij sprak haar naam uit.

Toen hoorde hij haar een enkel woord zeggen. 'Paps.'

Sugarman zat voorovergebogen, vlak voor het scherm, toen Janey even in beeld kwam. Haar mond was verwrongen in iets wat misschien een brede glimlach was, maar ook een grimas van schrik kon zijn. Er sloot zich een klemschroef om Sugars keel.

De volgende seconde drukte zich een ander gezicht tegen dat van zijn dochter aan en boog naar voren naar de webcamera. De gelaatstrekken van de man waren onscherp, te wazig om er iets uit af te leiden, behalve dat het gezicht langwerpig was. Het enige dat Sugar met zekerheid kon waarnemen was een rode bandanna die de man om zijn hoofd had gebonden en de glinstering van wat leek op een groot mes dat hij tussen zijn tanden geklemd hield.

Hij was wang aan wang met Janey. De punt van het mes was gevaarlijk dicht bij haar huid. Toen hoorde hij via zijn krakkemikkige luidsprekertje de stem van zijn dochter – een enkel meisjesachtig kreetje, dat zowel van verrukking als van angst zou kunnen zijn. En toen waren ze alle twee verdwenen.

Tien

'Ik ben er nog steeds niet aan gewend,' zei Alexandra. 'Hoe stil het wordt. Al om negen uur ligt het halve eiland in bed.'

Ze zaten buiten op de bovenste veranda en keken uit over het glimmende zwarte water. In alle kusthuizen, naar beide kanten toe, was het donker. Alleen op de aanlegsteigers brandden hier en daar wat lampjes. Lawton lag op zijn veldbed in de woonkamer te slapen. Op de vloer ernaast lag de puppy uitgestrekt. Zijn pootjes trilden en hij maakte af en toe zachte blafgeluidjes naar een rivaal in zijn droom.

'Mijn buren,' zei Thorn. 'Ingestort na alweer een hele dag vrije tijd.'

'Het is onwezenlijk,' zei ze. 'In Miami hebben de mensen nu nog niet eens gedinéérd.'

Ze nam een slok van haar wijn, liet zich achteroverzakken op haar lage stoel en draaide haar gezicht om naar de hemel te kijken. De sterren waren allemaal present. Stonden zich daar een beetje uit te sloven in de heldere lucht.

Thorn nam een slok en zette zijn glas terug op het hout. Hij zag een gefladder van donkere vleugels boven de tamarinde. Vleermuizen of muggenhaviken die daar de lucht zuiverden.

'Je mist het zeker? Het leven in de stad, vierentwintig uur per dag bruisend.'

'Ik ben er de hele dag. Ik mis het niet. Ik doe er nog aan mee.'

'Ik weet niet of het mij zou lukken – me aanpassen aan het tempo,' zei Thorn. 'Wanneer het hier donker wordt, dan wordt het donker. Daar gaan de lichten nooit uit. De hemel is oranje.'

'Niemand vraagt je om je aan te passen. We zijn hier. Dit is wat we doen.'

'Vooralsnog,' zei hij.

'Wat zeg je nu? Denk je nog steeds aan dat aanbod voor je land, aan wonen in een groot huis met massa's lichtknopjes en badkamers, en om tien uur de deur uitgaan om te dineren?'

'Ik weet niet wat ik zeg.'

'Je maakt je zorgen om mij, dát is het. Het verhaal over stadsmeisjes dat ik laatst tegen je heb afgestoken. Dat zit je dwars.'

Thorn keek naar een boot die traag over de Sound voorbijvoer, op weg naar Adam's Cut en de oceaan. Een catamaran, waarvan het lichte motortje hoogstens tien knopen mogelijk maakte. Een enkel lampje brandde bij het stuurhuis.

'Ik maak me geen zorgen over jou,' zei Thorn.

'Maar het speelt door je geest. Je denkt dat ik de lokroep van Miami hoor. Dat dit slechts tijdelijk is. Een bevlieging. Dat ik er niet echt met mijn hart in geloof, in een leven hier.'

Thorn zag de zeilboot uit het zicht verdwijnen. De baai was leeg. Donderdagavond, de tweede dag van mei, en nu al een aanvang van de lange luie zomer, waarin alleen de muggen nog wat energie leken te hebben.

'Key Largo is een lastige plek,' zei Thorn. 'Prachtig, maar niet gemakkelijk. Ik weet hoe het werkt. Uiteindelijk begint het schoonheidsaspect weg te slijten en dan blijft alleen het isolement over. Sommige mensen krijgen hier na een poos de kriebels.'

'Ze missen het bruisen,' zei ze.

'Ja, ze missen het bruisen.'

'Nou, ik krijg nog steeds elke dag een gezonde dosis gebruis,' zei ze. 'Maak je over mij geen zorgen.'

Haar hand zocht de zijne, kneep erin en kreeg een kneepje als antwoord.

'Mijn tijd doorbrengen met Lawton bevalt me,' zei Thorn. 'Dat bevalt me goed.'

'De hond of de papa?'

Thorn glimlachte naar haar in het donker.

'Zelfs in zijn huidige toestand is hij grappig en slim,' zei Thorn. 'Het is soms niet te geloven hoe hij uit de hoek kan komen. Hij moet een geweldige vent zijn geweest toen hij jong was.'

Alexandra zei niet meteen iets terug. Thorn voelde de greep van haar hand zachter worden, alsof er wat bloed wegstroomde uit haar aderen.

'Dat was hij,' zei ze ten slotte. 'Je zou hem toen ook graag gemogen hebben, en hij jou. Heel graag.'

'Hij schijnt me nu ook te mogen.'

'Klopt,' zei ze, 'maar dit is pa niet. Dat is een fijne, lieve, dappere oude man, die overal kortsluiting begint te krijgen.'

Thorn hield haar hand vast en keek naar het glinsteren van het donkere water – een warme windvlaag vanaf de Atlantische kant, die de muggen op afstand hield.

'Het is bijzonder stil,' zei hij.

'Stilte is goed,' zei ze. 'Stilte is heerlijk.'

'Klaar om naar binnen te gaan en daar stil te wezen?'

'Ik ben klaar,' zei ze, 'maar dat stille kan ik niet beloven.'

'We zullen bruisen,' zei hij. 'We zullen zorgen voor ons eigen gebruis.'

Ze stond op en boog zich naar Thorn toe om hem boven op zijn hoofd te kussen. Hij voelde de hitte van haar lippen door zijn haren heen, voelde haar fluistering op zijn schedel. Haar woordloze adem riep zijn geheime naam uit.

Thorn schrok hijgend wakker. Hij duwde zich omhoog van zijn kussen en voelde het bonken van zijn hart. De droom van de happende kaken was zo snel vervlogen dat hij zich alleen nog de twee rijen vlijmscherpe tanden herinnerde. Misschien een krokodil, of een grote witte haai – of anders alleen maar een set plastic namaakkaken van een practical joker die in zijn psyche aan het rotzooien was geweest. Hij zat rechtop naar de duisternis te staren en voelde zich een dwaas. Gewoon een droom, losgeweekt van wat een reële angst zou kunnen zijn. Gewoon een beeld dat was opgeborreld uit zijn voorraad onderbewuste angsten. Niets dat het analyseren waard was, niet eens iets om bij de ochtendkoffie met Alex te bespreken. Gewoon kaken met scherpe tanden, kaken die vlak voor zijn neus waren dichtgeklapt.

Aan de andere kant van de kamer leken de kaptafel en de ruwe wanden bedekt met een laagje kalkachtig stof. Er hing ook een nevel in de kamer – een mist die onder stroom leek te staan. Hij knipperde met zijn ogen en zoog zijn longen vol. Het duurde nog een tel voordat zijn hoofd volledig helder was en hij zag dat de parelmoerglans gewoon afkomstig was van het licht van de volle maan dat door duizend microscopische kiertjes in zijn houten huis naar binnen lekte.

Naast hem lag Alexandra op haar rechterzij te slapen, met een arm onder haar kussen gestoken en de andere verborgen onder de gewatteerde sprei. Haar lange zwarte haar lag in een glanzende krul over de bleekblauwe lakens uitgespreid. Toen hij uit bed kroop maakte ze twee keer een snuivend geluidje, alsof ze flirtte met het idee om wakker te worden, maar dook toen dieper onder het laken, in de oude houding, vastbesloten om lekker door te slapen.

Thorn liep naakt door de slaapkamer, opende de tussendeur en stapte de woonkamer in. De luiken waren open, dus het was daar zo licht als midden op de dag. De borden van hun avondeten stonden te flonkeren in het afdruiprek en de spiegel tegen de achterwand was gevuld met gouden boomtakken en het glinsterende water van de baai.

Het was een kleine open keuken met een betegeld aanrecht, een oude Frigidaire, die deze nieuwe eeuw toch nog had gehaald, en een ontbijthoekje voor twee personen. Dat hoekje en alle andere planken en latten en balken in het huis waren gemaakt van tropisch hardhout dat door Thorn was gered uit dumpplaatsen in Miami. Het was afkomstig van enorme kratten waarin partijen kleuren-tv's of faxen of videorecorders vanuit Azië en Zuid-Amerika naar de gulzige kust van de VS waren verscheept. Zulke kratten voor eenmalig gebruik waren vaak gemaakt van tweehonderd jaar oud kaneelteak of palissander of mangium of amarante of ebbenhout. In Miami werden zulke kratten met koevoeten opengewrikt, de armzalige inhoud werd verwijderd en het edele hout werd verbrand en verstrooid over de afvalbergen van de stad. Met Sugarmans hulp had hij duizenden kilo's van dit afvalhout weten te redden en er planken en andere onderdelen voor de herbouw van dit huis van gemaakt. Daartoe had hij een jaar lang elke dag de lange rit naar Miami gemaakt om de stortplaatsen af te zoeken.

Sindsdien verspreidde zijn huis een mengelmoes van indringende aroma's, zoals van gebrande koffie, gemengd met pepermunt en citroen en leer en een paar zó exotische specerijen dat hij er geen naam voor wist. En bij elke bries bewoog dit huis zich een beetje mee. Bij elke verandering in de stand van de barometer begonnen de planken te kreunen en te piepen als de scharnieren van een oude poort. Maar de constructie was sterker dan staal en werd elk jaar alleen nog maar steviger, naarmate de sappen stolden. Het hout werd onkwetsbaar voor vuur of rotting of termieten. En Thorn wist zeker dat zijn huis wel het laatste was dat zou omwaaien tijdens de onvermijdelijke orkaan die ooit alles op deze koraaleilanden met de grond gelijk zou maken. Al jaren was het nu zijn bunker tegen veranderingen, zijn schuilplaats tegen de eindeloze waanzin van menselijke dwaasheden. Binnen deze vier wanden, op hun palen van bijna vijf meter boven het niveau van hoog tij, had hij soms het gevoel dat hijzelf in al dat oude hout opging, alsof al die oude bomen om hem heen nog steeds aangroeiden, ring na ring, een steeds dikker wordende stam, met Thorn gelukkig en tevreden in hun binnenste gevangen.

Pas toen hij in het midden van de woonkamer stond en de laatste flarden van zijn droom waren verwaaid viel Thorns blik op het lege veldbed. Het maanlicht dat via het westelijke venster naar binnen viel zette Lawtons verfrommelde lakens in een helder schijnsel. De oude man was verdwenen en de puppy eveneens.

Thorn liep naar het terras, keek over de leuning naar beneden naar de schaduwen en zag Lawton onder de gumboboom in het maanlicht kaarsrecht op de gele bank zitten, met zijn knieën tegen elkaar aan en zijn voeten vlak op de grond. Hij droeg een wit overhemd met korte mouwen en een smalle stropdas, en zijn koffer stond naast zijn voeten. Naast hem op de bank lag het hondje Lawton met zijn snuit op het dijbeen van zijn naamgenoot. De oude man had zijn ogen open en hij keek naar rechts, in de richting van de snelweg, alsof hij daar aan het piepen van zware remmen had gehoord dat zijn Greyhound eindelijk was gekomen.

Thorn liep naar binnen, trok een wijde gymbroek aan en liep toen over de trap naar beneden. Lawton was aan het praten en de puppy was wakker geworden.

Sugarman stond vlak naast de bank.

Thorn liep erheen en zelfs in het onzekere licht kon hij aan Sugars ingezakte schouders en gebogen hoofd zien dat niet alles in orde was.

'Is die bus weer te laat?' vroeg Thorn.

'Ja, verdomme,' zei Lawton. 'Ik sta op het punt naar de snelweg te lopen en gewoon een lift te vragen van de eerste de beste vreemdeling.'

'Om deze tijd van de nacht liggen de meesten een roes van hun margarita's uit te slapen,' zei Thorn. 'Misschien kun je beter wachten tot het weer licht is.'

Thorn ging naast de oude man zitten. Hij stak zijn hand uit en krabde het hondje onder zijn keel.

'Dat is waar,' zei Lawton. 'Dat is ongeveer het enige aardige dat je op dit godvergeten stuk rots kunt doen – je zelf laten vollopen. Dat is een andere reden waarom ik de benen neem.'

'Heb je geen slaap, Lawton? Moet je niet even gaan liggen?'

'Oude mensen hebben geen slaap nodig,' zei hij. 'Daar kom je op een dag wel achter.'

Lawton – de puppy – zuchtte en vlijde zich tegen Lawtons dij aan.

'En jij, Sugar? Wat doe jij hier midden in de nacht?'

'Ik moet praten, maar ik wilde je niet wekken.'

'Wilde je hier blijven wachten tot zonsopgang?'

'Ik loop al uren te piekeren, maar ik snap er nog steeds niets van. En ik weet niet waar ik anders heen kan.'

'Wat is er?'

'Ik weet het niet,' zei hij. 'Waarschijnlijk niks.'

'Oké,' zei Thorn. 'Je bent nou toch eenmaal hier, dus moeten we het met armworstelen uit je lospeuteren of wil je het probleem met ons delen?'

'Het spijt me, man. Ik zou je hiermee niet moeten lastigvallen.' Hij wierp een blik op Lawton en keek toen Thorn weer aan. 'Je hebt je handen al vol en zo.'

'Wel verdomme, Sugar!'

Thorn sloeg een mug weg van zijn oor.

'Goed, goed. Het gaat om Janey.'

'Wat is er met haar?'

'Ik had gisteravond een virtueel gesprek met haar. Je weet wel, per computer, via de laptop die ik heb gekocht. Een gesprek on line.'

'Ja.'

'Nou, we zaten te praten en ze liet me de kijker zien die ze voor haar verjaardag had gekregen, toen er opeens een vent naast haar verscheen. Ik had hem nooit eerder gezien. Hij was gekleed als een verdomde piraat, nota bene! Een mes tussen zijn tanden, een bandanna om zijn kop, misschien zelfs een ooglapje voor, ik weet het niet. Het beeld was wazig.'

'Een piraat.'

'Janey was aan boord van Markhams jacht, ergens op zee. Een van die koleretochtjes die hij organiseert om een paar ware gelovigen mee te nemen en ze in trance te brengen en dan naar een periode van honderden of duizenden jaren geleden te verplaatsen, waar ze alles kunnen ontdekken over de lui die ze vroeger zijn geweest. Reïncarnatie of counseling of god weet hoe ze het noemen.'

Lawton draaide zijn hoofd en keek vanuit het donker naar Sugarman.

'Je wilt toch niet zeggen dat je dat gelul gelóóft?'

Sugarman schudde zijn hoofd naar Lawton en richtte zich toen weer tot Thorn.

'Ik zat met Janey te praten, maar opeens klonk er totaal onverwacht vuurwerk of een ander soort herrie vanaf het dek, en toen stak deze als piraat verklede vent zijn kop tot vlak voor de webcam en Janey slaakte een gilletje en ze verdwenen beiden van het scherm.'

Thorn keek naar de Blackwater Sound – hectaren glinsterend maanlicht omlijst door donkere mangrove-eilanden. In de verte het eindeloze flikkeren van een kanaalboei.

'Misschien een soort surprise?' opperde hij. 'Het was haar verjaardag.'

'Ja, ja,' zei Sugar. 'Dat zal het wel zijn, denk ik ook. Een poos geleden heeft Markham voor zo'n tochtje een stel bodybuilders ingehuurd en ze als haremslaven verkleed, waarmee hij de oude dametjes aan boord de stuipen op het lijf heeft gejaagd. En een andere keer had hij gladiatoren geregeld. Om zijn publiek in de stemming te brengen voor wat tijdreizen.'

'Dan was het waarschijnlijk weer iets van dien aard. Geschift vermaak.'

'Ja,' zei Sugarman.

'Maar je gelooft het niet echt.'

Sugarman tuurde naar het water. Honderd meter verderop was een geplons te horen. Een barracuda die achter een andere vis aan zat, of misschien een barbeel die zichzelf naar de reusachtige maan probeerde te lanceren.

'Ik zou moeten gaan,' zei Sugar. 'Het is verdomme midden in de nacht. Ik stel me aan.'

'Dat mag,' zei Thorn. 'Hier ter plekke wordt het zelfs aangemoedigd.'

'Nou, daar komt mijn bus,' zei Lawton. Hij boog zich naar voren en pakte zijn koffer op, waarna hij het hondje onder een arm nam en opstond. 'Ik moet naar de snelweg, jongens. Het was me een genoegen.'

'Waar ga je heen, Lawton?'

'Columbus, Ohio. Mijn geboorteplaats.'

'Maar dit is de bus van middernacht,' zei Thorn.

'En?'

'Deze gaat niet naar Ohio. Die komt morgen pas.'

'Morgen?'

'Klopt.'

'Voor het eerst dat ik het hoor.'

'Dat is al jaren zo, Lawton. Ohio rijdt 's morgens.'

'Je probeert een oude man toch niet voor de gek te houden, hoop ik?'

'Je hebt nog wat uurtjes lekker slapen over voordat het ochtend is,' zei Thorn. 'Zodra Sugar en ik klaar zijn met praten duik ik ook weer mijn nest in, hoor.'

'Vooruit dan maar, verdomme,' zei Lawton. 'Maar morgen ben ik niet meer te stoppen. Hoor je dat?'

'Jawel, baas.'

Lawton liep naar de voet van de trap en bleef daar staan. Hij draaide zijn hoofd van links naar rechts en keek naar de bomen en de baai en de andere vertrouwde dingen met een verwonderde blik in zijn ogen, alsof hij daarnet was ontwaakt uit een slaapwandeling.

Toen klemde hij de puppy wat vaster onder zijn arm en klom de trap op.

'Hij wordt erger,' zei Sugarman.

'Erger zou ik het niet noemen, maar het gaat niet beter.'

'In elk geval is hij opgehouden met zijn Houdini-gedoe. Het ontsnappen uit handboeien, de verdwijntrucs.'

'Ja, deze maand is het zen.'

'Zen?'

'Een paar weken geleden vond hij een kalender op een vlooienmarkt. Vijfentwintig cent. Vijf jaar na datum, maar daar zit hij niet mee. En elke dag heeft een zenspreuk. Hij is tot de conclusie gekomen dat hij een boeddhist is.'

Sugarman zuchtte en ging op de bank zitten.

'Zeg me dat ik gek ben, Thorn. Dat ik me dingen inbeeld.'

'Heb je Jeannie geprobeerd?'

'Constant de bezettoon,' zei hij. 'Ik heb het telefoonbedrijf gebeld. Ze zeggen dat de hoorn naast de haak ligt. Jackie heeft griep, dus Jeannie heeft waarschijnlijk alles uitgeschakeld wat haar zou kunnen wekken. Dus toen heb ik Bill Stokey van de Kustwacht gebeld of hij iets kon nagaan. Als Markham een vaarplan heeft opgegeven moeten we wachten tot de marina morgenvroeg opengaat om te zien hoe het luidt. Hij heeft geen noodsignaal verzonden, dus als we niet weten wanneer hij zou terugkeren hebben we vooralsnog ook geen reden om te denken dat hij over tijd is, of om gealarmeerd te zijn. Ik bedoel – ze hebben een handboek, een officiële lijst van punten die ze checken, en dit geval brengt geen rode lampen aan het flikkeren.'

'Je kunt een van de buren van Jeannie bellen. Om bij haar aan te kloppen.'

'Ik ken haar buren niet.'

'Het is maar een paar uur rijden daarheen. Ik zal met je meegaan.'

'Zij en Markham zijn vorige week verhuisd.'

'Heb je hun nieuwe adres niet?'

'Ergens op Las Olas,' zei Sugarman. 'Hoogbouw voor de rijken, dat is alles wat ik ervan weet. Ik kreeg het telefoonnummer, maar niet het adres. Dat zou ik morgen van haar krijgen, want zaterdag zou ik de meisjes gaan ophalen.'

'Het telefoonbedrijf moet het adres hebben.'

'Geheim nummer. Ik heb het de telefoniste gevraagd. En haar baas. Ze willen het me niet geven.'

'Ook niet in een noodgeval?'

'Ik weet niet of het een noodgeval is,' zei Sugar. 'Dat argument heb ik niet kunnen gebruiken.'

'Je had kunnen liegen.'

Sugarman keek Thorn aan, maar richtte zijn blik toen weer op het glimmende water.

'Dat is wat jij zou hebben gedaan,' zei Sugarman. 'Jij zou hebben gelogen. En je zou nu het adres hebben en we waren al onderweg geweest.'

'Waarschijnlijk,' zei Thorn.

'Dat is het verschil tussen ons beiden,' zei Sugar. 'Een van de verschillen.'

'Scrupules,' zei Thorn. 'Ik heb er geen.'

'Ik kán het niet, Thorn. Ik kan niet doen alsof iets een noodgeval is als ik niet weet of dat de waarheid is. Mijn eigen dochter, en ik ben verlamd door verdomde scrupules.'

'Dan doe ik het wel. Geef me je telefoon.'

Thorn nam Sugarmans mobiele telefoon van hem aan en belde de telefoniste en liep tot buiten gehoorsafstand – dan hoefde Sugar niet mee te luisteren naar zijn leugens. Thorn liep de hele situatie na, met weglating van het piratengedeelte, en legde heel wat bezorgdheid in zijn stem, maar de telefoniste reageerde verveeld en hield zich aan de voorschriften en wilde hem het adres niet geven. Daarna vroeg Thorn naar haar baas en moest hij een paar minuten aan de lijn blijven. Toen de man zich eindelijk meldde, bleek hij nog minder toegevend dan de telefoniste. Tenzij de politie hem opdroeg de informatie te verstrekken, was deze strikt vertrouwelijk. Thorn vroeg de man of hij een dochter had en na een korte aarzeling antwoordde deze dat hij geen kinderen had.

'Nou, dat verklaart het dan,' zei Thorn. 'Dat u zo'n klootzak bent.'

Sugarman zat nog op de bank toen Thorn terugkwam van de waterkant.

'Geen succes.' Thorn gaf Sugar zijn telefoon terug. 'Misschien is het tijd om het bureau van de sheriff te bellen.'

'Heb ik al gedaan,' zei Sugar. 'Ik word geacht om acht uur nog eens te bellen, als het schip dan niet terug is. Dán zullen ze iets doen.'

'Christus,' zei Thorn. 'Niemand mag worden lastiggevallen.'

'Ja, verdomd,' zei Sugar. 'Maar zelfs als ik Jeannies adres had en bij haar op de stoep verscheen en haar midden in de nacht wekte, terwijl Jackie ziek is en zo, zou ze me aankijken en met die sarcastische ondertoon in haar stem vertellen dat ik gewoon iemand heb gezien die als piraat was verkleed. En ze zou me in het bijzijn van Jackie uitlachen.'

'Dat doet ze.'

'Ja, je kent haar. Zo is ze.' Sugar bleef een poosje zwijgen en zei toen: 'Ik vergeet steeds waarom ik eigenlijk met haar getrouwd ben. Waar de liefde op gebaseerd was.'

'Jullie waren allebei jong,' zei Thorn.

'Dat is geen excuus,' zei Sugarman.

'Er is iets goeds uit voortgekomen,' zei Thorn. 'De meisjes.'

Sugarman zweeg. Hij had zijn voorhoofd gefronst van de zorgen.

Thorn zag een schaduw langs de waterkant sluipen. Misschien een wasbeertje of anders een buidelrat. Er was onlangs een geval van hondsdolheid geconstateerd en de gezondheidsdienst probeerde nu zo veel mogelijk schadelijke dieren te vangen. De vorige week had Thorn zijn enige kooi voorzien van een klonter pindakaas als lokaas, maar niemand was op bezoek gekomen. Ze wachtten misschien tot hij er een knapperig broodje bij leverde.

'Een vent die als piraat was verkleed,' zei Thorn.

Sugar opende zijn ogen en knikte ernstig.

'Een bandanna om zijn hoofd, mes tussen de tanden, ja.'

'Moet wel een geintje zijn geweest,' vond Thorn. 'Klinkt te bezopen om echt te zijn.'

'Ja,' zei Sugarman. 'Een surprise voor op een verjaarspartijtje.'

'Kan niet anders,' zei Thorn.

Elf

'Als ik een koe bezit,' zei Lawton, 'bezit de koe mij.'

Ze zaten te ontbijten aan de lange picknicktafel op het bovenste terras, vanwaar ze uitkeken over de Blackwater Sound. Het water was ijzergrijs en woelig. Thorn zag in het kalmere water, dichter bij de kust, de V-vormige rimpeling achter de rugvin van een kleine haai.

'En wie heeft dat gezegd, pa?'

Alexandra zat naast de oude man. Ze droeg een wit poloshirt en een blauwe spijkerbroek en tennisschoenen. Ze had haar lange haren tot een paardenstaart gebonden en haar donkere ogen fonkelden rustig in het opkomende licht. Ze zag er niet uit als een vrouw die wel duizend lijken had gezien. En er waarschijnlijk nog dubbel zo veel zou zien voordat ze met pensioen ging.

'Ralph Waldo Emerson schrijft het. De beroemde Amerikaanse boeddhist.'

Lawton veegde een kruimel van het front van zijn witte T-shirt en zette zijn blauwe honkbalpet rechter en strakker op zijn dikke witte haardos.

Door de deuropening van de slaapkamer zag Thorn Sugarman op de rand van het bed zitten met zijn telefoon tegen zijn oor. Hij droeg nog dezelfde vale zwarte broek met blauw hemd als gisteren, maar nu waren ze verfomfaaid en doordrenkt met het bittere zweet van zijn vermoeidheid en angst.

Een minuut tevoren had hij eindelijk zijn ex-vrouw Jeannie weten te bereiken en nu zat hij gretig voorovergebogen naar haar stem te luisteren. Zelfs op zes meter afstand kon Thorn de metalige schrilheid daarvan horen. Sugarman keek gekweld op, maar liet zijn hoofd toen weer zakken om de rest van de tirade over zich heen te laten komen.

'Ik dacht dat Emerson een dichter was, pa. En een dominee, ergens in New England.'

'Jezus, meisje, je zoekt altijd iets om ruzie over te maken. Je bent net je moeder. Zo verdomd tegendraads. Ik weet niet hoe ik het al die jaren heb volgehouden. Steeds dat negatieve. Vitten, vitten, vitten.'

'Je hield van moeder, pa. Jullie hadden nooit ruzie.'

'Als je dat graag gelooft, ga je gang. Leef maar in een verdomde droomwereld.'

Alex keek pijnlijk getroffen en haar hand ging onwillekeurig van haar schoot naar haar mond. Met haar handpalm veegde ze de gekwetste uitdrukking van haar gezicht en Thorn zag aan haar ogen dat ze moest worstelen om de reserves van haar geduld aan te spreken. 'Het zijn maar woorden, het zijn maar woorden.' Dat was de mantra die zij en Thorn de laatste weken hadden aangeroepen, maar slechts met beperkt succes.

Ze zag hoe haar vader meer stroop op zijn stapeltje pannenkoeken deed en toen met zijn vork de bovenste opprikte om er het vet van de gebakken ham mee op te vegen dat op de rand van zijn bord glom. Hij propte de hele pannenkoek naar binnen en praatte onbekommerd met volle mond.

'Een man kan een boeddhist zijn zonder het zelf te weten,' zei Lawton. 'Neem mezelf. Ik dacht dat ik katholiek was, maar nu heb ik ontdekt dat ik al die tijd een boeddhist ben geweest.'

'Nog een pannenkoek?' Thorn bood iedereen de schaal aan, maar was uiteindelijk zelf de enige die er een aan zijn vork prikte.

'Als ik een koe bezit,' zei Lawton tegen Thorn, 'bezit de koe mij. Dat is een uitspraak van Ralph Emerson, de beroemde dichter.'

Lawton keek streng naar Alexandra of zij het zou wagen hem tegen te spreken.

'Ik ken je hond,' zei Thorn, 'maar ik wist niet dat je ook een koe bezit.'

Lawton gebruikte zijn mes en vork om het resterende stapeltje pannenkoeken op zijn bord recht te leggen, waarna hij het geheel netjes in tien gelijke punten sneed.

'Ik bezit geen koe,' zei Lawton. 'Ik bezit niks.'

'En de hond dan?' vroeg Thorn.

'Lawton is niet mijn *bezit*. Ik heb verdomme geen cent voor hem betaald. Hij was gratis. Dus dat gaat niet op.'

'Maar je moet hem onderhouden, te eten geven, de dierenarts betalen. Dat kost geld.'

'Wil je dan dat ik de puppy laat verhongeren? Is dat wat je wilt?'

Alexandra zuchtte en schoof haar bord van zich af. Ze hadden voortdurend geprobeerd de oude man met logica te benaderen om hem op de stalen rails van de rede te houden. Soms leek het te werken, maar vooral de laatste tijd was Lawton erg vaak afgeslagen in de richting van het absurde.

Onder de tafel voelde Thorn dat de puppy zich oprichtte tegen zijn been. De geur van gebakken ham was onweerstaanbaar. Lawton had het hondje al gebaad en geborsteld, en zijn vacht glansde en rook naar seringen.

'Jullie moeten me excuseren, heren,' zei Alex. 'Miami roept. Bedankt voor de maaltijd, Thorn. Je bent een meesterlijke kok.'

'Wacht tot je mijn geroosterde kaasboterham hebt geproefd!'

'Dat is dan afgesproken!'

'Ik hield van je moeder, verdomme.' Lawtons ogen waren vochtig en zijn onderkaak trilde een beetje. 'Ik hield van haar botten. En van haar lippen en ogen, de geur van haar haar. We hebben nooit met stemverheffing tegen elkaar gesproken. In veertig jaar niet. Dus zeg niet dat het wel zo is, Alexandra. Want het is niet waar.'

'Dat weet ik,' zei ze. 'Dat weet ik.'

Alexandra bleef haar vader nog even aankijken, bracht toen haar bord naar binnen, spoelde het af en ging naar de badkamer om haar minimale make-up te verzorgen.

Een minuut of twee later had Lawton zijn belangstelling voor zijn ontbijt verloren en stond hij op om de tuin in te lopen. Het hondje dribbelde naast hem mee, zo ongemakkelijk en opgelaten als een kind in nieuwe zondagse kleren. Af en toe hapte hij naar de blote enkels van de oude man om hem tot een spelletje te verlokken. De twee bleven staan in het hoge gras dat in de schaduw onder de tamarinde groeide. Daar ging Lawton op zijn rug liggen en de puppy nestelde zich tegen hem aan, waarna ze beiden zowat onmiddellijk in slaap sukkelden.

Thorn stond de afwas te doen toen Sugarman met grote stappen uit de slaapkamer kwam lopen. Zijn gezicht was bleek en zag eruit als dat van een man die tot buiten de greep van de aardse zwaartekracht was geslingerd. Hij klapte zijn telefoon dicht en ramde hem ruw in de borstzak van zijn hemd.

'Ze laat nooit een kans lopen om je op de kast te jagen.' Thorn spoelde het zeepsop van een bord en zette het in het afdruiprek.

'Er stonden geen piraten op het programma voor haar verjaardag,' zei Sugar.

Thorn liet water over zijn handen lopen, droogde ze af en volgde Sugarman naar het terras.

'Dat weet ze zeker?'

'Geen piraten, geen haremslaven, niets van dat alles. Markham is vertrokken uit de Morada Bay Marina op Islamorada en werd geacht om halfelf gisteravond weer terug te zijn. Er was voor de hele troep in Cheeca gereserveerd en iedereen zou vanmorgen op het strand rondhangen en later op de dag naar Lauderdale terugrijden.'

'En zij heeft niets van hen vernomen?'

Sugarman schudde zijn hoofd.

'Ze zijn niet in het motel komen opdagen. En hij beantwoordt zijn telefoon niet.'

'We moeten de Kustwacht bellen.'

'Dat doet Jeannie al. Ze zegt dat ik het al één keer heb verpest. Het kan me niet worden toevertrouwd. Volgens haar had ik gisteren met mijn voeten moeten stampen en een enorme heibel moeten schoppen om ze tot actie te dwingen. Ik ben een waardeloos mietje. Ze zegt dat ik niet eens kien genoeg ben om mijn eigen dochter te beschermen. En ik geloof dat ze misschien gelijk heeft.'

Thorn kwam naast Sugar staan en legde een hand op zijn schouder.

'Gelul. Je hebt gedaan wat je kon met de informatie die je had. Je hebt geprobeerd de feiten te krijgen. Je bent kalm gebleven, hebt je hersens gebruikt.'

'Maar daarná had ik iets kunnen doen. We hadden toch minstens de *Heart Pounder* kunnen nemen om naar haar op zoek te gaan.' Sugarman wuifde in de richting van Thorns antieke motorjacht, dat aan de koraalrand lag aangemeerd. 'Maar nee hoor, ik moest zo nodig de hele nacht hier blijven rondhangen, zonder me te verroeren, als de eerste de beste radeloze burger.'

'We nemen de *Heart Pounder* nú,' zei Thorn. 'De tank is vol.'

'Moet je niet op Lawton passen?'

'Hij is altijd in voor een boottocht. Ik haal de sleutels. Dan gaan we naar de vaargeul, zetten de radio aan en horen of iemand iets heeft gezien.'

'Een klootzak verkleed als piraat,' zei Sugarman. 'Het is te gek voor woorden.'

'Je weet wel beter,' zei Thorn. 'We zijn op de Keys. Hier is niets te gek.'

Flinke luchtdrukverschillen zwiepten een oostenwind van dertig knopen per uur op, die zelfs in de monding van de North Creek, achter de uitgang van de Largo Sound, golven van anderhalve meter hoog liet aanrollen. Een heldere hemel, geen teken van naderende regen, maar tegelijk zo stormachtig als aan de buitenste randen van een orkaan. En hoewel de buikige *Heart Pounder* zich soepel genoeg door de golven heen ploegde, was het ritmische rijzen en dalen van het dek meer dan de puppy kon verdragen. Op ongeveer anderhalve kilometer uit de kust strompelde Lawton – de hond – naar de hekbalk en begon te kotsen. Hij koos een plekje vlak bij de zijkant, stak zijn kop naar voren en begon zijn ontbijt in één hortende straal uit te braken.

'Ach ja,' zei Lawton, 'het beestje moest vroeg of laat toch zeebenen krijgen.'

Terwijl Lawton daarna emmers zeewater gebruikte om het dek schoon te schrobben bleef Sugarman via de kortegolfradio in contact met de lokale operator van de Kustwacht. Het was halftien op een doorsnee-ochtend in mei, het was nu al boven de dertig graden, de luchtvochtigheid was tachtig procent en aan de horizon bloeiden de eerste donzige cumuluswolken op. Boven hun hoofd zweefde een eenzame fregatvogel op ongeziene, kilometers hoge luchtstromingen als een donkere engel achter hen aan.

Weggedoken tegen de wind hield Sugarman de microfoon van de krakende radio bij zijn mond, sprak een paar snelle zinnen en boog zijn hoofd toen naar de luidspreker. Er kwam als antwoord een reeks geluiden die meer op statisch geruis dan op spraak leken. Thorn zag dat Sugarman zijn hoofd schudde. De microfoon viel uit zijn handen en bleef aan zijn gespiraalde draad bungelen.

Thorn nam gas terug en wachtte tot Sugarman zich aan het stuurwiel bij hem had gevoegd.

'Wat is er? Heb je iets gehoord?'

'Niets goeds. Helemaal niets goeds.'

Lawton zat nog op zijn knieën op het achterdek om het braaksel weg te poetsen. De puppy likte ondertussen zijn nekhaartjes.

'Ze hebben lichamen gevonden,' zei Sugarman.

'Shit!'

'De Kustwacht en de marine zoeken het gebied af. Ze zeggen dat we kunnen komen, maar buiten het eigenlijke terrein van onderzoek moeten blijven. De lichamen waren aangespoeld tegen de boeien van Carysfort Reef.'

Thorn gaf vol gas vooruit en draaide het stuurwiel om een bocht te maken over de woelige, tegenstribbelende zee. De *Heart Pounder* baande zich een weg door de golven en het achterdek werd bespat door een sproeiregen van zout water. De puppy schudde het water van zijn vacht en zocht glijdend en glibberend beschutting bij de reling aan stuurboordzijde.

'Geen spoor van Janey,' zei Sugarman. 'Dat is het goede nieuws. Maar ook geen spoor van het schip.'

'En die lichamen?'

'Een vrouw, achter in de zestig, begin zeventig, gekleed in een baljurk. En een oude man in een witte pantalon. Met een blauw sjaaltje om zijn hals. In het hoofd geschoten. Alsof ze geëxecuteerd zijn.'

'Baljurk? Halssjaaltje?' vroeg Thorn. 'Klinkt dat als Markham?'

Sugarman bestudeerde de zee op middellange afstand.

'De idioten in zijn klantenkring nemen hun vorige-leven-gelul serieus. Een afspraak op de boot van Markham is voor deze mensen een gala-avond. Om hun dansmuiltjes en fladderende jaspanden uit de kast te halen. Ja, het wijst naar hem.'

'Christus, Sugar.'

'Het is oké,' zei hij. 'Het komt wel goed.'

Sugar klopte Thorn op de rug. Troostte hém! Zoals hij dat altijd deed wanneer er stront aan de knikker was. Hij maakte zich drukker om zijn maatjes dan om de stalen speer die zijn eigen hart doorboorde.

Het was waarschijnlijk een of ander syndroom met een indrukwekkende naam, een bloedziekte die alleen door een langdurige therapie genezen kon worden. Chronisch altruïsme, posttraumatische onzelfzuchtigheid. Zo was Sugarman al vanaf zijn jeugd. Een soort aangeboren alchemie veranderde zijn woede of verdriet altijd in sereniteit, alsof de ergste dingen bij hem automatisch een stoot psychische morfine opriepen. Meer dan eens had Thorn geprobeerd om zich Sugar tot voorbeeld te stellen. Zijn hijgende ademhaling tot kalmte te brengen, het koken van zijn bloed te doen afkoelen. Maar dat was nutteloos. Thorns emotionele chemie was precies tegenovergesteld. Hij was een kruitvat dat elk moment kon ontploffen.

Een frontale botsing met een hoge golf wierp Lawton tegen de rug van Thorn aan. Hun beider armen raakten even met elkaar verstrengeld – als die van bedgenoten die uit tegenstrijdige dromen ontwaken.

'Moet ik wat lijnen uitzetten?' vroeg Lawton.

'We gaan niet vissen, Lawton.'
'Mooi weer om achter zeilvissen aan te gaan.'
'Vandaag niet, Lawton.'
'Nee?'
'Nee, we maken alleen een tochtje. Meer niet. Om wat frisse lucht te halen.'
'Nou, dan heb je een verdomd beroerde dag gekozen voor zo maar wat te varen.'
'Misschien kun je beter benedendeks gaan. Daar blijf je droog.'
'Mij mankeert niks,' zei de oude man. 'Maar de kleine Lawton staat een beetje wankel op zijn pootjes. Anderzijds, als hij ooit scheepshond wil worden kan hij maar beter gewend raken aan ruwe zee. Dat is wat wij boeddhisten altijd zeggen: praten over stieren is niet hetzelfde als meedoen aan een stierengevecht.'
Sugarman tuurde naar de horizon, met zijn gezicht in de druppeltjesregen, want de boeg doorkliefde de ene hoge golf na de andere. Naarmate ze zich naar dieper water ploegden leek de wind sterker te worden en bereikten de golven hoogten van wel twee tot tweeënhalve meter. Nog niet gevaarlijk, maar het oude hout moest zich toch behoorlijk inspannen. In de dalen tussen de golven verloren ze telkens de horizon uit het oog wanneer deze verdween achter de schuimkoppen die de hemel afdekten, terwijl zij tegen de helling op klommen om aan de andere kant weer steil naar beneden te duiken. Het dek was glad geworden en bij de spuigaten hadden zich plasjes water verzameld. Achter hem strompelde en wankelde Lawton over het dek, met zijn hand aan de reling, en hij praatte met zichzelf – ongetwijfeld om nog meer oosterse wijsheden te verkondigen.
Thorn vocht met het stuurwiel tot zijn handen verdoofd en bijna onbruikbaar waren. Ook voelde hij een naderende kramp in zijn armen. Tegen de tijd dat ze de vuurtoren van Carysfort in zicht kregen was hij bijna rijp om het varen op te geven, naar Kansas te verhuizen en zijn voeten voor altijd stevig op de bodem van het binnenland te planten.
Aan de oostzijde van het rif zagen ze de kotter van de Kustwacht en twee patrouilleboten van de marine. Sugarman zocht per radio contact en vroeg nog eens of ze konden helpen met zoeken. Nadat hij antwoord had gekregen hing hij de microfoon terug aan zijn haak.
'We moeten blijven waar we zijn.' Zijn blik dwaalde af naar de kotter. 'Dit is een plaats delict.'

Thorn vond achter het rif een strook met minder woelig water en hij was juist van plan daar zijn anker te laten vallen toen de hond fanatiek begon te blaffen. Hij had zich op zijn achterpoten opgericht en keek met zijn kopje over de rand van de dolboord. Klauwend met zijn voorpoten probeerde hij voldoende houvast te vinden om zich over de rand heen te werken.

Thorn pakte hem nog juist op tijd op. Hij was van plan de labrador in de kajuit op te bergen, maar het hondje verzette zich en was glad en nat van het water, en het wist zich blaffend uit Thorns greep los te wriemelen – en sprong overboord.

'Jezus christus.'

Een grijze golf voerde het hondje mee en even later zagen ze hem op de opgaande helling van die golf in de richting van het rif drijven.

'Doe het niet, Thorn.' Sugar legde een hand op zijn schouder en trok hem terug van de reling. 'Veel te woelig om te gaan zwemmen.'

Lawton stond bij de bakboordreling met twee vingers in zijn mond te fluiten. Toen schreeuwde hij de naam van de hond. Het gele kopje daarvan kwam boven water en verdween toen weer, al iets dichter bij het rif. Thorn had hier boven dit rif van hertshoorn al sinds zijn jeugd gesnorkeld, dus hij wist dat zich op nog geen meter onder het oppervlak van dit water een uitgestrekt veld van keiharde, meedogenloze scheermestandjes bevond. Prachtig om te zien, maar bloedlink, want het koraal kon je vlees door slechts een lichte aanraking al tot pulp verscheuren.

Thorn trok zijn bootschoenen niet uit. Hij klom op de reling en dook plat naar beneden voordat Sugarman de kans kreeg hem tegen te houden.

Twee slagen, toen dook hij weg in een golf, en na twee volgende slagen was hij bij de puppy. Hij pakte het hondje bij zijn nekvel en stond op het punt terug te zwemmen naar het schip toen de puppy blafte en zich weer losrukte en met zijn neus naar een witte massa wees die enkele centimeters onder het oppervlak van het water dreef. Thorn liet de labrador los – het dier draaide zich om en zwom met kennelijk gemak meteen terug naar het schip – en was alleen met het lijk. Het was alsof de hond tevoren een onhoorbaar fluitsignaal had gehoord, een onweerstaanbaar doodsgezang vanuit dit water, dat hij nu niet meer kon horen.

Thorn zag onder het dunne laagje zoute water het gezichtsmasker van een man, van wie de witte tanden ontbloot waren. De blauwe wolk van iriserende rifbaarsen die aan zijn lippen hadden geknabbeld verspreidde zich als in een soort laatste ongegeneerde oprisping.

Thorn pakte de man bij de voorkant van zijn hemd en trok hem omhoog, los van het hertshoornkoraal, en achter dit ene lijk aan, in een warreling van luchtbellen, zweefde toen een tweede naar boven. In een flits zag hij haar blonde haren, en haar vlees, dat wit en lichtgevend was als een verse parel. Ze had haar ogen wijd open. Ze waren stralend blauw, blauwer dan de hemel of de oceaan, die blauwe ogen in dat bleke lichaam dat het lijk van de man opzij duwde en tegen Thorns borst botste, in zijn armen, waar haar koude vlees en bleke armen zich naar hem richtten alsof hij haar verloren geliefde was, die eindelijk was gekomen om met haar af te dalen naar hun laatste diepe rustplaats onder water, een koude plek van verlangen en leegte.

Het was een vrouw van middelbare leeftijd, die hij in zijn armen hield. Ze droeg een witte avondjurk die aan haar verdwaalde lichaam plakte. Ze was door haar slaap geschoten – een klein gaatje daar, een veel groter gat in de wang aan de andere kant. Terwijl hij de lijken naar zijn schip meetrok herkende Thorn de man als dokter Andrew Markham, een sherpa voor de getikten.

Thorn leverde de doden af aan Sugars wachtende handen en klom toen zelf aan boord. Zwijgend legden ze de lijken in de kajuit. Ze gebruikten de lakens van Thorns kooi om hun gezichten te bedekken.

'Een zwarte dag,' zei Lawton.

Sugarman keek de oude man lang aan, maar zei niets.

Nadat ze de lichamen bij de kotter van de Kustwacht hadden afgeleverd kregen Thorn en Sugar toestemming om met de schepen van de marine en de Kustwacht samen te werken. Ze namen een positie in binnen het strikt gehanteerde zoekpatroon, dat werkte volgens een systeem van concentrische cirkels, steeds verder bij het rif vandaan. Kort na het middaguur kregen ze assistentie van twee helikopters, die rondjes vlogen boven het gebied.

Aan het einde van de middag ging de wind liggen en was het aantal lijken op vijf gekomen. Een man, kennelijk de kapitein van het jacht, was in de maag gestoken, terwijl Markham, een andere man en twee vrouwen allemaal waren geëxecuteerd met een pistool van klein kaliber. Dokter Markham en zijn spirituele dagjesmensen waren zonder pardon naar hun volgende incarnatie gezonden.

Jeannie liet per radio weten dat de vijf lichamen die ze hadden gevonden overeenstemden met het aantal volwassenen dat bij haar weten aan boord was geweest. Alleen Janey en het jacht zelf werden nog vermist.

Ze werkten door tot het donker was en nog een uur daarna, waarbij ze schijnwerpers gebruikten om de zwarte zee af te zoeken, tot de commandant van de zoektocht de activiteiten opschortte tot het weer daglicht was. Inmiddels had Sugarman via de radio geprobeerd alle nabije vriendjes onder de vissers te alarmeren over de vermissing van zijn dochter. Thorn hoorde flarden van die gesprekjes. Sugar praatte kalm, ingehouden, en soms zelfs verontschuldigend dat hij hen lastigviel.

Tijdens het laatste stukje van hun tocht naar huis, toen ze vanaf Adam's Cut in de richting van de Blackwater Sound voeren, zagen ze achter het zwarte water het blauwe zwaailicht van een politiewagen. Thorn kon het licht plaatsen – noordelijk, achter het restaurant Sundowners en de Caribbean Club, die beide helder verlicht waren. Iets verderop bevond zich de duistere strook waar zijn huis op palen stond. Dat was waar het zwaailicht vandaan kwam. Thorn gaf meer gas en was binnen twee minuten de Sound overgestoken.

'Van Monroe County,' zei Sugar toen het schip naar de aanlegsteiger uitdreef. 'Taft zelf.'

Thorn manoeuvreerde de *Heart Pounder* tot naast de kade en Sugarman sprong van boord met de boeglijn.

Vanaf het hoge terras was een gele lichtflits te zien en daarna een tweede.

'Wel verdomme!'

Lawton liet zich op zijn knieën vallen en bukte zich.

'Geweervuur!' riep hij uit. 'Zoek dekking!'

Vanaf het terras volgden nog twee explosies van licht, maar deze keer zag Thorn Alexandra's profiel en de camera die ze voor haar ogen hield.

Thorn hielp de oude man opstaan.

'Het is Alex maar. Ze maakt foto's.'

'Lieve hemel,' zei Lawton. 'Het is nooit iets goeds wanneer die vrouw foto's maakt.'

Sugarman bond de *Heart Pounder* vast aan de klampen op de aanlegsteiger en liep toen op een drafje naar de politiewagen. Taft stond ernaast in de microfoon van zijn radio te praten.

Thorn hielp Lawton over de reling te klimmen. De oude man zette de puppy op het gras en verdween toen in de schaduwen.

Terwijl Sugarman in het blauwe zwaailicht met de sheriff stond te praten haastte Thorn zich over de trappen naar boven.

'Wat gebeurt hier?'

Alexandra stapte in de baan van licht die uit het huis naar buiten viel. Ze haalde een Maglite uit haar broekzak en gaf hem aan Thorn. Toen wees ze naar de schuifdeuren. Thorn knipte de zaklamp aan en richtte het schijnsel.

Op ooghoogte was een fileermes diep in het houten kozijn gestoken. De punt ervan hield een gele notitieplakker op zijn plek. Thorn boog zich naar voren en las de woorden die er zo te zien met een rood viltstift op gekrabbeld waren:

$3 MILJOEN VOOR HET MEISJE. OF ITEMS
VAN GELIJKE WAARDE. ROEP VOOR MIJN PART
DE POLITIE. DAT ZAL NIET HELPEN.

Thorn boog zich dichter naar het papiertje toe, richtte de lamp op het mes en snoof de lucht op, zonder iets te ruiken.

'Is dat wat ik denk dat het is?'

'Lijkt sprekend op bloed, volgens mij. Maar je weet dat je nergens aan mag komen.'

'De klootzak!'

'Blijf kalm, Thorn. Reageer je niet af op mij.'

'Dit gaat over mijn land!' zei hij. 'Die verdomde klootzak, Marty Messina. Drie miljoen dollar of items van gelijke waarde.'

'Marty, of de man voor wie hij werkt.'

Lawton droeg zijn puppy achter hen om het huis binnen.

'Ik ga douchen,' zei hij. 'Niet dat het ook maar ene moer verschil uitmaakt.'

'Waar heb je het over, pa?'

'*Alles wat we doen is doelloos, maar we moeten het toch doen.* Die is van Gandhi, de man met die lendendoek. Doelloos, bijvoorbeeld het nemen van een douche. Doe je het de ene dag, dan moet je het de volgende ook weer. Rol een steen bergop en hij rolt evenzogoed weer naar beneden.'

Sugarman en sheriff Taft stapten uit de halo van het blauwe flikkerlicht en kwamen naar het huis gelopen. Sugarman liep met gebogen hoofd, Taft had een hand op zijn schouder gelegd.

'Je moet Taft over Marty vertellen,' zei Alex.

'Moet dat?'

'Ja, dat moet.'

'En wat dan? Op een afstandje gaan staan en de politie weer eens effectief en snel de verdachten laten oppakken? En Janey in veiligheid brengen?'

'De FBI zal erbij worden gehaald,' zei Alex. 'Dit gaat veel ophef veroorzaken.'

'Ja, alsof die zo veel beter zijn.'

'Ik ben een beëdigde politieambtenaar, Thorn. Ik kan je geen bewijzen laten achterhouden.'

Hij keek naar de donkere glinstering van haar ogen.

'Ook al is dat je natuurlijke houding, Thorn, en heb je er in vele jaren ervaring mee opgedaan.'

'Je hebt gelijk, je hebt gelijk.'

'Dus je belooft jezelf erbuiten te houden. Laat de autoriteiten het overnemen.'

'Het is te simpel,' zei Thorn. 'De ene week probeert een vent mijn huis te kopen voor drie miljoen dollar en stuur ik hem het bos in, en de volgende week wordt voor Janey een losgeld gevraagd van hetzelfde bedrag. Of items van gelijke waarde. Dat is té verdomd simpel!'

'Criminelen blinken gewoonlijk niet uit door intelligentie.'

'Weet ik, weet ik, maar dit is echt stupide.'

'Thorn, de politie kan het aan. Ze zijn ervoor getraind. Ze hebben de hulpmiddelen, de mankracht. Het is hún verdomde werk, niet het jouwe.'

'Oké, oké, je punt is duidelijk.'

De sheriff en Sugar kwamen de trap op. Thorn boog zich naar voren en gaf haar een snelle kus op haar wang.

'Doe niet zo neerbuigend, Thorn.'

'Ik gaf je een kus.'

'Je gaf me een klopje op mijn hoofd en stuurde me weg. Zo voelde het aan.'

'Jezus, je bent lastig.' Thorn stak zijn hand uit en raakte haar arm aan. 'Het spijt me. Ik wilde niet neerbuigend doen. Ik heb gewoon nooit veel fiducie gehad in ons verheven systeem van wetshandhaving.'

'Inclusief mij.'

Hij verontschuldigde zich nogmaals, maar haar kaaklijn was nog steeds gespannen toen Taft de veranda op stapte, gevolgd door Sugarman.

De sheriff was een compact gebouwde man van midden in de vijftig. Hij had serieus aan sport gedaan en zijn hemd zat strak om zijn omzwachtelde buik om dat te bewijzen. Hij droeg zijn zwarte haar in een met zorg nonchalant gekapte John Kennedy-stijl, een uiterlijk dat hij tijdens de twee decennia van zijn ambtsbekleding had gehandhaafd. Hij bewoog zich met de licht gekromde gang van een geboren atleet, die alleen al die ochtend meer werk aan een of andere obscure spiergroep had besteed dan Thorn in zijn hele bestaan. Hoewel hij in de loop der jaren een paar botsingen had gehad met Taft en zijn mensen, had Thorn de sheriff nooit een slechte vent gevonden. Niet incompetent en ook niet corrupt. Hoogstens een tikkeltje té verguld met zijn positie in de wereld.

'Thorn,' zei Taft.

'Hé, Rick. Je ziet er goed uit.'

Hij knikte instemmend.

'Hulptroepen zijn onderweg,' zei hij tegen Alex. 'Maar bedankt voor de hulp.'

'Graag gedaan,' zei ze.

'Je komt hogerop in de wereld, Thorn.' Taft richtte het schijnsel van zijn knuppel-annex-lamp op het kozijn en boog zich naar voren om het mes te bekijken. 'Een politiefotograaf van de politie van Miami. Dat is een hele vooruitgang voor een man als jij.'

Sugarman hield zich op een afstand. Boog zich wel naar voren om het briefje te lezen.

Toen hij dat had gedaan keek hij over Tafts schouder naar Thorn. In zijn ogen was een schaduw te zien van iets dat dichter bij razernij lag dan alles wat Thorn daar ooit eerder had gezien.

'Is er niemand die dit raar vindt?' Taft stond nog naar het gele papiertje te turen.

'Ik zou een ander woord dan *raar* hebben gekozen,' zei Thorn.

'Hoezo raar?' vroeg Alex.

'Het beeld als geheel. Een meisje dat pal onder de ogen van haar papa op een boot wordt gekidnapt. Om zeven, acht uur.'

'Negen,' zei Sugarman.

'En het punt?' vroeg Thorn.

'Oké, dat gebeurde om negen uur. Ongeveer op het moment dat ze wordt gekidnapt worden de andere passagiers vermoord en de boot wordt gestolen. Een zware misdaad. Zal grote koppen in de krant opleveren, is zo helder als glas, zal enorme heibel veroorzaken, grote verhalen in de pers, dagen achter elkaar, niet alleen hier, misschien zelfs in het hele land. Maar de vent die dat deed heeft de brutaliteit om hier naar Thorns huis te komen – let wel, niet dat van Sugarman – en een mes in het hout te steken, misschien wel een moordwapen, en een hoeveelheid geld te eisen waarvan ik tamelijk zeker weet dat Thorn en Sugarman samen die in hun hele leven niet bij elkaar hebben verdiend.'

'Degene die dit mes in het hout stak wist dat we niet thuis waren,' zei Thorn. 'Dat we met de *Heart Pounder* op zee waren.'

Taft keek uit over het donkere water en draaide zijn hoofd vervolgens naar het noordelijk en toen naar het zuidelijk deel van de kuststrook.

'Ja, oké. Er zijn honderden plekjes aan de kust vanwaar je gemakkelijk jouw komen en gaan kunt waarnemen, eventueel zelfs vanaf een boot. Dus ze zagen je wegvaren, kwamen hierheen, lieten deze boodschap achter en smeerden hem weer. Maar toch noem ik dat behoorlijk brutaal.'

'Brutaal,' zei Thorn. 'Of krankzinnig.'

Taft richtte zich op en knipte zijn lantaarn uit.

'En waarom jouw huis, niet dat van Sugarman? En hoezo dat buitensporige bedrag, drie miljoen pegels?'

'Marty Messina,' zei Thorn.

Hij hoorde Alexandra zuchten. Al deze tijd had ze gewacht tot hij zou doen wat correct was. Nu legde ze haar camera op de picknicktafel en ging op de bank zitten.

Taft draaide zich om en staarde Thorn aan.

'Marty Messina? Waar heb je het over?'

'Dit gaat over mij, Rick,' zei Thorn.

Taft knipte zijn lamp weer aan en richtte het schijnsel op Thorns gezicht. Daar hield hij het. Thorn kneep zijn ogen halfdicht, maar gaf voor de rest geen krimp.

'Christus almachtig,' zei Taft. 'Het houdt nooit eens op met jou, is het niet? Nooit ofte nimmer, verdomme.'

Twaalf

Ze wachtten bij Thorn thuis tot de technische mensen waren gearriveerd. Thorn gaf de sheriff een samenvatting van Messina's bod op zijn land. Taft hield een dubieuze blik in zijn ogen, tot Thorn het bedrag had genoemd. Drie miljoen dollar.

'Een kind ontvoeren om wat land te krijgen?' Taft schudde zijn hoofd. 'Nooit van gehoord.'

'Hoe zou dat moeten werken?' vroeg Alex. 'Dat snap ik niet.'

'Misschien worden we geacht op aanvullende richtlijnen te wachten,' zei Thorn. 'Anderzijds is dit misschien de enige kans die we krijgen.'

'We moeten Messina vinden,' zei Sugar. 'We verliezen tijd.'

'En wat dan?' vroeg Taft. 'We hebben geen enkel bewijs dat hem hiermee in verband brengt.'

'Genoeg bewijs voor mij,' zei Sugarman.

Taft staarde een poosje naar het donker en blies toen zijn longen leeg. Deze keer mochten ze meekomen. Alleen deze ene keer. Ze moesten zich vooral niet verbeelden dat hij ze bij het onderzoek betrok.

Vijftien minuten later ondervroeg Taft in de Tarpon de barkeeper. Jawel, de jonge knul meende zich inderdaad te herinneren dat hij Messina de laatste tijd wel eens aan de bar had zien rondhangen, maar de bordenwasser zou Marty wel wat beter kennen – en hierbij een vette knipoog. In de dampende keuken klapte de Mexicaanse jongen die de glimmende afwasmachine bediende het grote deksel dicht, keek de sheriff argwanend aan en veegde met een zeepsophand een kruimel van zijn kin.

'Grote vent, zwart haar, dikke stierennek?'

'Dat is de beschrijving die we hebben,' zei Taft.

'Ik denk dat Mary die man kent,' zei hij. 'Ik heb haar een paar keer met hem gezien.'

'Welke Mary?' vroeg Sugarman.

De sheriff keek Sugar verstoord aan, maar zei niets.

'Mary Miller?' vroeg Thorn.

De bordenwasser zei ja, die Mary.

'Nooit van gehoord.' Taft keek Thorn aan.

'Een meisje van de nacht,' zei Thorn. 'Werkt vanuit de bar van het Marriott. Een aardige jongedame met groen haar en een schorpioen op haar buik getatoeëerd.'

'Wat? Heb jij een inventaris van alle lokale tatoeages, Thorn?'

'Iedereen weet van Mary's schorpioen,' zei Sugar. 'Zelfs ik wist dat.'

'Ik kom te weinig buiten mijn kantoor, denk ik,' zei Taft.

'Waar kunnen we Mary vinden, op dit tijdstip?' vroeg Sugarman de bordenwasser. Zijn stem klonk gevoelloos. De sheriff beet zijn tanden op elkaar en zei niets. Hij zat klem tussen zijn normale reflexen enerzijds en respect voor Sugarmans leed anderzijds.

De bordenwasser gaf hun een adres in Tavernier.

'Aan de oceaankant, bij het Harry Harris Park. Een bezopen rond huis.'

'Is dat wat je doet, amigo?' vroeg Taft. 'Ben je Mary's pooier?'

'Nee, nee, man, helemaal niet,' zei de Mexicaan. 'Ik ken nu eenmaal veel mensen, dat is alles. En die breng ik samen, als ik de kans heb.'

'Dus je bent een koppelaar.'

'Nou ja, noem het hoe u wilt. Maar geen pooier. Echt niet, man.'

'We verliezen tijd, Taft,' zei Sugar.

De sheriff slikte een driftaanval in, keek de Mexicaanse knul nog een keer gemeen aan en ging de anderen toen voor, het restaurant uit.

Iedereen was stil in de auto. Taft zat te koken en bestuurde de grote politiewagen met brute onverschilligheid. Het duurde tien minuten om Mary's ronde huis te bereiken. Het lag een blok van het Harry Harris Park vandaan. Toen ze op de oprijlaan geparkeerd stonden keek Taft eerst Sugar en toen Thorn beschuldigend aan.

'Luister eens goed, nepagenten, als teken van respect voor Sugarmans verleden in dienst van de wetshandhaving heb ik jullie laten meekomen, maar ik heb mijn eigen manier om de dingen aan te pakken. Sugarman, je bent niet meer in dienst bij de politie. Laten we dat niet vergeten, oké?'

'Pak ze maar aan,' zei Sugar rustig.

Na een tweede rondje van aankloppen zwaaide Mary Miller de deur open. Ze had een groen bikinibroekje aan dat mooi bij haar haren paste en droeg bovenaan niets. Ze was zo plat als een meisje van tien en in het licht van de straatlantaarns waren haar ribben te tellen. De schorpioen was rood en geel en leek te smeulen op haar witte vlees. Zijn puntige staart was om haar navel gebogen en zijn spichtige pootjes verdwenen onder de rand van haar broekje.

'Wat staan jullie te gapen?' vroeg ze het hele stel. 'Nooit eerder tieten gezien?'

'Marty Messina,' zei Sugar. 'Weet je waar hij woont?'

'Jezus christus, Sugarman,' zei Taft. 'Ga verdomme in de auto zitten.'

De sheriff stapte tussen Sugar en Mary in.

'Die klootzak Messina?' zei Mary. Ze praatte langs de sheriff heen tegen Sugarman. 'Of ik verdomme weet waar die woont! De straat tegenover Rowells Marina. Met die winkel voor duikspullen ertegenover.'

'De Largo Lane?' suggereerde Sugarman.

'Dat is hem, ja. Largo Lane.'

Vanuit de schaduwen achter haar rug verscheen een man met rastavlechtjes. Hij was naakt en leek te glimmen van een laagje olie. De joint die hij rookte was zo groot als een toeter. Hij bekeek de sheriff op een lome, taxerende manier, maar leek onvoldoende geïmponeerd om de joint te verbergen.

'Is er iets, miss Mary?'

Ze antwoordde nee, er was niks, en zonder zich om te draaien klopte ze hem twee keer op zijn borst. Brave hond.

'Tweede huis rechts, als je van de snelweg komt. Huurflat op de onderste etage.'

'Dank je, Mary,' zei Sugar. Hij draaide zich om en begon weg te lopen.

'Schop hem tegen zijn ballen als je hem ziet. Dat smerige varken heeft zijn lol gehad en verdomde het toen om te betalen. De gore zak hoort terug in de bak om manieren te leren!'

Het was bijna middernacht toen ze de snelweg verlieten en de Largo Lane opreden. Thorns buurt. Taft had niets gezegd sedert ze bij Mary weg waren en Thorn was allerminst in de stemming voor prietpraat. Sugar zat voorin en keek door het raampje naar rechts en wreef met zijn vingertoppen heen en weer over zijn voorhoofd alsof hij een verblindende migraine probeerde weg te masseren.

Het huis was een grijs geschilderd blok beton. Het stond de gebruikelijke vier of vijf meter hoog op palen. De onderste flat zat gedeeltelijk tussen die palen in geklemd. De ramen van die etage hadden jaloezieën, maar de meeste daarvan ontbraken of waren stuk. Iedereen die in dit hok woonde kon elke schakeling, elke uitlaatknal en elke band van elke twintigtonner op de Overseas Highway dertig meter verderop horen.

Achter de crotonbosjes voor de ingang lag een witte kat op de loer, maar verder was er geen teken van leven te zien.

Niemand antwoordde toen de sheriff op de deur van de onderste verdieping had aangeklopt. Er stonden geen auto's op de parkeerplaats. De ramen van het hoofdhuis boven hen waren door stevige luiken afgesloten. De bewoners waren waarschijnlijk voor het orkaanseizoen gevlucht en woonden nu weer in Chicago, Toronto of Trenton. Sugarman stapte langs de sheriff heen, draaide de deurknop om, duwde de deur open en stapte naar binnen.

'Dat kun je godverdomme niet maken, Sugarman. Kom weer naar buiten.'

'Hij heeft geen bevel tot huiszoeking nodig,' zei Thorn. 'Hij is een vriend van Marty. Net als ik. We komen gewoon langs voor een biertje.'

'Jullie gaan allebei in die verdomde auto zitten of ik sla jullie in de boeien.'

Thorn wrong zich langs de sheriff heen en volgde Sugarman de donkere flat in. Achter zich hoorde Thorn een geluid alsof de sheriff zijn pistool uit zijn holster trok, maar hij liep gewoon door. Hoewel Taft een kampioensmacho was, wist Thorn vrijwel zeker dat de sheriff niet twee van zijn stadgenoten in de rug zou schieten omdat ze niet naar hem luisterden.

Marty's kamer was leeg. In het schijnsel van de snelwegverlichting en de koplampen van passerende auto's zag Thorn dat er niets anders in stond dan een koelkast en een bed met alleen een matras erop. Geen kleerkast, geen meubelstukken, geen foto's. Op de vloer lag een goedkope plastic telefoon. Zelfs voor een noodverblijf was dit wel erg Spartaans – behalve misschien als je net ettelijke jaren in de bajes had gezeten.

'Oké, kom nou maar mee, jullie allebei,' zei de sheriff. 'Er is hier niks. Als hij hier al geweest is, dan is hij in elk geval allang foetsie. Ik zal morgen mensen hierheen sturen om vingerafdrukken te zoeken en alles grondig uit te kammen.'

Sugarman opende de koelkast. Alleen een doos zuiveringszout, een potje uien en een bedorven varkenskotelet.

'Wel godverdomme,' zei Taft. 'Dat doet de deur dicht! Nu heb je geknoeid met bewijsmateriaal. Een onderzoek naar een misdaad belemmerd!'

Sugarman draaide zich om en Thorn stapte opzij om ruimte voor hem te maken. Sugar marcheerde naar buiten, liep naar de auto, opende het portier naast de passagiersstoel en bleef daar wachten tot Thorn en Taft hem waren gevolgd. Toen Taft achter het stuur zat en zijn gordel vastklikte en Thorn op de achterbank had plaatsgenomen draaide Sugar zich om en was met een paar lange stappen in het flatje terug nog voordat Taft het had gemerkt.

Even later draaide Taft zich opzij, zag de lege stoel naast hem en keek toen door de achterruit.

'Waar is hij verdomme naar toe?'

Even later kwam Sugar uit de flat naar buiten, maar hij liep langs de auto heen en begaf zich naar de snelweg.

'Waar is hij verdomme mee bézig?'

'Ach, zo doet hij nu eenmaal,' zei Thorn, 'als een van zijn dochters gekidnapt is.'

Thorn sprong van de achterbank en haalde Sugar na een drafje in. Die liep over de berm van de snelweg in zuidelijke richting. Niet snel, niet langzaam, maar in zijn gewone methodische tempo.

'Wat is er, man? Wat heb je ontdekt?'

'Ik heb op de redial van zijn telefoon gedrukt.'

'En?'

'Kreeg het antwoordapparaat van het Paradise Funeral Home.'

'Jezus christus,' zei Thorn.

'Ja,' zei Sugar. 'Precies wat *ik* dacht.'

'Ik had het kunnen weten. Marty en Vic. Het ideale koppel,' zei Thorn.

'Vic Joy,' zei Sugar. 'Ieders favoriete smeerlap.'

'Is dat waar we heen gaan? Dat uitvaartcentrum? Om deze tijd van de nacht?'

'Het is waar *ik* heen ga.'

'Goed als ik bij je blijf?'

'Ga je gang.'

'Er zal niemand zijn, Sugar. Het is na middernacht.'

'Weten we pas als we er zijn geweest, toch?'

'Vic woont op Islamorada, aan de oceaankant, in een van die landhuizen van dat rijtje miljonairs. Ik weet niet precies welk.'

'Daar komen we wel achter,' zei Sugarman. 'Als hij er niet is, in dat uitvaartcentrum, dan zijn adres wel.'

Ze vonden een opening in het verkeer en sprintten over de vier banen naar de baaizijde van de snelweg. Even later verscheen Taft naast hen. Hij had zijn zwaailicht aangezet. Nu liet hij het raampje naast de passagiersstoel zakken en boog zich hun kant op.

'Waar gaan de jongens naar toe?'

'Cacktus Jack,' zei Thorn. 'Een paar borrels voor het slapengaan.'

Taft keek onovertuigd en bleef nog even stapvoets naast hen rijden, terwijl het verkeer op de buitenste rijbaan langsdenderde. Sugarman keek strak voor zich uit over de snelweg.

'Oké dan,' zei Taft. 'Maar ik zal jullie beiden in het oog houden. Hoor je dat? Ik wil dat gedonder van jou niet hebben, Thorn. Dat je de wet in eigen hand neemt. Heb je dat luid en duidelijk gehoord?'

Sugarman bleef staan en liep toen dichter naar het open raampje van de auto.

Hij boog zich naar voren, pakte het portier vast en keek Taft aan.

'En wij houden jou ook in het oog, sheriff. Vergeet dat geen moment.'

Ze keken elkaar een aantal seconden in de ogen. Toen richtte Sugar zich op en de sheriff liet het raampje naar boven komen, gaf gas en reed weg in de nacht, nog steeds met zijn zwaailicht aan.

'Hé, hoor eens,' zei Thorn. 'Misschien kunnen we beter wachten tot morgen. Een korte pauze nemen om dit te overdenken.'

Sugarman was alweer aan het lopen. Thorn moest zich inspannen om hem bij te houden. Hij had Sugar nooit eerder met zoveel gemak zoveel vaart zien maken.

'Wát te overdenken?' vroeg Sugar.

'Wat we gaan doen. Onze aanpak. Zelfs als hij er is, op dit uur van de nacht, kunnen we niet gewoon Vic Joy's huis binnenstormen en hem tegen de muur slaan en martelen tot hij ons vertelt wat er gaande is.'

'Waarom niet?'

'Zo ben jij niet, Sugar. Je doet het volgens de regels.'

'En zie eens wat me dat heeft opgeleverd.'

'Kalmeer even. Laten we het bespreken en dan een plan van actie maken.'

'En dat zeg jij, Thorn? Van alle mensen uitgerekend jij?'

Sugar bleef staan naast de toegangspoort van Rowells Marina, aan het begin van een lange, met gras begroeide helling naar de waterkant. Even bleef hij staan kijken naar het verkeer dat op enkele meters afstand voorbijraasde. Zelfs op dit late uur was het druk op de vierbaansweg. Slaperige toeristen reden noordwaarts naar het vliegveld van Miami voor een nachtvlucht naar huis. Grote vrachtwagens ronkten zwaarbeladen zuidwaarts met nieuwe voorraden voor Marathon, Big Pine en de bizarre, onverzadigbare verlangens van Key West.

Gestriemd door de luchtverplaatsing van de enorme vrachtkolossen moest Thorn zijn voeten schrap zetten.

'Bega geen misdaad om een misdaad op te lossen, dat is altijd jouw motto geweest. Wraak bezoedelt de wreker.'

Het ene stel koplampen na het andere verblindde hun ogen, maar Sugar gaf geen krimp. Hij draaide zijn rug naar het verkeer en keek over Rowells Marina heen naar het donkere water waarop zij beiden zoveel mooie uren hadden doorgebracht.

'Dit is mijn dochter, Thorn.'

'Ja, dat is ze.'

'Het lijkt me alleen maar fair om je te waarschuwen,' zei Sugar, 'want ik weet dat je me in de loop van de jaren als je veiligheidsriem hebt gebruikt. Je draait dol, je raakt tot je nek in de stront, en je rekent op mij om je weer op het droge te trekken. Nou, deze keer moet je een andere veiligheidsriem zien te vinden, want er is verdomme niets onder de zon dat ik niet zou doen om Janey terug te krijgen.'

Er kwam weer zo'n bakbeest op achttien wielen langs, met een tornado van stof in zijn kielzog. Toen Thorn zijn ogen had uitgewreven was Sugar al twintig meter verder over de berm gelopen. Thorn draafde achter hem aan, klopte hem op zijn schouder en probeerde zijn tempo bij te houden.

Een paar honderd meter verderop passeerden ze Thorns oprit. Die hadden ze kunnen volgen om de VW te halen en zo tien minuten sneller bij het uitvaartcentrum te komen, maar anderzijds zou Thorn dan alles aan Alexandra moeten uitleggen en zou hij verstrikt raken in allerlei uitvluchten en leugens om voor haar verborgen te houden dat hij precies dat aan het doen was wat hij had beloofd *niet* te doen.

Toen ze de oprit voorbijliepen voelde hij een oprisping van schuldgevoel, maar de zwarte hitte die Sugarman uitstraalde was onweerstaanbaar. Heel even zag hij Janey's gezicht voor zijn geestesoog. Hij kreeg kippenvel. En, godallemachtig, als hij heel eerlijk was, moest hij bekennen dat hij na al deze maanden van huiselijkheid en rust wel een beetje genóót van deze hete stroom van emoties, deze heilige toorn in zijn binnenste, dit excuus om alle voorzichtigheid en alle gezonde verstand te laten wijken voor zijn fundamentele dierlijke instincten. Hij moest later nog maar eens goed nadenken over deze ervaring dat het lekker aanvoelde om zo woedend te zijn. Voorlopig liet hij er zich door voortdrijven, letterlijk en figuurlijk in Sugars voetsporen, en was hij bereid tot in het hart van de hel met hem mee te lopen, als dat de bestemming mocht zijn.

Twintig minuten later stonden ze hijgend en nat van het zweet voor het donkere gebouw. Paradise Funeral Home. De voordeur was gesloten, er stonden geen auto's op het parkeerterrein, nergens was licht te zien.

'Wat heeft je voorkeur?' vroeg Thorn. 'Een raam of een deur?'

Sugarman stond een poosje zwijgend, met zijn ogen knipperend naar de schaduwen te turen. Hij keek onzeker, alsof hij zojuist uit een vreselijke nachtmerrie was ontwaakt en nu tot de nog akeliger constatering kwam dat het helemaal geen droom was gewéést.

'Misschien moeten we eerst even een rondje eromheen lopen,' zei Thorn. 'Ze kunnen een alarminstallatie hebben. We willen niet in de nor komen nog voordat we zelfs maar begónnen zijn.'

Er kwam even iets melancholieks in Sugars ogen, en zijn schouders leken af te zakken. Maar toen vermande hij zich, stak zijn kin naar voren en begaf zich naar de deur – of liever gezegd, hij stormde naar de dubbele deur met een aanloop van drie passen en beukte er zo hard mogelijk met zijn schouder tegenaan. De deuren zagen er verdomd stevig uit, maar al bij Sugars tweede aanval ontstond er een kier van enkele centimeters breed.

Misschien kwam het door het zinderen van zijn bloed en zijn kokende woede dat hij tijdelijk doof was geraakt voor de wereld om hem heen, maar Thorn hoorde het niet aankomen. Had zelfs geen flauwe notie van gevaar.

Het enige wat hij zag, vanuit zijn ooghoek, was een snelle beweging van iets dat groot en donker was. En daarna voelde hij een verdovende stomp tegen de achterkant van zijn nek aan. Zijn blikveld vernauwde zich tot een speldengaatje en hij voelde een galachtig zuur opwellen in zijn keel. Hij bleef nog even zweven in het onzekere schemerlicht, maar toen zakten zijn benen onder hem weg.

En terwijl het maanverlichte witte grind naar zijn gezicht opvloog ving Thorn een glimp op van Sugarman, die zich een halve seconde te laat omdraaide toen een kolossale man zich griezelig snel uit het struikgewas losmaakte, met zijn arm al omhoog, en zijn ploertendoder op Sugar liet neerdalen.

Dertien

'Piraten,' zei de man. 'Wat je hier ziet is het gruwelijke en meedogenloze werk van moderne zeerovers. Een nieuw genus bandieten ter zee. Mannen die bloeddorstiger en wreder zijn dan alle criminelen die de wereld tot nu toe heeft gekend.'

Er kwam een golf van misselijkheid uit Thorns maag, die zijn hele borstholte leek te vullen. De kamer was donker en hij zat rechtop. Dat waren de dingen die hij wist. Op een scherm voor hem zag hij een kleurenfoto van een half dozijn lijken die op een kiezelachtig strand lagen uitgespreid. Het waren kleine, donkere mannen, waarvan de meeste witte T-shirts en wijde shorts droegen. Met doorgesneden keel. En met steekwonden in hun borst en buik. Thorns blikveld werd wazig. Misschien verloor hij een paar seconden zijn bewustzijn.

'Deze mannen zijn geen Amerikanen. Maar ze hebben vrouwen en kinderen, net als wij. Ze waren jong, ze werkten hard. Indonesiërs, Filippino's, Chinezen uit Singapore en Maleisië. Andere culturen, andere manieren om dingen te doen, maar bij god, het zijn mensen. Ze tellen mee. Dat is een van de problemen waarmee we te maken hebben – het ontbreken van publieke verontwaardiging. Deze mensen wonen aan de andere kant van de wereldbol, dus het is niet ons probleem. En bovendien is iedereen tegenwoordig zo gefocust op terroristen, dat alles wat lager zit in de voedselketen nauwelijks nog meetelt.'

De man stond ergens achter hem, uit het zicht.

'Maar dit zijn de feiten, meneer Thorn. In de afgelopen tien jaar zijn zeepiraten de oorzaak geweest van duizenden doden en gewonden onder burgers. Maar wéét iemand dat? En belangrijker nog, kan het iemand iets schélen? Nee, want het gebeurt op de volle zee. Hier een paar miljoen dollar aan verloren lading, daar nog een paar miljoen, niemand die alarm slaat. De kranten schrijven er niet over. Als een dergelijk bedrag aan geld wordt gestolen uit een bank, of goud uit een opslagplaats, leidt dat tot grote koppen. Omdat het te land gebeurt, ergens bij mensen in de buurt. Maar als je voor vijftien miljoen dollar aan elektromotoren of gasbuizen of auto's kwijtraakt, en het gebeurt op zee, dan had het net zo goed op Mars kunnen gebeuren. Als iemand een vergelijkbare hoeveelheid jatte van de vrachtwagens op onze snelwegen, zou onze economie instorten. Dan zouden we denken dat we werden aangevallen. Denk eens na. Het kost een paar honderd van die joekels van vrachtwagens om de lading van één groot vrachtschip te vervoeren. Maar het gebeurt ergens ver weg op de oceaan, dus wat zou het? Een stel Filippijnse zeelieden vermoord, maar wat gaat óns dat aan? Nou, het gaat ons álles aan. Reken maar van yes! Het kost de wereldeconomie miljarden. Niet miljoenen, maar miljárden, Thorn. En het zal nog een verdomde hoop beroerder worden.'

Een streepje huid op Thorns wang was gaan jeuken, maar toen hij zijn arm wilde optillen om erover te wrijven merkte hij dat zijn polsen aan de armleuningen van zijn stoel gebonden waren. En zijn enkels en kuiten zaten aan de stoelpoten vast.

'Privé-jachten, zeilboten. Zelfs een beroemdheid als sir Peter Greene werd neergeschoten tijdens een milieuverkenning in het Amazonegebied. Die man had alle zeilwedstrijden gewonnen die er bestaan, zelfs de America's Cup, hij was echt een internationale ster. Beroemder kan een mens niet worden. En hij was bezig voor een goed doel. Maar toch werd hij vermoord voor zijn Rolex en een paar pistolen die hij aan boord had.'

Een lange man met warrig rood haar vulde het scherm. Hij had het stuurwiel van een wedstrijdjacht in zijn handen. Zijn haar was verwaaid, zijn gele cape was nat van de regen. Het volgende shot toonde zijn naakte lichaam. Het lag uitgestrekt op iets dat op een keukentafel leek. Er lag een laken over zijn middel. Een primitief lijkenhuisje ergens in de rimboe.

Thorn hield zijn adem in en rukte aan alle vier zijn boeien tegelijk, maar het enige effect was een stekende pijn in zijn zij. Daar moest door zijn val iets gekneusd zijn – wat ook verklaarde waarom er telkens wanneer hij zijn longen vulde een draadnagel in zijn lever werd gedreven. Hij kreunde en liet zich achterover zakken.

'Waar is Sugarman? Wat heb je met hem gedaan?'

Thorn hief zijn hoofd op en draaide het naar rechts.

'Hij is in de kamer hiernaast,' zei de man. 'Bij mijn partner. Deze informatie is strikt voor jou, Thorn, niet voor meneer Sugarman. Hij is veilig en in goede handen, en als we hier klaar zijn worden jullie herenigd. Nou let goed op. We hebben niet veel tijd voor geklets.'

Thorn herkende de stem maar kon hem niet thuisbrengen. Iets weerzinwekkends in de manier van praten. Een smakkend geluidje tussen de woorden in, alsof zijn lippen nat waren van een overmaat aan speeksel. Toen werd zijn blikveld scherp en zag hij het – eerst het gezicht, met die kale schedel en dat strak geknipte baardstreepje langs de kaaklijn. Het kostte nog een paar seconden zoekwerk in zijn versufte geheugen, maar toen had Thorn de naam te pakken.

'Webster?' vroeg Thorn. 'Jimmy Lee?'

'Nou, het doet me plezier dat je me nog kent.' Webster stond ergens dicht achter hem. 'Nu weer opletten. Je moet eerst worden bijgepraat voordat je voor iemand iets goeds kunt bereiken.'

'Waar is het meisje?'

'Ze is in orde,' zei Webster. 'Maak je geen zorgen.'

Thorn worstelde met zijn boeien, bereikte niets, probeerde toen op te staan met stoel en al, maar een man in een zwarte lange broek en een zwarte trui sloeg een hand op zijn schouder en dwong hem weer naar beneden.

'Wat hebben jullie verdomme met haar gedaan?'

'Wij hebben niets met haar gedaan,' zei Webster. 'Blijf je nou stil zitten om te luisteren of moet ik Zashie vragen zijn nekslag nog eens te demonstreren?'

Webster liet de volgende dia verschijnen. Dit was een publiciteitsfoto van weer een andere tanker. Thorn was geen expert op dit terrein, maar hij zag dat het een van de zeer grote was. Een supertanker of megatanker.

'De *Global Mars*,' zei Webster. 'Een bemanning van twintig. Geladen met palmolie. Verdween de afgelopen herfst in de Straat van Malakka. Waarde van schip plus lading circa veertig miljoen dollar. Twintig personen vermist, waarschijnlijk dood. De piraten kapen het schip, gooien de bemanning overboord, verkopen de lading, geven de tanker een andere kleur en vlag, varen naar een haven in Zuid-China en verkopen de tanker zelf. De Chinese autoriteiten doen daaraan mee. Ze weten dat het schip gestolen is. Maar zet iemand ze onder druk? Welnee! Die lui nemen een grote hap uit de internationale handel. In het geheel van de criminele activiteiten staat drugshandel stevig op nummer een, maar piraterij is een snelle stijger. En de laatste tijd worden deze klootzakken steeds driester. Een groep waar we al vier jaar achteraan zitten heeft vorige maand een Frans vrachtschip overvallen dat militair materieel vervoerde. Hoor je dat, Thorn? We hebben het hier over serieus wapentuig, zoals raketten en vanaf de schouder af te vuren lanceerders. Plus een hele zooi akelige explosieven. Heeft het nieuws niet gehaald, omdat het in niemands belang zou zijn als dat gebeurde. Dus er is de nodige censuur en pressie uitgeoefend. Door mensen die zich indekten. En wat hebben onze vrienden de piraten met die wapens gedaan? Nou, dat weten we niet precies. Misschien verkocht aan een land dat we liever niet in het bezit van dit specifieke wapentuig zien. Maar er is een akeliger mogelijkheid: dat ze de wapens hebben gestolen voor eigen gebruik. Heb ik je aandacht?'

Webster liet in een snelle opeenvolging nog een stuk of tien andere dia's zien. Schepen waarvan de lading geplunderd en de bemanning vermoord was. Een paar dure plezierjachten, met de lijken van de knappe jonge matrozen overal over de dekken verspreid. De meesten waren al dood geweest voor ze iets in de gaten kregen.

'Deze lieden zijn geïnfiltreerd in rederijen, havendiensten, nationale douanes. Dit zijn geen kapers zoals die van onze overovergrootvaders. Sommige hebben gestudeerd, ze gebruiken hightech communicatieapparatuur, ze zijn zwaar bewapend en ze zijn zo inhalig als de pest. Ze verkopen alles aan iedereen, stelen alles wat maar ronddrijft op de zeven wereldzeeën, doden hele bemanningen zonder zelfs maar met hun ogen te knipperen. Privé-jachten verdwijnen wereldwijd in een tempo van vijf per week. Plezierboten, maar ook zelfs vissersboten! Zodra je uit het zicht van de kust bent ben je een doelwit. Ze kunnen gewoon rekenen op de publieke apathie. En met de dag wordt dat gespuis brutaler. We hebben veel geldstromen verplaatst van conventionele taken naar de bestrijding van terroristen, en dat weten deze kapers. Niemand gáf al een reet om de kaperij, maar nu is die nog verder uit beeld verdwenen.'

Thorn blies zijn adem uit. 'Maar niet bij jou.'

'Het is mijn roeping,' zei hij. 'Ik werk in het grijze gebied. Het International Maritime Bureau, dat de misdaden op de zeeën bijhoudt, betaalt een deel van mijn onkosten en geeft me veel informatie van de rederijen door, maar ik sta nog steeds op de loonlijst van het Pentagon.'

'Jij hebt connecties,' zei Thorn. 'En ik niet.'

'In feite,' zei Webster, 'heb je zelfs minder connecties dan welke klootzak ook die ik ooit ben tegengekomen.'

Zashie maakte een snuivend geluid.

Webster kwam naar voren en ging in het licht staan van de projectie van een tiental lijken op het dek van een olietanker.

'Wat heeft dit met Janey te maken?'

'Wie is Janey?'

'Sugarmans dochter,' zei Thorn. 'Idioot!'

'O, heet ze Janey? Ik wist haar naam niet. Nou, je kunt stoom afblazen. Ze is in orde. Zoals ik al heb gezegd. We passen op haar.'

'Hoe bedoel je? Waar is ze?'

'Op een veilige plek.'

'Wáár, godverdomme?'

Op Websters vochtige witte voorhoofd was de projectie te zien van een jongeman met wel vijf kogelgaten in zijn blauwe werkhemd.

'Je moet kalm blijven, meneer Thorn, of je bewijst noch haar, noch jezelf een dienst. En hoor eens, het spijt me zeer dat ik geweld heb moeten gebruiken tegen jou en je vriend. Maar door jullie manier van optreden, bij die poging om Vic Joy's voordeur in te rammen, had ik geen andere keuze meer, volgens mij. Ik kan je boeien losmaken als je belooft een gentleman te zijn.'

Thorn probeerde zich weer los te rukken van zijn stoel. Hij pikte het allemaal niet.

De kleine man bleef nog een poosje heen en weer lopen voor het projectiescherm, maar toen ging hij naar de achterwand en knipte daar een bureaulamp aan. Ze bevonden zich in een hotelkamer, met van dat standaardmeubilair en een aquarel van kuierende oeverlopers op een strand. De bedden waren opzijgeschoven om ruimte te maken voor het scherm.

Websters beul, Zashie, was een man met dikke botten en een paardenkop. Zijn schedel was kaal geschoren, maar hij had zijn bakkebaarden laten staan – stroken haar die van nergens naar nergens liepen. Een debiele poging om origineel te zijn. Zijn ogen waren donker en leken permanent onverschillig te zijn voor wat ze zagen, alsof de man zich allang had ontdaan van alle emoties waar gewone mensen last van hadden. Hij bekeek Thorn met de afstandelijkheid van een entomoloog die alleen maar even nagaat of dit insect misschien tot een uitzonderlijke klasse behoort.

'Vincent Salbone, zegt die naam je iets?'

Thorn wrikte weer met zijn armen, maar het klittenband gaf niet mee. En er ging een scheut van pijn door zijn ribbenkast.

De ondermaatse man kwam naast Thorn staan en hurkte neer.

'En de naam Daniel Salbone?'

'Nooit van gehoord.'

'Daniel is de enige zoon van Vincent Salbone.'

'Waarom zou mij dat iets kunnen schelen?'

'De vader, Vincent Salbone,' zei Webster, 'runt een groot deel van de georganiseerde misdaad ten zuiden van Fort Lauderdale. Drugs, gokken, een escortdienst, bierdistributie. Om nog maar te zwijgen van de cocaïne en heroïne. Daniel is zijn zoon. Midden dertig. Lange jongen. Beminnelijk. Weet je zeker dat je hem niet kent?'

Thorn staarde Webster in de ogen, maar zei niets.

'Oké, dus je kent hem niet. Dat is best. Ik geloof je. Het is niet echt van belang.'

Webster richtte zich op, liep bij Thorn weg en gebruikte de afstandsbediening van de projector.

Nu de bureaulamp brandde was het beeld op het scherm ietwat wazig, maar Thorn zag duidelijk dat het een totaalshot van het dek van een groot schip was. Een soort tanker. Weer met lijken bezaaid. Het was kennelijk een foto die uit een helikopter was genomen van een hoogte van enkele tientallen meters.

'Kijk goed, Thorn' zei Webster. 'Dit is de *Rainmaker*. Een olietanker die bezig was aan een routinevaart van Alaska naar een raffinaderij aan de Mississippi.'

De lijken die nu op het scherm te zien waren verschilden van degene die hij op eerdere dia's had gezien. Deze mannen waren allemaal gekleed in effen zwarte kleren en ze waren groter, zwaarder gebouwd. Amerikanen of Europeanen. Er lagen machinegeweren bij hun lichamen.

Webster projecteerde de volgende dia en zei: 'Let op de mannen op de achtergrond.'

Het kostte Thorn een seconde om ze te ontdekken. Een half dozijn bemanningsleden zat daar aan handen en voeten gebonden op het dek, met hun rug tegen een knalgele container aan. Een paar ervan waren voorover gevallen, misschien dood, misschien bewusteloos.

'Zes van de dertien bemanningsleden hebben het overleefd. De andere zeven zijn gestorven aan uitdroging.'

'Het spijt me dat te horen.'

'Vorige maand is de *Rainmaker* teruggevonden. Hij was op drift, een paar honderd kilometer buiten de kust van Nicaragua. Volgens het verslag van de overlevenden was er vroeg in de namiddag van de zestiende april een groepje goedgetrainde mannen aan boord gekomen. Deze hadden de bemanningsleden geboeid en waren toen op de loer gaan liggen tot ongeveer twee uur in de ochtend van de zeventiende, toen de *Rainmaker* werd geënterd door twee bootladingen piraten. De huurlingen of soldaten of wat ze ook waren overvielen deze piraten vanuit hun hinderlaag en doodden de meesten ervan. Voor zover we met zekerheid weten konden twee leden van de piratenbende ontsnappen. Daarna hebben die huurlingen het schip verlaten, maar zonder de bemanningsleden los te binden. Twee dagen later werd de tanker waargenomen door een passerend vrachtschip. De bemanningsleden die nog leefden werden toen gered.'

'Ik zal wel traag van begrip zijn, Jimmy Lee,' zei Thorn, 'maar het komt me voor dat niets van dit alles ook maar ene moer te maken heeft met mij of Sugarman of de kidnapping van Janey.'

Webster leek het commentaar niet te hebben gehoord, want hij praatte op ongewijzigde toon verder.

'We weten met zekerheid dat deze huurlingen niet tot mijn organisatie behoren, hoewel wij in het verleden soortgelijke operaties hebben uitgevoerd. Dus dat deel blijft een mysterie. Maar na het identificeren van de lichamen en uit andere fysieke bewijzen die we op het schip hebben verzameld kunnen we met zekerheid concluderen dat de piraten die de *Rainmaker* hebben aangevallen onder leiding stonden van Daniel Salbone.'

'De zoon van die maffiabaas.'

'Ja.'

Webster slenterde tot voor het scherm. Hij hield zijn rug recht en zijn hoofd hoog geheven, als een pedante professor die zijn woorden met pietluttige zorg koos.

'Je herinnert je ongetwijfeld dat ik op een middag bij je kwam om je hulp te vragen, Thorn. Die keer dat je me zo grof wegjoeg.'

'Hoe zou ik dat kunnen vergeten?'

'Heb je meneer Sugarman ingelicht over onze kennismaking, die middag?'

Hij schudde zijn hoofd. Nee.

'Dat vermoedde ik al. Daarom vertelt mijn partner in de andere kamer nu aan meneer Sugarman wat we toen hebben besproken. Hij zal het misschien interessant vinden te vernemen dat je toen hebt geweigerd me te helpen. En dat die weigering een deel uitmaakt van de reden waarom we hier zijn.'

'Ik snap het niet. Wat is het verband tussen dat alles en deze piraterij?'

'Anne Bonny Joy is het verband.'

'Anne?'

'Ja, Anne,' zei Webster. 'Februari jongstleden, vlak nadat ze jou had bediend in het restaurant Lorelei, heeft Anne Bonny Joy daar Daniel Salbone bediend, die dezelfde middag als jij en je groepje daar lunchte. Vervolgens hebben mevrouw Joy en meneer Salbone samen drie weken in afzondering doorgebracht in de Cheeca Lodge. Naar we uit onze geluidsopnamen hebben geconcludeerd hadden ze daar een onstuimig liefdesleven. Je moet weten dat we al een hele poos hard aan deze zaak werken, om bewijzen tegen Salbone te verzamelen. En toen ik je kwam vragen of je misschien enige informatie bezat over Anne Joy, was dat omdat in een van de slaapkamergesprekjes in de Cheeca Lodge jouw naam was gevallen.'

Thorn staarde naar de vloer en schudde zijn hoofd.

'Wat is dit voor een gelul, Webster. Denk je dat ik iets te maken heb met dat piratengedoe?'

'Niet echt,' zei Webster. Hij liet het klinken alsof hij Thorn hoger zou hebben aangeslagen wanneer dat wél het geval was geweest. 'Ik kwam die dag je hulp vragen omdat je me over deze jonge vrouw misschien wat kennis uit de eerste hand zou kunnen geven, en als je bij die gelegenheid wat toeschietelijker was geweest zouden we ons nu misschien niet in deze netelige situatie bevinden.'

'Wacht eens even.' Thorn rukte zijn stoel naar voren. Zashie wilde in actie komen, maar Webster wuifde hem naar achteren. 'Probeer je *mij* hiervan de schuld te geven?'

De kleine man liet iets van zelfvoldaanheid in zijn glimlach komen.

'Nee, nee,' zei Webster. 'Dat je me die dag naar de hel liet lopen betekent nog niet dat je de gebeurtenissen had kunnen voorkomen. Maar anderzijds weten we natuurlijk niet precies welke informatie je me toen had kunnen verschaffen – gegevens waarvan je het belang zelf misschien niet eens besefte. Iets dat we hadden kunnen gebruiken om tegen Salbone in actie te komen en hem nog diezelfde middag op te pakken.'

'En waarom hébben jullie hem niet opgepakt, verdomme? Jullie weten dat hij een piraat is. Jullie hebben zijn hotelkamer afgeluisterd. Wat houdt jullie dan tegen om die klootzak op te pakken?'

'Er komt meer bij kijken, Thorn. Geloof me, als we de informatie hebben die nodig is, dan komen we in actie.'

'En nu?'

Jimmy Lee Webster plooide zijn lippen weer eens tot die miserabele glimlach van hem.

'Nu ga je ons helpen, meneer Thorn, of je het wilt of niet. De veilige terugkeer van meneer Sugarmans dochter hangt er helemaal van af.'

Veertien

'Is ze in orde?' vroeg Thorn. 'Zeg me dat, verdomme! Spreek de waarheid. Is Janey oké?'

Webster zei dat het haar goed ging, heel goed, dat ze het prima deed, gegeven de omstandigheden. Het was een slimme, veerkrachtige jongedame, die de moeilijke situatie buitengewoon adequaat benaderde. Maar Thorn las iets in zijn blik dat niet helemaal aansloot bij die woorden, een dissonant – hetzij gewoon een oneerlijkheid, hetzij een sluw spel van woorden, dat eigenlijk op hetzelfde neerkwam.

'Waar is ze dan, godverdomme?'

'Hoe vaak moet ik dat nu nog zeggen, Thorn? We hebben die situatie in de hand. Het meisje is onder onze controle. Er zal haar geen kwaad overkomen.'

'Steunt en gedoogt de regering van de Verenigde Staten de kidnapping van een kind? Dat kun je toch niet serieus ménen?'

'Luister goed, meneer. Vanaf dit moment is het lot van dat kind onverbrekelijk verbonden met je eigen acties. Is dat helemaal duidelijk?'

'Waar is ze?' De dreiging in Thorns herhaling van deze vraag bracht alvast een glimlach om Zashie's lippen. Er kwam misschien weer een kansje om iemand zijn botten te breken.

'Er is een manier, slechts één enkele manier, om dat meisje veilig naar huis te krijgen,' zei Webster. 'Het is heel eenvoudig.'

'Jullie hebben haar niet,' zei Thorn. 'Je weet niet eens waar ze is.'

'Jij gaat dat ene doen waar je zo goed in bent.'

'Doe ik dat, denk je? En wat is dat dan wel?'

'Je gaat je romance met juffrouw Joy nieuw leven inblazen.'

'Flikker op.'

Toen Websters lippen zich openden voor een grijns verscheen er een luchtbelletje in zijn speeksel. Het plopte open.

'Nee, heus. Dat ga je doen.'

'En wat zouden we daarmee bereiken?' Thorn wierp een blik op het scherm, op de ineengedoken, geboeide mannen daar, die stierven van de dorst.

'Het zal je misschien interesseren te vernemen dat een van de twee personen die erin slaagden die nacht van de *Rainmaker* te ontsnappen je oude vriendin Anne Joy was. We weten met een hoge mate van zekerheid dat ze meer dan een maand lang een leidende rol in Salbones team heeft gespeeld en dat ze voor dit fatale incident betrokken was bij diverse eerdere kapingen.'

'Anne Joy een piraat?'

'Zo is het, meneer Thorn.'

'Dat geloof ik niet.'

'Het staat je vrij te geloven wat je wilt,' zei Webster. 'Maar het is waar.'

Thorn staarde naar het scherm. Naar de lijken van gewone matrozen, die bemanningen die je nooit zag of hoorde.

'De andere persoon die in die nacht wist weg te komen,' vervolgde Webster, 'was een man van wie wij geloven dat hij Salbones voornaamste luitenant was. Zijn naam is Marty Messina.'

Thorn keek naar het scherm. Die opgejaagde blik in de ogen van die zeelui.

'Zoals je al vermoedde,' zei Webster, 'heeft Marty Messina onlangs zijn krachten gebundeld met die van Vic Joy.'

'Ja, en óf ik dat heb vermoed!'

'Dat Messina al een week na zijn ontsnapping van die tanker in Key Largo opdook en zich met succes onder Vic Joy's intimi wist te scharen heeft ons nogal verrast, moet ik bekennen. Maar hoe langer ik erover nadacht, hoe logischer het me leek. En hoe duidelijker het me werd dat we hier met een zorgvuldig geplande intrige van doen hebben. Een slimme truc die ons bijna op het verkeerde been had gezet.'

Webster gebruikte de afstandsbediening en het scherm werd gevuld door het gezicht van een man die in de dertig was, donker gebruind, met dik, glanzend haar dat naar achteren geborsteld was. Zijn melkachtig blauwe ogen contrasteerden op een duizelingwekkende manier met zijn haren en de zongebruinde tint van zijn huid. Sensuele lippen, bijna vrouwelijke wimpers. Hij had een mooi gevormde kaak en een neus die deed denken aan de Romeinse adel. Het was een fotomodellengezicht, dat ongetwijfeld door een bepaald type dames zeer aantrekkelijk werd gevonden. In gelijke mate ruig en galant, maar tegelijk ook een tikkeltje onbetrouwbaar, gezien de curve van zijn lippen en de sprankeling in zijn ogen.

Het was moeilijk om exact te zeggen waarin het hem school, maar Thorn zag in dit mengsel van gelaatstrekken een man die hij maar al te goed kende. Deze figuur was een vaste bezoeker van bepaalde lokale bars en nachtclubs. Een charmeur, die zo gewend was aan de innemendheid van zijn uiterlijk dat hij een beetje zijn respect was kwijtgeraakt voor degenen die zich aan zijn betovering overgaven. In de loop van de jaren had Thorn gezien dat dit gebrek aan respect voor juist die vrouwen die hem adoreerden kon omslaan in stille verachting. Het was heel wat, om dat op één enkele foto te baseren. Een eerste indruk. Hij kon het helemaal mis hebben. Maar Thorn was vaker van zulke droomtypen tegengekomen – vaak rijke knullen met opzichtige auto's en boten, dure horloges om de pols, diamanten knopjes in hun oorlellen. Gezegend door hun lichaamsbouw en hun dromerige ogen waren maar al te veel van zulke playboys uiteindelijk gaan twijfelen aan de oprechtheid van álle affectie waarmee ze werden overspoeld. En wat ooit gewoon hun trots was geweest, en onopgesmukte tevredenheid over hun goede fortuin, veranderde dan in een vorm van wrevel, of zelfs in boosaardige uitbarstingen die voor alle betrokkenen gevaarlijk konden zijn.

Webster liep naar het projectieapparaat. Op de volgende dia bestuurde dezelfde jongeman een lange, slanke speedboot. Volgens de gouden letters op de boeg heette deze *The Black Swan*. De jonge playboy zat klem tussen twee volop ontwikkelde blondines, die ieder een identiek blauw veterbroekje droegen.

'Daniel Salbone?' vroeg Thorn.

'De man in de schijnwerper,' zei Webster. 'De zeerover die ons vannacht bij elkaar heeft gebracht.'

Eindelijk begon Thorn het kluwen van Websters relaas een beetje te ontwarren. Er waren nog wat knopen over, maar het meeste was langzaam maar zeker duidelijk geworden.

'Je gelooft dat ook Salbone van de *Rainmaker* heeft weten te ontsnappen?' vroeg hij.

Webster glimlachte toegeeflijk, als naar een moeilijk lerend kind dat zojuist iets verstandigs heeft gezegd.

'We weten alleen met zekerheid dat na de gebeurtenissen op de *Rainmaker* Salbones lichaam nergens is gevonden en dat hij sindsdien uit het zicht verdwenen is. Het is mogelijk dat hij die dag is gedood en dat zijn lichaam is opgeslokt door de zee. Maar hij zou ook ontsnapt kunnen zijn, zoals jij suggereert. En dan zou hij nu achter de mensen aan kunnen zitten die hem op het schip hebben aangevallen. Of zit hij ergens rustig over zijn volgende zet na te denken.'

'Weet Anne dit?' vroeg Thorn. 'Of gelooft ze dat hij dood is?'

'Wat zou jij raden, Thorn?'

'Als de vent nog leeft, heeft hij haar daarover misschien in het duister gelaten om haar te beschermen, terwijl hij op zoek gaat naar wraak. Of misschien om andere redenen. Misschien weet hij niet zeker wat hij voor haar voelt en probeert hij tot een besluit te komen. Of misschien heeft hij haar gedumpt. Wie zal het zeggen?'

'Goed, goed. Je hebt intuïtieve talenten. Dat bevalt me.'

'En dan hebben we Marty Messina nog,' zei Thorn.

'Ja?'

'Zo bezien werkt Marty misschien nog steeds voor Salbone,' zei Thorn. 'Hij is dan naar Key Largo teruggekeerd om namens Salbone als Annes beschermengel op te treden.'

Webster salueerde spottend voor Thorns intellect.

'Wat een verrassing, Zashie! Onze zorgeloze joker, die doet alsof hij achterlijk is en alleen maar minachting heeft voor wereldse zaken, blijkt heel iets anders te zijn dan hij lijkt.'

Zashie vond het echter allerminst amusant. Hij stond zijn ploertendoder te strelen alsof deze zenuweindjes bezat die met zijn eigen brein waren verbonden.

'Wat is Janey's rol hierin?'

'Een meer relevante vraag, vriend,' zei Webster, 'lijkt me welke rol *jij* hierin hebt.'

'Oké, wat is mijn rol?'

'Het slaapkamergesprekje waar ik het daarnet over had, weet je nog?'

'Toen mijn naam ter sprake kwam.'

'Ja, die kwam ter sprake omdat Daniel Salbone, zoals ik al zei, op dezelfde middag in de Lorelei kwam lunchen als jij. Kennelijk heeft hij gezien dat Anne Joy je in het openbaar een kus gaf. Echt een verdomd stukje mazzel voor ons.'

Thorn herinnerde zich het moment levendig. Alexandra's koele reactie. Haar bedenkingen bij Thorns onfatsoenlijke verleden.

'Nou, het schijnt dat Salbone tijdens de eerste weken van hun romance Anne vaak heeft uitgehoord over jou en over die kus. Ze heeft beweerd geen gevoelens voor jou te hebben, maar Salbone geloofde dat niet. Het schijnt dat de man een sterke neiging tot jaloezie heeft.'

Webster klikte de volgende dia aan. Het was een foto die met een groothoeklens was genomen. Een crèmekleurig huis van twee verdiepingen, met een terras eromheen en versierde randen aan de dakgoten. Iets ten zuiden van het pand stond een klein, lelijk huisje van rode baksteen. En op het strand stonden twee mannen naar de zee te kijken.

'Marty Messina en Vic Joy,' zei Webster. 'Genietend van de zachte passaatwind die vanaf de Atlantische Oceaan komt aanwaaien.'

'Oké.'

'Dit is Vic Joy's huis op Islamorada. Marty woont daar bij Vic, en nu is ook Anne daar ingetrokken. Als het Marty's taak is Anne in het oog te houden, maakt dit arrangement het hem wel erg gemakkelijk.'

'Maar je weet niets van dit alles met zekerheid. Je weet niet eens of Salbone nog leeft, dus misschien is dit allemaal slechts wensdenken. Dat Marty Anne bespioneert.'

'Zo is het. We weten niks zeker. Dus we zijn gedwongen van bepaalde veronderstellingen uit te gaan. En daar komt inderdaad enig wensdenken bij kijken. Dat ontken ik niet. Maar onze huidige werkhypothese is dat Salbone de aanval op de *Rainmaker* zelf in scène heeft gezet en dat hij de bemanning in leven heeft gelaten om te getuigen.'

'Waarna hij uit het beeld kon verdwijnen,' zei Thorn.

'Dat klopt. We geloven dat dit schimmenspel is opgevoerd om ons van zijn spoor af te krijgen. Hij heeft aangevoeld dat we hem aan het insluiten waren.'

'Hij heeft een tweede ploeg ingehuurd om zijn oorspronkelijke ploeg te vermoorden?'

'Precies,' zei Webster. 'Verschillende van de mannen die op de *Rainmaker* zijn omgekomen waren Salbone al jarenlang trouw en hebben grote risico's voor hem gelopen. En die laat hij vervolgens achteloos afslachten alsof het om het ontslaan van een uitzendkracht gaat. Dát is het type man met wie we hier te maken hebben, Thorn.'

'Oké,' zei Thorn. Hij nam een moment de tijd om dit te verwerken. 'Maar in geen van beide gevallen heb je mij nodig. Als Salbone nog leeft en Marty heeft contact met hem, gebruik dan je hightechspullen en onderschep die berichten om hem te pakken te krijgen.'

'Dat is nu juist het punt, Thorn. Tot nu toe heeft Marty nog geen enkele vorm van communicatie geprobeerd.'

'Dus misschien is Salbone dood en kun je je hypothese door de plee spoelen.'

'Misschien,' zei Webster. 'Maar misschien is hij in leven en heeft Marty Messina gewoon nog niets gezien dat het rapporteren waard is.'

'Dus waarom ben ik hier?'

'Omdat,' zei Webster, 'we Marty iets gaan géven om te rapporteren. Hij gaat zien dat Anne Joy en de welbekende lokale casanova Thorn elkaar ontmoeten en hun oude affaire nieuw leven inblazen.'

'Ik verleid Anne en meteen, als een duveltje uit een doosje, komt Salbone uit zijn schuilplaats gesprongen?'

'Misschien,' zei Webster. 'Of misschien hebben we mazzel en onderscheppen we een bericht tussen Messina en Salbone en pakken we de man op voor hij de kans krijgt in beweging te komen.'

'En Vic laat me zo maar binnen?'

'Vic wil je grond hebben. Ga naar hem toe, marchandeer over de prijs, pap met hem aan, en stook tijdens je aanwezigheid het vuurtje van je oude romance met Anne nog eens op.'

'En Vic laat me pal onder zijn neus met zijn zusje rommelen?'

'Ja, dat doet hij. Gegarandeerd. Ik kan je verzekeren dat Vic Joy zich zeer coöperatief zal opstellen.'

Webster gebruikte de afstandsbediening om de resterende dia's nu snel te vertonen, steeds maar een halve seconde. Als was het een macabere lichtshow in een disco, met beelden uit de hel, zo vulde het scherm zich met de ene foto na de andere van slachtpartijen aan boord van schepen, met over het dek verspreid liggende lijken, of halfvergane lijken die ergens waren aangespoeld, of spookschepen op een lege zee, of een halfnaakte vrouw wijdbeens op het voorschip van een glimmend wit jacht, die kennelijk was verkracht voordat ze werd vermoord.

'Vic werkt met je mee. Hij staat op je loonlijst.'

'Dat zou een onzorgvuldige beschrijving zijn van onze relatie met meneer Joy,' zei Webster. 'Laat me het als volgt formuleren. Mijn gewaardeerde collega's op het ministerie van Justitie waren zo vriendelijk hun vervolging van enkele van meneer Joy's illegale zakelijke activiteiten op te schorten in ruil voor zijn medewerking aan ons project. Een project, zo moesten mijn collega's van Justitie bekennen, dat over iets veel ernstigers ging dan Vic Joy's kleine misdrijven.'

'Kleine misdrijven zoals het vermoorden van vijf mensen?'

'Dat was een ongelukkige omstandigheid,' zei Jimmy Lee.

'Ongelukkig?' Thorn wendde zijn blik af van het scherm en keek Webster met stille verachting aan. 'Het dochtertje van mijn vriend was aan boord van dat schip en ze is getuige geweest van wat daar is gebeurd. Waar ze nu ook is, ze is doodsbang. Ze is getraumatiseerd en omdat die smeerlappen weten dat zij hen kan identificeren is ze waarschijnlijk ook in zeer ernstig gevaar. En dit is een figuur met wie jullie deals sluiten? Iemand van de kleine misdrijven? Deze strontbuil is een killer, een massamoordenaar. Een kidnapper van kinderen!'

'We zijn ons bewust van het incident op het schip van doctor Markham.'

'Bewust?' vroeg Thorn. 'Is dat alles?'

'Op dit moment is er geen bewijs dat Vic Joy betrokken was bij de moord op die ongelukkige mensen.'

'Gelul.'

'Wat je moet proberen te begrijpen, Thorn, is dat alles een koehandel is. Geredde levens versus levens die verloren zijn gegaan. We sluiten elke dag van de week deals met de duivel. In deze sector moeten we werken met een aantal walgelijke typen. Natuurlijk betreuren we het leed van onschuldige burgers. Wanneer er doden vallen, zoals aan boord van het jacht van doctor Markham, is dat een tragedie, nou en of, en in ons hart leven we mee. Maar geloof me, als Salbone nog leeft en we zijn in staat hem voor het gerecht te slepen, zal dat volgens mijn manier van denken de verloren levens die jij bedoelt méér dan compenseren.'

'Ik kan mijn oren niet geloven.'

'En daarenboven,' zei Webster, 'zijn mijn goede collega's van Justitie ten volle bereid voort te gaan met hun onderzoek naar de moord op deze vijf onschuldige zielen, zodra onze doelen zijn bereikt. Als Vic Joy de schuldige is, zal hij naar behoren worden berecht. We sluiten niet het soort deals waarin we massamoordenaars laten lopen. Dat deel van de zaken schorten we alleen een poosje op.'

'Hoe krijgen we door Salbone te vangen Janey terug?' vroeg Thorn.

'Maak je daarover geen zorgen,' zei Webster. 'Je hoeft niet alle facetten van onze afspraken te kennen.'

'Het draait er allemaal om dat jij een pluim op je hoed wilt verdienen, Webster. De mensen die erbij betrokken zijn, zoals dit kleine meisje, kunnen jou geen bal schelen.'

'Het vangen van Salbone zou voor mij een pluim zijn, ja,' zei Webster. 'Maar er steekt meer achter. Veel meer.'

'Zoals?'

Webster liep een paar keer heen en weer voor het scherm, maar bleef toen staan en keek Thorn aan.

'Je hebt waarschijnlijk nooit gehoord van Ching Shih.' Webster gaf hem twee tellen en vervolgde toen: 'Een vrouwelijke piraat uit het begin van de negentiende eeuw. Ze was briljant, een meesterlijke strateeg, vermetel, creatief, meedogenloos. Tien jaar lang terroriseerde ze de Chinese Zee. Op haar hoogtepunt was ze de baas over achttienhonderd schepen en ongeveer tachtigduizend piraten.'

Zashie streelde zijn ploertendoder als een achtervanger die zijn handschoen warm wil houden.

'We hebben sterke aanwijzingen dat er een individu bestaat dat op dit moment iets soortgelijks probeert te bereiken: tientallen losse groepjes bij elkaar brengen, die nu in het Verre Oosten en bij Zuid-Amerika en in de Caribische Zee opereren, om ze tot een soort kapersbond te verenigen. Volgens onze inlichtingen heeft deze man een overleg weten te regelen, waarin de betrokkenen een gezamenlijke strategie hebben afgesproken en het territorium hebben verdeeld. Ze zijn kennelijk van plan een alliantie van zeerovers te vormen, die alles zal overtreffen wat we ooit hebben meegemaakt. En als de wapens die ik daarstraks noemde inderdaad voor eigen gebruik zijn, zouden ze een kracht gaan vormen waar slechts weinig marines ter wereld tegen opgewassen zullen zijn. Om kort te gaan, Thorn, volgens sommigen onder ons staan we op de drempel van een nieuwe gouden eeuw van de piraterij.'

Thorn keek even naar het scherm, toen weer naar Jimmy Lee Webster. De pompeuze kleine man had zijn kont op de lange lage kleerkast gedeponeerd. Zijn zwartleren schoenen bungelden enkele centimeters boven de vloer. Een Napoleon in blauwe spijkerbroek en een wit knoopjesoverhemd. Amerika's geheime admiraal. Een man die al kon paraderen op een leeftijd waarop de meeste kinderen nog maar net konden kruipen. Als de toekomst van de vrije wereld afhing van lieden zoals Jimmy Lee Webster, dan had die vrijheid een korte halveringstijd.

'Het individu dat deze groepjes van piraten organiseert kan wel of niet Daniel Salbone zijn. We weten niet of hij nog leeft, maar dit project draagt al de kenmerken die voor hem typerend zijn. We weten dat Salbone bijzonder intelligent en ambitieus is. Hij is een charismatische jongeman en kan buitengewoon overtuigend zijn. Er zijn weinig mensen die in staat zijn een zo ongeregelde bende van outlaws, vaak onderling in oorlog, bij elkaar te brengen, maar Daniel Salbone is een van die weinigen. Bovendien is dit een hypothese die helder maakt waarom Salbone het gevoel kreeg dat hij zijn eigen mensen moest vermoorden. Hij zal dat hebben gedaan om er zijn nieuwe bondgenoten van te overtuigen dat hij zijn achtervolgers te slim af is geweest en dat ze zich dus gerust bij hem kunnen aansluiten voor toekomstige activiteiten.'

'Houd mij erbuiten,' zei Thorn. 'Behalve als ik eindelijk eens hoor hoe dat Janey bij ons terugbrengt, mag voor mijn part de hele kolerewereld vollopen met kapers.'

Webster trok een gezicht en schudde zijn hoofd als een leraar die zijn leerling op een elementaire rekenfout heeft betrapt.

'Maar tóch ga je me helpen, Thorn. Je hebt geen andere keus.'

'Hoor eens, Jimmy Lee, zelfs als ik akkoord ging – Anne Joy heeft geen belangstelling voor me. Toen we uit elkaar gingen was dat definitief. Daar heeft ze geen twijfel over laten bestaan.'

'Je moet gewoon je alom befaamde magnetisme inschakelen.'

'Waarom gebruik je niet een van je agenten? Een stevig, oogverblindend type als deze Zashie hier. Hij kan bij Anne Joy even gemakkelijk scoren als ik. Je hebt mij niet nodig.'

'Daniel Salbone heeft al een bijzondere aandacht voor jou ontwikkeld, Thorn. Hij kent je naam. Hij weet dat je een intiem verleden met Anne deelt.'

'Vergeet het, Webster. Dat gaat niet gebeuren.'

'Je hoeft alleen maar een poging in het werk te stellen, Thorn. Laat het lijken alsof de relatie tussen Anne en jou weer warm wordt. Ik zeg niet dat je haar mee naar bed moet nemen om haar de moeder van alle orgasmen te bezorgen. Creëer alleen een illusie van intimiteit. Als het werkt, dan is het mooi. Als we het mis hebben dat Salbone nog leeft en waarom Marty weer in Key Largo is, dan kost ons dat alleen een vergeefse poging.'

'Plus het leven van een klein meisje.'

'Ik heb het je gezegd, Thorn. Ze is veilig. Ze bevindt zich onder onze bescherming.'

'Dus ik moet Anne bonbons en bloemen brengen, gedichten voor haar schrijven. En daar trapt Marty dan in?'

'Oké, luister,' zei Webster. 'Om redenen die mij ontgaan wil Vic Joy jouw lap grond graag hebben. Kennelijk geloofde de man dat hij iets extreems moest doen om jou te motiveren het aan hem te verkopen, dus hij nam de dochter van je vriend in gijzeling. Hoe idioot en tot mislukken gedoemd dat plan ook was, toen ik het eenmaal snapte besefte ik meteen dat het misschien naadloos paste bij onze eigen behoeften. Ik had namelijk inmiddels iets ontdekt dat Vic Joy waarschijnlijk al eerder heeft geweten, namelijk dat jij, Thorn, een zeer forse extra prikkel nodig zou hebben. Denk eens na, mijn vriend. Als je slechts een beetje minder koppig en eigenzinnig was geweest, een beetje meer op een gewone patriottische Amerikaan had geleken, zou er veel minder overredingskracht nodig zijn geweest. Als jij enige bereidheid had getoond om te helpen, zouden wij hebben ingegrepen, meteen nadat Vic was begonnen zijn ridicule plan met Sugarmans dochter uit te voeren. Dan hadden we het meisje uit Vics vingers geplukt en zouden we daarna zijn doorgegaan met onze plannen om Salbone uit zijn schuilplaats te lokken. Maar jij bent niet zo iemand, Thorn. Jij bent een tegendraadse querulant. En dat is waarom de dochter van je vriend nu moet lijden. En hoe we ook allemaal walgen van het idee, *jij* hebt ons gedwongen, Thorn, onze plannen aan te passen aan het spelletje dat Vic Joy speelt.'

'Waar héb je het verdomme over?'

'Dit is hoe het gaat gebeuren, Thorn. Als ik krijg wat ik wil, dán en alleen dán krijg jij wat jij wilt. Jij maakt avances bij Anne Bonny Joy en binnen de kortste keren is de kleine Janey weer in haar vaders armen. Alles in orde.'

Thorn zag dat Webster het nette streepje van zijn baardstrook met een vinger natrok.

'Er is nog iets anders,' zei de kleine man. 'Om volkomen helder te zijn. Je zult geen hulp vinden bij het forceren van de vrijlating van het meisje. Bij geen enkele wettelijke instantie binnen de VS, niet hier op de Keys van Florida, noch in Miami of ergens anders. Ik ben weliswaar geen staatssecretaris van Marine meer, maar zelfs mijn felste critici van vroeger weten nu dat ik steeds gelijk heb gehad. De oppervlakte van de wereld bestaat voor driekwart uit oceanen en als we dit ongedierte niet vertrappen, en snél, grijpen ze de controle over de grootste hoeveelheid braakliggend terrein dat er is. En dat is niet goed voor de zaken, voor wat soort zaken dan ook. We hebben het niet over een bedreiging van de beschaving zoals we die nu kennen, of iets dergelijks. Deze lui zijn al heel lang een plaag en een zeker aantal zal dat ook altijd wel blijven. Maar er is een moment, een zeker kantelpunt, waarna de dingen veranderen van kolerezooi-die-beheersbaar-is in iets heel anders. En dat punt hebben we nu bereikt, Thorn.'

Thorn keek naar het klittenband waarmee zijn armen aan de stoelleuningen waren gebonden. Al die nylon oogjes en haakjes die heel geraffineerd in elkaar pasten. Werk van een bijzonder slimme uitvinder.

'Nou vooruit dan, verdomme,' zei hij. 'Maar alleen ter wille van Janey.'

Webster wierp Zashie een triomfantelijke blik toe, alsof hij hun onderlinge weddenschap had gewonnen dat hij Thorn zonder enig bloedvergieten zou kunnen overhalen. Zashie keek zuur en stak zijn ploertendoder in een achterzak van zijn broek.

'Hoe communiceren we?' vroeg Thorn. 'Als ik iets moet doorgeven of zo. Of hulp moet vragen.'

'Wanneer je straks deze kamer verlaat,' zei Webster, 'zullen we geen contact met elkaar meer hebben tot dit voorbij is.'

De projector vertoonde weer nieuwe dia's van de dood. Een oorlog die bezig was, maar waar Thorn nog nooit van had gehoord. Honderden, vele honderden prachtige, zonnige dagen op zee kregen achteraf iets macabers.

'En hoe weet ik of het voorbij is?'

Webster permitteerde zich een flauw glimlachje.

'O, dat merk je wel, Thorn. Geloof me, we zullen zorgen dat je het merkt.'

Buiten bleek Thorn op de parkeerplaats te staan van de Holiday Inn in het stille centrum van Key Largo. Hij voelde zich nog wat duizelig en gedesoriënteerd na de wereldreis over wrede, meedogenloze oceanen. Aan de andere kant van de parkeerplaats zag hij Sugarman in de richting van de snelweg lopen. Hij draafde naar hem toe.

'Gaat het, Sugar?'

'Ja, best. Heel goed, Thorn. Prima. Kan niet beter.'

Sugar ontweek Thorns blik. Hij liep met grote passen naar het fietspad dat parallel aan de snelweg liep.

'Wat mankeert je, man? Wat heb ik gedaan?'

Sugarman bleef staan, draaide zich naar hem toe en keek hem aan. Er brandde een ziedende woede in zijn blik.

'Wat je hebt gedaan? Niks. Je hebt helemaal niks gedaan. Je bent een heilige, Thorn. Een volmaakte heilige.'

'Wat hebben ze je verteld? Gelul om jou tegen mij op te zetten?'

'Het klonk mij niet als gelul in de oren. Het klonk naar jou, Thorn. Echt jou, helemaal ten voeten uit.'

'Wat dan?'

Achter hen draaide een Cadillac met gierende banden de parkeerplaats van de Holiday Inn op. Met donkere raampjes. Hij reed met brullende motor naar de zijvleugel en stopte vlak naast het appartement waarin Thorn zich had bevonden. Twee mannen stapten uit, een grote en een kleinere. Lange haren, donkere kleren. De twee liepen naar de deur en bonkten op de deur.

'Er gebeurt daar iets,' zei Thorn. 'We moeten teruggaan.'

De deur van Websters kamer ging open en de twee mannen gingen naar binnen.

Sugarman schudde bedroefd zijn hoofd en keek Thorn aan.

'Janey is gekidnapt,' zei hij. 'Mijn dochter is verdwenen. En jij speelt spelletjes, Thorn.'

Thorn draaide zich met een ruk naar hem toe.

'Hé, Sugar, wat lul je nou?'

'Ze hoefden me niets te vertellen, Thorn. Ik heb het al té vaak gezien. Jij hebt een zwarte wolk boven je hoofd, Thorn. Vroeg of laat wordt iedereen in jouw nabijheid getroffen door de bliksem. Zo is het altijd gegaan, Thorn. En ik heb er genoeg van.'

Sugarman vermeed Thorns blik.

'Wat heb ik dan gedaan, Sugar?'

'Het gaat om wat je *niet* hebt gedaan, Thorn. Je had een kans om deze vent te helpen bij het vangen van een verdomde piraat. Het enige wat je hoefde te doen was hem iets vertellen over Anne Joy, hem vijf minuten van je kostbare tijd geven, maar nee hoor, jij hebt hem afgepoeierd.'

'Ja, dat is waar. Maar dat is niet waar deze affaire mee begonnen is, Sugar.'

'Op dit moment kan het me geen reet schelen wat je verdomde rationalisatie is, Thorn. Dat heb ik al eerder gehoord. En nóg eerder. Het komt me gewoon de strot uit. Het is steeds hetzelfde met jou. Er komt nooit een einde aan. En nu is het Janey. Ik ben er ziek van, Thorn. Strontziek!'

Sugarman had zich omgedraaid en liep nu weer verder over het fietspad.

Thorn haalde hem in en paste zijn tred aan, maar Sugar wilde niet zijn kant op kijken.

'Luister, man, we kunnen hierin samenwerken. We zullen Janey terughalen. We kúnnen het, dat weet ik zeker.'

Sugar liep snel door, zonder zelfs naar Thorn te kijken.

'Deze vent, Webster, moet een ontspoorde geheim agent zijn. Zo werken echte agenten niet. Christus, die hebben niets te maken met het kidnappen van kinderen. Ze houden zich aan hun boekje, ze hebben regels, bewaren het overzicht. Het is te gek voor woorden. Onmogelijk! We moeten de FBI in Miami bellen, die man die je kent, Sheffield, of god mag weten hoe hij heet.'

Sugarman bleef doorlopen, maar hij wierp Thorn een snelle blik toe en schudde toen zijn hoofd.

'Ja, Thorn, jij zegt het maar. Een ontspoorde agent. Alsof jij goddomme opeens een expert in internationale intriges bent geworden. Heb je een spionageboek gelezen, dat je het opeens zo precies weet? Denk je dat de FBI voor jou en mij in de bres zal springen? Vergeet het maar, Thorn. We staan in de kou, man. We staan verdomme midden in de poolcirkel!'

'Luister, we moeten hierin één lijn blijven trekken, Sugar.'

'Laat me alleen, verdomme. Janey is verdwenen. Ik heb je hulp niet nodig en ik wil je hulp niet. Jij werkt ons alleen maar dieper in de nesten. Dit is mijn dochter. Ik pak het op mijn eigen manier aan.'

'Waarom hebben ze ons naar afzonderlijke kamers gebracht, Sugar? Jou het ene verteld, mij het andere? Omdat ze ons willen scheiden. Omdat ze mij willen isoleren, om me beter onder de duim te kunnen houden. En jou ervan te overtuigen dat *ik* de schuld ben van dit alles!'

'Tot ziens, Thorn,' riep Sugarman over zijn schouder. 'Veel succes.'

Thorn slenterde nog een halve kilometer voort en zag Sugarman in een furieus tempo steeds verder van hem weglopen. Hij bleef pas staan toen zijn vriend helemaal door de duisternis was opgeslokt.

Vijftien

Terwijl hij het gas bijna volledig terugnam draaide Vic een keer om zijn landhuis op Islamorada heen, waarna hij de vleugels van de Mallard liet kantelen en een glimp opving van Anne, die op een dekstoel naast het zwembad lag. Een van zijn bedienden stond in haar witte uniform naast het bakstenen huis attent te zijn.

'Speelfilms zijn de logische volgende stap, Marty. Als je tegenwoordig een verhaal wilt vertellen, doe je dat via het witte doek.'

Marty keek door zijn raampje naar buiten en gaf geen antwoord. Nog steeds bleek om zijn neus. Na alle uren in dit vliegtuig zou een normaal iemand er nu toch echt overheen zijn, maar Marty keek nog steeds alsof hij elk moment zijn ontbijt over het instrumentenpaneel uit kon kotsen. Of misschien klotste al dat bloed van donderdagavond nog in zijn hoofd. Hij had toen ook overgegeven – over de reling van Markhams schip. Dat had Vic treurig gestemd en de luister van die avond nogal verpest.

'Je hebt natuurlijk wel eens films gezien, Marty?'

Marty knikte.

'Nou, onmiddellijk nadat ik deze landaankoop voor elkaar heb ga ik een Hollywood-film in elkaar zetten. Ik ken mensen aan de Coast die ik in de loop van de jaren wat zaakjes heb toegespeeld. Zo gauw we een verhaal hebben verzonnen ga ik ze bellen. Mam zou het geweldig hebben gevonden – een film, helemaal van haarzelf. Jezus, ik zou het kolereding zelfs aan haar kunnen ópdragen, haar naam groot op het scherm brengen! De eerste woorden die je ziet wanneer de lampen doven, nog vóór de namen van de acteurs en de titel. *In dierbare herinnering aan Antoinette Joy, de geweldigste mama die een jongen maar kan hebben.* Ze zou het fantastisch hebben gevonden. Eindelijk eens een piratenfilm waarin alle details kloppen!'

Vic daalde moeiteloos en zette de Mallard op het vlakke blauwe water, een boterzachte landing, al had Marty zijn gordels vastgemaakt en hield hij ze angstvallig dicht nu ze met hoge snelheid naar de aanlegsteiger koersten, tot Vic ten slotte gas minderde en de kleine vliegboot het laatste eindje liet uitdrijven.

Toen ze vaste grond onder de voeten hadden en Marty en hij over de glooiende helling naar het zwembad liepen, vroeg Vic hem: 'Weet je wat dit vliegtuig me heeft gekost, Marty?'

Marty slikte en zei, nee, nee, hij had geen flauw idee.

'Een komma vijf miljoen voor de turbopropuitvoering. Ik had kunnen volstaan met standaardmotoren, maar ik wilde per se dat extra vermogen. Zal ik wel van mijn vader hebben, die liefde voor pk's.'

Marty volgde hem naar het zwembad. Vic stak zijn armen omhoog, trok zijn gele honkbalpet van zijn hoofd en wierp deze naar de patio, waarna hij zich op een dekstoel naast die van Anne liet zakken. Zij droeg een kaki short en een mouwloos hemd met bloemen erop. Beide kledingstukken zagen er nieuw uit. Een winkeltas van Island Silver and Spice lag onder de parasol op tafel. Anne lag de *Miami Herald* te lezen en zei niet gedag. Ze zei geen boe of ba en keek niet eens op. Dus deed Vic alsof ze er niet was. Hij gebaarde naar Jewel, het Jamaicaanse meisje dat dienst had. Hij wees naar Annes glas sinaasappelsap en stak toen twee vingers op. Jewel draaide zich om en verdween in het bakstenen huis.

Marty bleef zich steeds in zijn nek krabben. Ook opende en sloot hij voortdurend zijn handen. Ze deden pijn, want hij had ze urenlang gebald gehouden. Al die eindeloze uren in het vliegtuig, geen moment had hij zich ontspannen.

'Nou, dit zijn de grote lijnen van het verhaal,' zei Vic. 'Meteen vanaf het begin, geen poespas vooraf, zien we een kleine boot een groot schip besluipen. Zo een als dat van Markham. Twee of drie mensen op dat mooie jacht. Voer de spanning op, toon veel close-ups van blote huid, naakte kelen. Griezelige muziek. Het publiek zit lekker te huiveren, want het weet wat er komt, nu die gemene bloeddorstige zeerovers naderen.'

'Om je de waarheid te zeggen, Vic, ik kijk nooit naar films. Heb er geen verstand van.'

Vic zag zijn personeel de vliegboot aan de steiger vastmaken. De twee turbopropmotoren aan de hooggeplaatste vleugel met twee drijvers eronder. Intrekbaar landingsgestel. En met een hoog de lucht in stekend richtingsroer. Hij was dol op dit verdomde vliegtuig. Had zijn moeder maar kunnen zien dat hij nu piloot was. Piloot, maar ook nog honderd ongelooflijke andere dingen méér. Hij had zich vanuit zijn milieu het lazarus geëmancipeerd. Maar in zekere zin stelde het allemaal wat minder voor nu zijn moeder er geen getuige van kon zijn. Vic had gemeend dat Anne Bonny daar misschien wat verandering in zou brengen. Dat ze hem een paar aaien zou geven, wat complimentjes zou uitspreken over de macht en de glorie die hij had weten op te bouwen. Maar nee, zijn zuster, zijn enige vlees en bloed, lag daar gewoon op haar stoel, met de opengevouwen krant voor zich, en toonde geen enkele aandacht voor het prachtige uitzicht of wat dan ook.

Jewel bracht de twee sapjes, zette er een op Marty's tafeltje, een op dat van Vic, en vroeg of dat alles was.

'Voor mij wel,' zei Vic. 'En voor jou, Marty? Eieren, ham, pannenkoeken? Even gepijpt worden misschien?' Hij glimlachte naar Jewel, die niet terugglimlachte.

De grote man schudde zijn hoofd en Jewel glipte terug naar haar post in de schaduw van het bakstenen huis. Anne sloeg een bladzijde om, schudde de krant recht en negeerde de twee mannen op een superieure manier.

'Aha, dus je hebt geen ervaring met de filmwereld. Dat kan een pluspunt zijn, Marty. Het geeft je een frisse kijk. Enfin, we zijn nog pas aan het brainstormen, op zoek naar goede ideeën. Ik noem er een stel en dan geef jij er een rits, op basis van je enorme expertise.'

'Ik heb maar een maand meegedaan,' zei Marty. 'Ik ben geen echte expert. Voor zover ik het kon beoordelen was het niet veel bijzonders. Zoiets als binnenvallen in een verdomde havenloods, maar dan op het water. Meestal laten die zeelui zich meteen met het gezicht naar beneden op het dek vallen, zonder zich te verzetten. Het is niet erg opwindend.'

'Nee, behalve de laatste keer. Toen ze jullie opwachtten.'

Marty knikte. 'Ja, dat was andere koek. Echt heel anders.'

Vic merkte dat Anne meeluisterde. Ze hield haar krant nog roerloos voor haar gezicht, maar haar ogen bewogen niet meer.

'Maar wat de films betreft, Marty, zie je een wezenlijk punt over het hoofd. Namelijk dat we hier over een lange traditie beschikken. Een illuster verleden van boekanierscinema. Een breed referentiekader, waaraan we op passende manier eer moeten betonen. Dus ik zie het zo. Al tijdens de eerste minuten van de film, onder de credits, zeg maar, laten we het publiek zien wat er komen gaat. We grijpen iedereen al vanaf het eerste beeld bij de kladden. De piraten springen uit hun kleine boot, klimmen over de reling van het grote jacht, en hup-hup-hup! Tot in de kleinste details te zien allemaal! We leggen al onze kaarten meteen op tafel. En verderop in de film, zeg vijf of tien minuten later, vinden we een manier om die scène te overtreffen, met explosies, lasers, kernbommen of god-weet-wat. Dat is creativiteit. Je begint uit alle macht, met alles wat je hebt, maar dan denk je na en verzin je nog iets beters, en later nóg weer iets beters.'

Vic Joy keek even naar Marty om te controleren of deze hem volgde.

'Hup, hup, hup,' zei Marty. 'En het publiek vreet ondertussen popcorn.'

Vic glimlachte, maar hij voelde een lichte galsmaak achter in zijn keel. Hij was geen liefhebber van sarcasme, ironie of hoe je het verdomme ook wilde noemen. Woorden waren er om rechtstreeks te zeggen wat je bedoelde. Je zette jouw woorden tegenover die van iemand anders en keek dan welke woorden het sterkste waren. Zonder trucs. Het was niet zo dat je eerst iets kon zeggen om daarna met een grijns of een verdraaiing van je stem iets heel anders te zeggen.

'Oké, Marty. Het andere punt om te onthouden is dat we er niet omheen kunnen sommige dingen te herhalen die al eerder zijn gedaan. Ik weet niet hoe jullie het aanpakten, maar zoals je al met eigen ogen hebt kunnen zien heb *ik* bij het kapen van een jacht graag een mes tussen mijn tanden, precies zoals die oude piraten. Blackbeard, kapitein Bloed. Het heft tussen hun tanden, het lemmet steekt naar opzij. Dat is een belangrijk detail. Het lemmet steekt naar opzij.'

Vic werkte zijn sinaasappelsap in één teug naar binnen, veegde zijn mond af en vervolgde: 'Het is tijd dat een aantal van mijn daden op het witte doek wordt vereeuwigd. Godallemachtig, één gewone werkdag van mij is tien keer opwindender dan de flauwekul waar de mensen dik geld voor betalen in de bioscoop!'

'Maar de laatste paar dagen,' zei Marty, 'zie ik liever niet terug.'

'Wat mankeert je, Slachter? Wat is er gebeurd met mijn in de nor geharde hombre?'

Marty nam een slokje van zijn sap en deed ondertussen zijn vrije hand open en dicht om de bloedsomloop te herstellen.

'Weet je, misschien heb ik me gewoon in jou vergist, Marty. Verdomme, ik heb je al meer van mijn activiteiten laten zien dan wie ook. Voor mij is dat iets nieuws. Ik ben niet het type dat veel delegeert. Shit, ik laat niet eens mijn linker advocaat weten wat mijn rechter doet.'

Marty keek hem aan. Zijn bolle gezicht toonde een spoortje bezorgdheid.

'Misschien was het een moment van zwakte, dat ik jou aan boord heb gehaald. Ik dacht dat je meer pis in je bloed had dan je tot dusverre hebt laten blijken.'

Marty dronk van zijn jus d'orange. Met zijn zwarte jeans, zijn witte tennissokken tot boven de enkels. Zijn witte T-shirt had het logo van Snook's Bayside, een van de twee of drie goede restaurants daar aan de kust die niet van Vic waren. Maar als ze hem nog wat tijd geven, zou ook Snook's op zijn lijst komen.

'Hoor eens, Marty. Je hebt hier een kans van een soort die niet vaak langskomt. Kijk eens naar Anne en mij, verdomme, we hadden geen cent te makken toen we begonnen. Twee kinderen, met alleen de auto van een drugskoerier en een paar honderd dollar. Het enige wat ik extra had was een soort ziedende woede in mijn aderen en een waanzinnige durf. En kijk nu eens goed om je heen, jongen. Neem een paar minuten de tijd en bestudeer het decor. Wat dacht je trouwens dat een landgoed zoals dit wel kóst?'

'Ik ben dankbaar, Vic,' zei Marty. 'Echt waar.'

'Elf miljoen en nog wat kleingeld, dát heeft het gekost. Nadat ik het grote huis had laten bouwen heb ik dit bakstenen huis steen voor steen uit Harlan laten halen. Het was het huis van onze jeugd, Marty. Vraag het Anne Bonny maar. Inclusief de meubels, de tapijten en zelfs de verdomde wasmachine. En als je mocht denken dat het niet duur was dat te doen, denk dan nóg maar eens. En waar kwamen al die centen vandaan, jongen? Heb ik iets geërfd van mijn ouweheer? Om de donder niet! Ik heb me de benen onder mijn kont uit gewerkt voor dit huis en de andere spulletjes die ik heb. Ik heb risico's genomen. Ik ben zo ver buiten de gebaande paden gegaan, dat er helemaal geen paden meer wáren. En vervolgens nóg een paar stappen verder. Ik heb mijn creatieve brein gebruikt, en nóg eens en nóg eens. En ik was snuggerder dan die jongens in pakken met hun graad van Harvard en hun kolereadvocaten.'

Vic stond op. Hij trok zijn kleren uit, die hij op een stapeltje naast zijn stoel legde, en dook in zijn blote reet het allemachtig blauwe water van zijn eigen verdomde zwembad in. Het duurste water ter wereld, helemaal vanaf de bronnen in Miami hierheen gepompt. Hij zwom een paar baantjes, heen en weer, en nog een paar – om de kerosinestank van zijn turboprops van zich af te spoelen. En het zweet en het wondvocht en het bloed van de avond tevoren. En klom toen uit het water. Hij ging op een handdoek staan, schudde het water van zijn armen en gaf zijn penis een wippertje om eenieder te amuseren. Maar er was niemand die keek. Marty had zijn blik op de oceaan gericht, Anne tuurde naar haar krant en Jewel, het dienstmeisje, schermde haar ogen af met de mantel van badstof die ze voor hem in gereedheid hield.

Vic trok hem aan, maar bond de ceintuur niet dicht. Zo liep hij naar zijn stoel, alles los en bungelend, en legde zich daar neer en stelde zich bloot aan de elementen om de bruiningslijnen op zijn bleke huid wat ochtendzon te gunnen.

'Bedek jezelf, Vic.' Op de toon waarmee zijn moeder altijd commando's had gegeven. De toon van een schooljuffrouw. 'Niemand wenst je lul te zien.'

'Hé, we zijn hier familie onder elkaar,' zei Vic. 'Jij en ik zijn vroeger samen in bad gegaan.'

'Bedek je,' herhaalde ze. Weer hoorde hij de echo van zijn moeders stem. Kwaad, nog net met zelfbeheersing, *maar pas op, of je krijgt een mep, jongen!*

Hij sloot de mantel en bond de ceintuur dicht.

Anne vouwde haar krant op, legde hem op de grond naast zich neer en draaide haar dekstoel in een lagere stand om meer ochtendzonlicht op haar gezicht te krijgen. Zijn kleine zus. Wat over was van het gezin was nu weer bij elkaar. Vic voelde een golf van tevredenheid dat hij dit voor elkaar had gekregen. Ook weer iets wat zijn moeder dolgraag gezien zou hebben. Wat er nog over was van de Joy-clan nu bijeen in het paradijs.

'Wil iemand een mop horen?' vroeg Vic.

Marty keek hem aan, maar zei niets.

'Ooit die van de twee piraten gehoord?'

Anne hield haar ogen gesloten, maar hij kon zien dat ze luisterde.

'Hé, maat, zegt de ene piraat tegen de andere, hoe kom jij aan die houten poot? Zegt die andere, mijn been is afgebeten door een verdomde haai. Zegt de ene geïmponeerd, nou, jij bent een harde zeg. En hoe kom je aan die ijzeren haak? Zegt de andere, die hand ben ik kwijtgeraakt in een zwaardgevecht. Die klootzak hakte hem zo maar af. Jezus, shit, dat moet verdomd veel pijn hebben gedaan, zegt de eerste piraat. En hoe ben je aan die lap voor je oog gekomen? Dat zit zo, zegt nummer twee, ik had wacht in het kraaiennest en ik keek net naar boven toen zo'n verdomde zeemeeuw recht in mijn oog scheet. De eerste piraat keek hem niet-begrijpend aan. Toen vroeg hij, hoe kan het kwakje van een meeuw je nou verdomme *blind* maken, man? Nou, zegt die andere piraat, het was de eerste dag dat ik mijn haak had.'

Vic begon te lachen en ging daar een halve minuut mee door. Daarna veegde hij de tranen uit zijn ogen.

Marty schraapte zijn keel, haalde demonstratief adem en vroeg: 'Gaat het wel, Vic?'

'Gáát het wel? Wat lul je nou, man?'

'Ik bedoel, deze mop, oké, best grappig. Maar ik zit me hier toch af te vragen: wie *is* deze vent nou eigenlijk. Deze grote moppentapper of die man op dat schip, de shit die je daar hebt uitgehaald. Voor wie van de twee wérk ik nou?'

Vic draaide ongehaast zijn hoofd en keek Marty aan.

'Wil je weten wie ik ben?' vroeg Vic.

Marty haalde zijn schouders op, alsof hij het niet meer zo zeker wist nu hij het bijtende zuur in Vics stem had horen borrelen.

'Ik bedoel dat mes-tussen-de-tanden gedoe en dat filmgelul. Ik wil alleen graag weten of ik daarmee vaste grond onder mijn voeten heb, als ik met huid en haar aan je verbonden blijf.'

'Je bedoelt: of ik gék ben?'

'Dat woord heb ik nooit gebruikt.'

Vic richtte zijn blik op Anne. Ze zoog nog steeds de weldoende stralen van de zon in zich op en had haar ogen dicht alsof ze sliep. Maar Vic zag dat ze lag te luisteren.

'Jazéker, verdomme, ben ik gek! En noem me maar eens iemand die een flikker waard is die *niet* gek is. Kom op, Marty, noem me een persoon uit de hele verdomde wereldgeschiedenis die iets belangrijks heeft gedaan en die *niet* op de een of andere manier tevens stapelkrankzinnig was. Het behoort tot het wezen van het genie om gek te zijn. Napoleon, Julius Caesar, Marco Polo, zelfs jezus christus nog aan toe Colúmbus! Dacht je dat iemand van die lui bij zijn verstand was? Zo maar richting het oneindige varen, zonder een behoorlijke kaart te hebben? Is dat verstandig gedrag? Maar waar zou de wereld nu zijn, zonder die lui, die getikte snuiters die risico's durfden te nemen en dingen lieten *gebeuren*?'

'Marco Polo?'

'Hé, Marty, luister eens. Als je wilt werken voor een normale baas, die niet getikt is, ga dan levensverzekeringen verkopen. Of hamburgers staan omdraaien.'

Marty knikte alsof hij probeerde de juistheid van Vics argumenten te aanvaarden, hoewel het hem nog niet helemaal lukte.

'Oké,' zei Marty. 'Maar neem nou bijvoorbeeld de filmkwestie.'

'Is het maken van een film iets krankzinnigs, Marty?'

'Ik denk alleen,' zei Marty, 'dat niemand naar die shit zal willen kijken.'

Vic veegde over zijn lippen en boog zijn hoofd Marty's kant op.

'Had je gedacht!' zei Vic. 'Piratenfilms hebben een lange en roemrijke historie.'

'Best, Vic. Maar vertel me dan eens, welk verhaal ga je vertellen?'

'Hoe bedoel je? *Mijn* verhaal natuurlijk.'

'Ik bedoel, met wie moet het publiek zich gaan identificeren?'

'Identificeren? Wat lul je nou?'

'Ik mag dan een achterlijke pummel zijn, Vic,' zei Marty, 'maar volgens mij is dat de reden waarom mensen naar films gaan. Om te juichen als de held de boef op zijn lazer geeft. Dat is waarom ze in de rij gaan staan en hun zuurverdiende centen betalen. Volgens mij.'

'Nou, deze keer kunnen ze zich identificeren met de verdomde piraat zélf,' zei Vic.

'Ja, maar waarom zouden ze? Ik bedoel, jij en ik, wij zouden ons met hem identificeren, want wij zijn zoals we zijn. Opgefokt. Maar een gewone Joe of Jim van de straat? Waarom zou het lot van een piraat hem een reet kunnen schelen? Denk eens na, Vic. Een vent sluipt stiekem aan boord van het schip van een ander en snijdt daar iedereen de keel af en schiet oude dames door het hoofd en kidnapt kleine meisjes. Waarom zou iemand iets geven om zo'n gore maniak?'

'Hé, pas op je woorden.'

Anne duwde zich op haar ellebogen omhoog, keek hun kant op en vroeg Marty waar hij het verdomme over hád.

Hij schudde zijn hoofd en nam weer een zuinig slokje van zijn sap. Vic stak zijn hand uit, griste Marty's glas uit zijn hand, gooide het in het zwembad en keek hoe het zonk.

'Dat zie je verkeerd, Marty. De mensen zijn dol op piraten. Is altijd zo geweest, zal altijd zo zijn.'

Marty keek naar het zwembad. Naar de kleine rimpels boven het gezonken glas.

'Ik wil alleen maar zeggen, Vic, dat volgens mij geen hond naar die shit gaat kijken.'

'Heb jij een klein meisje gekidnapt, Vic?'

'Maak je daar maar geen zorgen over,' zei hij. 'Ik heb je uitgenodigd om mee te gaan, maar jij wilde dat niet. Dat maakt het officieel iets dat jouw zaak niet is.'

'Dit gaat over Thorn, hè?'

'Zeg, heb je niet verstaan wat ik zei? Dit is jouw verdomde zaak niet. Marty blaast alleen maar wat stoom af. Is het niet zo, knul?'

'Ik en Anne en de anderen, wij hebben vrachtschepen gekaapt,' zei Marty. 'We pikten miljoenen tv's en van die mountainbikes en allerlei andere troep in, en we hebben nooit een schot gelost. Al die tijd niet.'

'Wat voor meisje, Marty?' vroeg ze. Ze keek langs Vic heen naar de grote man.

Marty schudde zijn hoofd. Hij wilde zich niet in deze broer-zus-relatie mengen.

'Oké, oké,' zei Vic. 'Als je het zo graag wilt weten, het was Sugarmans dochter. Jij kent die Sugarman. Thorns kloterige vriendje.'

'Ik ken dat meisje,' zei Anne. 'Ik heb haar een keer een lunch geserveerd. Klein blond meisje.'

'Lunch geserveerd. Tjonge, dan ben je zowat familie van haar.'

'Waar is ze? Wat heb je met haar gedaan?'

'Wat kan jou dat schelen?'

Darien, de zwembadjongen, dook uit de schaduwen op en sloop met zijn lange schepnet naar de rand van het water. Hij begon naar het gezonken jusglas te vissen. Toen hij het had draaide hij zich om, raapte in het langslopen de gele honkbalpet op en nam de spullen mee. De beste bedienden die je voor geld maar kon krijgen. Neem altijd illegalen in dienst, was Vics devies. Zo lang er uitzetting boven hun hoofd hing bleven ze scherp.

'Wat heb je met Sugarmans kleine meisje gedaan, Vic?'

'Ze is gezond en wel op een veilige plek. Meer hoef je niet te weten en meer zal ik je niet zeggen.'

Vic keek naar zijn zuster, die opstond. Ze pakte de boodschappentas en kwam bij het voeteneind van Vics dekstoel staan.

'Vergeet die FROM-code maar, Vic. Ik vertrek.'

'Hoezo? Wat heb ik gedaan?'

'Het meisje.'

'Verdomd,' zei Marty. 'Dat meisje is niet eens het ergste.'

'Kom, kom, shit, kalmeer, Anne Bonny. Het meisje mankeert niks. Waar of niet, Marty?'

'De laatste keer dat we haar zagen.'

'Ze heeft bakken voedsel, een goed onderdak, een plee. Ik heb haar zelfs de verrekijker laten houden die ze voor haar kolereverjaardag had gekregen. De kleine smeekte erom. Nietwaar, Marty?'

'En haar laptop,' zei hij.

'Ja. Het meisje zou zich kunnen gaan vervelen. Dan kan ze nu wat videospelletjes doen. Goddomme, ik ben zo zacht als boter geweest tegenover dat meisje. Ik mag dan een piraat zijn, maar ik heb een hart van goud.'

Anne keek Vic woedend aan. Toen verplaatste ze haar blik naar Marty.

'Is dat waar, Marty?'

'Ja,' bevestigde hij. 'Computer, verrekijker, voedsel. Ze moet een dag of twee oké zijn.'

'Zie je wel?' zei Vic. 'Je maakt je zorgen om niets, Anne. Met dat meisje komt alles best in orde. We hebben geen haartje op haar mooie koppie gekrenkt. Wat had je dan gedacht? Dat ik een mónster ben of zo?'

Zestien

'Je kunt het me niet vertellen, Thorn? Waarom kun je het me niet vertellen?'

Thorn zat op een kruk aan de ontbijttafel en blies over zijn koffie. Alexandra was aan haar vierde beker bezig. Ze was al gespannen, maar wond zich steeds meer op.

'Ik wil niet tegen je liegen, Alex.'

'Ik vraag je niet om te liegen. Ik vraag je alleen waar je verdomme de hele nacht bent geweest en hoe je aan die schrammen en builen komt. Dat lijkt me een redelijk verzoek aan iemand met wie ik samenleef.'

Thorn stapte van zijn kruk af en liep naar haar toe, maar Alexandra draaide zich van hem af. Ze had Lawton naar buiten gestuurd en hem gezegd dat hij op het grasveld op haar moest wachten. Zelfs de oude man had de metalen bijklank in haar stem gehoord en zette deze ene keer geen vraagtekens bij haar instructies. Ze had een wijde zwarte short aan en een boerenbloesje met een bloemetjesrand. Haar haren had ze tot een paardenstaart gebonden en alle make-up was van haar gezicht geboend. Alex dronk de rest van haar koffie op en liep met een boogje om Thorn heen naar het aanrecht om de beker weg te zetten.

'Ik ben je een verklaring schuldig,' zei hij. 'Ik begrijp best dat je kwaad bent.'

'Oké, waar was je dan?'

'Ik kan er op dit moment niet over praten, Alex. Het spijt me. Ik zou willen van wel, maar het kan niet.'

Hij zag kleine spiertjes in haar gezicht bewegen. In haar ogen las hij dat hij nu gevaarlijk dicht bij het randje kwam om toegevoegd te worden aan de bonte collectie klootzakken die haar in het verleden hadden verlaten of ernstig teleurgesteld, teringlijders die hadden geprobeerd haar spirit te knakken, zelfs een die had geprobeerd haar van het leven te beroven. Dan zou hij gewoon de zoveelste in een lange rij fouten worden.

'Ik werk mee aan de kwestie Janey,' zei hij snel. 'Ik ben gerekruteerd om te helpen. Maar ik kan er niet over praten.'

'Gerekruteerd?'

Thorn stak zijn hand uit en pakte de hare vast in een poging om de hitte van haar woede een beetje te verminderen, maar na een paar tellen rukte ze haar hand los.

'Dat is alles wat ik nu kan vertellen. Geen details.'

'Topgeheim, hè? Agent Thorn ten strijde geroepen om de Aarde te redden.'

'Ik weet het,' zei hij. 'Het klinkt absurd.'

'Thorn, ik dacht dat we iets moois aan het opbouwen waren. Ik had de laatste tijd een goed gevoel over ons beiden en over hoe pa zich houdt. Maar nu dit. Je bent de hele nacht weg. Ik weet niet wat ik moet doen. De sheriff bellen? Gaan rondrijden om je te zoeken? Ik lig me zorgen te maken. Pa is in de woonkamer en mompelt dingen voor zich uit. Hij heeft de spanning natuurlijk ook opgepikt. Hij heeft zelfs zijn verdomde hondje geschopt, Thorn.'

'Wat?'

'Vanmorgen. Zonder reden. Haalde uit en trapte het arme ding naar de andere kant van de kamer.'

'Het is niet fair om mij daarvan de schuld te geven.'

'Oké,' zei ze. 'Maar het is belangrijk dat jij beseft dat de dingen die jij doet effect hebben. Je blijft de hele nacht van huis en legt niet uit waar je hebt uitgehangen. Dan kunnen we toch niet vrolijk verder gaan alsof er niets is gebeurd?'

'Een paar dagen,' zei hij. 'Hoogstens twee of drie. Dan is het voorbij en kan ik je de hele zaak uitleggen.'

'Gaat dit over Anne Joy?'

'Wat?'

'Ja, dus. Het gaat over Anne Joy.'

'Hoe kom je verdomme dáár nou bij?'

'Je liegt als een schooljongen, Thorn. Je krijgt een schichtige, achterbakse blik in je ogen. Je bent er verdomd slecht in. Dát is tenminste een puntje in je voordeel.'

Hij haalde diep adem, liep naar zijn kruk en ging zitten. Toen stond hij op, ging naar haar toe en pakte haar hand in de zijne. Deze keer stond ze het toe.

'Ik hou van je.'

'En dat moet me de mond snoeren?'

'Maar het is waar.'

'Weet je wat jij moet doen, Thorn? Je moet een blocnote pakken en wat pennen, en dan moet je een lijst maken. Dat kan heel verhelderend zijn. Een lijst van alle vrouwen tegen wie je dat hebt gezegd.'

Thorn keek naar de vloer. Ze had natuurlijk gelijk. Hij had die woorden een paar keer te vaak in vergelijkbare situaties uitgesproken. Maar toch. Hij keek haar aan.

'Dit is anders, Alex. Jij en ik, en Lawton. Dit is speciaal. Het is wat ik altijd heb gezocht. Ik wil dit niet verliezen. Ik zal doen wat ik kan om je te behouden.'

'Behalve de waarheid vertellen.'

Alexandra zocht zijn gezicht af en boog haar hoofd een eindje naar achteren alsof ze dan beter kon zien. Wat ze ook gezocht mocht hebben, ze had er niet genoeg van gevonden, want de bezorgdheid in haar blik werd vaag en afstandelijk, en toen ze haar hoofd wegdraaide zuchtte ze diep, op een demonstratieve manier.

Toen liep ze naar het aanrecht en waste haar koffiebeker af. Daarna de zijne. Ze zette de twee in het afdruiprek.

Met haar rug naar hem toe vroeg ze: 'Zei je gerekruteerd? Is dat niet wat Webster al eens heeft geprobeerd? Die keer toen je Anne Joy's naam wegliet, nadat hij op bezoek was geweest? Hij heeft toen geprobeerd je te rekruteren. Heeft hij het opnieuw geprobeerd?'

'Godverdomme.' Thorn draaide zich om en liep de veranda op. Hij trok de schuifdeur met een nadrukkelijke klap achter zich dicht. Lawton gaf de hond een lesje in apporteren. De hond rende achter een stok aan, begon hem terug te brengen, maar bleef toen op een paar passen van Lawton met de stok in zijn bek zitten wachten. De kleine Lawton was voorzichtig. Alles was anders dan de dag tevoren. Zo snel kon het verdwijnen. Een streep overschreden, een woord gezegd of verzwegen. Zo snel, en de puppy werd achterdochtig, en wat er later ook mocht geschieden, ergens in zijn hartje zou hij nu steeds een klein beetje achterdochtig *blijven.*

Alexandra bleef nog vijf minuten binnen en toen ze naar buiten kwam hing haar zwarte weekendtas aan haar schouder.

'Doe het niet,' zei hij.

'Ik moet thuis gaan kijken,' zei ze. 'De post stapelt zich op. Ingesproken berichten. Onkruid dat de tuin heeft overwoekerd. Je kunt niet zo maar weglopen van je oude woning.'

'Wie liegt er nu, Alex?'

'Als je wilt praten, je hebt mijn nummer.'

'Misschien heb ik te lang alleen gewoond. Ik weet niet hoe het moet. Dat compromisgedoe.'

'Misschien is dat wel zo.'

Hij deed geen poging haar tegen te houden. Hij zag haar door de tuin lopen, haar vader meenemen en de labrador optillen. Lawton keek naar hem om toen ze naar de auto liepen en schudde zijn hoofd. Met spijt in zijn stem riep hij naar Thorn: 'We gaan naar Ohio! Om daar nu eens en voor altijd die verdomde tijdcapsule op te graven. Tot ziens, jongen. En vergeet vooral niet de beroemde woorden van Seung Sahn: *als je niet in de leeuwenkuil stapt zul je de leeuw nooit vangen.*'

Alex pakte hem bij de schouder en duwde hem in de richting van de auto. De puppy blafte en probeerde zich uit haar greep te bevrijden, maar ze paaide hem door hem onder zijn keel te krabben. Geen blik achterom, geen aarzeling. Ze stapte in haar Honda, trok het portier dicht, startte de motor, reed achteruit haar parkeerplaats af en toen over de oprit naar buiten. Geen signaal dat ze voorgoed vertrok. Geen signaal dat ze ooit zou terugkomen.

Thorn liet zich op de bank van de picknicktafel zakken en keek naar de vogels, die vanaf hun slaapplaatsen, kilometers verderop, achter de mangrovebossen die de Blackwater Sound omzoomden, dwars over het eiland heen naar hun visgronden in de Atlantische Oceaan vlogen.

De bonkende pijn in zijn ribben was minder geworden. Eigenlijk was het maar een kneuzing. Hij zou er nog een week pijn van hebben, vooral bij het niezen, maar hij had niets gebroken. Dat kon hij van zijn band met Alexandra Collins niet zeggen. Als er een manier was geweest om haar de waarheid te vertellen zonder uit te leggen wat hij nu eigenlijk precies had beloofd, zou hij het hebben gedaan. Maar meteen toen Alexandra Anne Joy's naam noemde had hij beseft dat een poging om haar het verschil uit te leggen tussen een zogenaamde versierpoging en een echte waarschijnlijk nog verwoestender zou zijn dan helemáál niets zeggen. Inmiddels was hij daar niet meer zo zeker van. Hij had het tenminste kunnen probéren. Woorden zoeken die haar nét voldoende duidelijk zouden hebben gemaakt. Maar Alex was in een zo hoge staat van paraatheid geweest wat Anne Joy betrof, zeg maar alarmfase rood, dat hij de voorkeur had gegeven aan zwijgen.

In de loop van de jaren had Thorn zoveel vrienden en minnaressen en familieleden verloren, dat hij had gevreesd dat zijn innerlijk immuun was geworden voor dat soort verlies. Maar deze keer, nu Alexandra was vertrokken, moest hij met een soort bittere opluchting ontdekken dat zelfs *hij* op dit punt nog ondraaglijke pijn kon voelen.

En dan was er nog Sugarman. Eveneens pijn. Anders, maar even diep, even definitief. Terwijl Thorn uitkeek over de woelige baai, met zijn meeuwen en zijn grote en kleine reigers, die de luchtstromingen volgden met een gemak waarvan een mens alleen maar kon dromen, wilde hij graag geloven dat zijn vriendschap met Sugarman wel ergere stormen dan deze had doorstaan, maar hoe hij ook zijn best deed, hij kon zich van hun vier decennia samen niets herinneren dat ook maar léék op Janey's ontvoering en Thorns verwijtbare connectie met die ramp.

Webster had een teer punt geraakt.

Als Thorn die dag gewoon naar Websters hele verhaal had geluisterd, zou dit alles misschien totaal anders zijn gelopen. Een door hem onthuld detail had dan de sleutel kunnen zijn om Salbone meteen aan te pakken. Daardoor zou de ontvoering van Janey voorkomen zijn. Of misschien niet. Misschien was het allemaal een opzetje van Webster, een truc om hem te rekruteren – door hem schuldgevoelens aan te praten. Het was onmogelijk te beoordelen hoe medeplichtig Thorn in waarheid was. Maar Sugarman woog zulke mogelijkheden niet tegen elkaar af. Hij had alleen maar hoeven te horen dat deze vrouw, die een van Thorns recente bedgenoten was geweest, tevens verbonden was met de lieden die zijn dochter hadden gekaapt. Zo behoorde je onmiddellijk bij de schuldige partij.

Terwijl Thorn het eerste toeristenschip zag wegvaren naar de verder weg gelegen visgronden herinnerde hij zich opeens het verhaal dat Anne Bonny Joy hem lang geleden had verteld – over dat gammele staketsel van een schoener, op ware grootte en opzichtig versierd met veelkleurige kerstboomlichtjes. En dat Anne en Vic als kind waren ondergedompeld in piratenverhalen, tot hun jeugd door geweerschoten abrupt was beëindigd. Al op zijn zeventiende was Vic

Joy een berouwloze moordenaar geweest. En zijn zus een gewillige medeplichtige. Het paste allemaal in elkaar. Het was een onstuitbare opeenvolging van rimpelingen, waarvan de buitenste nu tot Thorns voeten was genaderd.

Even later stond hij op van de picknicktafel en liep naar zijn slaapkamer. Hij zocht in zijn kast naar een schoon blauw hemd en een schone korte broek. Die legde hij klaar op zijn bed. Toen zette hij de douche in de heetste stand, kleedde zich uit en gooide het vuile goed in de wasmand. Hij stapte onder de hete straal, richtte deze recht op zijn gezicht en probeerde zo veel mogelijk viezigheid en uitputting van zich af te spoelen.

Met een stukje zeep dat Alex had achtergelaten wreef hij zijn huid in tot deze tintelde. Toen draaide hij de kraan dicht, stapte uit de douche en droogde zich voor de spiegel af. Hij schoor zich zorgvuldig met een nieuw mesje in zijn oude Schick en wreef daarna met zijn hand de paar naar buiten stekende haartjes op zijn wangen en zijn nek glad die hij bij het scheren had gemist. In zijn medicijnkastje vond hij na wat zoeken een nog ongeopend zwart, slank flesje eau de cologne. Cadeautje van een dame van wie hij zich de naam niet meer herinnerde. Hij sprenkelde iets op zijn handpalmen en wreef toen zijn wangen in tot ze roken naar een bloeiende gardeniastruik die was afgeblust met citroenlimonade.

Daarna keerde hij terug naar de douche en schrobde de bak zo goed mogelijk schoon. Toen hij klaar was legde hij het laatste flintertje van Alexandra's geparfumeerde zeep op de rand van het wasbakrekje, vlak naast de plek waar nog maar een uur geleden haar tandenborstel had gestaan. Door het aroma van die zeep leek het alsof ze een heel klein beetje aanwezig was. Veel was het niet, maar voorlopig moest hij het ermee stellen.

Zeventien

'Papa, papa!'

Sugarman was klaar met het laden van de 9mm Glock en legde hem naast het Remington-geweer op zijn bed. Hij had de stem met tussenpozen al twintig minuten gehoord, een zwakke, spookachtige stem, die uit de zwarte kolkende mist in zijn borst afkomstig leek. De eerste keer dat hij hem hoorde was hij strompelend van geagiteerdheid door het hele huis gerend en had hij in alle kasten en onder alle meubels gekeken, en zelfs de koelkast geopend. Het was een illusie geweest. Haar stem was lichaamloos gebleven en weggezweefd vanuit de dampende zwarte put van hoop en wanhoop die in zijn binnenste ziedde.

Nu zat hij gevangen in een blinde, methodische woede. Hij negeerde de fantoomstem die Janey zo goed imiteerde en was vastbesloten zich niet te laten afleiden van zijn taak. De bedrieger deed verdomd zijn best, heel slim en doortrapt, maar hij liet zich niet nóg eens voor de gek houden. Bij god, hij zou zich niet laten meevoeren in een halfzachte fantasie over hoe hij heroïsch vanuit de wolken naar beneden zou dalen om zijn meisje op te pikken en met haar naar de hemel op te stijgen, met haar vrolijke lach en koele adem borrelend onder zijn keel. Hij zou hard blijven. Onwrikbaar en alert. Er was werk te doen. Een plan uit te voeren. Geen tijd voor dagdromen.

Een tijdje geleden had hij gehoord dat Vic Joy op zijn landgoed een huis van baksteen had laten zetten. Hoewel Sugarman niet wist op welk adres Vic woonde, wist hij vrijwel zeker dat hij de plek vanaf zee zou herkennen. Het was waarschijnlijk het enige landgoed op de Keys met een bakstenen gebouw erop. Als hij het niet meteen kon vinden zou hij naar een van Vics jachthavens gaan en daar een pompbediende uithoren.

Wanneer Sugarman klaar was met zijn voorbereidingen zou hij zijn Boston Whaler nemen, ervoor zorgen dat de vishengels goed te zien waren in hun houders, en naar Islamorada varen, dertig kilometer zuidelijker. Om te beginnen zou hij daar langzaam rondvaren om te zoeken naar veilige plekjes en schuilplaatsen – bomen, struikgewas, gebouwtjes dicht bij de kust. Na het invallen van de duisternis zou hij dan voor anker gaan, naar land waden en het wapenarsenaal meenemen dat hij nu op de blauwe deken had verzameld.

Zijn duikersmes kon hij nog aan zijn enkel vastbinden. Ook moest hij de twee andere handwapens nog pakken, de Beretta en de Smith, die op de bovenste plank van zijn kast lagen. En extra munitie in de zakken van zijn spijkerbroek stoppen, plus een extra magazijn voor de 9mm. Dan zou hij een pistool in elke zak van zijn windjack steken. Hij had al een rol touw in stukken van ongeveer een meter geknipt – een geschikte lengte om er eventuele lijfwachten van Vic mee te boeien. Hij had al een lichtgewicht teaser om vissen te verdoven uit zijn viskist gehaald. Die zou hij in zijn rechterhand dragen, en de 9mm in zijn linker. Hij moest alleen nog een soort riem voor zijn geweer maken, dan kon hij het op zijn rug meedragen.

Papa, papa?

De stem klonk moe en hees en leek een echo vanaf de overkant van een holle grot in zijn ingewanden, een leegte daar, die met elk van zijn ademtochten weer een graadje groter en holler leek te worden. Maar hij zou niet wéér aan een belachelijke zoektocht door het hele huis beginnen! Aan die bespottelijke impuls toegeven! Hij zou niet toestaan dat hij naar dromenland werd meegesleurd. Daar zou Janey niets mee opschieten. En hij wilde zich ook niet door Jimmy Lee Webster opzij laten zetten. Wat kon het hem schelen dat hij geen hulp kreeg van de autoriteiten? En deze keer zelfs niet van Thorn? Hij kon het wel alleen af. Dit was zijn dochter, verdomme! Geen hulp nodig!

De afgelopen nacht had hij tijdens de eerste kilometers van zijn tocht vanaf de Holiday Inn lopen vloeken en tieren op Thorn, maar hij had het laaiende vuur van zijn woede niet brandend kunnen houden. Nu hij er een paar uur langer over had nagedacht wist Sugar geen donkerder emotie meer te produceren dan een diepe bedroefdheid.

Hij haalde het doosje met .38-patronen uit de la met het ondergoed en leegde het rinkelend tot een zwaar hoopje op de deken.

Thorn was gewoon Thorn geweest. Hij kon er niets aan doen. De man was nu eenmaal het product van een gewelddadig en ongelukkig verleden en van de aangewakkerde rebelse houding die het gevolg was van een zo afgezonderd leven. Sugarman was eigenlijk niet kwaad op Thorn, alleen vreselijk, onherroepelijk teleurgesteld. Op een gegeven moment had hij besloten maar helemaal met hem te breken. En misschien de hele vriendschap nog eens vanuit het nieuwe perspectief te bekijken, als het ware met terugwerkende kracht. Hoewel Sugarman tamelijk zeker wist dat Thorns aandeel in deze catastrofe in feite iets onschuldigs was geweest, alleen maar een onbedoeld gevolg van zijn stijfkoppige aard, was de kern van de zaak toch simpel. Stijfkoppig of niet, Thorn had weten te bereiken dat Janey nu in gevaar verkeerde. Dus laat hem doodvallen, doodvallen, doodvallen!

Toen Sugarman al zijn wapentuig in zijn Nike-weekendtas had gestopt sleepte hij deze naar de voordeur, zette hem daar klaar en ging naar de keuken om iets te eten. Hij had nog een hele middag zonlicht te doden voor hij zijn aanval op Vic Joy's landgoed kon inzetten. Hij moest zijn geest bezighouden, zijn focus scherp. Hij wist dat hij een dutje heel goed zou kunnen gebruiken – een uur of twee, dat zou waarschijnlijk al wonderen doen – maar hij vreesde dat hij niet zou kunnen slapen en trouwens, als hij ging liggen en zijn waakzaamheid liet verslappen zou dat spookstemmetje van Janey hem weer belagen en zijn hoofd vullen met haar angst en verwarring en verdriet, en dan zou hij zijn momentum en zijn vastberadenheid verliezen.

Hij pakte de koeltas van de plank boven de koelkast en deed er een aantal ijsblokjes in, die hij losdrukte uit hun rooster. Hij zette een paar plastic flessen water in het ijs en ritste de koeltas dicht. Op dat moment hoorde hij Janey's stem weer vanuit een troebel gedeelte van zijn geest, maar deze keer klonk de stem anders. Niet de klaaglijke toon die het fantoom eerder had gebruikt, maar woorden die als gewoon gefluister klonken, zij het hees en van ver weg, en daarna weer een ander geluid. Het kostte hem even om dit te identificeren. Zoiets als het opklinken en sputteren van statisch geruis.

Sugarman hief zijn hoofd op en luisterde nog even langer naar wat hij nu herkende als het suizen en kraken van elektronische storingen, en toen sprintte hij vanuit de keuken naar de achterste slaapkamer.

Hij bleef bij het antieke tafeltje staan en liet zich op de stoel vallen. Toen tilde hij het scherm van de laptop op, dat hij twee dagen eerder had dichtgeklapt, nadat hij op dat scherm had gezien hoe een als piraat verklede man zijn dochter had vastgegrepen. Hij betastte met een vinger het toetsenbord. Het donkere scherm werd licht, kwam tot leven. En daar was Janey. Het scherm was korrelig van witte sneeuw, kennelijk een zwaar gestoorde verbinding. Maar zij was het. Zijn dochter. Haar gezicht gespannen, haar blonde haren vuil.

'Janey, mijn god, waar ben je?'

'Waar was *jij*, papa? Ik roep je al de hele morgen.'

'Lieve god,' zei hij. 'Enfin, het is oké. Ik ben er nu. Ben je ongedeerd?'

Hij boog zich dichter naar het scherm en raakte de plastic omlijsting aan.

'Ik geloof dat de batterijen leeg raken, papa. Er is hier geen elektriciteit. Geen stopcontact om ze op te laden. Ik weet niet hoe lang ze het nog doen.'

'Maak je daar geen zorgen over, liefje. Waar ben je? Ik kom je meteen halen. Waar?'

'Hij heeft me in een vliegtuig hierheen gebracht. De man die we onder die vlieger zagen hangen, die dag toen we bij Thorn thuis waren. Weet je nog?'

'Ja, dat weet ik nog,' zei Sugarman. 'Vic Joy.'

'Het regent hier, papa.'

'Alles goed met je, Janey? Ben je gewond? Heeft hij je iets aangedaan?'

'Ik mankeer niets. Ze hebben me niets gedaan.'

Ze draaide haar hoofd en keek naar rechts. Het enige dat hij op de achtergrond zag waren donkere planken. Een soort kajuit of hut of kamer met lambrisering.

'Er is een plee bij, maar die is vies. En er is geen wc-papier. En het water ruikt raar. Ik heb er iets van gedronken, maar toen besefte ik dat het stonk en heb ik het uitgespuwd en daarna niets meer gedronken.'

'Goed gedaan, Janey. Waar ben je nu? Heb je enig idee?'

'Ik hoor geluiden buiten. Vogels die ik nooit heb gehoord. Krijsende geluidjes. Ik ben erg moe, maar ik ben bang om mijn ogen dicht te doen.'

Sugarman wreef zich zenuwachtig in zijn handen. Gedachten tolden door zijn geest en in zijn borst voelde hij het woeste fladderen van een opgesloten roofvogel.

'Hoe lang heb je in het vliegtuig gezeten, Janey?'

'Wat zei je? Ik kon je niet verstaan, papa.'

Het beeld versplinterde tot scherven, bevroor toen, en werd daarna in rukkerige etappes hersteld. Haar stemgeluid liep een halve seconde achter bij het beeld.

Sugarman herhaalde zijn vraag en Janey zei: 'Ik weet het niet. De hele nacht, denk ik.'

'De hele nacht!'

'Ik ben in slaap gevallen,' zei ze. 'Toen ik wakker werd waren we aan het landen. Op het water, papa. Ik dacht dat we neerstortten.'

'Op het water. Oké.'

'Er waren twee mannen. Meneer Joy. De andere was heel groot en had harige armen. En ze vloekten er allebei flink op los.'

'En wat heb je gezien nadat je was geland, Janey? Was het licht?'

'De zon kwam net op. Maar ik had mijn ogen dicht. Ik was bang dat we zouden neerstorten. Ik wist niet dat het vliegtuig op water kon landen. Het bonkte nogal, verder niets.'

'Luister, Janey. We moeten allebei heel kalm blijven. We gaan dit samen oplossen. Oké?'

'Ik ben moe,' zei ze. 'Ik wil gaan slapen, maar ik ben bang.'

'Is de man die je daarheen bracht nog bij je in de buurt, Janey?'

'Hij is vertrokken. Ze deden brandstof in het vliegtuig en vertrokken.'

'Ben je alleen? Is er niemand?'

'Ze hebben de vensters dichtgetimmerd, zodat ik niet naar buiten kan. Maar ik kan wel tamelijk goed kijken. Het is een jungle, geloof ik. Ik kan palmen zien en kruipers en mangroven, geloof ik. Ze hebben me de verrekijker laten houden.'

'Heb je voedsel, water?'

'Broodjes gezond,' zei ze. 'Met kalkoen en kaas en komkommer en sla en mayonaise.'

'Water?'

'Een halve koeltas vol. Er zat ijs in, maar dat is gesmolten. Flesjes cola. En de broodjes. Vijf stuks. Allemaal hetzelfde. Van die hele lange.'

'Is er verder niemand in de buurt? Iemand die je zou kunnen helpen?'

'Nadat het vliegtuig was vertrokken heb ik mijn keel schor geschreeuwd. Er is niemand gekomen.'

Sugar leunde achterover en wreef met zijn hand over zijn mond om de rare pijn uit zijn gezicht weg te vegen.

'Oké,' zei hij. 'Oké, luister, Janey.'

Maar hij had geen idee wat hij moest vragen of zeggen. Het leek alsof zijn borst op het punt stond open te barsten, alsof de opgesloten havik zich een weg naar buiten klauwde.

'Ik heb een ijsvogel gezien, papa. Maar anders dan de vorige die ik heb gezien.'

Sugarman keek naar haar gezicht op het scherm. Vermoeid, maar met een glimlach nu ze aan de vogel terugdacht.

'Heb je je horloge om, Janey?'

Ze had zich van de camera verwijderd en Sugar zag alleen de spookachtige contouren van wat nu haar rug bleek te zijn.

Toen was haar gezicht terug. Ze had de kijker in haar handen.

'Er is een bord, papa.'

'Een bord?'

'Aan een paal bij de grindweg.'

'Mooi, mooi! Wat staat erop?'

'Ik weet het niet. Er hangen een paar palmbladeren voor. Misschien kan ik het lezen als de wind de goede kant op blaast. Ik geloof dat ik een G zie, maar ik weet het niet zeker.'

'Oké, dat is in orde, geen probleem.' Sugars hart bonkte als een razende. 'Luister, Janey, heb je je horloge om?'

'Ja.'

'Loopt het nog?'

'Ik denk van wel.'

'Volgens mijn horloge is het nu kwart voor twaalf. En op dat van jou?'

Hij zag dat ze naar haar pols tuurde.

'Ik hoor buiten iets dat krast, papa. Het loopt vlak onder het venster heen en weer.'

Ze stond op en draaide haar rug weer naar de camera toe. Ze bleef een hele poos weg, maar toen kwam haar gezicht weer close in beeld. 'Nou, ik kon niet zien wat voor dier dat krassende geluid maakte, maar ik zag wel een grote blauwe vlinder vlak voor het venster. Glinsterend als zilverpapier!'

'Iriserend,' zei hij.

'Groot en blauw en glimmend. Met een zwart randje aan de vleugels.'

Sugarman bleef even stil. Zijn gedachten waren een chaos, zijn hart lag overhoop.

'Jouw horloge, Janey. Hoe laat heb je het?'

'Even laat als jij, papa. Kwart voor twaalf. Het is hier erg warm. Het heeft geregend en het is erg heet.'

'Luister, schat. Luister goed. Weet je nog hoe laat het was toen de mannen je donderdagavond in het vliegtuig zetten?'

'Ze hebben dokter Andy neergeschoten. En alle andere mensen aan boord. Zijn cliënten.'

'Ik weet het,' zei hij. 'Dat was vreselijk. Maar we moeten dat van ons af zetten. Nu moeten we eerst aan óns probleem werken, Janey. We moeten ons concentreren, oké? Probeer het je te herinneren. Het was negen uur toen ik via je webcamera die als piraat verklede man naast je zag verschijnen. Hoe lang daarna ben jij in het vliegtuig gezet?'

'Ik weet het niet,' zei ze. 'Ik heb niet op mijn horloge gekeken.'

'Zijn ze eerst met het schip naar land gevaren voordat jullie in het vliegtuig stapten?'

'Ja. Nadat ze de mensen hadden neergeschoten hebben ze me in de kajuit van dokter Andy gezet en de deur gesloten en het schip ergens naartoe gevaren. Ik zat tv te kijken en het duurde een hele tijd. Toen kwamen ze me uit de kajuit halen en hebben me naar het vliegtuig gebracht.'

'Oké,' zei Sugarman. 'Oké.' Hij probeerde scherp te blijven, maar in zijn hoofd liep alles door elkaar en volgde de ene golf van emotie op de andere, van seconde tot seconde.

'Wat heb je gezien? Wat was er op de tv, Janey, toen ze je kwamen halen?'

'Nieuws en zo. Vooral nieuws en het weer. Saaie dingen. Dokter Andy kan op zijn schip maar drie kanalen ontvangen. Is hij dood?'

Ze keek over haar schouders alsof ze iets had gehoord.

'Er is hier veel dierlijk leven, papa. Massa's vogels.'

'En toen je landde kwam de zon net op. Dat klopt?'

'Ja.'

'En al die tijd ertussenin heb je gevlogen. Van waar je in het vliegtuig stapte tot waar je landde zijn er geen tussenstops geweest?'

'Nee, we hebben aan een stuk door gevlogen.'

'Het vliegtuig. Kun je het beschrijven?'

'Het was klein. Alleen de plek waar de piloot zit. Twee stoelen daar. En nog een paar waar ik zat.'

'Hoeveel stoelen achterin, Janey? Waar jij zat.'

'Weinig. Ik weet het niet precies.'

'Liefje,' zei Sugarman, 'heeft je computer een icoontje van een batterij onderaan rechts op je scherm?'

'Ja,' zei ze. 'Het is halfvol, maar ik weet niet hoe lang je daarmee nog toe kunt. Dit is de computer van dokter Andy.'

'Vind je het erg als we de verbinding nu gaan verbreken?'

'Moet je weg, papa?'

'Ik moet hierover nadenken, schat. Een paar dingen bestuderen die kunnen helpen om je te vinden. Dat begrijp je zeker wel? En we willen niet dat je batterij leeg raakt. We willen zo lang mogelijk in staat zijn om met elkaar te praten. Oké? Red je het zo lang wel?'

'Laat de telefoon traceren, papa. Zo doen ze het op de tv altijd. Bel de politie en zij kunnen zeggen waar ik ben.'

'Het zal iets moeilijker zijn.'

'Waarom?'

'Onder andere omdat je een satelliettelefoon gebruikt.'

'Ik wed dat de politie het kan. Ik heb het eens in een programma gezien, dat altijd op donderdagavond is. Daar laten ze allerlei dingen zien.'

'Oké,' zei Sugarman. 'Ik zal iemand bellen. Ik laat het nagaan.'

'Ik heb vensters,' zei ze. 'Vier vensters. Ze hebben er planken voor getimmerd en de deur is ook afgesloten, maar ik kan tussen de kieren door naar buiten kijken. Ik kan vogels gaan zoeken, papa. Dat zal ik doen.'

'Doe dat, Janey. Vogels, en alles wat je verder nog kunt zien. Kijk ook af en toe naar dat bord. Misschien komt er een windvlaag die de goede kant op waait.'

'Ja, doe ik.'

Sugar keek naar de andere kant van de slaapkamer, waar hij via een spiegel zijn achtertuin zag. Twee eekhoorns zaten elkaar achterna op de takken van een mahonieboom. Hij was doodsbang om deze verbinding te verbreken, dit fragiele contact misschien voorgoed kwijt te raken, maar er zat niets anders op. Hij maakte een snelle berekening van de tijd die hij nodig zou hebben om de dingen te doen die hij inmiddels had bedacht.

Sugarman sprak haar naam uit en Janey gaf antwoord. Ze keek hem recht in de ogen. Hij wist het niet zeker, maar hij meende op haar wangen een spoortje van tranen te zien. Hij haalde diep adem, pakte het laptopscherm stevig met beide handen vast en liet het toen weer los. Ter wille van haar moest hij sterk blijven. Haar laten zien hoe je moet optreden in een crisis. Laat het niet glippen, laat het niet glippen!

'Janey, ik wil dat je om zes uur vanavond weer inlogt in dokter Andy's site, oké? Dat geeft me tijd om over alles na te denken en een plan te maken. Ik kom je halen. Alles zal in orde komen.'

'Hoe kun je me halen als je niet weet waar ik ben?'

'Daar komen we achter, Janey. Samen zullen we dat ontdekken. Dat garandeer ik je. Ik moet hier alleen nog even over nadenken, maar het zal niet al te moeilijk zijn, denk ik. Want we zijn aardig snugger, jij en ik, nietwaar?'

'Oké,' zei ze. 'Ik ga vogels zoeken en zo.'

'Is er water, Janey?'

'Dat zei ik al, papa. Flesjes cola.'

'Nee, ik bedoel of je buiten ergens water kunt zien.'

Ze stond op en verliet haar stoel.

Het scherm werd wazig en hij hoorde een paar seconden iets dat leek op geseinde morsetekens. Daarna een kiestoon en een vreemde stem die een paar woorden sprak in een vreemde taal. Een verdwaalde stoorzender die vanuit de overvolle ruimte hun verbinding was binnengedrongen. Hij boog zich dicht naar het scherm en riep haar naam. Hij probeerde het zonder paniek te doen, heel beheerst, hoewel hij zich allesbehalve zo voelde.

Toen haar gezicht terugkeerde liet hij de opgespaarde lucht uit zijn longen ontsnappen.

'Er is water,' zei ze. 'Het lijkt op een meertje. Ik zie het niet goed, er staan bomen voor. Maar ik zie water. En het ruikt hier alsof de zee niet ver weg is.'

'Is dat zo? Kun je het ruiken?'

'De oceaan ruikt op een bepaalde manier, papa. Is je dat nooit opgevallen?'

'Ja,' zei hij. 'Mij wel. Maar ik wist niet dat jij het ook wist.'

Ze draaide haar hoofd een beetje en luisterde naar iets dat via de speakertjes van Sugarmans goedkope laptop klonk als een schril gefluit – alsof een hoge noot op een vals kerkorgel lang werd aangehouden.

'Luister, Janey, we moeten de batterij van je computer sparen. Je logt weer in om zes uur, is dat afgesproken?'

'We lossen dit wel op,' zei ze. 'Wij tweeën. En Thorn. Is hij bij je?'

'Niet op dit moment, schat. Maar we doen het samen. Jij en ik, we komen er wel uit en dan kom ik je halen. Oké?'

'Oké, papa. Om zes uur bel ik je weer.'

'En drink die cola's niet te snel op, Janey, hoor je me?'

'Hoezo?'

'Doe het kalm aan met die cola's. Als je ze allemaal opdrinkt heb je niets meer over.'

'Maar je komt toch meteen?'

'Ik kom zo snel als we dit hebben opgelost. Maar we weten niet hoe lang dat gaat duren, Janey. Dus rustig aan met de cola.'

Hij zag dat haar gezicht betrok, dat haar glimlach verdween.

'Dan zal ik het kalm aan doen,' zei ze.

Hij moest hard werken om adem te krijgen en desondanks klonken zijn volgende woorden nogal gesmoord. 'Ik hou van je, liefje. Wees een sterke meid, oké?'

'Ik hou ook van jou, papa.'

En een seconde later werd zijn scherm donker.

Achttien

'Ik ga daar niet naar binnen, Vic. Dat heb ik je gezegd, verdomme!'

'Toe nou, Annie. Jij bent de enige die het echt op waarde kan schatten. Ik heb het mijn vrienden laten zien, en die glimlachen en zo, maar het maakt niet echt indruk.'

'Nee, Vic.'

Anne en Vic lagen nog bij het zwembad. Vic probeerde haar over te halen voor een rondleiding door het bakstenen huis. Achter het grote landhuis stond een langwerpig houten gebouw dat eruitzag als een garage of een werkplaats. De hele ochtend was daar een aantal langharige mannen in en uit gelopen. Vanuit de verte hadden ze haar blikken toegeworpen. In de werkplaats had ze felle vonkenregens gezien en schrille geluiden als van een slijpsteen gehoord.

Uren achtereen had ze zichzelf in herinnering gebracht dat dit nu eenmaal was wat ze Daniel had beloofd te zullen doen, mochten ze gescheiden raken. Zij zou naar Key Largo teruggaan en op hem wachten. Wachten en wachten, hoe lang het ook zou duren. En toen Vic haar aanbood bij hem te logeren had ze dat intuïtief aangenomen. Uit zwakte. Ze was van binnen zwak en onzeker geworden. Ze wachtte op Daniel. Hoewel ze mannen van dichtbij op hem had zien schieten, zei haar instinct haar dat Daniel nog leefde. Een man die zo sterk was, zo vitaal! Ze had hem zien wegrollen naar de schaduwen. Misschien was hij overboord gesprongen, net als zij. Dat bleef ze maar herhalen tegen zichzelf. Het hield haar geestelijk gezond, het gaf haar de kracht om door te gaan. Dit was haar nieuwe taak – wachten tot haar minnaar weer zou verschijnen.

'Is het niet mooi?' vroeg Vic. 'En geen replica, hoor. Dit is het echte huis, het erfgoed van ons gezin. Steen voor steen, plank voor plank. Meubels, lampen, vensterkozijnen, tapijten, de hele boel. Zelfs de potten en pannen. Die klootzakken van Woodsons hadden het een en ander vernield, maar dat heb ik allemaal laten repareren. Zo goed als nieuw. Is het niet mooi?'

'Het was toen lelijk en het is nóg lelijk.'

'Jezus, waarom moet je zo tegendraads zijn, Annie? Ik heb niets gedaan om die pissigheid van jou te verdienen. Ik heb je een onderkomen gegeven. Een dak boven je hoofd, bedienden. En binnenkort een fijne betaaldag. Een half miljoen pegels. Waarom dan zo kwaad?'

'We waren het eens over één miljoen, Vic.'

'Oké, een miljoen. Foutje.'

'Ja, ja,' zei ze. 'En ik ga dat verdomde huis niet binnen.'

'Waar heb je vannacht geslapen?'

'Boven,' zei ze. 'In het grote huis.'

'Christus, Anne, je had in je oude kamertje kunnen slapen! Dezelfde matras, alles. Het is heus niet zo dat het er spookt of zo. Kom nou, alleen eventjes wat rondkijken, doe me die lol. Zie het als een soort museum. Het Smithsonian van de Joys.'

Een kleine Latino in een wit jasje en een zwarte pantalon kwam over de patio aanlopen met een telefoon in zijn hand. Anne had zeven mannen en vrouwen huishoudelijk personeel geteld, plus twee jonge mannen die pas enkele minuten tevoren waren gekomen en die nu in de tuin op hun knieën onkruid zaten te wieden. Misschien waren het echte tuinlieden in volle dienst, misschien alleen maar gangsters, dat was moeilijk te zeggen. Er stond ook nog een stel van die lui met motoren bij de toegangspoort. Ze rookten sigaretten, dronken bier en sleutelden aan hun motoren. Niet bepaald attente poort wachters. Niet te vergelijken met het peloton haaien dat rond het terrein van Salbone was geposteerd.

Vic nam de telefoon aan, luisterde een poosje, stond toen op en liep naar de rand van het zwembad. Uit een paar van zijn korte vraagjes leidde Anne af dat het een zakelijk gesprek was met een van zijn boekhouders of advocaten. Een man die Ramon heette was bang geworden en probeerde ergens onderuit te komen. Vic blafte hem af, met veel stemverheffing en gebruik van woorden met meer lettergrepen dan zijn gewoonte was. Als hij zich niet vertoonde, zo liet hij Ramon weten, zou hij zijn positie binnen de deal verspelen. Het zou zijn begrafenis worden. Hij wierp een blik opzij om te zien of Anne naar behoren geïmponeerd was door zijn zakelijke bekwaamheid, sprak toen een paar woorden in het Spaans en verbrak de verbinding.

Anne keek nog eens om zich heen. Op dat moment waren er vijf bedienden binnen haar blikveld. Ze wist opeens niet meer zeker of ze vrij was om te komen en te gaan, nu ze hier eenmaal was. Al dat personeel om haar heen. Misschien was ze eigenlijk een gevangene.

Bij de werkplaats stond Marty voor de deuropening naar het geflikker van de lichtflitsen binnen te kijken.

Vic gooide de telefoon naar de bediende, die zes meter verderop stond te wachten. De jongeman miste en de telefoon viel op het gras.

'Jezus, let eens wat beter op, man. Jorge, de kluns. Neem ik net de enige Cubaan ter wereld in dienst die géén geboren honkbalspeler is!'

Toen kwam hij naar Anne gelopen en keek op haar neer met iets dat waarschijnlijk een warme glimlach moest voorstellen.

'Hoor eens, Annie, ik ben heus geen ongevoelige bruut. Ik snap wel waarom je niet meer in ons ouderlijk huis naar binnen wilt. De shit die ons daar de laatste avond is overkomen, al dat gesodemieter toen we nog maar zo jong waren. Je hebt er vast zo'n posttraumatisch hoe-heet-het aan overgehouden. Daar ben ik niet blind voor. Maar ik kan je vertellen, Annie, dat het kopen van dat huis en het hierheen halen ervan voor mij wonderen heeft gedaan. Ik heb misschien wel honderd mille aan psychiaterkosten bespaard. Ik loop af en toe door dat oude huisje en dan is het alsof alles wat me dwarszit gewoon uit me wégvloeit.'

'Ik wist niet dat je tweetalig was, Vic.'

'Ach, als je tegenwoordig zaken wilt doen kun je niet genoeg talen spreken.'

'Luister,' zei ze, 'als je wilt dat ik dat huis binnenga, moet je iets voor me doen.'

Vic glimlachte. Hij bracht zijn handen omhoog en kamde met zijn vingers door zijn lange haren om de grijze slierten te ontwarren.

'Je bent echt dol geraakt op onderhandelen, is het niet? Die typische Joy-behoefte om altijd een deal te sluiten.'

'Ik heb wat cash nodig. Geld om wat mee rond te lopen.'

Vic lachte.

'Man, man, Annie, heb je maandenlang de piraat uitgehangen zonder er iets aan over te houden?'

'Loop naar de hel.'

'Oké, oké. Waar heb je het geld voor nodig? Je hebt hier toch alles bij de hand? Voedsel, personeel?'

'Ik heb kleren nodig, toiletspullen,' zei ze.

'Je hebt toch gewinkeld bij Island Silver and Spice? Een leuke outfit aangeschaft?'

'Ik ken een van de meisjes aan de kassa. Ze heeft me op rekening laten kopen.'

'Tja, ik weet het niet.'

'Val dood, Vic. Vergeet het maar. Val dood.'

Hij lachte weer. Toen bracht hij een vinger naar zijn ooghoek, verwijderde daar een vuiltje en knipte het weg.

'Oké,' zei hij toen. 'Ik zal je een voorschot geven op het geld dat je straks te goed hebt. Hoe vind je dat? Duizend, tweeduizend? Met twee mille kun je een heel eind rondlopen.'

'Oké,' zei Anne. 'Tweeduizend.'

'Kom dan mee een kijkje nemen. Ik heb het helemaal in de oorspronkelijke staat hersteld. Je zult je ogen niet geloven, Annie.'

'Oké, oké.'

Ze stond op en liep een eindje achter hem aan naar het bakstenen huis.

'Je zult het mooi vinden, Annie. De Woodsons hebben het interieur overhoop gehaald alsof ze op zoek zijn geweest naar geld, maar naar verhouding was alles nog tamelijk goed bij het oude toen ik er terugkwam. Persoonlijk snap ik nog steeds niet waarom ze er niet met een sloopkogel tegenaan zijn gegaan. Dat zou ik hebben gedaan, als ik in hun schoenen had gestaan. Weet je, ik overweeg die oude schoener in de voortuin ook weer op te richten. Wil je me daarbij helpen? Ik heb al wat tekeningen gemaakt.'

Ze was op de bovenste trede blijven staan en staarde naar de houten planken van de veranda.

'Ja, dat zijn de bloedvlekken,' zei Vic. 'Ik heb overwogen het hout te vervangen, maar verdomd, dat zou niet correct zijn geweest. Dit zijn ma en pa, wat er van ze over is. Alsof ik ze hier in een urn heb. Bijna hetzelfde, eigenlijk.'

Anne liep om de vlekken heen, deed de deur open en stapte over de drempel.

Vic kwam niet mee naar binnen, maar bleef op de veranda staan, misschien uit respect voor haar privacy. Anne liep langzaam de woonkamer in en keek naar het tweezitsbankje van bruin corduroy waarin ze die avond onderuitgezakt had gelegen en naar hetzelfde versleten blauw-en-rode ovale tapijt in het midden van het kamertje als toen. Het boek waarin Vic had liggen lezen lag open op de plek waar hij het had achtergelaten. De keuken was onveranderd. Een doos Martha White zelfrijzend bakmeel op het aanrecht, klaar om gebruikt te worden. Borden in de spoelbak. En de kakkerlakken die over het aanrecht dribbelden waren waarschijnlijk directe nakomelingen van die in Kentucky.

Ze voelde een golf van déjà vu door zich heen gaan – of eigenlijk een veel sterkere aandoening. Dit huis was meer dan een netjes geconserveerd museum, een replica van haar verleden. Dit huis wás haar verdomde verleden! Dezelfde muffe geuren van mensenzweet en te vet koken en beschimmelde tussenwanden, en dezelfde dode stofdeeltjes die in het licht dwarrelden.

Ze wierp een blik achter zich en zag Vic op de veranda staan. Hij keek naar zijn landhuis aan de oceaankust. Anne had even een visioen van hun voortuin in Harlan en het grimmige landschap eronder en de zurige stank van de mijnen. Ze liep door het smalle gangetje en zag de drie foto's aan de wand. Een korrelige in zwartwit van haar vader en moeder. Ze glimlachten breeduit en stonden tegen de motorkap van die oude Rambler geleund, jonge geliefden, met een palmboom op de achtergrond. De twee andere waren klassenfoto's van toen Vic en Anne op de middelbare school zaten. Anne had lang sluik haar en een verbeten glimlach, speciaal voor de fotograaf, maar zonder een spoortje van echte blijdschap erin. Haar ogen drukten een konijnachtige angst uit, een schichtige neiging om onmiddellijk weg te vluchten.

Ze was toen terug in Harlan, tussen de geesten, gebukt onder de akelige, intimiderende fantasie die haar moeder hun had opgedrongen. En besefte op dat pijnlijke moment dat haar moeder ongetwijfeld gestoord moest zijn geweest. En veel dieper weggezonken en verstrengeld in haar waanzin dan Anne ooit had vermoed. Ze was niet slechts excentriek geweest, zoals Anne lang had geloofd, maar op een gevaarlijke manier stapelgek. Een vrouw die voor zichzelf een droomwereld had verzonnen en die vastberaden was om haar man en haar kinderen in die hypnotische schepping naar binnen te lokken. Anne had het toen onmogelijk kunnen doorzien. Ze had zich alleen een beetje kunnen verzetten op grond van een of ander blind instinct, maar nu zág ze het allemaal, daar in de slaapkamer van haar ouders: de collectie van piratenrotzooi en al die Hollywood-foto's van piratenacteurs aan de muren. Dolken, driekantige hoeden, een rode sjerp die misschien ooit om het middel van Errol Flynn gebonden was geweest.

Anne had er genoeg van. Ze draaide zich om en maakte zich op om het huis te verlaten. Maar de kleine slaapkamer die ze tijdens haar hele jeugd en tienerjaren met haar broer had gedeeld was maar één stap verder weg. Ze kon het niet laten en stapte het kamertje binnen.

Een stapelbed. Vic boven, Anne beneden. Vics draagbare radio op het smalle plankje dat hij daar zelf aan de muur had getimmerd. Haar sjofele groene donsdeken nog steeds op haar slaapbank. Het bureautje waaraan ze haar huiswerk had gemaakt, Vics initialen in de rechterbovenhoek gekerfd. Zelfs een plank aan een muur met daarop een verzameling dicht op elkaar staande glazen potten en potjes. Dat waren de op sterk water bewaarde resten van de tientallen kikkers en slangen en veldmuizen die hij in de naburige bossen had gevangen en gedood. Zwevende kopjes van kuikens, ineengerolde ingewanden van opossums en konijnen, het oor van een geslacht varken.

Ze kon geen samenhangende gedachte opbrengen en staarde sprakeloos naar die gemarineerde schepsels en brokken vlees. In die krappe kamer, die ze meende al eeuwen achter zich te hebben gelaten. Alle frustratie en droefenis en verwarring waaronder ze als kind had geleden welden nu weer in haar op. Dit kamertje, dit huis, de stemmen in de muren. Een plaats waarvan ze jaren had gedacht dat hij door de diepten van de zee was verzwolgen. Totaal onzichtbaar geworden in een duister niets.

'Zie je wat ik heb gedaan? Mijn kleine hobby.'

Vic stond in de deuropening.

'Wat?'

'Die potjes daar. Waar je nu naar kijkt.'

Anne keek weer naar de kikkers en muizen. Ertussen verspreid stonden vier of vijf andere potjes, die iets bevatten wat op ingemaakte eieren leek. Ze dreven in een heldere vloeistof, maar er zat een dun roze vliesje om de witte ovalen heen.

'Elke zomer ga ik een keertje terug naar Kentucky. En dan vang ik een Woodson. Doe ik nu al zes, zeven jaar. Niet meer dan één per keer, overigens. Wil de voorraad niet uitputten. Ik vlieg erheen, neem een weekje de tijd, jaag er een op. Tegenwoordig weten ze dat het eraan komt, dus ze proberen zich voor te bereiden, verstoppen zich, verdedigen zich. Maar ze weten niet *precies* wanneer ik kom en ze kunnen niet elke seconde van elke dag in staat van paraatheid zijn. Het is mijn manier om hommage te bewijzen aan mama. Om de herinnering aan haar in die godvergeten heuvels levend te houden. Zij denken dat het mama's geest is die wraak komt nemen. Heb ik horen vertellen.'

'Woodsons?' Anne probeerde haar blik scherp te stellen op de potjes met de ingemaakte eieren.

'Hun ballen, Annie. Dat zijn Woodson-kloten.'

De ovale vormen in hun gelatineachtige vloeistof staarden Anne aan alsof het blinde ogen waren.

Even later hoorde ze Vic het kamertje verlaten, maar Anne kon zich niet losrukken. Het lichte gevoel in haar hoofd was nu ontaard in een volwaardige duizeling. Ze probeerde adem te krijgen, ze probeerde haar evenwicht te bewaren in deze schemerige kamer met zijn stokoude stof, zijn donkere draaikolk van herinneringen en angsten die ze allang vervlogen had gewaand. En met die blinde witte ogen.

'Heb je een afspraak?' vroeg de motorvent aan Thorn. Zwart T-shirt, gescheurde jeans, zware riem en zwarte laarzen – allemaal standaard, behalve de insignes op hun hemden. Een trompetschelp met stuurhandvatten eraan vast en twee wielen eronder. Misschien was het grappig bedoeld, maar Thorn was niet in de stemming. *Hell's Schelpen.*

De kleine zei: 'Charlie heeft je een vraag gesteld.' De man had lang morsig haar en een haakneus die goed bruikbaar leek om er bierflesjes mee te openen. Zijn rechtervoet zat dik in het gips. Iemand had het zwart gespoten.

'Wat is er met jou gebeurd? Heb je weer met betonblokken gevoetbald?'

'Is deze vent lollig, Charlie? Ik kan er namelijk niet om lachen.'

Thorn speelde een halve seconde met de gedachte om dit tweetal te pakken te nemen. De ene een vuist in zijn gezicht, de andere een trap achteruit naar zijn motor toe. Maar Thorn was hierheen gekomen om te flikflooien, een delicaat spelletje te spelen, en hij moest ervoor zorgen zijn woede in de koelkast te houden. Dus niet denken aan Janey's gezicht. Of aan Alexandra.

'Mijn naam is Thorn. Is hijzelve thuis?'

'Hijzelve?' vroeg de kleine.

'Hij bedoelt Vic. Hij doet geestig.'

'Meneer Joy wil me spreken,' zei Thorn. 'Hij heeft verdomd veel moeite gedaan om me hier te krijgen en ik denk niet dat hij het zal waarderen als jullie beiden dat bederven, heren.'

De grote haalde een zilveren telefoontje uit de zak van zijn spijkerbroek, klapte het open en drukte een toets in. De kleine motorrijder kwam dichter naar Thorn toe geschuifeld, hield zijn hoofd schuin en snoof zijn geur op, alsof hij later zijn spoor wilde kunnen volgen.

De grote stak zijn telefoontje weg en drukte op een knop in de betonnen pilaar. De ijzeren poorten schoven open.

'Tot ziens, lolbroek,' zei de kleine.

'Ik verheug me nu al,' zei Thorn.

Een witte reiger stond als bevroren bij de kustlijn van Joy's landgoed en keek met licht gebogen nek naar het ondiepe water aan zijn voet, klaar om een lunch te spietsen. Hij stond zo roerloos dat hij wel een beeldje voor de sier leek.

Vic deed alsof hij naar de vogel keek. Hij stond opvallend op het zonovergoten grasveld tussen een groot ovaal zwembad en een huis van rode baksteen met dakspanen van asfalt. Thorn had wel lelijker huizen gezien, maar niet veel. Dit gebouwtje van baksteen vormde een schrijnend contrast met het elegante geel-en-witte landhuis dat verderop stond, aan de noordelijke kant van het terrein. Dat grote huis had een glimmend wit dak, fraai gebeeldhouwde balustrades en zuilen, massa's tuindeuren en balkondeuren, witte rieten stoelen op de terrassen, lome ventilatoren, kortom, de originele open, luchtige aanblik van de klassieke Keys, die de reders in de negentiende eeuw via New Orleans en Cape Cod van de Bahama's hadden gepikt. Dit was een kopie van een van de klassieke gebouwen die ergens buiten het centrum op Key West stonden en van een afstand was het prachtig om te zien, al was het schaamteloze namaak.

In zekere zin leek het kleine huisje het meest authentieke van de twee. Het was volkomen misplaatst op een subtropisch eiland, maar het was geen kopie van iets en het was ook niet bedoeld om het oog te behagen. Het was een simpel en primitief bouwsel, bepaald niet mooi, maar tenminste eerlijk.

Vic wendde zijn blik af van het fraaie uitzicht. Hij droeg een zwarte broek en een strak zwart T-shirt, dat de strakke V-vorm van zijn torso mooi deed uitkomen.

'Kijk eens aan, hier hebben we mijn favoriete darmstoring op bezoek. Zo komen we elkaar weer eens tegen, meneer Thorn.'

Vic Joy was een centimeter of vijf langer dan hij en misschien tien kilo lichter. Het was een slanke man met licht golvend, ijzerkleurig haar dat los over zijn rug hing, en met kleine, te actieve oogjes. Deze functioneerden volgens Thorn totaal onafhankelijk van de rest van zijn gezicht. Op dat moment was zijn blik gefixeerd op Thorns gezicht – taxerend, onderzoekend – terwijl zijn mond zich plooide in een verstrooid glimlachje.

'Ik heb je briefje ontvangen,' zei Thorn.

'Welk briefje mag dat geweest zijn?'

'Het briefje dat op mijn deur was geprikt, waarin je suggereerde dat je mijn land wilt ruilen voor items van gelijke waarde.'

'Vertel me dan eens,' zei Vic. 'Ben je hier om problemen te maken of heb je iets aan te bieden in deze transactie? Daar moet je van tevoren duidelijk over zijn, Thorn, vind je ook niet?'

'Je weet waarom ik hier ben. Omdat je een klein meisje hebt gekidnapt.'

Even leken Vics ogen hun greep op het hier en nu te verliezen en weg te draaien naar een lichtloos domein in zijn binnenste, alsof hij daar kracht opzoog uit de beerput van zijn verleden. Toen hij Thorn weer scherp in zijn blikveld had leek een restje van die ijzige duisternis nog zichtbaar in zijn ogen

'Ik mag je niet,' zei Vic. 'Laat je dat op voorhand duidelijk zijn.'

'Ik ben ontroostbaar,' zei hij.

'Ik heb wat studie van je gemaakt, Thorn. Gepraat met mensen die je kennen, die weten waar je vandaan komt, hoe je je tijd besteedt. Dat is mijn manier van zakendoen. Ik kén mijn vijand graag.'

'En?'

'Je bent precies alles wat ik veracht, Thorn. Een achterlijke, luie niksnut. Een man die het harde werk en de aspiraties van anderen uitlacht. Een spotter die in niets anders gelooft dan in de shit die om zijn eigen navel draait.'

'Je hebt je huiswerk goed gedaan.'

Vic porde Thorn met een stijve vinger in zijn arm.

'Denk niet dat ik een doorsnee-zakenman ben,' zei Vic. 'Jawel, ik koop, ik verkoop, ik ontwikkel onroerend goed. Maar de kern van de zaak is voor mij de lol. En dat zal ook bij deze transactie de kern zijn. Jou af te troeven, Thorn, zal voor mij een groot genoegen zijn. En denk maar niet dat je hier kunt binnenlopen om te onderhandelen of te pingelen of om spelletjes te spelen. Want je bent nu in mijn wereld. En als je eenmaal in mijn zwaartekrachtveld bent gestapt, kom je niet meer weg, zoon. Bij Vic Joy is er geen ontsnappen aan.'

Thorn zag Anne Joy uit de voordeur van het bakstenen huis komen. Haar blik ging hun kant op, maar draaide toen verder weg alsof ze onzichtbaar waren. Ze tastte naar de trapleuning van de veranda en leek te wankelen op haar benen.

'Ik ben hier om het meisje terug te krijgen, dat is alles.'

'Ja, ja, het meisje,' zei Vic. 'Dat vind ik nou zo mooi. Een vent als jij, die zich op zijn borst klopt omdat hij zo'n verdomde individualist is. Een rebelse vrije geest, haha. Allemaal gelul. Je bent een cliché, Thorn. Zo voorspelbaar als een Pavlov-hond. Stimulus, respons. Ik hoef alleen maar een kind in gevaar te brengen en jij kwijlt je schoenen onder.'

Annes benen begaven het. Ze zakte zijwaarts tegen de leuning en viel half, gleed half over de twee onderste treden. Ze kwam languit op het gras terecht.

Thorn sprintte naar haar toe en kwam bij haar toen ze probeerde haar hoofd op te heffen.

'Blijf liggen,' zei Thorn. 'Je bent flauwgevallen.'

Haar blik zocht zijn gezicht af, maar scheen niets te vinden dat ze kon herkennen. Haar hazelnootkleurige ogen stonden wazig en haar ademhaling was snel en onregelmatig. Ze draaide haar hoofd en keek om naar het bakstenen huis en er verscheen een kramp van paniek in haar gezicht, alsof het spook waarvoor ze was gevlucht over de trap achter haar aan kwam.

Vic hurkte naast hen neer en legde een hand op haar voorhoofd.

'Het arme kind voelt koortsachtig aan.' Hij knikte naar het huis. 'Een duik in het verleden kan verstikkend zijn.'

'Is dat de plaats waar het is gebeurd?' vroeg Thorn. 'Het huis in Harlan?'

De blik waarmee Vic naar Thorn keek getuigde van pure verbazing. 'Heeft ze jou daarover verteld?'

'En jij hebt dat kolereding hierheen gehaald?'

'Nou en of,' zei Vic. 'Steen voor steen, plank voor plank. Een mens moet elk brokje van zijn historie bewaren, als hij de kans heeft. Dat verdomde huis daar is de basis van alles wat ik tegenwoordig bén.'

'En even lelijk,' zei Thorn.

Hij schoof zijn armen onder Anne en tilde haar omhoog.

'Waar dacht je heen te gaan?'

'Ze heeft koelte nodig,' zei Thorn. 'Ze moet even liggen.'

Vic slenterde achter hem aan en nam Thorns fysieke kenmerken op met de precisie van een kleermaker die de maat neemt van een klant.

'Dit bevalt me niet,' zei Vic. 'Dat mijn zus onze familiegeschiedenis deelt met zo maar een boerenlul die ze in een kroeg heeft opgepikt.'

Thorn droeg haar over de trap naar de veranda, waar een jonge man in een wit jasje en donkere broek een witte deur voor hem openhield.

'Welke kant op voor haar slaapkamer?'

'Naar boven,' zei Vic. 'Eerste deur links.'

Annes ogen waren dicht en de trekken van haar gezicht waren week geworden, alsof ze enkele centimeters onder het oppervlak van een poel helder water dreef.

Thorn voelde de vertrouwde vormen van haar lichaam in zijn armen, haar gespierde, maar zo soepele frame. Er ging opeens een onwelkome tinteling door hem heen. Dit vlees had het zijne ooit tot een onblusbare gloed opgehitst.

Hij was halverwege de trap toen bovenaan om de hoek van de gang opeens Marty Messina verscheen, die daar stokstijf bleef staan.

'Wel godallemachtig,' zei Marty, 'wat zullen we nou hebben?'

Boven aangekomen, hijgend van de inspanning en met hartkloppingen wegens de ongewenste spookherinnering aan die oude wellust, werkte Thorn zich vlak langs de man heen. Messina had net een douche genomen en droeg een strakke witte spijkerbroek onder een open oranje truitje dat veel van het donkere haar op zijn schouders vrijliet. Aan de rand van zijn oksel was met pleisters een stuk verband aangebracht, waaronder een rode bloedvlek te zien was.

'Oranje staat je niet, Marty. Het vloekt met je strontbruine ogen.'

Het lukte Thorn de deurknop om te draaien en de deur met zijn knie open te stoten. Hij droeg Anne over het oosterse tapijt naar het grote bed met vier hoekpalen, legde haar neer en propte een kussen onder haar hoofd. Toen liep hij naar het venster en liet de rolluiken zakken.

'Haal wat koud water voor haar,' zei Thorn tegen Marty. Vic stond achter hem in de deuropening.

'Val dood, kwakzalver.'

'Doe het nou maar, Marty,' zei Vic. 'Wat Perrier met ijs en citroen. En ook een natte handdoek.'

Messina bleef even staan pruilen, maar draaide zich toen om en liep weg.

'Zou dit genoeg zijn?' vroeg Thorn.

'Genoeg voor wat?' vroeg Vic.

'Om Marty zijn telefoon te laten gebruiken. De reden waarom ik hier ben.'

Anne kreunde en drukte haar hoofd dieper in het kussen.

'Wat ik al zei.' Vic stond in de deuropening te grinniken. 'Een idiote Pavlov-hond.'

Negentien

'Het is echt een plaatje,' zei Kirk Graham.

'Weet je wat voor een het is?' vroeg Sugarman. Vlak achter het landgoed van Vic Joy maakte hij een ruime U-bocht, weer in noordelijke richting, maar nu verder uit de kust, om terug te keren naar Key Largo.

'Ik heb er al een poos geen meer gezien, maar ik weet het verrekt goed. Ik heb er zelf ooit een gevlogen, in Saint Croix, waar ik voor de hotels daar sightseeingtochtjes naar onbewoonde eilandjes verzorgde. Blote-voetentoerisme. Duurde een paar maanden, in mijn wilde jonge jaren.'

'Ik zou willen weten hoe ver je er in zeven, misschien acht uur mee kunt vliegen.'

Het stikte op Key Largo van de piloten, maar Kirk Graham was de enige die hij kende die tevens een onvervalste vliegtuigfanaticus was. Hij bouwde zelfs van die modellen die radiografisch bestuurd werden. Hij was gezagvoerder bij United Airlines en vloog weekendretours naar Rio. Op een avond erheen, twee dagen later terug. Dat gaf hem de rest van de week om aan zijn tennis te werken. Sugarman kende hem van de banen waar Kirk de meeste uren van zijn vrije tijd doorbracht door mooie jongedames les te geven en jonge kerels van half zijn leeftijd alle hoeken van de baan te laten zien – zij hadden nog nooit eerder een oude man als Kirk in zo'n blakende vorm meegemaakt.

'Dat was het huis van Vic Joy, niet?'

Sugarman knikte.

'Werk je aan een zaak?'

Hij knikte weer.

'Ik weet het niet,' zei Kirk. 'Als Joy erbij betrokken is kun je beter je levensverzekering verdubbelen.'

'Wat weet je van dat vliegtuig?'

'Als we terug zijn kan ik via het net alle gegevens voor je opvragen, tot in detail. Maar uit mijn hoofd weet ik ook nog wel een paar dingen.'

Sugarman passeerde langs de oostelijke rand van Rodriguez Key en zette koers naar de bakens bij South Creek in de verte, vanwaar hij naar de Largo Sound kon varen.

'Het is een Grumman G-73 Mallard. Kwam na de Goose en de Widgeon. Bij Grumman wilden ze een amfibisch vliegtuig ontwikkelen voor commercieel gebruik door de regionale luchtvaartmaatschappijen die op de eilanden vliegen. Ze hebben plaats voor tien of elf passagiers, afgezien van de twee piloten. Maar ze zijn nooit een succes geworden en je ziet er tegenwoordig nog maar weinig. Chalk's Airlines, in Miami, heeft ze nog steeds, met schroefturbines, maar verder zijn ze zowat verdwenen.'

'Wat weet je van de brandstofcapaciteit, de snelheid? Wat is de actieradius?'

'Bereik en snelheid hangen van veel factoren af, waaronder het aantal inzittenden.'

'Twee volwassenen en een kind,' zei Sugarman.

Graham keek hem aan.

'Een kind?'

'Jong kind, minder dan vijftig kilo. De twee volwassenen zijn groot. Tegen de honderd kilo, denk ik.'

'Is dit iets persoonlijks, Sugarman? Over wat er op dat jacht is gebeurd?'

'Je wilt er niet bij betrokken raken, Kirk. Ik hoef alleen de gegevens te hebben.'

Kirk knikte. Hij begreep de situatie goed genoeg om het hierbij te laten.

'Oké. Nou, ik geloof dat de Mallard een maximale kruissnelheid heeft van ongeveer honderdzestig, honderdzeventig. Dan heb ik het over knopen. Tamelijk gangbaar voor een vliegtuig van die grootte en dat gewicht. De drijvers zorgen voor nogal wat luchtweerstand, anders zou het tegen de tweehonderd kunnen zijn.'

'Dus in zeven uur?'

'Achttienhonderd kilometer, misschien een kleine tweeduizend.'

'Genoeg brandstof aan boord om dat in één ruk te doen?'

'Iemand die zich een Mallard G-73 kan permitteren kan ook wel een paar extra tanks betalen. Maar ook zonder uitgebreide capaciteit haalt het vliegtuig gemakkelijk die kleine tweeduizend kilometer, tenzij het in een orkaan terechtkomt.'

'Tweeduizend kilometer,' zei Sugarman. 'Godallemachtig.'

'Slecht nieuws?'

Sugar stuurde zijn Whaler tussen het eerste paar boeien door de South Creek op. Een groot schip voor duikers kwam in volle vaart naar buiten gevaren. Op de dekken krioelde het van de toeristen en erachter volgde een kielzog dat eerder een tsunami was: anderhalve meter hoge golven van donkergroen water, die in dat smalle, met mangroven omzoomde kanaal nergens naar toe konden. Sugar nam de kortste weg en ploegde dwars door de tsunami heen. Kirk viel bijna om en klampte zich aan de reling vast om niet overboord te slaan.

Toen ze in kalmer water waren keek Sugarman hem van opzij aan. 'Sorry.'

Kirk was doornat, maar zei dat het geen probleem was. Oké.

'Bedankt voor je hulp.'

'Man, Sugar, ik heb je nooit zo opgefokt gezien.'

'Ben ik ook nooit eerder gewéést.'

Sugarman bleef vol gas geven en schoot door de scherpe bochten van het kanaal, waarbij hij hele vluchten kleine en grote reigers opjoeg uit de hogere takken van de mangroven, waar ze vredig hadden zitten doezelen. Een grote blauwe reiger krijste misnoegd, vloog op van zijn tak en wiekte met een paar luie vleugelslagen omhoog naar de heldere hemel. De traagste wiekslag van alle waadvogels.

Sugarman volgde de vogel met zijn blik tot deze een luchtstroming had gevonden en zich toen gratis en voor niks liet meevoeren. Een elegante vogel, maar net als elk levend schepsel leefde hij gewoon van het ene verdomde moment naar het volgende. Kraakbeen en botten, duiken en doden, bijten en vluchten.

'Het komt wel goed met Annie,' zei Vic vanuit de deuropening van haar slaapkamer. 'Nu moeten jij en ik eens met elkaar praten, Thorn.'

Anne lag met gesloten ogen te rusten. Haar ademhaling was regelmatig. Thorn liep naar het venster en draaide de rolluiken in een donkerder stand.

In de gang, achter Vic, was Marty weer verschenen. Hij keek om de hoek naar binnen. Ter wille van hem liep Thorn naar Anne toe, legde de rug van zijn hand teder tegen haar wang en liet hem daar een poosje rusten. Hij had zich naar voren kunnen bukken om haar een kus op het voorhoofd te geven, maar hij wilde niet overdrijven. Marty mocht geen argwaan krijgen.

Was het hoopvolle verbeelding, of was Marty's frons werkelijk een graadje dieper geworden toen Thorn weer zijn kant op keek? En had hij een hardere blik in zijn ogen?

Misschien kwam het door de wreedheid die in Marty's gezicht vlak onder de oppervlakte lag, maar Thorn zag opeens het gezicht van Janey voor zijn geestesoog en dat bracht hem even van zijn stuk. Hij moest zichzelf dwingen om rustig adem te halen en zijn handen te ontspannen, want het liefste zou hij deze twee ter plekke hebben aangevallen. Ter wille van Janey forceerde hij een valse glimlach die hij aan Vic toonde.

'Ja,' zei Thorn, 'het gaat haar al beter.'

Vic ging hen voor naar een werkkamer op de begane grond, waar hij achter zijn bureau ging staan. Door de ramen van de terrasdeuren in een van de wanden keek je uit over de Atlantische Oceaan, de drie andere wanden waren van onder tot boven bedekt met glanzend wit geverfde boekenplanken. Terwijl Vic toekeek, liep Thorn langs die planken en bekeek hij het boekenbezit. Voor zover hij het kon zien gingen alle werken over zeevaart, van *Schateiland* tot Peter Benchley, met Conrad naast Jimmy Buffett. Diverse boeken waren gewijd aan Blackbeard, kapitein Kidd en Gasparilla, en aan sir Francis Drake, en hele planken waren gevuld met wat zo te zien piratenromannetjes in de stuiverklasse waren – opzichtige kleuren, reusachtige zwaarden en diepe decolletés. Kennelijk door zijn moeder aangestoken met haar liefde voor de boekaniers, was Vic Joy nooit in staat gebleken zijn belangstelling te verbreden. Sommigen zouden hem beleefd een specialist noemen, maar Thorn had geen behoefte aan beleefdheid. Rotzooi was rotzooi. Een leven lang bocht drinken maakte je geen connaisseur van wat dan ook.

'Vic leest,' zei Marty.

Thorn haalde een in leer gebonden exemplaar van *Robinson Crusoë* van de plank en bladerde het door. De bladzijden verspreidden een ietwat muffe geur.

'Laat hem de plattegrond zien, Marty.'

Vic keek met een samenzweerdersglimlach naar Thorn van achter zijn enorme eiken bureau, dat bezaaid was met mappen en papieren.

Marty rolde een soort roomservicetafeltje bij de wand vandaan.

Op het bovenblad was een reliëfmodel te zien van iets dat op een gangbaar type tropisch strand leek. Een paar kokospalmen in miniatuur bogen zich naar een zee van blauw plastic toe, met een halvemaan van wit zand als strand. Bijna elke vierkante centimeter van de ruimte die aan het strand grensde was gevuld met een enorm gebouw, vijf verdiepingen hoog. Het was een blok beton met ramen erin, die allemaal uitkeken op de Blackwater Sound. De betonwagens zouden een jaar lang af en aan moeten rijden, alleen al om de fundamenten te storten.

Toen Thorn opkeek stak Vic zijn hand naar achteren en trok aan een koord, en de rode gordijnen die door Thorn waren aangezien voor venstergordijnen schoven open en onthulden een grote olieverfschildering van hetzelfde strand dat hij in het klein voor zich zag.

Thorn zette het boek dat hij nog in zijn hand had terug op de open plek op de plank.

'Van Gogh?' vroeg Thorn.

'Wil je dat ik je ter plekke laat villen? Blijf dan vooral de joker uithangen.'

Zelfs in het flatterende gouden licht dat tussen de varenbladeren door naar binnen viel zag het schilderij eruit als een exemplaar dat door de kinderen van Sugarman als mislukt zou zijn gedumpt. Een lelijke, veel te rode lucht. Een strand dat een en al cliché was.

'Mijn moeder heeft het gemaakt. Inderdaad, het zal niet gauw in het Metropolitan komen te hangen. Maar de vrouw had een visioen. Dat zul je haar moeten nageven. Ze heeft haar hart en haar ziel in dit schilderij gelegd.'

Marty grijnsde Thorn zijdelings toe. Een kleine privé-boodschap: durf jij nou nog maar eens de draak te steken met dat schilderij, Thorn.

'Dus nu zie je het wel?' vroeg Vic.

'Wát moet ik zien?'

'Wat jouw positie is? Waar dit allemaal om draait?'

'Ik ben traag van begrip,' zei Thorn. 'Dat zegt zowat iedereen.'

'Oké, kijk.' Vic rommelde tussen de papieren op zijn bureau tot hij een bepaalde map had gevonden. Daar haalde hij een stapeltje kleurenfoto's uit, die hij als een waaier van te grote speelkaarten naar Thorn reikte. Deze pakte een van de foto's bij het randje en trok hem los. Daarna trok hij een tweede uit de waaier. 'Zie je het nu?'

'Je hebt deze van onder je parazeil gemaakt?'

'Als je mijn zuster niet had geneukt, Thorn, zou ik je land nooit met eigen ogen hebben gezien. Sterker nog, tot dan toe had ik het nog nooit vanuit de lucht bekeken. Maar toen ik het die dag zag zei ik meteen *eureka*. Dat stukje kust moet ik hebben.'

'Jij hebt het motel Island House gekocht,' zei Thorn. 'Jij hebt het gekocht en platgegooid om daar deze Grote Chinese Muur te bouwen?'

Vic streek met zijn vingertop over het plastic zand van zijn schaalmodel.

'Land is schaars, Thorn. Die tweeënhalve hectare waar jij op zit is een van de laatste grote lappen hier in de omgeving. En ik voeg het samen met dat van Island House en het land ertussenin, dat al van mij is, en daar bouw ik een resort dat tien keer groter is dan alles wat de Keys ooit hebben gezien. En het hoogtepunt van die hele locatie wordt het lieve leuke strand dat je daar op dat schilderij ziet. Een hommage aan mijn lieve oude mama. En haar kunstwerk komt in de lobby te hangen.'

'Dat is iets voor Miami Beach, niet voor op de Keys. Het lijkt goddomme Fontainebleau wel!'

'Je hebt te lang het pioniertje gespeeld, Thorn. Mensen zijn niet meer op zoek naar charme. Gammele blokhutten en scheve vloeren en een aftandse plafondventilator om de warme lucht te laten circuleren. Ze willen comfort. Ze willen een uitzicht. De wereld is veranderd. En jij klampt je nog steeds vast aan dat stuk land en speelt je kinderspelletjes en doet alsof je een verdomde Daniel Boone bent. Nou, dat is nu afgelopen, vriendje. Je hebt zojuist je verdomde ontruimingsbevel ontvangen.'

'Je bent getikt,' zei Thorn.

'Kom je daar nu pas achter?' vroeg Vic. 'Je bent inderdáád traag van begrip, geloof ik.'

Thorn zag het pulseren van een blauwe ader op Vics slaap. Spiertjes in zijn keel en kaken spanden zich, pezen verstrakten.

'Je hebt al minstens tien resorts,' zei Thorn. 'En nu kidnap je een klein meisje om een elfde erbij te krijgen?'

'Ik pik jouw vervloekte land in, Thorn.' Vic richtte zijn blik op de andere kant van de kamer – een rij boeken daar. 'Ik heb je een goede prijs geboden en jij hebt op mijn schoenen gezeken. Dit is wat er dán komt.'

Zijn ogen hadden de kleur van het namaakwater dat zijn modelbouwers hadden gekozen. Hij liet zijn blik over de planken met boeken glijden, tot zijn zichtlijn als het ware toevallig het plekje kruiste waar Thorn bleek te staan. Vics gezicht had ondertussen de opperste neutraliteit aangenomen, maar Thorn voelde dat Vics woede er nog steeds was, zijn keel verstikte, zijn aderen vernauwde. Het was een druk die zich vlak onder de huid van Vics blasé gezicht opbouwde.

'Mijn mensen hebben de overdrachtspapieren al opgesteld. De kadasterkant bekeken en de hele rest van het gelul. Alle puntjes op de i's.'

'Ik teken en Janey Sugarman komt op magische wijze tevoorschijn?'

'Jij tekent en je krijgt een item van gelijke waarde.'

'Hoe weet ik dat ze nog leeft?'

'Hoe kan een mens iets weten?' zei Vic. 'In dit leven moet je veel op goed vertrouwen aannemen.'

'Ik wil een bewijs,' zei Thorn. 'Anders teken ik niks.'

Anne Bonny duwde de deur open en kwam de kamer binnen.

Haar huid had het grootste deel van zijn koperen tint teruggekregen. Ze keek even naar Thorn en toen naar haar broer.

'Ik ga uit, Vic. Ik heb dat geld nodig.'

'Winkelen?'

'Ja,' zei ze kalm, 'winkelen.'

'Goed,' zei hij. Een glimlach erbij voor zijn zusje. Hij bukte zich, trok een lade open en begon van een stapeltje bankbiljetten een bedrag af te tellen.

Terwijl hij aan het tellen was keek Anne naar Thorn. Hoewel deze voor Marty's consumptie graag een iets provocerender exhibitie had gezien, was hij blij dat ze in elk geval haar rechterhand optilde en met haar vingertoppen over zijn blote arm streek. Als Thorn een andere man zoiets bij Alexandra zou hebben zien doen, had zijn bloed gekookt en had hij gebriest van protest. Dus welbeschouwd hoefde hij verder niets te doen dan rustig te blijven staan nagenieten van die aanraking.

En een tel erna vloog er een blos naar zijn gezicht, want voor zijn geestesoog verscheen de ene dia na de andere van hun lange uren van hartstocht in zijn bed, seks die geheel los had gestaan van enige kennis van elkaars heden, verleden of toekomst, volstrekt anonieme geilheid van twee mensen die uren achtereen met elkaar hadden liggen rollebollen.

En toen Vic Anne een stapeltje bankbiljetten overhandigde voelde Thorn een strakke knoop in zijn borst, de lijfelijke pendant van het inzicht dat hij zojuist had verworven. Want hoewel hij voor Anne niets van de complexe, diep gewortelde toewijding voelde die hij voor Alexandra Collins had, was het toch deze lange, getroebleerde vrouw, die zich nu tot hem wendde en zijn naam uitsprak en wachtte tot hij was opgedoken vanuit de grote diepte waarin hij was weggedoken, die hem kon opwinden op manieren waarvan hij het bestaan bijna was vergeten.

'Haal de Cadillac, Marty,' zei Vic. 'Annie gaat winkelen.'

'Nee,' zei ze. 'Thorn neemt me mee. Of niet, Thorn?'

Vic glimlachte naar zijn zuster en schudde zijn hoofd.

'Op dit moment, Annie, is Thorn bezig met een onroerend-goedzaakje. Marty kan je brengen waar je maar wilt.'

'Ik doe het wel, Anne,' zei Thorn. 'Ben je klaar?'

'Ik haal mijn spullen,' zei ze, en ze liep langs Marty naar de deur.

Toen ze weg was schoof Vic een stapeltje papieren over het bureaublad naar voren.

'Vergeet het maar. Ik teken niets zo lang ik geen bewijs heb dat ze nog leeft.'

'Teken dit en je krijgt je bewijs. Het lieve kind mankeert op dit moment niets, maar het is moeilijk te zeggen hoe lang ze het in haar hachelijke omstandigheden kan uithouden. Dat wil je toch zeker niet op je vrome geweten hebben, Thorn? Het bloed en het leven van een onschuldig meiske?'

Vic haalde een vulpen uit zijn zak, begon de dop los te draaien en was daarop nog helemaal geconcentreerd toen Thorn om het bureau heen naar hem toe kwam.

Het stond niet in het script, verre van dat, maar Thorn werd gegrepen door een opwelling van razernij. Hij pakte Vic bij zijn oren en hamerde hem met zijn hoofd tegen het stomme schilderij van zijn moeder. Een keer, twee keer. Het doek scheurde in tot halverwege het zandstrand.

Vic wist zijn hoofd half opzij te draaien. Hij zag de schade en er ging een huivering door zijn lichaam. Hij kreunde eerst en vloekte toen, en snauwde iets, en Thorn voelde de punt van de vulpen door zijn hemd dringen en zijn buik binnengaan, en even later nog eens, iets lager, in een weker gedeelte.

Thorn mepte met zijn onderarm tegen Vics slaap en haalde uit voor een tweede klap, maar toen pakte Marty Messina hem bij de arm en trok hem achteruit de kamer door, waarna Thorn tegen een wand met boeken knalde. Eindelijk leverden al die gevangenisspieren van Marty weer eens rendement op. Thorn voelde boeken op hem neerkomen.

De pen was weinig dieper dan een centimeter bij hem binnengedrongen, maar het was een centimeter van vlijmscherpe pijn. Thorn zette zich af van de boekenkast, greep naar de pen en rukte hem met een draai los, waarna hij hem op het tapijt smeet. Vic stond de scheur in het doek te betasten en mompelde iets voor zich uit, terwijl Marty in een soort worstelaarshouding midden in de kamer stond en Thorn uitdaagde nog eens in beweging te komen.

'Nu hang je, Thorn,' zei Marty.

'Weet je al een geschikt plekje?'

Hij liep achteruit de kamer uit, de gang op. Een van de vrouwelijke bedienden kwam door de voordeur. Ze bleef staan, keek naar het bloed dat de bovenkant van zijn short doordrenkte en liet een stapeltje post uit haar handen vallen.

Thorn sleepte zich naar boven en liet overal op de witte treden van esdoornhout vegen en druppels bloed achter.

Toen hij boven was kwam Anne juist haar kamer uit.

'Christus, Thorn, wat is dit verdomme?'

'De pen is machtiger dan het zwaard.'

Anne haakte een arm onder de zijne, trok hem haar kamer binnen en deed de deur achter zich op slot. Ze legde hem op haar bed, maakte zijn broekriem los en trok zijn hemd opzij. Terwijl ze hem ontkleedde kreeg ze iets zachts in haar blik, alsof ze terugdacht aan die andere tijd. Het losmaken van ondergoed, het trekken aan bandjes van elastiek, van zijde. Die urgentie om te ontbloten en ontbloot te worden.

Anne Bonny ging naar de badkamer, draaide een kraan open en kwam terug met een warme natte handdoek, waarmee ze de eerste steekwond begon te deppen. Toen moest ze het elastiek van Thorns short een stukje naar beneden schuiven om bij de tweede wond te komen. Zijn penis kwam ten dele bloot te liggen, maar niet helemaal, daarvoor was ze te behoedzaam te werk gegaan.

'Het bloedt al minder,' zei ze. Ze hield de handdoek krachtig tegen de wonden gedrukt. 'Ze zien er niet al te slecht uit.'

'Ik geloof je op je woord.'

'Wat is er gebeurd?'

'Ik verloor mijn kalmte.'

'Dat gebeurt bij Vic gemakkelijk. Daar geniet hij van, provoceren en winnen.'

'Ik maakte een scheur in het schilderij dat je moeder heeft gemaakt.'

'Lieve god,' zei ze. 'Dát niet!'

Ze liep naar het medicijnkastje in de badkamer en kwam terug met een flesje peroxide en een rol pleisters. Ze ging weer op de rand van het bed zitten, maakte de wonden schoon en plakte er pleisters op.

Toen ze klaar was bonkte de pijn niet meer. Zijn zintuigen waren trouwens verward, want nu ze met haar vrije hand zijn borst streelde vond hij het moeilijk zich op de pijn te concentreren. Er steeg een warmte in hem op toen hij naar de omfloerste hitte in haar ogen keek.

'Vroegere tijden,' zei hij.

Ze knikte. Haar blik bleef een hele poos naar binnen gekeerd. Toen keek ze hem weer echt aan en haar mond plooide zich tot een ingehouden glimlach.

'We waren goed,' zei ze. 'In veel opzichten.'

'Ja,' zei Thorn. 'Het fysieke gedeelte was van hoog niveau.'

'Maar er is meer nodig om alles kloppend te krijgen.'

'Weet ik,' zei hij. 'Maar dát gedeelte hadden we goed voor elkaar.'

'Dat is zo. Verdómd goed.'

Ze gebruikte de natte handdoek om het bloed van zijn ribben en zijn middel af te vegen, en daarna van de rand van zijn schaamhaar.

'Alles is altijd een wisselwerking, is het niet?' zei ze. 'Het is nooit eens zo dat je alles in één leuk pakketje krijgt.'

'Misschien,' zei hij. 'Maar sommige pakketjes zijn leuker dan andere.'

Thorn sloot zijn ogen en concentreerde zich op de afnemende pijn. Hij was hier, met haar, achter een gesloten deur. En Marty Messina was zich ten volle bewust van zijn aanwezigheid. Hij voldeed beter aan Jimmy Lee Websters opdracht dan hij had kunnen vermoeden. Verdere actie was niet meer nodig. De schijn van intimiteit. Marty's verdenking opwekken. Als Websters theorie klopte, had Thorn nu alles gedaan wat nodig was om Daniel Salbone uit zijn schuilplaats te lokken. Hij hoefde alleen maar zijn ogen te sluiten, stil te blijven liggen, een half uurtje te wachten. En dan kon hij dit huis voor altijd verlaten en had hij alles gedaan wat in zijn vermogen lag om Janey terug te krijgen.

Dus het verbaasde hem dat zijn hand zich als een naar boven dwarrelende rookwolk naar haar wang begaf om deze te strelen en daarna te omvatten, secondenlang, terwijl ze elkaars blik aftastten. En toen trok zijn hand haar hoofd langzaam naar beneden, zonder dat zij zich ook maar in het minst verzette. En ze deed haar ogen dicht en er ontsnapte een onvrijwillig kreunen aan haar keel toen haar lippen zich openden en zich op de zijne drukten, gretig en plooibaar, in dat typerende mengsel van kracht en tederheid dat hun manier van kussen vanaf het allereerste begin had gekenmerkt.

Maar toen de hitte steeds verder werd aangewakkerd en zich in zijn gehele borst verspreidde, en de kus heviger en gulziger werd, ontstond er ergens in zijn libido een kortsluiting. Thorn werd gewoon uitgeschakeld.

Hij schulpte zijn hand om haar kaak en duwde haar hoofd met een bijna onvoelbaar lichte druk van zich af.

De vraag stond in haar ogen te lezen. Thorn haalde diep adem en bestudeerde haar lippen en ogen en haar strakke koperkleurige huid. Ze was een exotische schoonheid die hem nog steeds prikkelde, en eigenlijk nog meer nu hij meer wist van de afschuwelijke achtergronden waarvan ze had moeten proberen zich te bevrijden.

'Wat is er?' vroeg ze.

Thorn dacht even over zijn antwoord na, terwijl hij haar adem inademde, haar vreemde geur, die nog steeds zo vertrouwd was en zo rijk gekruid met herinneringen.

'Ik kan het niet,' zei hij. 'Er zijn nu andere mensen.'

'Andere mensen?'

'Ja.'

Hij kon het niet echt uitleggen. Want het was niet alleen Alexandra, hoewel zij de hoofdzaak was. Het ging ook om Lawton en Sugarman en Janey. En zelfs die verdomde hond.

Het was zo lang geleden dat hij deel had uitgemaakt van een gezin, dat hij bijna vergeten was hoe het aanvoelde – dat besef van plicht en wederzijds respect. Een gevoel dat dieper ging dan simpele, egocentrische behoeftebevrediging.

Anne Bonny trok zich terug en ging rechtop naast hem op het bed zitten.

'Er is altijd wel iets.' Zonder bitterheid, alleen met een spoortje van spijt.

'Ja,' zei Thorn. 'Altijd wel iets.'

Ze ging naast hem liggen.

'Is dit oké?' vroeg ze, terwijl ze dichter tegen hem aan schoof.

Thorn slikte. Hij was er nu overheen, al smeulde de hitte van de kus nog na.

'Zeker,' zei hij. 'Zeker.'

En zo kroop ze tegen hem aan en vlijde haar hoofd in de holte van zijn schouder. Thorn deed zijn ogen dicht en dwong zichzelf om zich te ontspannen, en rustig, heel regelmatig adem te halen, tot hij voldoende gekalmeerd was en ten slotte wegzakte in een rusteloze, schuldige slaap.

Misschien was het een uur later, misschien langer, toen hij zich uit de troebele lagen van zijn dromen naar boven voelde komen, en hij handen voelde die aan zijn geopende kleren frommelden en zijn kruis voorzichtig verder ontblootten. Tijdens zijn trage, half verdoofde ontwaken werd hij een geleidelijke verhitting en verstijving van zijn penis gewaar, en hij kreunde en bracht zijn hand naar beneden om Annes vingers weg te duwen. Maar in plaats daarvan voelde hij opeens het koele prikken van staal tegen zijn scrotum, en een sterke, harige hand die hem stevig vastgreep.

Thorns lichaam verstrakte en hij was onmiddellijk klaarwakker. En toen hij naar beneden keek zag hij Vic Joy op de rand van het bed zitten. Met een jachtmes in zijn hand. En Thorns ballen in de andere. Het lemmet van het mes drukte zachtjes tegen de gevoelige gerimpelde huid van de balzak.

Naast hem kwam Anne met een ruk overeind.

'Vic!'

'Vertel het hem, Annie. Zeg hem hoe hard onze moeder op dat kolereschilderij heeft gezwoegd. Wat het voor haar heeft betekend. Dat ze haar hele hárt in die bomen en dat zand en dat water heeft gestopt.'

'Leg dat mes weg, Vic. Leg het weg.' Annie stond op van het bed en veegde een sliert haar uit haar gezicht.

Thorn slikte en spande zich in om roerloos te blijven liggen.

'Sommige mannen huiveren om de geslachtsdelen van een andere man aan te raken,' zei Vic. 'Maar ik niet. Als jongen heb ik varkens gecastreerd. Zeg het hem, Annie. Vertel hem over de wilde varkens en die zwerfhond die steeds maar weer in onze tuin verschenen. En over de beesten in het bos. Zeg het hem, dan weet hij het.'

'Vic, dit kun je niet doen. Het is fout.'

'Een man komt mijn huis binnen, bespot me, maakt een scheur in mijn rechtmatige erfgoed. Vertel hem over de Woodsons. Vertel hem over de verzameling die je hebt gezien.'

Ze liep langzaam naar het voeteneinde van haar bed. Zachtjes, alsof ze bang was om iemand wakker te maken die lag te slapen.

'Maar nu ben je niet meer zo'n brutale klootzak, nietwaar? Waar is je grote bek gebleven, clown? Kom op, zeg eens iets lolligs.'

Vic verstevigde zijn greep en bracht zijn mes in een positie die nog maar een steek van een paar centimeter diep nodig maakte. Thorn sloot zijn ogen en hield de kreten binnen die zich in zijn borst vormden. Hij zag lichtjes in zijn ogen toen Vic zijn greep een halve slag draaide.

'Ik heb wel grotere ballen vastgehouden,' zei Vic, 'en losgesneden.'

Anne stond naast hem en legde een hand op zijn schouder. Vic keek naar haar op, maar zijn greep verslapte geen millimeter.

'Er zijn Woodsons die me minder bezeikt hebben dan deze man, en die lopen nu rond zonder hun mannelijkheid.'

'Weet ik,' zei ze. 'Thorn had niet moeten doen wat hij heeft gedaan. Maar hoor eens, Vic. Onze moeder zou dit niet hebben gewild. Ze zou niet hebben gewild dat je een man zoiets aandeed, en zeker niet in haar eigen huis, haar heiligdom. Er was nooit geweld, Vic. Nooit bij ons thuis.'

Vics ogen waren glazig en vaag toen hij zijn zuster aankeek. Jaren gleden van hem af, zijn gezicht kreeg wekere trekken.

'Mama is dood en verdwenen. Ze is niet hier om voor zichzelf te spreken.'

'Vic,' zei Anne, 'geef me dat mes. Geef het aan mij.'

'Ze zou het me vergeven, wát ik ook had gedaan. Ze zou over haar hart strijken. Ze heeft me altijd vergeven. Die vrouw was een goddomde heilige.'

Anne stak haar hand uit en raakte de rug aan van de hand waarmee hij het mes vasthield. Meteen voelde Thorn iets tegen zijn huid prikken.

'Geef het mij, Vic. Het komt weer goed. We laten het schilderij gewoon repareren. Alles kan gerepareerd worden, Vic. Dat weet je toch? Dan is het weer zo goed als nieuw. Oké?'

'Ik ga deze tyfuslijder vermoorden. Het zal nooit meer hetzelfde worden. Nooit.'

'Je hebt hem levend nodig, Vic. Je hebt hem nodig om die papieren over zijn land te tekenen.'

'Ik kan zijn verdomde handtekening wel namaken. Ik heb mensen voor me werken die daar heel goed in zijn. Hij kan doodvallen.'

'Je hebt hem levend nodig, Vic. Echt waar. Denk maar eens na.'

Thorn voelde dat Vics greep een heel klein beetje verslapte.

'Goed,' zei hij. 'Voor jou. Goed.'

Vic keek nog steeds zijn zuster aan toen zij het mes voorzichtig uit zijn hand trok. Ze liep naar de andere kant van de kamer en legde het op de toilettafel. Vic liet ondertussen Thorns scrotum los en veegde zijn handen demonstratief af aan zijn broek. Zijn gezicht zag spookachtig grauw en zijn mond trilde als die van een kind dat elk moment kan gaan janken.

'Oké,' zei hij. 'En nu uit mijn gezicht, godverdomme. Jullie allebei. En als je besluit dat je dat kleine meisje in leven wilt houden, dan kom je terug om die papieren te tekenen. Maar geloof me, Thorn, de volgende keer dat ik je zie kun je maar beter met je kop omlaag en op je kolereknieën aan komen kruipen!'

Twintig

Doornat van het zweet, na de twee lange tochten dwars over de parkeerplaats naar zijn auto, sloeg Sugarman de achterdeur van zijn oude Ford dicht en draafde terug voor de derde en naar hij hoopte laatste afhaalbeurt bij de uitleenbalie van de bibliotheek van Key Largo.

Maar toen hij bij de balie verscheen dook daar ook het hoofd van de bibliotheek op, Ruth Mercer. Precies zoals Jill en hij al hadden gevreesd. Ze kwam uit haar kantoor om met eigen ogen te zien welke man haar afdeling natuurlijke historie aan het plunderen was.

'Het is voor een project waarmee ik bezig ben,' zei Sugarman, terwijl hij de nog resterende boeken begon op te stapelen.

'Maar we hebben een uitleenlimiet, meneer Sugarman. Heeft Jill u dat niet gezegd?'

'Ik heb hem dispensatie gegeven, Ruth,' zei Jill Johnson. 'Het gaat om een zeer belangrijke zaak.'

'Detectivewerk zeker?'

'Dat klopt,' zei Sugar. Hij legde nog twee boeken op de stapel voor zijn borst, die nu tot aan zijn kin reikte.

Ruth Mercer schoof haar bril vanaf haar haren op haar neus en bestudeerde de boektitels. Toen schudde ze haar hoofd.

Jill kwam achter de balie vandaan en zei: 'Het gaat over wat er op dat jacht is gebeurd. Andrew Markham, die reïncarnatieman.'

'Zo, zo,' zei het hoofd van de bibliotheek. 'En om die reden heb je hem dispensatie gegeven?'

'Ik breng ze voor het einde van de week terug.'

'Waarom zet u uw auto niet gewoon voor de deur, meneer Sugarman? Dan kunt u ze allemaal rechtstreeks in de kofferbak laden.'

'Kom, kom, Ruth. Sommige van deze boeken zijn in geen jaren uitgeleend.'

Sugarman legde het laatste exemplaar onder zijn kin, pakte de stapel op en begaf zich op weg naar de deur. Ruth Mercer volgde hem als een schaduw door de bibliotheek.

'Oké,' zei ze. 'Maar hierna nooit meer. Tien is de limiet. Is dat duidelijk?'

'Duidelijk,' zei Sugar.

Ruth Mercer draaide zich om en liep terug naar haar verloren hoekje aan de achterkant van de grote zaal.

Terwijl hij op de parkeerplaats van de Kmart in zijn auto zat gebruikte Sugarman zijn mobiele telefoon om Jackson Means te bellen. Hij bofte dat deze op zaterdagmiddag thuis was en zo te horen naar een honkbalwedstrijd zat te kijken. Waarschijnlijk lui achterover op zijn bank, met bier en chips bij de hand. En met zijn vrouw en drie kinderen ergens ver uit de buurt.

Sugar beperkte zijn inleiding tot vijf seconden en legde toen uit wat hij moest weten. Hij beantwoordde Jacksons vraag door te zeggen: 'Maar jij bent op het gebied van telecommunicatie de enige die ik ken.'

'Jezus, ik ben een dradenman, Sugar. Ik klim in die palen. Als je dat een dure naam wilt geven, mij best. Maar in wezen ben ik niet meer dan een elektricien.'

'Maar jij weet wel iemand die ik kan bellen.'

Hij dacht erover na, terwijl honkbalfans op de achtergrond juichten. Geen homerun, maar toch meer dan slechts één honk.

'Claudia Shelley.' Zijn stem klonk een beetje geforceerd. 'Ze zit in Miami. Vroeger was ze districtsmanager bij Bellsouth Beveiliging. Nu werkt ze voor zichzelf. Probeer het bij haar.'

'Kan ik je naam noemen?'

'Ik weet het niet,' zei Jackson. Hij zweeg een hele poos. 'We hebben iets gehad, maar het is lang geleden. Misschien weet ze het nog. Dat zou ik best willen horen, als het zo is.'

Uit zijn geheugen gaf Jackson hem het nummer van de vrouw. Sugar bedankte hem en belde het nummer. Een vrouw nam op. 'Wat is er?' Kortaf.

Op de achtergrond klassieke muziek. Piano.

Sugarman zag een gezin dat hij kende met de armen vol boodschappen uit de Kmart komen. Ze hadden twee zoontjes bij zich. De vader gaf Sugar een knikje als groet. Vijf of zes jaar geleden had deze man zes maanden in de nor gezeten omdat hij zijn vrouw twee blauwe ogen had geslagen. Plus twee voortanden los. Sugar had hem achter de tralies gekregen. Nu zag het er allemaal oké uit, maar je wist het nooit.

'Claudia Shelley?'

'Als dit een verkooppraatje is, die neem ik thuis nooit aan.'

Competente stem. Een vrouw die in het weekend thuis werkte. Val me niet lastig.

'Mijn dochtertje is gekidnapt.' Hij legde de situatie snel uit. Webcamera, satelliettelefoon. Een jungle, misschien vijftienhonderd kilometer of meer hiervandaan. Hij zou de plek willen lokaliseren. Hoe moeilijk was dat?

Claudia wachtte even, zette toen de muziek zachter en kwam terug. 'Ken ik u?' vroeg ze.

Sugarman gaf haar Jacksons naam. Ze zweeg.

'Luister, dit is dringend,' zei Sugar. 'Ik moet weten of het kán. Technisch gesproken, bedoel ik. Eerst of het kan en als dat zo is, wie ik dan moet bellen. Het leek me sneller te gaan als ik via privé-bedrijven werk dan via de politie en andere autoriteiten. Ik heb zelf bij de politie gewerkt en weet hoe langzaam het kan gaan, zelfs in noodgevallen.'

'Uw dochter is ontvoerd en u hebt de politie niet ingelicht?'

'Het is ingewikkelder,' zei hij.

'Ingewikkelder?'

Sugarman begon ongeduldig te worden, de vrouw wilde te veel informatie, maar hij besloot haar tevreden te stellen om haar hulp te krijgen.

'Het feit dat ze wordt vastgehouden zou wel eens kunnen betekenen dat er een overheidsinstelling bij betrokken is.'

'Kom, kom, dat lijkt me wat sterk, meneer Sugarman.'

'Luister, mevrouw Shelley, ik wil alleen twee feiten. Kan het? Wie moet ik bellen?'

'Dat is niet mijn terrein, meneer Sugarman. Ons bedrijf doet aan beveiliging. We schermen computernetwerken af, installeren firewalls, schrijven programma's tegen virussen.'

'Dan ben ik misschien verkeerd ingelicht.'

Een als clown verklede man stond voor de Kmart rode ballonnen uit te delen. En rinkelde met een bus om donaties te vragen.

Sugarman hoorde Claudia Shelley zuchten. Hij stond op het punt de verbinding te verbreken toen ze zei: 'Verbindingen van satelliettelefoons zijn vrij gemakkelijk te monitoren, in verhouding tot de gewone draadloze verbindingen. Het is zo dat de communicatiesatellieten de positie van de bellers bijhouden door hun SIM te traceren, dat is de module met de unieke identificatiecode van die klant. En dat doen ze telkens wanneer de telefoon wordt aangezet.'

'Dus het kan en het is gemakkelijk.'

'Niet zo snel,' zei ze. 'Geen enkel belbedrijf zal dergelijke gegevens ter inzage geven aan een gewone burger. Ze luisteren naar de politie, nemen verzoeken in overweging, maar als ze nog geen werkrelatie met de FBI hebben zullen ze waarschijnlijk een rechterlijk bevel eisen. Dus u moet officiële hulp zien te krijgen. En ik kan u uit ervaring vertellen dat federale hulp altijd een moeilijke zaak is. Het toezicht op de binnenlandse telecommunicatie berust bij de FBI. Zij hebben apparatuur om driehoeksmetingen te doen met betrekking tot particuliere mobiele telefoons en hun zenders. Maar internationaal is het een zaak voor de CIA. Hun inlichtingendienst is in staat uitzendingen af te luisteren, te peilen, te analyseren. En ze hebben toegang tot Echelon. Dat is een systeem waar niemand over wil praten, maar dat wel degelijk bestaat. Een manier om dataverkeer of stemmen te onderscheppen, alles wat van zender tot zender gaat, of via telefoonkabels, microgolfverbindingen, backbone-netwerken van internet. Het wordt gebruikt door de NSA, onze veiligheidsdienst. Spionnen, zeg maar. Contraspionage. In de strijd tegen drugs en terrorisme. Zij hebben computerprogramma's om de data van black boxes te analyseren, waaronder die van e-mails of van video chats, zoals u die hebt beschreven.'

'Luister, het spijt me,' zei Sugar, 'ik hoef nu geen lezing over het onderwerp, maar wil alleen weten ja of nee, kán het?'

'Zoals ik al zei, ja, het kan, maar alleen als u de wettelijke hindernissen kunt overwinnen. En als de NSA budget mag uitgeven aan een geval van particuliere ontvoering. En als je iemand vindt die naar je luistert en zich voor je wil inzetten. Ja, dan kunnen ze inderdaad de locatie van satellietgesprekken opsporen. En er een verdomde kruisraket op afvuren, als ze willen.'

Sugarman zweeg. Hij onderdrukte een opwelling van drift.

'Het spijt me,' zei ze. 'Dat bedoelde ik niet zo.'

'Het is oké.'

Toen ze weer sprak klonk haar stem minder scherp, maar voor haar was het nog steeds een technisch probleem, geen emotionele zaak.

'Speelt u toevallig golf met een senator?'

'De laatste tijd niet.'

'Dan kan het weken duren,' zei ze. 'Dat is mijn ervaring. En dan alleen nog maar om binnen te komen.'

Ze zweeg weer, deze keer een aantal seconden lang. Toen ze verder praatte hoorde hij een ondertoon van bedroefdheid, al probeerde ze dit te verbergen achter een professionele tekst.

'Uw situatie vraagt een krachtige, onverwijlde reactie van de autoriteiten, meneer Sugarman. De juiste actie van uw kant zou zijn om de lokale FBI te bellen en hun optreden af te wachten. Maar als het mijn kind zou zijn, als ik eerlijk ben, en gezien wat ik weet van de legale problemen, zou ik een andere weg zoeken. Het losgeld betalen. Een privé-detective inschakelen. Ik zou u wat namen kunnen geven.'

'Ik ben er zelf een,' zei Sugarman. 'Een privé-detective.'

'Echt waar?'

Hij bevestigde het. Ja, dat was hij.

'Nou, dan is dat uw antwoord. Gegeven onze huidige geopolitieke situatie en de enorme vraag naar opsporingssystemen zou het inzetten van opsporing op dit niveau een bijzonder grote invloed vergen. Ik betwijfel of ze het als een prioriteit zouden behandelen en hoog op het stapeltje zouden leggen.'

'Ze zouden het kunnen, maar ze doen het niet – niet voor een kleine man.'

'Ze kunnen het niet weigeren. U bent een burger, het is een zwaar misdrijf. Ze zouden er een mannetje op zetten, misschien twee. Het spijt me. Dat is slechts mijn mening. U zou het moeten proberen. Bel de FBI, toon mijn ongelijk aan.'

Een van de jongetjes had een ballon uit zijn hand laten ontsnappen. Deze danste traag naar de hemel, maar werd toen opgepikt door een briesje en zeilde weg in westelijke richting. De kleine jongen begon te huilen.

Sugarman bedankte haar voor haar tijd. Ze bleef een seconde stil en zei toen met een andere stem, deze keer vermoedelijk haar echte: 'Doe Jackson alstublieft mijn groeten. En zeg hem dat het me spijt. Hij zal het begrijpen.'

Nog een snel telefoontje naar Frank Sheffield thuis. Hij kwam aan de lijn met een bruusk: 'Oké, oké, ik ben al onderweg.'

'Frank? Frank Sheffield?'

Sugar vertelde hem wie hij was en gaf hem in drie zinnen de samenvattingsversie.

'Dat geval in Key Largo? Het jacht met die oplichter en die getikten?'

'Precies.'

'Ik dacht dat iedereen overboord was gegooid.'

'Ik heb met haar gepraat, Frank. Ze is in leven.'

Sheffield bleef zo lang zwijgen dat Sugarman op het punt stond te vragen of hij er nog was, maar zei toen: 'Hoor eens, ik ben op weg naar buiten de stad, Sugar. Twee weken Alaska, met mijn verloofde en haar zoon. Een cruise in combinatie met vissen. Het vliegtuig vertrekt vanavond om acht uur. We moeten ons haasten, hebben nog een paar dingen te doen voor we vertrekken.'

Sugar zei oké, hij begreep het.

'Je hebt echt met haar gepraat?'

'Video cam. Ik praatte met haar. Heb haar ook gezien.'

'Goddomme.' Frank dacht een poosje na, zette de dingen op een rij. 'Wanneer belt ze weer?'

'Om zes uur,' zei Sugar. 'Dat hebben we afgesproken.'

'Geef me je adres. Ik herinner me de oprit, maar niet de straatnaam.'

Sugarman gaf hem zijn adres en een paar aanknopingspunten langs de snelweg.

'En je cruise dan?'

'Ik ben om zes uur bij je. Daarna is er nog tijd genoeg om naar het vliegveld van Miami te rijden. Hannah zal het begrijpen.'

'Misschien kun je dit beter doorgeven aan iemand anders,' zei Sugarman. 'Je hebt haast.'

'Ik heb een knul in mijn groep die alles weet van de laatste technische snufjes. Ik zal hem bellen, vragen of hij mee kan komen. We zullen kijken. Nagaan of we iets kunnen doen.'

'Het is een satelliettelefoon,' zei Sugar. 'Het zou moeilijk kunnen zijn.'

'Ik ben er om zes uur.' En hij hing op.

Eenentwintig

Terwijl Vic hen vanaf het terras voor de voordeur woedend nakeek, met Marty naast zich, die zijn armen voor zijn brede borst over elkaar had geslagen, staken Anne en Thorn de tuin over en liepen ze in de richting van de toegangspoort. Thorn verwachtte eigenlijk dat Vic hem in zijn rug zou schieten, of op z'n minst dat een van beiden achter hen aan zou komen rennen om Anne Bonny terug te sleuren. Maar hij had het mis.

De bewakingstroepen hadden zeker een middagje vrij, dus Anne en Thorn konden ongestoord naar Thorns auto lopen en instappen. Thorn startte de motor en blies de adem uit die hij al een hele tijd had ingehouden.

'Dank je,' zei hij, terwijl hij de Kever in de richting van de snelweg stuurde. 'Dat was verdomme op het nippertje.'

'Niets te danken,' zei ze. 'Heeft hij je verwond?'

'Misschien een sneetje,' zei Thorn. 'En misschien zal ik een poosje last hebben bij het plassen. Alle sluitspieren daar zijn op tilt geslagen.'

'Zullen we naar jouw huis gaan?'

Hij keek haar aan.

'Maak je geen zorgen, Thorn. Ik zal je niet bespringen. Ik slaap vannacht wel in de hangmat, als je me tegen die tijd nog niet naar buiten hebt geschopt. Ik overweeg de cash mee te nemen en weg te wezen. Maar ik weet het nog niet. Ik geloof dat ik een paar keer diep moet ademhalen en moet nadenken over wat ik doe.'

Haar elektriserende ogen stonden onder volle spanning.

'Ja,' zei hij. 'Diep ademhalen klinkt goed.'

Ze keek door de voorruit naar niets in het bijzonder.

'Luister, Thorn. Ik moet dit kwijt.'

'Oké.'

Er zat een spettertje van zijn bloed op de voorkant van haar kaki short. Ze krabde eraan met een nagel.

'Weet je iets over mijn recente historie?'

'Hoe bedoel je?'

Ze keek naar de winkels van Islamorada, die traag voorbijgleden. Het eiland had zich onlangs afgescheiden van Monroe County en was aan het veranderen in een chiquere versie van zijn vorige identiteit. Dezelfde winkels, mooiere etalages. Dezelfde motels, hogere prijzen.

'Nadat jij en ik uit elkaar waren gegaan,' zei ze, 'ben ik lang alleen geweest. Ik geloof dat ik nogal kwetsbaar was, uit mijn evenwicht. Toen kwam ik deze man tegen.'

Thorn zweeg. Ze volgden een goud-en-groen geschilderde camper uit Canada, die een terreinjeep in bijpassende kleuren achter zich aan sleepte. Hij hield het grote voertuig scherp in het oog.

'En tussen haakjes,' zei ze. 'Het spijt me dat ik me die laatste nacht zo heb gedragen. Zomaar weglopen, zonder iets uit te leggen.'

'Ik heb aangenomen dat het iets te maken had met het verhaal over je familie, dat je me had verteld. Daar waren we nog niet klaar voor.'

Hij kon voelen dat ze hem aankeek, maar Thorn bleef zich concentreren op de camper. Hij reed voorzichtig en hield een veilige afstand tussen hem en de Canadees, niet wetend hoe goed zijn reflexen op dat moment waren. De twee wonden in zijn buik schrijnden weer hevig en in zijn testikels verspreidde zich een doffe pijn.

'Door dat verhaal, ja,' zei ze. 'Maar hoe bedoel je, niet klaar?'

'Te grote eerlijkheid, te snel.'

'Aha.' Anne begon weer voor zich uit te turen.

Thorn keek een moment opzij en zag een glinsterend streepje op haar wang. Hij stak zijn hand uit naar haar hand, die gebald op haar gebruinde dij rustte. Ze ontspande de vuist en stond hem toe haar hand even vast te houden.

'Dat verhaal dat ik je heb verteld,' zei ze, met haar blik nu weer op de cafés, de winkels voor T-shirts en de speciaalzaken voor visgerief gericht, 'was gelogen.'

Thorn trok zijn hand weg om te schakelen en reed in stilte voort.

'Het meeste ervan was de waarheid,' zei ze, naar de weg voor zich uit kijkend. 'Negentig procent. Alleen het einde was een leugen. Ik heb het op jou willen uitproberen, denk ik. Ik wilde eens zien of ik het hele verhaal aan iemand zou kunnen vertellen, zeggen hoe het in het echt is gegaan. Jij leek me eerlijk en rechtuit. En ik had verhalen over je gehoord, dat je zelf ook heel wat geheimen had, en daarom vermoedde ik dat mijn zielige verhaal je niet te veel dwars zou zitten. Maar toen ik het einde naderde kreeg ik het niet voor elkaar. Dus loog ik. Dat is de reden waarom ik die nacht zo abrupt ben weggegaan, waarom ik niet meer met je wilde praten. Ik schaamde me, Thorn. Ik had alles bedorven, zowel tussen ons beiden als in mezelf. Bedorven door een verdomde leugen. Het erger gemaakt dan het al was.'

De camper sloeg af naar een tankstation en Thorn liet zijn antieke VW versnellen tot de snelheidslimiet en zelfs ietsje hoger. Hij voelde geen behoefte om iets te zeggen. Ze redde zich heel goed zonder hem.

'Wil je het ware einde horen, Thorn? Hoe het die avond werkelijk is gegaan?'

'Oké.'

'Ik weet dat het te laat is,' zei ze, 'om zaken te repareren.'

'Welke zaken?'

'Ik bedoel dat het vertellen van deze dingen, nu achteraf, niets meer verandert. Niet echt. Dat geloof ik niet. Anders dan wat ik daarstraks tegen Vic zei geloof ik dat sommige dingen *niet* meer gerepareerd kunnen worden nadat ze kapot zijn gegaan. De dingen die mensen bij elkaar houden.'

'Ik hoop dat je daarin ongelijk hebt.'

Ze ging verzitten op haar ingezakte kuipstoel en draaide zich half zijn kant op om hem aan te kijken. Haar mouwloze bloes was donkerblauw en bedrukt met alamandabloesems. De twee bovenste knoopjes waren open en de windvlagen door haar open raampje bliezen heel even een glimp van een donkere tepel bloot.

Hij richtte zijn blik op de weg.

'Weet je het verhaal nog, Thorn? Zit het nog helder in je hoofd?'

'Ja, helder,' zei hij. 'Zeer helder.'

'Al dat piratengedoe was waar, de schoener in de tuin, de waanzin van mijn moeder, hoe ze ons allemaal tot waanzin dreef. Mijn vader een kleine drugskoerier. Een onnozele jongen van het platteland. Dat was allemaal correct, behalve wat er aan het einde op de veranda is gebeurd.'

'De schietpartij.'

'Precies. De schietpartij.'

Ze veegde het streepje vocht weg.

'Het was niet Vic die naar de deur ging nadat het schieten was begonnen. Dat was ik. Mijn moeder had Sherman, de jongste Woodson, al neergeschoten. De oudste broer, Al, had haar met zijn pistool al twee keer weten te raken en zij lag bloedend op de grond bij de deur, nog in leven, en maakte vreselijke geluiden. Mijn vader stond met zijn handen omhoog en probeerde te onderhandelen met de oudste Woodson. Zijn vrouw lag te creperen aan zijn voeten, maar hij stond tegenover die boerenpummel te beweren dat alles in orde zou komen, ze zouden de jonge Sherman ergens begraven en daarna zouden ze mijn moeder begraven, en niemand zou iets hoeven te merken. Als we maar gewoon doorgingen met het werk. Hij zei zelfs dat hij bereid was als genoegdoening een korting op zijn loon te accepteren. En ten slotte zei hij, om de deal af te ronden, denk ik, dat hij wist dat Al Woodson een oogje op mij had. Dat de rondingen van mijn lichaam hem bevielen. En toen zei mijn papa dat Al zijn zegen had om te doen waar hij zin in had, en om me ter plekke te pakken, als hij wilde.'

'Dus jij hebt hem neergeschoten. Je hebt je vader neergeschoten.'

'Hij was een loser. En het was die stomme kruimeldiefstal van hem die mijn moeder heeft gedood, en ons bijna allemáál had gedood. Hij wilde me aan die verdomde klootzak geven alsof ik een ordinaire stoephoer was!'

Thorn zweeg. Anne keek naar haar gebalde vuisten, die op haar schoot lagen.

'Ik schoot hem vanuit de deuropening neer. En meteen daarna ook Al Woodson, voordat hij een woord kon zeggen.'

'En Vic?'

'Hield zich binnen de hele tijd gedeisd. Verstopt in onze slaapkamerkast.'

'Aha.'

'Toen ik je die nacht het verhaal vertelde gaf ik je de versie die Vic en ik samen hadden uitgewerkt. Waarin hij de held was. Hij degene was die het restant van ons gezin redde. We reden samen naar Florida en dat is wat we onderweg hebben gedaan. Ik verzon het alternatieve verhaal en gaf het aan hem. In het begin was hij versuft en sloeg hij wartaal uit. Dus heb ik het hem hap na hap voorgekauwd en in zijn geheugen geramd. Aanvankelijk wilde hij het niet aannemen. Hij keek me steeds weer aan en schudde dan zijn hoofd, nee, nee, nee. Maar ik bleef het kilometer na kilometer herhalen, heel geduldig, heel langzaam, elke seconde van wat er volgens mijn imaginaire versie was gebeurd, en tegen de tijd dat we Key Largo hadden bereikt geloofde hij erin. Hij was een held.'

‘Je hebt hem er ook van overtuigd dat hij een moordenaar was.’

‘Dat was niet mijn opzet. Ik wilde hem beschermen, ik wilde hem sterk maken. Ik had hem hier nódig. We waren kinderen, twee weggelopen tieners. Ik moest op hem kunnen rekenen. Dus moest hij sterk zijn.’

‘Nou, hij is nu krankzinnig.’

‘Ja. Onbeheersbaar geworden.’

‘Hoe kleine waanzin kan escaleren.’

Ze reden door Key Largo en daarna langs het donkere gebied van het Hibiscus Park, voorbij de Publix, in de richting van het Pennekamp Park. En zeiden tijdens deze vijf kilometer geen woord. Het was hier minder vol op de weg. De meeste van de overwinteraars waren al naar huis. Alleen nog wat weekendmensen die terugkeerden naar Miami en Lauderdale.

‘Dat waren drie schoten,’ zei Thorn.

‘Wat?’

‘Je moeder heeft een keer geschoten en jij twee keer. Je zei dat het één geweer was.’

Ze keek hem een paar tellen aan, met haar lippen stijf op elkaar.

‘Denk je dat ik nog steeds lieg?’

‘Opheldering,’ zei hij. ‘Meer niet.’

‘Waarom zou ik liegen? Ik heb je verteld hoe het was.’

‘Ik heb niet gezegd dat je liegt. Ik heb alleen een vraag gesteld.’

Ze zuchtte.

‘Een Mossberg AOW, kaliber 12. Dat is een drieschots geweer.’

Thorn hield zijn blik op de weg gericht, maar hij bekeek die avond door haar ogen. Een tienermeisje, met haar moeder dood aan haar voeten, dat vervolgens haar eigen vader doodde. Probeerde zich voor te stellen hoe dat voor altijd het landschap van haar hart moest hebben herschapen. Hoe ze er toen mee was omgegaan, hoe ze dat in latere jaren was blijven doen. Kon begrijpen dat ze zichzelf had veranderd in een harde tante, maar een die nog steeds kwetsbaar was. Een die nog steeds zwakke plekken bezat.

‘Je wilde me vertellen over je recente geschiedenis. De man die je bent tegengekomen.’

Ze keek naar de snelweg, toen weer naar hem. Haar ogen leken minder dof te zijn. Alsof ze zich had bevrijd van een innerlijke druk, nu ze eindelijk het rammelende verhaal had weggegooid dat ze als kind had verzonnen en sindsdien met zich mee had getorst.

'Het is alleen maar een stel verhalen, vind je ook niet?'

'Wat?'

'Het verleden,' zei ze. 'Gewoon de ene leugen op de andere gestapeld. Zo doen we dat. We morrelen aan de feiten, zoeken naar een mooiere manier om ze weer te geven. Dingen leuk aankleden, toevoegen en weglaten naar het ons uitkomt, alles wat we hebben gedaan een wat draaglijker aanzien geven. Hoe je het ook wendt of keert, herinneringen zijn niet meer dan een reeks verhalen.'

'Ja, ook verhalen,' zei Thorn. 'Maar ergens in zijn binnenste weet iedereen wat er écht waar is van zijn verleden. Zelfs Vic.'

'Denk je dat? Ik ben er niet zo zeker van.'

'Ergens in zijn binnenste *is* het er. Het kan diep zitten, begraven onder een dikke laag modder. Hij is een lafaard en een gek, en dat weet hij.'

'Dat moet dan wel een érg dikke laag modder zijn,' zei ze. 'Tónnen.'

Ze haalde diep adem en blies de lucht langzaam uit.

'Ik heb twee mannen vermoord,' zei ze, 'en dat heb ik aan Vic gegeven. Dat gedeelte heb ik mezelf nooit bekend, geloof ik. Ik heb geprobeerd hem sterk te maken, maar onopzettelijk heb ik zo tevens mijn schuldgevoel aan hem doorgegeven. En van hem de opgefokte gek gemaakt die hij nu is.'

'Je hebt het gedaan om te overleven. Je was een kind in een afschuwelijke situatie.'

'Maar toch.'

'In elk geval helpt het zijn huidige gedrag te verklaren. Dat gedoe met het mes. Vic heeft heel wat te bewijzen. En jij schijnt zijn favoriete publiek te zijn. Hoewel ik niet goed weet wat ik misdaan heb om hem zó op zijn zenuwen te werken.'

'Dat je bij mij bent, om te beginnen.'

'Hangt de beschermende grote broer uit? Komt een praatje maken met al haar vriendjes om hun duidelijk te maken dat ze in gevaarlijk vaarwater zijn beland?'

'Onder andere,' zei ze.

'En wat nog meer?'

'Hij wil iets hebben wat van jou is.'

'Bedoel je mijn land? Of mijn ballen?'

'Hij wil hebben wat jij hebt, Thorn. Iets wat jij wel hebt en hij niet. Hij ergert zich rot, gewoon al doordat jij bent wat je bent. Niet geïmponeerd, voor geen meter, door al zijn poen en bezittingen. Zoiets komt hij niet vaak tegen en het maakt hem steeds mateloos woest als dat wel gebeurt. En je bent niet eens bijzonder báng voor hem.'

'Zo ver zou ik niet willen gaan.'

'Hij heeft je nu in zijn vizier, Thorn. De haarlijntjes kruisen zich op jouw voorhoofd.'

'Dat besef ik.'

'Je schijnt niet erg bezorgd te zijn.'

'Jawel, ik ben bezorgd,' zei hij. 'Maar op dit moment ben ik iets bezorgder over wat er is gebeurd met een meisje van negen.'

'Ik weet dat Vic haar heeft ontvoerd,' zei ze. 'Dat heeft hij toegegeven. Maar ik heb geen idee wat hij met haar heeft gedaan.'

'Eerste zet,' zei Thorn.

Hij reed een poosje in stilte door. De ondergaande zon gaf de palmen langs de snelweg haarscherpe contouren. Vogels op de telefoonpalen waren zwarte silhouetten die de eindeloze stroom verkeer roerloos bezagen. De hete wind die de auto binnenwaaide blies die vage, rottende geur van laag water bij volle maan naar binnen, een zwavelachtige stank van blootliggende mergel en halfvergane mosselen en schelpdieren en in ontbinding verkerend zeewier. Een zwoel en plakkerig briesje, dat kenmerkend was voor een paar laatste lentedagen, voordat de verstikkende zomer echt uitbrak.

'Enfin, ik ben nu toch aan het bekennen,' zei ze toen.

Hij draaide zijn hoofd en keek haar in de ogen.

'Weet je zeker dat je het wilt horen, Thorn? Het is alweer een tragisch verhaal.'

'Klaar als jij klaar bent.'

Ze begon die dag in februari te beschrijven, toen Thorn en Alex en Lawton en Sugarman en zijn twee meisjes naar de Lorelei waren gekomen om er te lunchen. Meteen nadat ze door Anne waren bediend had zij daar op het zonnige terras een opvallende jongeman leren kennen.

Thorn luisterde naar haar verhaal en minderde ondertussen alvast vaart om straks de half achter struiken verborgen oprit naar zijn huis op te rijden.

'Shit. Wat is dat?'

Een auto van de sheriff van Monroe County blokkeerde met draaiend blauw zwaailicht de toegang tot de grindweg. Er liepen een paar agenten omheen en dat betekende dat er binnen nog meer waren, voor het echte werk.

Thorn reed de vluchtstrook op, stak de snelweg over toen dat mogelijk was en liet de oude VW op enkele decimeters voor het linkerportier van de auto van de sheriff in opspattend grind tot stilstand komen.

Toen de deputy-sheriffs hem een paar minuten later eindelijk doorlieten en ze hun auto verderop parkeerden, zag hij sheriff Taft met een paar anderen bij de aanlegsteiger.

Taft kwam over de glooiende helling naar hem toe gelopen. Er stonden vijf auto's in Thorns tuin – een wit bestelbusje, een ambulance, nog twee politiewagens en een marineblauwe Crown Victoria.

'Ik heb geprobeerd je te bereiken, Thorn.'

'Ik moet mijn pieper thuis hebben laten liggen.'

Geüniformeerde agenten en twee slanke mannen die witte shirts en donkere lange broeken droegen waren bezig de oever af te zoeken. Hij vermoedde dat de withemden geen mormoonse missionarissen waren, maar hoogstwaarschijnlijk agenten van de FBI. Thorn had alles bij elkaar zeven personen geteld toen Taft in zijn blikveld verscheen.

Hij bekeek de bloedvlekken op de voorkant van Thorns korte broek.

'Wat is dat nou?'

'Zware dag op kantoor.'

Anne kwam naast hem staan. Taft nam even de tijd om haar op te nemen. Ze was diverse centimeters groter dan hij en hij moest zijn hoofd schuin achterover houden om haar aan te kijken.

'Anne Bonny Joy,' zei ze. En een seconde later: 'Vic Joy's zuster.'

Sheriff Taft keek nu weer naar Thorn en liet zijn blik een paar ongemakkelijke tellen op hem rusten.

'Man, man, Thorn, in welke nesten heb je je *nou* weer gewerkt?'

'Verdomme, Taft, wat is hier aan de hand?'

De sheriff wierp nog een blik op Anne, knoopte toen zijn borstzakje open en haalde er een foto uit, die hij aan Thorn gaf. Het was een zwartwitfoto – een frontaal portretje volgens de politievoorschriften. Het kostte hem maar een halve seconde om de man thuis te brengen: de roodharige kleine bastaard die voor Vic Joy's huis had gestaan. Dezelfde haakneus, dezelfde scheve grijns.

'We hebben een naam bij de vingerafdrukken op het mes in je deur. Een knaap van hier. Marshall Anthony Marshall.'

Thorn overhandigde de foto aan Anne en ze nam een minuutje om ernaar te kijken.

Thorn wist niet goed welke kant dit alles op zou gaan. Die mannen bij het water waren hier niet voor deze politiefoto. De ambulance, het witte busje, de donkere Crown Vic. Dat waren lui van buiten de stad. Waarschijnlijk Jimmy Lee Webster en zijn bende, die hier namens Washington gewichtig kwamen doen. Het vooruitzicht Marshall Marshall aan de autoriteiten over te leveren was voor Thorn geen probleem, maar de consequenties zouden wel een probleem zijn. Het zou Vic in de clinch brengen met sheriff Taft. Het zou hem en Marty Messina dwingen tijd te verspillen aan allerlei juridische toestanden, en daarmee kwam Janey geen minuut sneller vrij. Volgens hem.

'Ken hem niet,' zei Thorn. 'Lijkt me wel een aardige jonge knul.'

'Dat is hij niet,' zei Taft. 'Hij heeft meer items op zijn strafblad dan er weesgegroetjes in een rozenkrans zitten.'

'Wel verdikkeme! Wat kan schijn toch soms bedriegen!'

Tafts blik was verzengend.

'Wil je deze zaak opgelost zien, Thorn, of blijf je van die lullige komische nummertjes opvoeren?'

'Ken hem niet, sheriff. Zou graag helpen.'

Anne schudde haar hoofd. Ze kende hem ook niet.

'Sorry,' zei ze erbij.

'Ja, oké.' Taft rukte Anne de foto uit de hand en stopte hem terug in zijn borstzakje, waarvan hij de knoop weer sloot. 'Hartelijk dank voor jullie hulp. Nu is er nog een ander puntje.'

Hij draaide zich half opzij, zodat Thorn een beter zicht had op de activiteiten bij de oever.

'Ik kwam een paar uur geleden hierheen om je die foto te laten zien. Ik klopte aan, ik wachtte, maar je was niet thuis. Ik wilde juist weggaan, toen ik iets in de bomen bij het water zag.'

'In de bomen?'

'Het waren geen vogels,' zei Taft. 'Niet iets natuurlijks.'

Thorn probeerde langs hem heen te stappen, maar de sheriff legde een hand op zijn borst en hield hem ruw tegen.

'Aangezien ik je nergens kon vinden,' zei de sheriff, 'ben ik zo vrij geweest je vriendin bij de politie van Miami te traceren. De fotografe.'

Thorn haalde zijn blik weg bij de drukte aan de oever en keek Taft aan.

'Ja, maar wat heeft Alex hiermee te maken?'

'Ik dacht dat zij me misschien kon helpen om jou te vinden.'

'Wel, ik ben er nu.'

'Ja, dat is zo, maar ze is niettemin onderweg vanuit Miami. Om ons hier een handje te helpen. Omdat zij een collega-politievrouw is krijg ik van haar misschien wél een paar eerlijke antwoorden over wat hier verdomme allemaal aan de hand is.'

'Mooi,' zei Thorn. 'Perfect.'

'Hoe laat was het toen je vandaag van huis ging, Thorn?'

'Ik weet het niet. Negen uur, halftien.'

'En je hebt bij het weggaan niets ongewoons opgemerkt?'

'Wat is het, Taft? Waarom zég je het me niet gewoon?'

'Je hebt vanmorgen niets ongewoons op dit terrein gezien?'

Thorn zuchtte.

'Dat klopt. Niets ongewoons. Had ik iets opgemerkt moeten hebben? Misschien was er iets, maar heb ik het bij het weggaan over het hoofd gezien.'

'Nee, nee, dit zou je hebben gezien, Thorn. Geen twijfel mogelijk.'

De sheriff streek met een hand over de voorkant van zijn shirt en trok toen zijn beide manchetten recht. Een Pietje precies, nu er een attractieve vrouw bij hem was.

'Juffrouw Joy,' zei Taft. 'Misschien wilt u hier boven blijven. Dat bespaart u een lelijke aanblik.'

Ze keek naar Thorn.

'Is ze vrij om te vertrekken,' vroeg Thorn aan Taft.

Taft deed een stap achteruit en betastte haar lichaam onnodig lang en intens met zijn blik.

'Beter dat ze blijft. Tenzij ze een echt sterk argument heeft om van de plek van een moord weg te vluchten.'

Tweeëntwintig

Vier uur. Nog twee uur tot zijn volgende gesprek met Janey. Sugarman deed zijn uiterste best zich de details van haar huidige situatie niet voor de geest te halen. Hoe angstig en verward ze zich moest voelen, hoe klein en heet de cel was waarin ze was opgesloten. En zijn eigen angsten zaten hem ook in de weg. Ze benevelden zijn pogingen om ordelijk te denken en maakten zijn handschrift bibberig toen hij alles op papier krabbelde wat hij zich van hun vorige gesprek nog herinnerde. Dat ze de zee rook. Een blauwe iriserende vlinder had gezien, met zwarte randen aan de vleugels. Dierengeluidjes die van dichtbij kwamen. Hitte en regen. Combineren met wat hij van Kirk Graham had opgestoken. Achttienhonderd kilometer. Misschien tweeduizend.

Hij gebruikte een scheermesje om een bladzijde uit zijn verouderde *Encyclopedia Americana* te snijden, een kaart van Noord-Amerika, en diepte daarna een oude metalen passer op uit een la met gereedschappen in de garage. Hij zette de passer uit met behulp van de legenda op de kaart en trok een cirkel met een straal van tweeduizend kilometer en Islamorada als middelpunt.

Het potloodpuntje kwam in het noorden tot bij Philadelphia, en in het westen helemaal tot in Kansas, Texas en Centraal-Mexico. Naar het zuiden toe omvatte de cirkelrand zowat heel Midden-Amerika en verderop naar het oosten een strook van wel honderd kilometer landinwaarts in Venezuela en Colombia, plus Puerto Rico, plus de hele rij eilandjes van de Kleine Antillen, van Martinique en Saint Lucia in het zuiden tot Nevis, Saint Kitts en Barbuda in het noorden.

Hij legde de passer neer en keek nog eens naar zijn cirkel. Hij wist nog voldoende van meetkunde om eventueel het aantal vierkante kilometers van zijn zoekgebied uit te rekenen, maar daar zag hij het nut niet van in. Een zo groot getal zou zijn gevoel van futiliteit alleen maar aanwakkeren.

Janey was een kleine tweeduizend kilometer bij hem vandaan. Zeven à acht uur vliegen, in een heet, regenachtig gebied ergens bij de zee, waar veel dieren voorkwamen. Regenwoud, tropische jungle – daar leek het op. Dus Philadelphia, Cleveland en Memphis vielen af. Ook het hele binnenland van de Verenigde Staten en het grootste deel van de kust. Te dicht bevolkt, te gematigde temperaturen. Misschien dat er aan de kust van Louisiana of Mississippi gebieden waren die aan de voorwaarden voldeden – moerasland met veel dieren en de geur van de zee vlakbij. Van het droge en lege Mexico kon hij een groot deel bij voorbaat afschrijven, maar dan waren er nog altijd honderdduizenden vierkante kilometers over – kustgebieden van de Caribische Zee en ontelbare eilanden. Het was meer dan zijn geest kon bevatten, hij werd er duizelig van. En ook steeds depressiever.

Terwijl hij de kaart met de getekende cirkel bestudeerde drong het opeens tot hem door, dat de piloot misschien niet regelrecht naar een bestemming was gevlogen. Daar konden allerlei heel normale redenen voor bestaan. Ontwijken van een orkaan. Om Cuba heen vliegen – daar moest je als vliegtuig uit de buurt blijven. Als je vanaf Islamorada in zuidelijke of zuidwestelijke richting wilde gaan kostte je dat een omweg van vele extra kilometers.

Hij had Kirk Graham nodig om daar een beter idee van te krijgen, maar zijn eigen snelle berekening en wat experimenteren met zijn passer – telkens om stukjes van honderd kilometer af te passen – leerde hem dat je alleen al om Cuba te vermijden een uur of twee extra moest vliegen, als je naar het zuiden wilde.

En dan was er natuurlijk ook nog de akelige mogelijkheid dat de piloot zo doortrapt of paranoïde was geweest, dat hij opzettelijk wat rondjes had gevlogen om tijd te verdoen en een reconstructie van zijn route onmogelijk te maken. Sugarman wist het niet. Hem restte geen andere mogelijkheid dan te beginnen met de enorme cirkel, en dan maar hopen dat hij het zoekgebied steeds verder zou kunnen inperken. En op tijd. Voordat Janey's situatie zou verergeren.

Dat ze de zee kon ruiken, dat was iets. En die blauwe vlinder. Maar ze had ook een vogel genoemd, en die kon hij zich nu niet meer herinneren.

Hij legde de kaart weg, keek naar het donkere scherm van de laptop en begon toen de stapels boeken door te worstelen die hij had geleend van de stadsbibliotheek van Key Largo.

‘Het heet een galgenkooi,’ zei Anne. ‘Het is iets van de oude piraten.’
Taft draaide zich om en staarde haar aan.
‘Van piraten?’
‘Uit de achttiende eeuw, ja. Tegenwoordig zie je er niet veel meer.’
‘Godsamme,’ zei Taft.
Thorn zat een eindje verderop vanaf de gele bank te kijken naar de forensische experts die bezig waren foto’s te maken, het terrein op te meten, en het grasveld en de modderige oever af te zoeken naar voetafdrukken of andere sporen.

Aan een dikke tak van de oudste gumboboom in zijn tuin hingen drie mannen. Ze hingen naast elkaar, met slechts twee of drie decimeter tussen de lichamen. Een hele belasting voor die oude tak, maar deze hield zich kranig. Ieder van de drie lijken was omsloten door een strak frame dat van roodachtig ijzer gemaakt leek en dat bestond uit een metalen band van drie centimeter breed rond de nek, een tweede rond de borst en nog twee andere rond de onderkant van het torso. Hun benen hadden beugels rond de knieën en enkels als bij een kind met polio. Een ijzeren band die parallel liep aan de schenen verbond die beugels aan de knie en de enkel met elkaar, en met de rest van de kooi. De hoofden van de mannen waren omsloten door vier ijzeren strips die op het binnenframe van de helm van een antiek duikerpak leken. Twee zware kettingen verbonden de helm met de band om de heupen. Kennelijk was het alles bij elkaar een instrument om de mannen in een stabiele positie te houden, niet om ze te martelen of te doden.

Degenen die daar hingen waren Jimmy Lee Webster en Zashie en een man die Thorn niet kende. Met doorgesneden keel, en daarna aan de tak gehangen. Aan de massa’s bloed op hun borst was te zien dat ze waren opgehangen toen hun hart nog klopte.

De twee rechercheurs met een wit T-shirt aan kwamen dichter naar Anne toe en luisterden naar haar uitleg. Ze leek griezelig nonchalant over het tafereel, terwijl Thorn zag dat zelfs de mannen van de politie niet al te vaak in de richting van de drie lijken keken.

‘Nadat piraten waren terechtgesteld werden ze in zulke kooien opgehangen, waarna hun verwanten ze konden lossnijden en begraven. Bij wijze van publieke vernedering. Voordat de veroordeelde man werd gedood werd de maat genomen voor zijn kooi, en volgens de verhalen waren de piraten banger dáárvoor dan voor de executie zelf.’

‘Hoe weet u dit allemaal?’ vroeg een van de withemden haar.

Anne keek naar de lijken die hingen te deinen in de stevige bries.

'Helaas is het mijn specifieke expertise.' Haar stem klonk vaag en afstandelijk, en Thorn begreep opeens dat hij geen nonchalance voor zich zag, maar een staat van verdoofdheid die tussen verbijstering en paniek in zweefde.

'Oorspronkelijk werden deze constructies door smeden vervaardigd,' vervolgde Anne. 'Precies op maat gemaakt, want de botten moesten nog een hele tijd blijven hangen nadat het vlees al was weggerot.'

Ze keek opnieuw naar de wimpel die aan de paal aan het einde van Thorns steiger wapperde. Zelf had hij hem pas een paar minuten geleden gezien. Hij had daar al in geen jaren een vlag aan bevestigd. In dit geval was het een speciale vlag, driehoekig, bedoeld om aan de top van een mast te hangen, en waarop in gouden letters op een zwart veld *The Black Swan* stond.

Noch Taft, noch de andere mannen hadden melding gemaakt van de vlag. Ze hadden ook geen speciale reden om die te hebben opgemerkt. De drie lijken in de boom hadden hun volle aandacht opgeeist. Terwijl de rechercheurs hun werk deden was Thorn op Lawtons bank gaan zitten. Hij keek uit over het water en probeerde rustig adem te halen. Zijn eigen ijzeren band zat onzichtbaar, maar steeds strakker om zijn borst.

Terwijl over de Sound traag een platbodem voorbijtufte – een avondfeestje met veel drankjes en hapjes – hoorde Thorn de geluiden waarop hij had zitten wachten: het knersen van het grind op zijn oprijlaan en het hese brommen van Alexandra's Accord.

Anne koos dat moment om zich van de rechercheurs te verwijderen en dicht naast Thorn op de bank te komen zitten.

'Ze zeiden dat ik gerust even weg kon.'

Thorn schoof voorzichtig een heel klein stukje opzij. Alsof dat zou helpen.

'Gaat het een beetje?'

'Nee,' zei ze. 'Helemaal niet.'

'Die wimpel. Herken je hem?'

Ze slikte moeilijk en zag Alex en Lawton uit de Honda stappen.

'Dat is onderdeel van het lange verhaal dat ik wilde vertellen. Die vlag wapperde op de boot waarop hij arriveerde, die dag dat ik hem voor het eerst zag. De man van de Lorelei.'

'Daniel Salbone.'

Ze verstijfde. Toen draaide ze haar hoofd heel licht zijn kant op, zodat ze het uiterste randje van haar ooghoeken moest gebruiken om hem te zien. Alsof hem rechtstreeks aankijken nu boven haar krachten ging.

'Hoe weet je dat? Vic heeft het je zeker verteld?'

'Nee, niet Vic. Een van die mannen in de boom heeft het me gezegd.'

'Welke man?'

'De kleine aan het eind. Hij zat achter Salbone aan.'

'Ja?'

'Voormalig staatssecretaris van Marine. Jimmy Lee Webster.'

'Wanneer was dat? Dat hij je over Daniel heeft verteld?'

'Gisteravond.'

'En wat betekent dat? Dat jij met hem samenwerkt? Dat je probeert Daniel te pakken te krijgen?'

'Salbone interesseert me niks. Ik probeer Janey terug te krijgen. Dat is alles.'

Ze draaide zich iets verder naar hem toe en keek hem enkele seconden aandachtig aan. Haar hersenen werkten op volle toeren, maar op een gegeven moment leek die inspanning haar te veel te worden. Ze richtte haar blik op de steiger en de wapperende wimpel.

'Ik wist het,' zei ze. 'Diep in mijn hart wist ik dat hij nog leefde. Nu is hij gekomen om me te halen. Hij heeft gezegd dat hij dat zou doen. En nu is hij hier. Daniel is hier.'

'Misschien,' zei Thorn. 'Maar het zou erg raar zijn – drie mannen vermoorden en dan je visitekaartje achterlaten.'

'Hij is niet gewelddadig van aard. Er moet iets ergs zijn gebeurd.'

Thorn zag dat Alexandra en Lawton naast de auto een gesprekje hadden. Vermoedelijk droeg Alex hem op dat hij zich moest gedragen.

'Als je iemand als Jimmy Lee Webster achter je aan hebt jagen,' zei Thorn, 'die je probeert te doden of op te sluiten, dan komt er misschien een heel andere kant van een man naar boven. Een kant die je niet kende.'

'Waarom hier?' vroeg ze. 'Waarom heeft hij niet geprobeerd me bij Vic te vinden?'

'Dat heb ik me ook afgevraagd.'

Thorn zag Alex met grote stappen door de tuin lopen. Ze droeg een vale spijkerbroek en een witte kraagloze bloes. Weekendkleren. Ze had ook de blauwe honkbalpet van de politie van Miami op, waaronder ze haar haren had weggestopt. Wegens haar donkere zonnebril kon Thorn niet zien of ze wel of niet zijn kant op keek. Ze hield haar hoofd opgeheven, straalde nuchtere ernst uit. Puur zakelijk, dit alles. Ze liep naar de voet van de gumboboom, waar Taft stond te praten met twee van de withemden. Ze keek even naar de lijken in de boom, schudde toen de rechercheurs de hand. Lawton kwam achter haar vandaan en begaf zich in de richting van de bank. De puppy dribbelde achter hem aan.

'Is die verdomde bus al gekomen?'

'Nee, Lawton. Nog steeds niet.'

Het hondje stak aan de zijkant van de bank een poot omhoog en voegde het meubel toe aan zijn territorium.

'Hé, ik heb geconcludeerd dat Miami me niet meer bevalt. Je hoort daar te veel Cubaans gemekker, overal waar je gaat of staat. Hier bevalt het me beter, dit is meer Amerikaans. Waarom moesten we trouwens weg? Heb je ons weggestuurd omdat ik iets verkeerds heb gezegd? Heb ik iemand beledigd?'

'Nee, Lawton, niks aan de hand met jou.'

'Nou, waarom dan wél? Waarom hebben we ons congé gekregen?'

'Jullie hoeven niet weg,' zei Thorn. 'Jij en Alex kunnen zo lang blijven als jullie willen.'

'O ja? Nou, dat is anders niet wat mevrouw de Grote Baas Almachtig zegt. Zij zegt dat we niet meer op de Keys wonen.'

'Heeft ze dat gezegd?'

Anne stond op.

'Zeg, zou je me niet eens voorstellen?' vroeg Lawton. 'Een sappig jong ding en ik krijg niet eens haar naam te horen. Ik ben beschikbaar, moet je weten. Een vrijgezel met veel pluspunten. Een goed maandpensioen plus een aanvulling van sociale zaken. Heb mijn eigen tanden nog en mijn prostaat is zo hard als een eikeltje.'

'Je moet het Lawton maar vergeven,' zei Thorn.

Maar Anne luisterde niet. Ze staarde naar de galgenkooien.

Lawton tilde zijn puppy op en nam hem in zijn armen. De hond leek elk etmaal dubbel zo groot te worden. Zijn vacht glansde, zijn ribben waren niet meer te zien.

'*De dood is niet het grootste verlies in het leven*,' zei Lawton tegen Anne. '*Het grootste verlies is dat wat in ons binnenste sterft terwijl we in leven zijn*.' Lawton zette het hondje op de grond. 'Dat is mijn zenwijsheid van de dag. Negeer haar op eigen risico.'

Anne keek zijn kant op en scheen Lawton nu pas te zien. Hij gaf haar de wellustige glimlach van een oude bok.

'Wat zijn dat voor rare versieringen in die boom?' vroeg Lawton toen. 'Is het goddomme nou alweer Kerstmis?'

Alexandra schudde sheriff Taft de hand, draaide zich om en kwam naar de bank lopen.

Thorn stond op. 'Kom mee, pa. Ze hebben ons hier niet meer nodig.'

Alexandra stak een visitekaartje in de zak van haar jeans en gebaarde naar Lawton. De puppy klauwde aan Alexandra's been om de attentie van de opperhond te krijgen, maar zij negeerde hem.

'Thorn heeft gezegd dat we kunnen blijven. Alles weer oké. We kunnen blijven zo lang we maar willen.'

Alex hield haar blik op de oude man gericht.

'We moeten terug. Thorn heeft een paar problemen die hij moet oplossen. Hij heeft ons daarbij niet nodig.'

'Dat is niet waar,' zei Thorn. 'Ik heb jullie heel hard nodig.'

Ze draaide zich half om, bracht haar hand omhoog en zette haar zonnebril af. Keek hem aan met ogen die sedert die ochtend waren veranderd. Neutraal geworden, afstandelijk. Ze keek hem aan met een bijna wetenschappelijke distantie, alsof ze een slachtoffer bekeek dat voor haar lag en nadacht over de beste camerahoek. Geen tekentje van boosheid, geen tekentje van liefde.

'Ik zou zeggen dat drie dode mannen aan een tak van jouw boom een nogal serieus probleem vormen, Thorn. Ik geloof niet dat je voorlopig veel tijd zult hebben voor afleiding.' Hoewel Anne nog geen halve meter bij Thorn vandaan stond, keek Alex geen moment die kant op. Ze zette haar bril weer op en wenkte Lawton nogmaals. 'Kom nou mee, pa. We moeten gaan.'

'Ga alsjeblieft niet weg, Alex. Ik moet een paar dingen uitleggen.'

'Niet nodig,' reageerde ze, nog steeds met haar blik op Lawton gericht. 'Ik geloof dat ik het algehele beeld wel voor ogen heb. Kom mee, pa.' Deze keer gebruikte ze haar politiestem – doe het, of er zwaait wat! Lawton keek naar Thorn, haalde zijn schouders op en volgde haar naar de auto.

Drieëntwintig

Het was vijf over vijf, bijna een uur voor het afgesproken tijdstip, toen Janey riep: 'Papa, papa!' Aan de andere kant van de kamer zat Sugarman methodisch de gladde pagina's van een handboek over tropisch dierenleven door te bladeren.

Hij sprong van het bed en rende naar de computer.

'Ik ben hier,' zei hij. 'Wat is er gebeurd? Is er iets mis?'

'Ik weet dat ik te vroeg ben, maar ik kon niet langer wachten,' zei ze. 'Er gebeurt hier zóveel!'

'Wat dan? Waar?'

'In de jungle,' zei ze. 'Zoveel vogels en andere dingen. Ik móet het je vertellen voordat ik het allemaal weer vergeet.'

Sugarman ging zitten en leunde achterover. Hij streek met zijn hand over zijn voorhoofd, waarvan alle spieren strak stonden.

'Heeft de politie de telefoonverbinding al gevonden? Weet je al waar ik ben?'

'Nee, schat. Het werkt niet. We moeten het zelf doen, op de ouderwetse manier.'

'O.' Ze keek naar opzij en veegde het zweet van haar gezicht. 'Nou, ik heb een vlucht toekans gezien, papa. Vier of vijf.'

'Toekans?' vroeg hij. 'Weet je het zeker?'

Het klonk weer opgewonden. Een kind dat exotische vogels had gezien.

'Met grote snavels, heel veel kleuren. Gele kop en keel, zwart lijf. De snavels lijken op zuurstokken. Rood, geel, groen, een lichtgroene kleur. Ze klappen een paar keer met hun vleugels en laten zich dan door de lucht glijden. Ik heb ze twee keer gezien vanmiddag. En een heel grote groene leguaan. En een grote blauwe reiger en een aalscholver.'

'Niet te snel, Janey. Ik schrijf dit op.'

'De batterij staat lager. Onder de helft. Ik heb een hele sandwich gegeten, maar pas één cola gedronken. Ik heb niet veel dorst.'

'Mooi, mooi.'
'En die vlinder, papa? Hem je hem opgezocht?'
'Ja, maar hij helpt ons niet veel verder.'
Hij probeerde een neutrale toon te vinden, ergens tussen de sombere waarheid en valse hoop in.
'Waarom niet?'
'Het is een blauwe morfovlinder,' zei Sugar. 'Bijgenaamd de keizer. Maar hij komt overal in Zuid- en Midden-Amerika voor. En in het hele Caribische gebied, Trinidad, Tobago. Overal. Dus daar schieten we niet veel mee op.'
'O,' zei ze. De klank eindigde in een zuchtje.
'Het is oké, liefje. Maak je geen zorgen. We krijgen dit voor elkaar. Geloof me. Er was ook een vogel, die je de vorige keer al hebt genoemd. Wat was dat er voor een? Je zag hem al helemaal aan het begin.'
'Nee, wacht even,' zei ze. 'Ik vergeet nog iets. Een dier. Heel apart. Als een eekhoorn met lange benen, en dik, en zonder staart.'
'Wat voor kleur?' vroeg Sugarman. 'Wacht even, ik heb een boek.'
Hij sprong van zijn stoel, haastte zich naar het logeerbed en zocht gehaast in de stapel boeken tot hij de *Gids voor Zoogdieren in het Regenwoud* had gevonden.
'Roodachtig bruin,' zei Janey. 'Hij liep over het paadje dat de rand van de jungle volgt. Ik dacht eerst dat het een rat was, een reusachtige rat, maar toen heb ik de verrekijker gepakt. Hij lijkt meer op een eekhoorn met lange poten. En dik.'
Sugarman bladerde door het zoogdierenboek tot hij de juiste pagina's gevonden had. Tekeningen van eekhoorns, heel veel pagina's met ratten, stekelvarkens, gordeldieren, konijnen. Dan een bladzijde met dieren die hij niet herkende.'
'Geen staart?' vroeg hij.
'Nee, en een spitse snuit, als een eekhoorn.'
Hij hield de bladzijde voor zijn webcam en wees een plaatje aan.
'Zoals deze?'
Ze zweeg even, tuurde naar haar scherm.
'Die andere, erboven.'
'Deze hier? Weet je het zeker?'
'Ik denk van wel. Is hij roodachtig?'
'Ja, roodachtig, zonder staart, als een reuzeneekhoorn. Maar dan met lange poten.'

Sugarman keek naar het nummer en las toen het bijschrift op de tegenoverliggende pagina.

'Een agoeti,' zei hij.

'Agoeti?'

'Ja.' Hij spelde de naam voor haar. 'Wacht even, ik zoek op waar hij voorkomt.'

Hij ging naar het register, vond de pagina waarnaar verwezen werd en las de alinea.

'Wat staat er, papa?'

Hij las het haar voor.

'In Chiapas en Campeche, in Mexico. Ten zuidoosten daarvan in alle landen van Midden-Amerika. Ook in het noordwesten van Venezuela, Noord- en West-Colombia, en Ecuador ten westen van de Andes.'

'Tjee,' zei ze. 'Ik ben wel érg ver weg!'

'Ja,' zei Sugar. 'Erg ver.'

'Helpt dit, papa?'

'Zeker helpt het. Je zit niet op een eiland. Dat kunnen we uitsluiten, denk ik. Mexico, Midden-Amerika, het noorden van Zuid-Amerika. Je bent ergens op de kust van het vasteland. Dat is een belangrijke stap vooruit.'

'Die toekans waren zo mooi om te zien. Alsof ik in een dierentuin was. Vlak boven het dak van de hut.' Ze zweeg even. 'Papa? Wat ben je aan het doen?'

'Ik zoek bij toekans, schat.'

Ze neuriede een liedje. Het was er een dat hij vaag herkende van de radio, een van de popzenders die zij en Jackie het liefste hoorden. Zijn dochter van negen was ergens in een jungle tweeduizend kilometer bij hem vandaan een liedje aan het zingen, terwijl Sugar de loodzware vogelgids zat door te nemen, en door de uilen, de koekoeken, de nachtzwaluwen en de kolibries bladerde, en ook door trogons en jassana's en andere vogels die hij niet kende en waarvan hij het bestaan nooit had vermoed, tot hij ten slotte bij de toekans kwam. Ze deelden de pagina met de spechten, de motmots en de ijsvogels.

'Hoe zag de snavel er uit?'

'Dat zei ik al, papa. Als een zuurstok. Geel, met een rode of oranje punt. En blauw aan de onderkant van de snavel.'

'Met een kielsnavel dus,' zei hij. Hij hield het plaatje omhoog om het haar te laten zien.

Ze tuurde even en knikte toen. Ja, die was het.

'Luister, Janey, kun je vanuit een van je vensters de horizon zien?'

'De horizon?'

'Waar de lucht het land of de zee raakt. Kun je dat ergens zien of staan er bomen voor?'

Ze stond op en liep rond door de kamer. Via de webcam zag hij haar door de kier van de planken voor een venster kijken. Na een halve minuut was ze terug.

'Ja, vanuit twee vensters kan ik de horizon zien.'

'Oké, mooi.'

'Waarom, papa?'

'Dat is iets wat we vanavond kunnen doen. Ik herinner het me van toen ik bij de padvinders was. Weet je nog aan welke kant vanmorgen de zon opkwam?'

'In het oosten natuurlijk, papa. Net als altijd. Ik ben geen klein kind.'

Ze zette een stap bij de camera vandaan en wees de wanden aan. 'Noord, zuid, oost, west,' zei ze erbij.

'Goed zo, Janey. Dus je kunt de oostelijke horizon zien?'

Ze keek achterom en toen weer naar de webcam. 'Ja. Aan die kant lag de marina.'

'Dus de zon kwam vanmorgen boven het water op?'

'Ja.'

'Heel goed,' zei Sugarman. 'Vanavond, meteen als het donker wordt, gaan we iets proberen wat ons zal helpen om te bepalen waar je bent. Het is nog volle maan. Het zou moeten werken.'

'Echt waar?'

'Echt waar.'

'O, nou weet ik het weer,' zei ze. 'Het was een aalscholver, papa. Die andere vogel. Die ik al eerder had gezien. Hij leek wel op een aalscholver, maar was iets anders. Kleiner.'

'Kun je hem beschrijven?'

Ze zweeg even, keek naar links, trok een lelijk gezicht.

'Wat is er, Janey?'

Hij zag dat ze opstond van haar stoel, zich naar de camera boog – haar mond raakte vervormd – en op haar tanden beet.

'Ik moet naar de wc.'

'Oké.'

'Ik heb opeens last van mijn maag.'

'Ach, schat, wat zielig.'

'Misschien heb ik het broodje te snel gegeten. Ik had veel honger, dus ik heb het nogal naar binnen geschrokt. Of misschien komt het door het water, ik weet het niet. Ik moet nu gauw gaan, papa. Ik verbreek de verbinding, maar bel je over een paar minuten terug. Goed?'

'Oké, liefje. Ga maar. Verbreek het contact. Ik wacht hier op je.'

En ze verdween.

Sugarman bleef een poosje roerloos naar het scherm staren. Hij knipperde de mist uit zijn ogen.

Het kostte hem slechts een minuut om de pagina met de gedetailleerde beschrijving te vinden en te ontdekken dat deze toekan met kielsnavel, ondanks de exotische kleuren en het enorme formaat van de snavel, in grote delen van Mexico en het Caribisch gebied inheems was – zo ongeveer overal waar ook de agoeti voorkwam. Geen nieuwe informatie dus.

Zijn cirkel was gekrompen tot nog maar een kwart van de oorspronkelijke omvang, maar dat was nog steeds een onafzienbaar groot stuk taart.

De ondervraging vond plaats in Thorns woonkamer. Een stevig briesje deed de oude kanten gordijnen heen en weer waaien. Een van de withemden nam het vragen stellen voor zijn rekening, terwijl zijn twee collega's een eindje verderop zachtjes met elkaar op de bovenveranda stonden te praten.

Thorn had zich in de fauteuil genesteld – een té zacht meubelstuk, van waaruit hij door het venster op het westen naar buiten kon kijken. Dat deed hij nu ook. De technici waren bijna klaar met hun werk en een paar medewerkers van de medische dienst balanceerden op twee hoge ladders om de lichamen uit de boom te plukken.

Anne kon Thorns verblijfplaats bevestigen vanaf ongeveer tien uur die ochtend tot hun komst hier. Ze waren op het landgoed van Vic Joy geweest, op Islamorada, en daar waren ze de hele ochtend en middag gebleven.

'Die lichamen hingen daar niet toen ik hier vertrok,' zei Thorn. 'Dus ze zijn hier gehangen tussen tien uur en de aankomst van de sheriff.'

'Het rekenwerk doen wij wel, bedankt,' zei het withemd.

Hij droeg een bril met zwartomrande glazen, die eruitzag alsof hij hem in een drogisterij overhaast uit een bak met koopjes had gegrist.

De man had Thorns lengte en ruwweg zijn lichaamsbouw. Slank, maar met brede schouders. Zwarte pantalon, zwarte schoenen. Misschien geen zendeling van de mormonen, maar toch in elk geval een zeloot. Waarschijnlijk met een eigen repertoire van ingestudeerde replieken bij de hand.

Hij had hun verteld dat hij Ralph Fox heette. Speciaal agent Fox, hoofd van een gezamenlijke taakgroep van agenten van de CIA, de FBI en nog een paar andere federale diensten. Hij wachtte even om te kijken of Thorn de magnitude van die positie wel goed tot zich liet doordringen.

Thorn had 'tjeeminee' willen zeggen, maar hield zich in.

'En u hebt meneer Webster en meneer Rasmussen gisteravond ontmoet?'

'Ze hebben me ontvoerd om me te ontmoeten,' zei Thorn. 'En die grote man noemde zich gisteren Zashie.'

'Wat was de aard van die ontmoeting?'

'Ik werd gerekruteerd om te helpen bij hun onderzoek.'

'Gerekruteerd?' zei Taft, en hij grinnikte. 'Jij en samenwerken met die lui? Kom nou, Thorn. Vertel ons geen sprookjes.'

Agent Fox keek nadrukkelijk een poosje langs Taft heen – een klein rukje van het baasje aan zijn leiband. De sheriff keek lelijk, maar hield zijn mond en nam plaats op een van de krukken die wat verder weg stonden.

'En voor welke taak werd u gerekruteerd?'

'Als u de tsaar van deze enorme taakgroep bent, waarom weet u dat dan nog niet?'

'Voor welke taak, meneer Thorn?'

Fox trok aan een oorlel en keek naar de wand achter Thorn.

'Ik heb niet de vrijheid om dat te zeggen.'

Taft schudde zijn hoofd en keek kwaad naar Thorn.

Niet uit het veld geslagen stond agent Fox op en liep langzaam door Thorns woonkamer, die hij aan een koele analyse onderwierp. Hoewel Fox waarschijnlijk achter in de veertig was, was zijn gezicht nagenoeg zonder rimpels, alsof hij zijn gevoelens al sedert zijn vroegste jeugd onder controle had gehouden – een eeuwig pokergezicht, zonder grijnzen of grimassen.

Anne Bonny's blik dwaalde steeds naar het venster af, alsof ze daar elk moment haar piraat verwachtte te zien, de held die haar moeiteloos uit dit netelige parket zou komen bevrijden.

'Wie is de derde man in de boom?' vroeg Thorn. 'Degene die aan Sugarman allerlei leugens heeft verteld? Of hebben jullie dat gedaan?'

'Hoe verdient u de kost, meneer Thorn?' Fox bekeek de boekenplanken, Thorns nietige bibliotheek, die voornamelijk bestond uit gebonden boeken die hij voor weinig geld tweedehands had gekocht. Avonturenverhalen, zijn eigen reeks zeevertellingen, een paar literaire werken waar hij al jaren vergeefs had geprobeerd doorheen te komen.

'Ik bind vliegen voor vissers,' zei hij. 'Lures. Vooral voor bonefish. Kent u die vis?'

'En daarmee is in uw levensonderhoud te voorzien?'

'Het betaalt de benzine voor de Rolls.'

'Thorn, wees niet zo'n hufter,' zei Taft. 'Dit is geen spelshow.'

'Hé, maar als hier wordt gesuggereerd dat ik mijn inkomen aanvul met wat piraterij, dan wil ik dat idee meteen de grond in boren. Ik bind vliegen. Dat levert niet veel op, maar ik heb niet veel nodig.'

'Niemand heeft iets gezegd over piraterij, meneer Thorn.'

Met zijn rug naar de anderen pakte agent Fox een boek van een plank. Hij bladerde het door en zette het terug. Toen liep hij naar de fauteuil waarin Thorn zat, haalde een foto uit zijn borstzakje en gaf deze aan Thorn. Het was de politiefoto van Marshall Marshall. Thorn keek ernaar. Het onderkruipsel was er niet knapper op geworden.

'De sheriff zegt dat u deze man daarnet niet kon identificeren. Is dat correct?'

Thorn zei niets.

'Weet u, meneer Thorn, uw uitdagende houding draagt niet bij aan uw positie. We weten dat meneer Marshall soms wordt ingezet bij de poortbewaking van meneer Joy's landgoed. We weten dat u de man vanmorgen hebt ontmoet, want dat is waargenomen door ons observatieteam. Dus u ziet, Thorn, dat we weten dat u ons al een keer een valse getuigenis hebt gegeven. Ik begrijp alleen niet waarom u zou liegen, als u niets te verbergen hebt.'

'Hij is een stomme querulant,' zei Taft. 'Dat is de reden. Het is zijn verdomde áárd.'

'Sheriff,' zei agent Fox.

'Oké, ja,' zei Thorn. 'Dus ik heb een korte ontmoeting met Marshall gehad. Mooi, u hebt me hopeloos klemgezet, hartelijk gefeliciteerd met uw briljante speurwerk.'

'Van welke andere feiten hebt u ons een onjuiste voorstelling gegeven?'

'Stel me meer vragen, dan zal ik zien wat ik voor u kan doen.'
'Waarom zou een federale agent een man als u rekruteren, Thorn? Kunt u ons met die vraag verder helpen? Wat is daarop uw antwoord?'
'Dat zou u Webster moeten vragen.'
'Jezus Christus, Thorn. Doe nou toch eens normaal, man!' Taft sprong van zijn kruk en beende naar de deur. 'Hij gaat je geen flikker vertellen. Je verspilt je tijd, Fox.'
Taft schoof de terrasdeur met een klap achter zich dicht.
Speciaal agent Fox zette zijn bril af en haalde een zakdoek uit zijn achterzak. Terwijl hij zijn lenzen schoonveegde richtte hij zijn bleke ogen op Thorn.
'Ik begrijp dat u me niet vertrouwt, Thorn. U gelooft niet dat ik uw belangen op het oog heb, dus u wilt zo tegendraads mogelijk zijn.'
'Dat is een adequate samenvatting,' zei Thorn.
Fox zette zijn bril weer op en stak de zakdoek weg. Hij liep naar Thorns stoel en hurkte daar neer, zodat zijn gezicht op slechts enkele centimeters van dat van Thorn verwijderd was.
'Ik neem aan dat dit wantrouwen voortkomt uit negatieve ervaringen met wetshandhavers in het verleden?'
'Mooi geformuleerd,' zei Thorn.
Agent Fox stak zijn hand uit en legde deze op de bovenkant van Thorns blote arm. Het was een rare geste – niet vriendelijk, maar ook niet openlijk intimiderend. Toch ook geen onschuldige aanraking. Zijn hand drukte zwaar op Thorns huid, warm en enigszins onderzoekend – alsof hij een menselijke leugendetector was, die op deze manier de onregelmatige polsslag van Thorn kon registreren.
'Als u het niet erg vindt, juffrouw Joy?'
'Wat?'
Ze had zonder op te letten naar de steiger zitten staren.
'Kunt u ons een paar momenten privacy geven?'
Fox glimlachte over zijn schouder naar haar en Anne keek naar Thorn.
'Het is oké,' zei Thorn. 'Als hij iets raars probeert uit te halen zal ik krijsen.'
Anne ging naar buiten en de andere mannen gaven haar de ruimte op het terras. Iedereen stond bij de leuning te kijken hoe de laatste man uit de boom werd gehaald.
'Ik ga u aan uw woord houden, meneer Thorn.' De agent had zijn hand nog steeds op Thorns onderarm liggen.

Thorn had zijn arm kunnen wegtrekken, maar dit voelde aan als een soort alfahond-test, of een wedstrijd in staren. Thorn vond het een raar spel, maar hij wilde zich niet laten kennen.

'Ik zal dus aannemen dat James Lee Webster u inderdaad heeft gerekruteerd voor een bepaald onderdeel van zijn operatie. U sprak daarnet over piraterij, dus ik neem tevens aan dat Webster u tot op zekere hoogte heeft geïnformeerd over de aard van zijn bezigheden.'

'Hij heeft me een diaserie laten zien,' zei Thorn. 'De Wondere Wijde Wereld der Piraten.'

'En om een of andere reden hebt u erin toegestemd met hem samen te werken.'

'Hij was overtuigender dan u. Hij deelde wat informatie met mij.'

Fox knikte.

'Een paar minuten geleden hebt u me een vraag gesteld. U wilde weten wie de man was die naast Webster en Rasmussen hing.'

Nu Fox zo dicht naast hem zat, met nog steeds zijn hand zo intiem op zijn arm, kreeg Thorn het gevoel dat dit voor de agent zoiets als een religieuze ceremonie was. En dat Thorn werd ingezworen in een geheim genootschap.

'Om staatssecretaris Webster te verliezen is al erg genoeg,' zei Fox, 'maar om die andere heer te moeten missen, meneer Thorn, ik vind het niet erg dat te bekennen, is een pijnlijke tegenslag. Voor ons persoonlijk en voor het welzijn van ons land.'

'Laat me raden,' zei Thorn. 'Was hij het die in een van de piratenbendes was gepenetreerd?'

Agent Fox knipperde met zijn ogen en trok een wenkbrauw op.

'Kennelijk had staatssecretaris Webster een bijzonder vertrouwen in u.'

'Ik geloof eerder dat hij wanhopig was.'

'Het is een inbreuk op het beleid van de FBI om burgers te betrekken bij onderzoekingen door het bureau.'

'Ik ben daar zelf ook niet zo dol op,' zei Thorn.

'Maar in dit geval,' zei Fox, terwijl hij Thorn recht in de ogen keek, 'zijn we op een kritiek kruispunt beland en hebben we alle hulp nodig die we kunnen vinden.'

'Ik weet al veel meer over deze ellende dan me lief is,' zei Thorn. 'Waarom houdt u het niet voor uzelf, Fox?'

De agent keek hem een hele poos taxerend aan en schudde toen zijn hoofd.

'U bent ook beslist niet mijn idee van een behulpzame assistent. Maar op dit moment bent u alles wat ik heb.'

Fox keek even uit het venster en wendde zich toen weer tot Thorn. 'De zaken zijn de afgelopen week in een stroomversnelling gekomen, echt een gonzende activiteit. Maar nu zijn we blind. We zijn onze ogen en oren kwijtgeraakt. Sammy Ching was de derde man. Zoals u al suggereerde was Ching binnengedrongen in een zeer actieve, zeer goed georganiseerde bende van zeerovers, met hun basis in Singapore. Hoewel hij nog niet was doorgedrongen tot in de allerhoogste top van die organisatie, was hij daarheen snel op weg. En nu vinden we hem hier, ontzettend ver van huis, geëxecuteerd en demonstratief opgehangen. Dat is het soort mensen met wie wij te maken hebben, meneer Thorn. Dat is de reden waarom er onorthodoxe methoden nodig zijn.'

Agent Fox gaf een stevige klap op Thorns arm en stond op.

De doop was voltooid. Nu was hij een van hen, burger Thorn, deputy-agent. En het was zijn beurt om zijn hart te reinigen. Een slimme tactiek, een en al ernst en openhartigheid. Mocht Thorn dan achterblijven?

In feite brandde de naam van Daniel Salbone inderdaad op Thorns tong. Het zou een verdomd troostrijke gedachte zijn om een legertje federale agenten in de bosjes verscholen te weten wanneer de jaloerse meneer Salbone opdook om zijn geliefde op te eisen.

Maar Thorn kon het gevoel niet van zich afzetten dat elke nadere betrokkenheid bij deze mensen tot meer vertraging in de vrijlating van Janey zou leiden.

'U begrijpt natuurlijk wel, meneer Thorn, hoe funest het verlies van Sammy Ching voor ons is. En hoe volmaakt onbegrijpelijk.'

'Dat snap ik, ja.'

'Hebt u enig idee waarom deze moordenaar uitgerekend déze locatie heeft gekozen om de mannen op te hangen?'

'Geen notie.'

'Oké,' zei agent Fox. Hij zuchtte even en was kennelijk klaar om de deal af te ronden. 'Vertel me dan eens iets dat ik niet weet.'

'Er wordt een meisje vermist.'

'Daar zijn we ons van bewust, maar op dit moment is dat buiten onze jurisdictie.'

'Uw wát?'

'Mijn missie is zeer precies en concreet, meneer Thorn. We proberen de samensmelting te voorkomen van een aantal grote criminele ondernemingen.'

'De federatie van piratenbendes,' zei Thorn.

Hij voelde dat agent Fox hem aanstaarde, maar zelf keek Thorn naar het laatste lichaam dat in zijn boom had gehangen en dat nu aan de mannen op de grond werd overhandigd. Het was Jimmy Lee Webster. Voor hem was de parade afgelopen.

Thorn keek naar beneden, naar zijn eigen bebloede short. Hij voelde Vics scherpe mes nog nabranden in zijn kruis. En hij voelde het gloeien van de dubbele steekwond in zijn buik.

'Hoor eens, Fox. Webster beweerde dat zijn mensen – die dus ook úw mensen zijn, neem ik aan – Janey Sugarman onder hun veilige toezicht hadden. Loog hij me iets voor?'

Fox liep met een boogje door de kamer en bereidde zijn antwoord voor.

'We zijn ons bewust van het verdwijnen van doctor Markhams jacht en ook van de dood van zijn passagiers. Maar we weten niet met zekerheid of er daadwerkelijk een kidnapping heeft plaatsgevonden. Op het huidige moment is de werkhypothese dat het kind waarnaar u verwijst verloren is geraakt op zee en dat haar lichaam tot nu toe niet gevonden is.'

'Er was godverdomme een losgeldbriefje! En u hebt een politiefoto van de man die het op mijn deur heeft geprikt!'

'Marshall is niets meer dan een opportunist, meneer Thorn. Iemand die probeert geld af te persen van een bedroefde familie. Zulke profiteurs komen we vaak tegen in geruchtmakende zaken. Aasgieren die zich op de kwetsbare slachtoffers storten.'

'Dat is dus uw dekmantel. Het verhaal om de pers op afstand te houden.'

Fox schraapte zijn keel en rechtte zijn schouders. Zette zich schrap om bij deze idiote burger een laatste poging te wagen.

'Wegens een bepaalde taakverdeling die tussen recherchediensten onderling is afgesproken, is een deel van de agenten niet altijd volledig op de hoogte van de taken en tactieken van alle andere afdelingen, zelfs binnen een en dezelfde dienst. En een verdere complicatie is het feit dat staatssecretaris Webster graag op een nogal autonome manier opereerde. Het eindresultaat hiervan is dat ons team niet altijd precies wist in welke richting zijn onderzoeken zich ontwikkelden. Nu hij is uitgeschakeld, is het voor ons van cruciaal belang om alles te weten te komen over de voortgang van zijn operatie. Dus ik vraag u nogmaals, meneer Thorn, me te vertellen voor welke taak staatssecretaris Webster u heeft gerekruteerd.'

Thorn keek nog eens naar het macabere werk dat in zijn tuin werd afgerond, stond toen op en ging dicht naast Fox staan.

'Heeft Webster tegen mij gelogen? Hebben jullie ook maar een idéé waar het meisje is? Hebben jullie haar situatie in de hand?'

Fox dacht daar even over na. Zijn blik dwaalde af naar de wand tegenover hem.

'Ik weet zeker dat staatssecretaris Webster een goede reden heeft gehad om de situatie voor te stellen zoals hij heeft gedaan.'

'Met andere woorden: hij had een goede reden om te liegen.'

'De methoden van staatssecretaris Webster hadden niet altijd onze instemming.'

'Klootzakken.'

'Het is belangrijk dat u zich voor ogen houdt, Thorn, dat hier veel meer op het spel staat dan het welzijn van een meisje. Hoewel we haar verdwijning serieus nemen, zoals ik al zei, staan we tevens onder ernstige tijdsdruk op andere fronten. In zijn laatste rapport, een paar dagen geleden, heeft Ching ons duidelijk gemaakt dat er een grote vergadering aanstaande is. Een meeting van de topmensen van een stuk of wat van deze organisaties. We weten niet waar en wanneer, maar er zijn aanwijzingen dat deze vergadering zeer binnenkort zal plaatsvinden.'

'Een piratenfuif.'

'De gevolgen zijn verstrekkend, meneer Thorn. De schaal van deze samensmelting van criminele elementen overtreft alles wat we...'

Thorn kapte zijn woorden af. Hij wuifde met zijn handen vlak voor het gezicht van de agent, als om hem uit een trance te halen.

'Ja, ja, die speech heb ik al gehoord. De toekomst van de westerse beschaving hangt aan een zijden draad.'

'U kunt spotten, maar het is de waarheid. Er staat enorm veel op het spel.'

'Misschien dat úw westerse beschaving aan een zijden draad hangt,' zei Thorn, 'maar niet de mijne. Toevallig omvat mijn eigen jurisdictie op dit moment slechts één item, en dat is de noodzaak om Janey Sugarman veilig thuis te krijgen. Dus tenzij u me arresteert of me opsluit in een galgenkooi kunt u hier als de sodemieter vertrekken. Ik werk niet samen met uw soort mensen. Ga uw gang, doe uw werk en weerhoud die zeerovers van hun fusie. Dat zijn mijn zorgen niet.'

Fox bleef stil. Hij keek Thorn door zijn zwartomrande brillenglazen aan met iets dat veel op desinteresse leek. Was al bezig zijn volgende zet te plannen, en de zet daarna.

'Oké, Thorn, als u niet wilt meewerken, best, dat is uw recht als burger. Maar laat ik één punt heel duidelijk maken. Wat uw relatie met James Lee Webster ook geweest moge zijn, ze is nu voorbij. U bent niet langer betrokken bij enig aspect van deze affaire. En ik geef u een faire waarschuwing, Thorn. Blijf uit de buurt. Steek uw neus hier niet meer in, want als u niet naar me luistert en in de problemen raakt, kom dan niet bij ons smeken om hulp. Die zal er niet zijn. U staat er alleen voor.'

'Ja,' zei Thorn. 'Precies zoals ik het graag heb.'

Vierentwintig

Sheffield arriveerde om kwart over zes bij Sugarman. In zijn eentje. Zei dat zijn hightech-assistent een dag vrij had en op familiebezoek was in het noorden van Florida.

Frank droeg een kaki broek en een wit shirt met epauletten, plus gloednieuwe bootschoenen. Nettere kleren dan Sugar van hem gewend was. Om op een vliegtuig te stappen, op vissafari te gaan. Zandkleurig haar, nog steeds slordig geknipt. Nog even mager en zongebruind als toen hij tien jaar geleden zij aan zij met Sugar aan een huurmoordzaak had gewerkt, waarbij Sugar als liaison tussen de lokale politie en de FBI was opgetreden. Ze hadden goed met elkaar overweg gekund. Frank was een iets minder bizarre versie van Thorn. Netter, ordentelijker, iemand die een baan aanhield. Maar tegelijk met een zware dosis ze-kunnen-me-wat. Sneller met 'bekijk het maar' dan elke politieman die Sugar ooit had ontmoet.

'Ze heeft buikpijn gekregen,' zei Sugarman. 'Ze belde te vroeg en zei dat ze straks zou terugbellen.'

'Ik kan wachten,' zei Frank. 'In elk geval een poosje.'

Sugarman liet zich op zijn stoel zakken en keek naar het blanco scherm.

'Contact per computer,' zei Frank. 'Mag je haar niet in persoon zien?'

'Twee keer per maand zie ik haar en haar zusje. Het computercontact is een bonus.'

'Geen postmaritale gevechten gaande?'

'Dat is het niet, Frank. Jeannie en ik hebben goed contact.'

'Moest het vragen.'

Frank ijsbeerde in de kamer, raakte dingen aan, verplaatste ze.

'Wat zit je dwars, Sheffield?'

'Ik heb hierover wat rondgebeld. Klonk erg raar allemaal.'

'En?'

‘Ik geloof dat het onderdeel is van iets groters,’ zei Frank. ‘Ik kan niet precies zeggen wat. Maar wat ik te verstaan kreeg was dat deze hele zaak al in behandeling was.’

‘Wat? Janey vinden? Daar werkt al iemand aan?’

Frank hield op met rondlopen door de kamer en ging op de rand van het opklapbed zitten. Hij boog zich naar voren, met zijn ellebogen op zijn knieën, en keek zo zuur als een veldspeler die wegens een domme fout naar de bank was gestuurd.

‘Kon geen rechtstreekse antwoorden krijgen, Sugar. Heb het hele uur hierheen rijden aan mijn telefoon gehangen om de ene vent na de andere aan te spreken. Wat ik eruit afleid is dat er ook een soort competentiekwestie gaande is, je kent dat wel – wie mag wat, het hoge-pietenspel. Wie mag tegen welke boom pissen. Dat gebeurt vaak in die taakgroepen van meerdere diensten tegelijk. Veel lui die op de loer liggen om de dikste boom te vinden.’

‘Jezus christus.’

‘Je hebt haar gezien? Met haar gepraat? Via de computer, per satelliet?’

‘Ja, Frank. Ik heb niet gehallucineerd.’

‘Al die zwaargewichten,’ zei Sheffield. ‘Het zou een voordeel kunnen zijn, het kan ook een nadeel zijn. Maar zoals ik het zie, Sugar, wemelt het van de lui die hiermee bezig zijn.’

‘Wat bedoel je daarmee? Alles wat gedaan kan worden wórdt al gedaan?’

Frank keek naar Sugar en richtte zijn blik toen op de boomtakken buiten het venster. Het duurde lang. Kennelijk moest hij nadenken over de formulering van zijn antwoord.

‘Als Hannah me niet zou vermoorden wegens het missen van deze verdomde trip, die ze al een half jaar aan het plannen is, zou ik hier blijven om te zien wat ik kan oprakelen. Ook al hebben ze me verzekerd dat je zaak al in goede handen is.’

‘En *is* dat zo? Wat zegt je instinct je?’

Hij keek Sugar aan.

‘Ik zou graag ja zeggen, maar ik weet het niet, Sugar. Ik ben al achtentwintig jaar bij deze dienst, maar ik kan niet in eerlijkheid zeggen wat er goddomme gaande is en in wat voor soort handen je zaak is. Ik weet alleen dat er massa’s lieden in de stad zijn die normaliter niet zo ver naar het zuiden komen. Een stel ernstig bezorgde en belangrijke lui.’

Sugarman knikte.

'Janey kan jou bellen,' vroeg Frank, 'maar jij haar niet?'

'We hebben verbinding via een videochatroom. Ik kan alleen maar wachten tot zij zich daar vertoont. Het is aan haar om zich te melden.'

Frank veegde zijn handen schoon aan zijn witte overhemd.

'En die zwaargewichten?' vroeg Sugarman. 'Weten ze dat ze gekaapt is? Weten ze dat ik contact met haar heb?'

'Dat kan ik niet met zekerheid zeggen.' Frank keek langdurig naar het lege computerscherm. 'Maar ik zal wat telefoontjes plegen. Eens kijken of ik een paar lui tot actie kan prikkelen. Ik denk erover na tijdens mijn vlucht naar Alaska en vandaar zal ik het naar mijn bevoegde commandant faxen. Ook zal ik ervoor zorgen dat Andy Meeker je belt. Hij is die jongen die alles van hightech weet. Hij komt bij je en als er iets te peilen is kan hij het doen.'

'Memo's,' zei Sugarman. 'Altijd memo's.'

'Leuk of niet, zo werkt het bij ons.'

Sugarman keek naar het lege scherm.

'Bedankt, Frank.'

'Shit, het spijt me, Sugar. Echt waar. Maar ik zal doen wat ik kan.'

Sheffield wachtte nog een half uur, maar Janey meldde zich niet en ten slotte moest Frank vertrekken.

De avondzon verdween boven de Baai van Florida achter een dikke laag wolken. De eekhoorns in Sugars achtertuin hadden zich teruggetrokken in hun schuilplaatsen voordat de grote nachtvogels arriveerden voor hun dagelijkse jachtpartij. Janey had zich nog steeds niet teruggemeld.

In het uur sinds Sheffield was vertrokken had Sugarman geprobeerd zijn geest bezig te houden met hele ritsen van vragen die hij wilde stellen en observaties die hij wilde maken. Hij was een half uur hoopvol geweest, namelijk toen hij stap voor stap iets had opgeschreven dat hij zich van zijn padvinderstijd herinnerde – een manier om het zoekgebied drastisch te verkleinen – maar naarmate er meer minuten verstreken en het scherm donker bleef was die hoop vervlogen en had eerst plaatsgemaakt voor ongerustheid, daarna al snel voor zwarte somberheid.

Hij had afleiding gezocht door in de gidsen voor vogels en zoogdieren te bladeren. Hij vond vele pagina's over reusachtige groene leguanen, maar die bleken in de gehele regio overvloedig voor te komen – de godganse strook van regenwoud die zich over de zoom van de Caribische Zee uitstrekte, van Mexico tot Venezuela.

Hij sloeg de *Gids voor Zoogdieren in het Regenwoud* dicht, hield hem een moment vast en smeet hem toen tegen de muur. Hij stond op, liep naar het boek, raapte het op en gooide het nogmaals tegen die muur. Hij zag het daarna op het tapijt liggen, de rug gescheurd, het omslag omgevouwen. Toen staarde hij naar het plafond, kneep zijn ogen stijf dicht en brulde het uit tot zijn longen pijn deden en zijn keel rauw was.

Toen hij zijn ademhaling weer onder controle had gekregen raapte hij de gids van de vloer. Hij verzamelde alle boeken die alleen over het dierenleven op de eilanden gingen – die waren door de agoeti niet meer nodig – en legde ze op een keurige stapel bij de voordeur.

Hij ging in zijn tv-stoel zitten en zapte langs de lokale kanalen. Op alle vier was het avondnieuws bezig. Op Kanaal 10 kreeg hij het staartje mee van een persconferentie die Jeannie eerder die middag had gegeven. Met het strand op de achtergrond en Jackie aan haar zijde zei ze tegen de verslaggever van Kanaal 10 dat ze niet boos of van streek was doordat de zoekactie annex reddingsactie was afgeblazen. Het was haar sterke geloof in reïncarnatie dat haar tijdens deze moeilijke periode op de been hield. Met de donkere, rusteloze branding achter haar rug knipperde Jeannie een paar zwarte tranen weg en sprak rechtstreeks tot de camera, die ze vertelde dat ze absoluut zeker wist dat haar dochter Janey nu een gelukkig leven leidde op een andere plaats en in een andere tijd.

Naast haar zat Jackie op kauwgum te kauwen en naar de golven te turen.

Sugarman zette de tv uit, keerde terug naar het toilettafeltje en keek een poos naar het blanco laptopscherm. Toen hij zichzelf eindelijk weer tot actie had kunnen dwingen pakte hij een van de boeken en zocht daarin de diverse pagina's met ijsvogels op. Maar het leek alsof hij zich niet op de plaatjes kon concentreren, laat staan op de kleine letters, waarin systematisch de habitat, het gedrag, de geluiden en de diverse kleurenpatronen van de vogels werden beschreven.

Hij legde het boek weg en staarde naar het lege scherm. Hij probeerde het tot leven te dwingen.

Om halfacht, toen het laatste licht zich uit de takken van de eik in zijn tuin begon terug te trekken, keek Sugarman nog eens goed naar zijn vel met gekrabbelde aantekeningen. Hij zag echter niets dat hij al niet eerder had gezien. Agoeti, aalscholver, blauwe reiger, ijsvogel, blauwe morfovlinder, groene leguaan, de geur van de zee.

'Wat nu, Thorn?'

Hij had zich zichzelf die vraag gesteld en geen antwoord geweten. De rechercheurs waren verdwenen, de lichamen afgevoerd. Er waren foto's gemaakt en afstanden genoteerd. Een groot vierkant rond de voet van de gumboboom was met felgele linten afgezet.

Op het einde van zijn aanlegsteiger stonden Anne Bonny Joy en Thorn bij de zwarte wimpel en keken naar het streepje vuur dat op de rand van de horizon lag te smeulen.

'Heb je ooit de groene flits gezien?'

Ze keek hem van opzij aan.

'Waar heb je het over?'

'De groene flits die geacht wordt vlák na zonsondergang heel even op te lichten. Heb jij die ooit gezien?'

Ze schudde haar hoofd. Thorn raakte de vlaggenmast aan en keek naar het vlies van zilver dat zich over de Blackwater Sound aan het verspreiden was.

'Mensen beweren dat ze het hebben gezien, maar ik woon hier al mijn leven lang en heb duizenden zonsondergangen gezien, maar nóóit een groene flits. Dus ofwel ze liegen, ofwel ik heb steeds op het verkeerde moment met mijn ogen geknipperd.'

Anne bleef zwijgen. Ze wachtte tot hij met zijn punt zou komen.

'Maar misschien hebben ze *niet* gelogen. Misschien ben ik gewoon een van die mensen die niet gehypnotiseerd kunnen worden. Die zich niet laten meeslepen. Die te sceptisch zijn, te zeer vervuld van wat er in hun eigen hoofd omgaat. Soms wens ik wel eens dat ik van het andere type zou zijn, het soort dat de groene flits kan zien. Ze zien die flits omdat ze hem graag *willen* zien. Dat bewonder ik. Mensen die hun ongeloof kunnen opschorten en die zich halsoverkop in iets vergezochts en bizars kunnen storten. En het ongelooflijke kunnen geloven.'

'Zoals Vic,' zei Anne. 'Of mijn moeder. Dat bewonder je?'

'Ach, bij Vic hadden het ook antieke auto's of oude munten kunnen zijn.'

'Wat?'

'Dat piratengelul. Het is een toevalstreffer van het lot, een kans die toevallig langskwam en die hij heeft aangegrepen. Om zichzelf afleiding te bezorgen, althans dat te probéren. Vic maakt op mij de indruk van een man die naar iets snakt dat hij niet kan vinden. Een man die gulzig alles opschrokt wat hij tussen nu en het moment van zijn dood tegenkomt, maar toch nooit zijn honger zal kunnen stillen.'

'Omdat hij hol is,' zei Anne. 'Een bodemloze put.'

'Vraatzuchtige lieden zijn soms zo. Willen tien ijzers tegelijk in het vuur hebben om de angst voor het vacuüm in hun borst van zich af te houden.'

'Dat is hem ten voeten uit.'

'En met vrouwen?'

'Vic en vrouwen?'

'Ja.'

'Dat weet ik niet goed,' zei ze. 'Volgens de roddelverhalen die ik heb gehoord hebben er zich in de afgelopen jaren twee of drie op hem gestort, maar hij stoot ze van zich af en zegt dat hij het te druk heeft. Of misschien is hij te uitgeput door het verneuken van zijn zakelijke concurrenten.'

'Misschien is hij niet geïnteresseerd in vrouwen. Ik bedoel, gelet op hoe hij mijn ballen vasthield.'

Ze zuchtte.

'Ik vermoed dat het toch iets anders is.' Ze stak haar kin naar voren, sloot haar ogen en zei: 'Er wás een vrouw toen we nog maar net op de Keys waren aangekomen. We waren kinderen, teenagers, die in Matecumbe een flatje deelden. Vic werd verliefd op haar, op Francis Colmes, die het aan ons verhuurde. Toen we daar een paar weken woonden verhuisde hij zijn spullen naar boven en begon hij haar bed te delen. Hij was achttien, zij in de vijftig. Het duurde een paar maanden en toen zette ze ons op een dag allebei de deur uit. Dreigde de politie te bellen. Vic heeft er nooit over gepraat, maar ik heb die twee soms gehoord, boven. Hoe Francis hem afblafte, klusjes te doen gaf. Hem uitschold voor dingen die hij fout had gedaan. Hem vernederde. Het was om misselijk van te worden. Ik kon het niet aanhoren. Zijn gesmoorde stem. Zijn gejank.'

'Mama's kindje.'

Anne kneep haar lippen op elkaar alsof ze een kreet moest inhouden.

Daarna richtte ze haar blik op de laatste vuurrode flarden van de zonsondergang.

'Na Francis Colmes scheen Vic geen belangstelling meer te hebben. Als serveerster heb ik af en toe verhalen gehoord over vrouwen die hadden geprobeerd hem te verleiden. Naar zijn huis gingen, zich aan zijn voeten wierpen. Maar zo ver ik weet is het nooit iemand gelukt. Hij is koud. Misschien aseksueel. Ik weet het niet.'

'Misschien heeft hij alleen gewacht tot jij beschikbaar zou zijn. Dat zou verklaren waarom hij al je vriendjes de stuipen op het lijf heeft gejaagd. Alsof ze mededingers waren.'

'Heb ik ook wel eens gedacht,' zei ze.

Ze bleven een poosje zwijgen. Een eskader ibissen vloog in formatie hoog boven de Sound, op weg naar die laatste strepen licht in het westen.

'Wat die groene flits betreft,' zei hij, 'daarmee wilde ik duidelijk maken dat ik je respecteer, Anne.'

'Dat je wát?'

'Ik respecteer dat je je hebt laten gaan, dat je bent weggelopen met die Salbone. Het was waanzinnig en roekeloos, maar aan de andere kant, wat moet je ánders? Alles op veilig spelen? Op je nest blijven liggen? Wat voor leven zou dat zijn? Je kunt beter neerstorten en verbranden op een spannende plek dan lang en gelukkig voortleven in een schuttersputje.'

'Je wilt ergens naar toe.'

'Ik wil teruggaan naar Vic,' zei hij.

'Om je land af te staan?'

'Als ik dacht dat het zou helpen zou ik zelfs dát proberen.'

'Wees geen idioot, Thorn. Je kunt niet sjacheren met de duivel. Hij rukt je hart uit je lijf en loopt er lachend mee weg.'

'Is er een alternatief? Als ik het wist, zou ik het proberen. Ik ga hem geven wat hij wil, en dan maar eens kijken of hij Janey kan leveren.'

'En als hij je belazert? Het meisje niet heeft?'

'Dan is het moment van neerstorten en verbranden aangebroken. Het uur van avontuur. Dan zal ik creatief moeten worden.'

'Nou, ik weet één ding,' zei ze. 'Je kunt beter niet hier zijn wanneer Daniel zich vertoont. Er is weliswaar niets gebeurd tussen ons beiden, maar hij kan verdomd jaloers zijn.'

'Dit is mijn huis, Anne. Ik kom en ga wanneer *ik* daar zin in heb.'

Ze stapte bij hem weg en pakte de vlaggenmast vast.

'Nu ben je kwaad. Enfin, terecht. Ik heb je hierin gesleept.'

Ze keek uit over de baai. Hij was inderdaad kwaad, maar Anne stond niet als bovenste op zijn lijst.

'Ben je niet bang?' vroeg hij. 'Om terug te keren naar dat leven? Maakt het idee je niet doodsbang?'

'Een beetje wel, natuurlijk. Ik zou gek zijn als dat niet zo was.'

'En je gelooft nog steeds niet dat hij Webster en de twee anderen heeft gedood?'

'Ik weet het niet,' zei ze. 'Maar als het zo is, dan moet het onvermijdelijk zijn geweest.'

'Ja,' zei Thorn. 'Onvermijdelijk.'

'Luister, het spijt me, Thorn. Het spijt me van dat kleine meisje. Echt waar. Je hebt alle reden om pissig op mij te zijn.'

'Het is ieders schuld,' zei hij. 'De jouwe, de mijne, die van Webster, van Vic, van iedereen. Het woekert overal.'

'Het spijt me,' herhaalde ze.

'Doe me een lol, Anne.'

'Natuurlijk.'

'Wees niet hier wanneer ik terugkom.'

Vijfentwintig

'Ik denk dat ik griep heb, papa. Ik heb het warm en alles doet me pijn. Van binnen.'

'Ach, liefje, wat rot nou toch.'

Buiten was het bijna donker. Hij hoorde de radio van de buurvrouw, de weduwe Selwyn, die bijna doof was en naar haar favoriete big-bandzender luisterde.

'Ik was erg bezorgd dat je iets was overkomen, Janey.'

Ze zag er ellendig uit. Hij zag dat haar ogen vochtig waren.

'Luister, Janey, ik weet dat griep heel erg is, maar je moet sterk zijn, oké? We moeten hieraan blijven werken. Je moet me helpen je te vinden. We zijn al een heel eind opgeschoten, maar we moeten nog een paar dingen doen.'

'Ik wil graag gaan liggen, papa. Al mijn botten doen pijn. Ik heb het hele broodje overgegeven. Ik heb echt, écht pijn.'

'Je moet een cola drinken, Janey. Vocht. Je moet veel vocht binnenkrijgen.'

'Heb ik al gepakt.'

Ze hield het flesje voor de camera.

'Het is daar nog licht, hè? Ik kan je zien, maar minder helder dan de vorige keer.'

'De zon gaat onder. Het zal nu wel gauw donker zijn.'

'Dan weten we dat je een eind westelijker bent dan ik hier. Dat is goed. Nu moeten we gaan berekenen hoe ver precies.'

'Ik voel me heel ziek.' Ze kreunde.

'Kun je nog één dingetje voor me doen, schat?'

Ze keek versuft, uitgeput, gekweld. En om haar heen werd het schemerig.

'De dieren maken veel kabaal. Ik geloof dat er een aap of zo vlak bij de hut is. Hij krijst.'

'Kijk uit het venster, Janey. Kijk naar het oosten, oké?'

Er werd op zijn voordeur geklopt. Sugarman leunde zo ver mogelijk achterover in zijn stoel, maar kon niet zien wie zich achter het kleine ruitje op ooghoogte vertoonde.

'Wacht even, Janey. Er is iemand aan de deur.'

Hij draafde door de woonkamer, keek door het ruitje, knipte de buitenlamp aan, ontsloot de deur en trok hem open.

'Hallo,' zei Alexandra. Lawton stond naast haar. 'We komen kijken hoe het met je gaat.'

Hij wrong zich langs hen heen en rende voorbij de rand van zijn tuin tot midden op zijn rustige straat. Daar keek hij oostwaarts in de richting van de Largo Sound. De maan was half boven de horizon. Een volle, gouden maan. Hij bleef wachten tot ook het laatste stukje van de schijf was verschenen en keek toen onder het licht van een straatlantaarn op zijn horloge.

Hij sprintte terug naar het huis en wenkte Alex en Lawton naar binnen.

'Ik ben in de achterste slaapkamer,' zei hij, terwijl hij al naar de laptop rende.

'Alex en Lawton zijn hier, Janey. Kijk!'

Alexandra kwam de kamer binnen en boog zich dicht naar het scherm toe.

'Mijn god,' zei ze. 'Waar is ze? Wat gebeurt er?'

'Dadelijk.'

'Ik ken dat meisje,' zei Lawton. 'Kijk, het is een televisiester.'

'Janey,' zei Sugar, 'luister, ga nu naar je oostelijke venster, wil je? Draai je computer die kant op, dan kan ik je zien.'

'Papa, ik heb kippenvel op mijn armen. Ik heb het koud, ik begin te rillen.'

'Je hebt koorts, schat. Dat hoort bij griep. Wees sterk, je moet nu sterk zijn. Als we dit hebben gedaan kun je gaan liggen en uitrusten. Maar eerst moeten we dit doen. Nu meteen. Het kan niet wachten.'

Ze draaide de laptop met de camera en liep naar het venster, met haar armen strak om zich heen geslagen.

En ze liep uit beeld.

Haar stem klonk van ver weg, bijna onhoorbaar, toen ze zei: 'Ik ben er.'

'Oké. Kun je de maan zien opkomen? Een stukje ervan?'

'Ik geloof van wel,' riep ze vanuit de verte. 'Een smal schijfje.'

Het beeld werd donkerder. Janey was al bijna helemaal opgeslokt door de duisternis. Hij hoorde een vaag gekrijs – een van de dieren in haar jungle.

'Zeg me heel precies wanneer hij boven de horizon verschijnt, ja? Als de hele schijf van de maan boven het water is gekomen, bedoel ik.'

'Oké,' zei ze. Haar stemgeluid werd zwakker.

Hij zag dat het in haar kamertje steeds donkerder werd. Er ging een minuut voorbij, daarna nog een.

'Het is nu bijna zo ver,' zei ze.

'De hele maan,' herhaalde Sugarman. 'De hele volle maan.'

'Dat is nú, papa! Alles is boven de horizon.'

Sugarman keek op zijn horloge en noteerde de tijd op de blocnote naast zijn laptop. Hij maakte een snelle berekening, trok het tijdstip van zijn maansopkomst af van het hare, kreeg een aantal minuten plus seconden als uitkomst, voerde een snelle deling uit, en kreeg een totaal.

'Oké, mooi. Heel goed gedaan, Janey.'

Ze was weer binnen het bereik van haar webcam gekomen.

'Ik kan je nog steeds zien, papa. Jij mij ook?'

'Nog maar nauwelijks, Janey. Het wordt erg donker bij jou.'

'Er zijn hier geen lampen. Het enige licht komt van het scherm. Jouw gezicht is het enige dat licht geeft, maar veel is het niet.'

'Ja.'

Hij keek Alexandra aan. Haar blik was gefixeerd op de schaduwachtige contouren van Janey. Het leek alsof Alex haar adem inhield.

'Hoe staat het met je batterij?'

'Weet ik niet precies, papa. Lager dan de vorige keer. Hij raakt leeg.'

'En dat bord? Heb je het kunnen lezen? Of hangen er nog steeds palmbladeren voor?'

'Ja. Achter bladeren.'

Sugarman zocht in de stapel boeken op het tafeltje tot hij de atlas had gevonden. Hij bladerde naar de gedetailleerdste kaart van de Caribische Zee en keek naar de lengtegraden.

'Dit is goed, Janey. Je hebt uitstekend geholpen. Ik weet nu de geografische lengte van je positie. Je zit 84 graden west, zo ongeveer. Ergens op de kust van het noordelijke deel van Midden-Amerika. Begrijp je me, Janey?'

'Ik in elk geval niet,' zei Lawton. 'Waar heb je het in godsnaam over?'

Alexandra legde hem het zwijgen op.

'Ik voel me niet goed, papa. Alles voelt heet aan. Erg heet.'

'Heb je nog wat ijs in je koeltas?'

'Nee.'

'Heb je een lap, een handdoek?'

'Ja, een doek. Op het bed.'

'Maak een hoek ervan nat met water uit de koeltas en druk die hoek dan tegen je voorhoofd, Janey, en houd hem daar. Dat deden je moeder en ik altijd wanneer je vroeger wel eens koorts had.'

'Weet mama waar ik ben?'

'Ik heb nog niet met haar gepraat. Dat doe ik later. Eerst moet ik iets meer gegevens hebben. Dan bel ik haar.'

'En zeg je ook Jackie gedag van mij? Ik mis ze allebei. Ik hou van ze.'

'Natuurlijk, dat doe ik!' Sugar deed zijn ogen even dicht en opende ze toen weer. 'Maar je moet nu je computer uitzetten. Ik moet nog wat nadenken en een plan maken. Maar je kunt elk moment weer contact maken. Ik blijf hier wachten. Ik ben altijd voor je beschikbaar.'

'Oké, papa.' Haar stem werd steeds zwakker en de omtrek van haar gezicht was in de duisternis al niet meer te zien.

'Wacht nog heel even, Janey.'

'Ja?'

'Die vogel die je hebt gezien. Was het een ijsvogel? Kun je hem beschrijven?'

'Ja, ik geloof van wel. Maar hij was klein en groen. Zoals de auto die we hadden toen mama en jij nog getrouwd waren. Die rare kleur groen.'

'De Chevrolet?' vroeg hij. 'Die was metallic groen.'

'Ja,' zei ze. 'En een bruine borst. En zijn keel was lichter bruin.'

'Met een kuifje, zoals de ijsvogels bij ons in Florida?'

'Nee, een glad kopje, geloof ik. Maar wel de snavel van een ijsvogel, lang en smal. Ik weet het niet zeker. Misschien was het toch een andere vogel. Geen ijsvogel.'

'Ik zoek het op, schat. Ik vertel het je wel wanneer we elkaar weer spreken.'

'Oké.'

'Dan moeten we nu maar ophouden, ja?' Sugar keek even naar Alex. Ze had haar ogen dicht, haar hoofd gebogen, en schudde lichtjes van nee.

'Goed, ik zet hem nu uit, papa. Ik bel weer als ik me beter voel. Dag!'

'Ik hou van je, liefje,' zei hij. 'Ik hou van je.'

Maar ze gaf geen antwoord. Het scherm was donker, de verbinding verbroken.

'Mijn god, Sugar. Mijn god in de hemel!' Alexandra boog zich naar voren, sloeg haar armen om zijn schouders en drukte haar wang tegen de zijne. 'Wat erg!'

Hij gaf haar een tikje op haar andere wang en ze ging weer staan.

'Ik heb het opgekropt, ik probeer hard te blijven,' zei Sugarman, die tranen in zijn ogen voelde komen. 'Ik moet geconcentreerd blijven, goddomme. Ik mag me niet laten gaan.'

Hij wreef zich harder in zijn ogen dan nodig was.

'Je hebt gelijk, je hebt gelijk,' zei Alex. Ze gaf hem een klopje op zijn schouder.

'Ze is in leven, dát is wat telt,' zei Sugar. 'Janey is ergens ver weg, maar we gaan vooruit. Het zoekgebied wordt steeds kleiner.'

'Wat was dat voor een gedoe met de maan?'

'Ja,' zei Lawton, 'daar begreep ik geen hol van.'

'Padvinderstruc,' zei hij. 'Geen grote toer. Een keer om de as draaien van de aarde is driehonderdzestig graden, ja? Dat is vijftien graden per uur. Dus de maan komt elk uur vijftien graden verder op, ofwel drie graden per twaalf minuten. Dat is de lengtegraad, de maat voor de afstand van oost naar west.'

'Ik snap het nog steeds niet,' zei Lawton.

'Als haar maan twaalf minuten later boven de horizon verschijnt dan de onze,' zei Alex, 'bevindt Janey zich drie graden ten westen van hier.'

'Precies. En zo was het ook, twaalf minuten en vijfentwintig seconden, dus ruwweg drie graden ten westen van hier.' Sugar schoof de atlas naar de rand van het tafeltje. 'Hier op de Keys zitten we op eenentachtig graden westerlengte. Als je daar drie graden bij optelt krijg je een lijn die een deel van de kust van Nicaragua en Honduras snijdt en nog een klein stukje van Costa Rica. Ze is een heel eind ten zuiden van hier, maar niet veel westelijker. Het is allemaal maar een ruwe schatting, maar het moet redelijk goed kloppen. Ze heeft gezegd dat ze de zee kan ruiken, dus het moet ergens op die strook kustland zijn.'

Hij wees met zijn vinger het betreffende gedeelte aan: de Caribische kustlijn van Honduras, Nicaragua en de noordelijke punt van Costa Rica, driehonderd of vierhonderd kilometer lang. Nog steeds een groot gebied, maar toch heel wat kleiner dan de taartpunt waarmee hij was begonnen.

'Ze heeft een satelliettelefoon?'

'Ja. Hij was van Markham. Ingebouwd in zijn laptop, net als de webcam.'

'Dan kan hij misschien worden opgespoord,' zei Alex.

'Heb ik nagegaan. Leek weinig kans op.'

'Zal ik het nog eens proberen? Ik kan mijn politiegezag gebruiken.'

'Zeker, als je denkt dat het een poging waard is.'

'Oké, ik ga naar buiten en bel met mijn mobieltje.'

Lawton boog zich dichter naar Sugars gezicht.

'*Een schilderij van een rijstkoek stilt de honger niet*,' zei hij.

Sugarman knikte naar de oude man.

'Treffende observatie,' zei Sugar.

'Ik mag oud en traag en dom zijn als het om lengtegraden gaat, maar ik weet het een en ander.'

'Zeer zeker, Lawton. Je bent een bron van wijsheid. Onmisbaar.'

De oude man reageerde met een scheve glimlach. Hij slikte de vleierij niet, maar was er toch blij mee. Alexandra liep naar buiten om te gaan bellen.

Sugarman nam het boek *Tropische Vogels* ter hand om te kijken of hij die ondermaatse ijsvogel zou kunnen vinden. Het grote boek viel op zijn schoot open op twee bladzijden met aaseters en grote zwarte vogels met korte, sterke snavels en gebochelde ruggen. Moordenaars, roofvogels, lijkenpikkers.

Lawton leunde over zijn schouder en zei: 'Jezus, wat een stel ongeluksvogels! Geen goed voorteken. Helemáál niet.'

Zesentwintig

Niemand bewaakte de toegangspoort tot Vic Joy's landgoed, althans niemand die voor Thorn zichtbaar was. Hij stuurde er zijn VW in een kalm tempo voorbij en zette hem een meter of vijftig verder naast de weg. Toen liep hij in de schaduw terug naar de poort. Die was dicht. En zes meter hoog.

Zijn blik zocht het gedeelte tussen de poort en de snelweg af, de enige plek vanwaar mensen die de zaak in de gaten wilden houden iets zouden kunnen zien. Niemand te bespeuren. Geen geparkeerde auto's, geen bestelbusjes. Geen mannen die zich in de schaduwen verborgen hielden. Geen kip. Geen hond. Niet dat het hem iets had kunnen schelen. Die fase was hij voorbij. Hij was niet meer in hun dienst. Hij was bij *niemand* meer in dienst.

Plan A was het ondertekenen van de papieren. Plan B was een rit naar Miami, Alexandra opzoeken, alles uitleggen, proberen zich te excuseren, haar inschakelen. De route via de politie.

Thorn trok zich omhoog aan een lage tak van een mahonieboom en klom toen drie meter hoger, waarna hij met zijn handen bij de bovenrand van de muur kon komen. Hij klom erop en zocht het terrein af. Het kleine bakstenen huis uit Harlan stond in schijnwerperlicht en zeker vijf of zes andere felle lichten schenen in de richting van de rusteloze oceaan. Het grote huis was donker en Thorn zag dat het watervliegtuig afwezig was.

Hij had aan de andere kant van de muur naar beneden kunnen springen om het landgoed en het huis te doorzoeken, maar alles zag er zo verlaten uit dat het hem niet de moeite waard leek. Misschien liepen er waakhonden rond of waren er gewapende bewakers die zich in de schaduwen verborgen hielden. Hij was kwaad en opgefokt, maar zelfmoordneigingen had hij niet. Nog niet, tenminste.

Een paar meter verderop zag hij op de muur een vuistgrote klomp cement, het restant van slordig metselwerk. Hij kroop erheen en pakte hem vast, een lekker gevoel, precies op maat, in de hand waarmee hij gooide.

De openslaande deuren aan de achterkant van Vics kantoor waren minder dan vijftien meter bij hem vandaan – een afstand die Thorns werpvermogen niet te boven ging. Zijn blik zocht de binnenkant van de muur af, maar zag er geen handige plekjes om snel naar boven te klimmen, dus hij besloot op de muur te blijven zitten. Hij veranderde van houding, zocht steun met zijn vrije hand en smeet de klonter cement toen naar de glazen deuren.

De worp kwam een metertje te kort, maar het brokstuk stuiterde op de houten veranda en kwam met wat geluk alsnog tegen de onderkant van de ruit aan. Meteen begon er een sirene te loeien. Hij maakte een lawaai als bij een luchtalarm en er sprongen hele batterijen schijnwerpers aan. Thorn drukte zich tegen de rand van de muur aan en wachtte een poosje, maar er verscheen niemand en er begon niemand te schieten. Geen gewapende militie, zelfs geen gewapende huisbediende.

Dit alles maakte hem iets wijzer. Vic en zijn gevolg waren hem gesmeerd. Verder kon hij er niets uit afleiden.

Dan plan B maar.

Na nog even gewacht te hebben begaf Thorn zich via de takken van de mahonieboom naar zijn VW en reed terug over de smalle asfaltweg die daar bij wijze van vluchtstrook parallel liep aan de Overseas Highway. Toen hij schakelde en gas gaf om op de grote weg in te voegen hoorde hij in de verte een schrille sirene en toen hij door het stadje Islamorada reed moest hij snelheid minderen om twee op topsnelheid rijdende politiewagens met blauwe zwaailichten ruim baan te geven.

Anne stond te wachten aan het einde van Thorns aanlegsteiger, bij de wimpel. Deze hing nu slap naar beneden, want er waaide geen nachtwind. Er zoemde een mug bij haar oor. Ze staarde naar het zwarte water dat in het schijnsel van de maan lichte rimpelingen vertoonde, en het woeste bruisen dat ze in haar hoofd had gehoord was eindelijk weggestorven. Ook de spanningspijn in haar kaakspieren ebde weg.

Ze had nooit in een blind lot geloofd. Iedereen had keuzemogelijkheden. Nadat ze uit Harlan was ontsnapt had ze steen voor steen, heel behoedzaam, het solide fort gebouwd waarin ze nu bijna twee decennia had gewoond, volgens een veilige, onveranderlijke routine. Ze meende dat ze zich met succes had ontworsteld aan de waanzin van haar moeder en zichzelf had gereinigd van die vervuilde lucht, de stank en de troosteloosheid van die oude woonplaats. Tot Daniel Salbone dat fort had bestormd, en aantoonde dat het maar een gammel bouwseltje was, en haar meenam. Wegens haar verdomde moeder, haar verdomde genen.

Het leek achteraf volstrekt onvermijdelijk. Ze was genoemd naar een piraat, en nu wérd Anne een piraat. En haar werk als serveerster – waarvan haar moeder zo had gegruwd – en de rustige avonden op haar skiff en de reeks onbeduidende mannen die ze mee naar bed had genomen, dat was nu allemaal voor altijd verdwenen. Onmogelijk om nog terug te keren naar de simpele plichten van die gemakkelijke, ongecompliceerde dagen. Die avond was ze op het Gouden Strand over een permanente grenslijn gestapt. Haar eigen Blackbeard, haar kapitein Kidd, haar Errol Flynn had haar meegevoerd naar plekken die ze zelfs in haar dromen nooit had willen bezoeken. Maar nu waren ze voor haar allemaal echt geworden. Het leven aan boord van een schip, de ruige mannen die grif alle botte opdrachten uitvoerden die Daniel uitsprak. Het eindeloze reizen, de wind, de lange nachten vol hitte en zweet en de zilte smaak van zijn vlees.

Ze had zich uitgesloofd om haar lot te ontlopen, maar het enige wat ze had weten te bereiken was een kort uitstel.

Anne Bonny Joy bestudeerde de verlichting van elk vaartuig dat over de Sound passeerde. Het liep tegen middernacht en er was bijna geen verkeer meer op het water. Een of twee keer voelde ze een huivering in de lucht boven haar hoofd – een vleermuis of nachthavik aan zijn stille arbeid.

Ze leunde met haar schouder tegen de vlaggenmast en tuurde naar de lege, door maanlicht overgoten prairie voor haar uit. En toen ze die groene en rode navigatielichten regelrecht naar de kust zag komen wist ze dat hij het was. Hij gleed daar in alle rust over het zilveren vlies op het water en kwam terug om haar te halen, zoals hij had beloofd.

Terwijl haar hart wild bonkte knoopte ze het touw van de vlaggenmast los en trok de wimpel naar beneden. Ze knoopte hem los en nam hem in haar hand. Zo wachtte ze op het schip, waarvan het kielzog zich breed over de Sound uitwaaierde. Het was een lang, smal vaartuig, maar zelfs toen het nog ruim vijftig meter van de kust verwijderd was zag ze de glanzende zwarte romp al en hoorde ze het doffe grommen van de zware V8-motor.

De navigatielichten werden uitgeschakeld toen het vaartuig in het ondiepe water naast de aanlegsteiger vaart minderde en een ruime draai maakte om precies naast de plek waar zij stond uit te komen. Ze herkende hierin de precieze, uitgekiende manier waarop Daniel altijd met zijn boten omging.

Anne stond te wachten. Stil, gespannen. Ze wilde zijn naam niet uitschreeuwen. Vastbesloten om even koel en beheerst en sterk te zijn als Daniel zelf, en de schoolmeisjesachtige opwinding die ze voelde te onderdrukken. Al was het maar om hem voor het front van zijn mannen niet in verlegenheid te brengen door een sentimentele vertoning.

Ze stak haar hand uit om de tros op te vangen en vast te binden. Een bekwame matroos, een betrouwbare partner. Maar er werd haar geen lijn toegeworpen en toen de boot dichterbij kwam drijven en tegen een van de voorste palen botste kon ze in de kleine kajuit drie gestalten onderscheiden. Een grote en twee kleinere, gedrongen mannen.

En toen sprong een van die twee kleine gestalten met een zware bonk op de steiger, met de tros in zijn hand. Hij boog zich om deze aan de voorste klamp vast te knopen.

'Daniel?' Ze stak haar hand uit en pakte de dolboord vast, waarna ze haar lichaamsgewicht naar achteren boog om het zware schip dichter naar de steiger te trekken en op zijn plaats te houden.

De grommende motor werd uitgeschakeld.

En de man die de lijn had vastgebonden richtte zich op.

Hij knipte een aansteker aan en schulpte zijn hand om het vlammetje toen hij zijn sigaret aanstak. Ondanks het flakkeren van het licht herkende ze zijn gezicht, maar het duurde even voordat ze de man kon plaatsen. Iemand uit een heel ander referentiekader. Een ander universum, lichtjaren ver weg. Het was de man van de politiefoto die sheriff Taft haar had laten zien, de man die bij de toegangspoort van haar broer had gestaan.

Toen zijn sigaret brandde stak hij zijn aansteker naar voren, waardoor Anne in het schijnsel werd gevangen. Hij hinkte haar kant op.

'Kijk nou eens wie we hier hebben!' zei hij. 'Als dit niet de teef is die me in mijn kolerevoet heeft geschoten!'

Anne Bonny voelde dat een gesmoorde kreet aan haar keel ontsnapte.

'Wat?'

'Weet je het niet meer?' vroeg Marshall. 'Op de *Rainmaker*, toen je me in mijn poot hebt geschoten voordat je overboord sprong. Shit, er zitten nu zeventien pinnen in. Die verdomde voet komt nooit meer goed.'

Marshall Marshall stapte dichter naar haar toe. Zijn zware gipsklomp bonkte op het hout van de steiger. De broodmagere langharige man haalde al uit om haar bij wijze van wraak in het gezicht te slaan.

'Laat haar met rust, hersendooie,' snauwde Vic Joy. 'Dat is mijn zuster. Ze is kostbare lading.'

Anne zag de donkere hemel draaien en op haar neer vallen.

'Jij hebt hem gedood, klootzak! *Jij* hebt het gedaan, Vic! *Jij* hebt Daniel gedood!'

'Hij was een loser. Jezus, op een dag zul je me dankbaar zijn,' zei Vic. 'Nou, Annie. Waar is je vriendje, die teringlijder van een Thorn? Is hij hier ergens in de buurt misschien?'

Anne hoorde een ijselijke kreet en besefte pas een tel later dat die van haarzelf kwam. Het was een schrille schreeuw vol vuur en zuur en wanhoop, die helemaal uit de omgewoelde bodem van haar ingewanden kwam.

Thorn was snugger genoeg om naast de snelweg te parkeren en over zijn eigen oprijlaan te sluipen. Het was niet zijn bedoeling om midden in een reünie van piraten binnen te vallen. Hij hoopte dat ze allang waren gekomen en gegaan, en dat Anne Bonny veilig was teruggekeerd in de armen van Daniel Salbone. Thorn was onderweg naar Miami om Alex en Lawton op te zoeken en kwam alleen even kijken of Anne werkelijk al verdwenen was. Mocht het hem lukken Alex over te halen met hem terug te keren, dan zou het wat pijnlijk zijn als Anne Bonny juist op dat moment uit zijn slaapkamer kwam stappen.

Hij was halverwege de oprit. Hij bleef op de zachte grond ernaast, die deels bedekt was met dennennaalden, en luisterde naar geluiden die op een nog voortdurende bijeenkomst zouden kunnen duiden, toen hij haar schreeuw hoorde.

Het klonk niet als Anne. Het klonk niet menselijk, maar als een kreet uit een jungle, ergens uit de kruin van een hoge boom. Hij moest vechten tegen zijn instinct om meteen die kant op te rennen en bleef staan bij de gladde stam van een gumboboom.

Hij zag gestalten bij de aanlegsteiger. Twee mannen, misschien drie, scharrelden daar rond, liepen toen de hellende weide op en verdwenen achter de dekking van bomen. Daar zag hij de volgende momenten snelle bewegingen van mannen die van boom naar boom sprintten. De maan hielp hem niet veel en zijn ogen waren nog half verblind door alle tegenliggers tijdens zijn autorit van een half uur hierheen. Maar het leek alsof ze daar de bodem aan het onderzoeken waren. Ze zigzagden volgens grillige, onvoorspelbare patronen, alsof ze een kogelregen door machinegeweren probeerden te ontlopen.

Thorn hoorde geen stemmen en verloor die drie mannen, of twee, of vier, uit het oog. Hij bleef op zijn plaats en wachtte op iets duidelijkers, enig inzicht in wat er zich in zijn donkere tuin afspeelde.

Hij zou tijdens deze botsing in het voordeel moeten zijn. Hij had hier zowat zijn hele leven gewoond, kende elke vierkante centimeter van deze hectaren als zijn broekzak. Maar wat hij zag sloeg nergens op. Het leek een anarchistisch soort verstoppertje. Hij hoorde iemand tegen een boom of een tak lopen en vloeken, maar toen hij zijn hoofd uitstak om te kijken hoorde hij een tweede vloek, minder dan zes meter links van hem.

Hij duwde zijn rug strak tegen de stam en wachtte tot de puffende man een paar meter verder weg was. Toen rende hij gebukt naar zijn huis. Een jaar geleden had hij zijn enige handvuurwapen in de Baai van Florida gegooid, als een soort akte van berouw en een belofte om de gewelddadige richting die zijn leven had ingeslagen definitief om te buigen. Geen pistool meer, maar binnenshuis had hij andere wapens. Een honkbalknuppel uit zijn schooljaren. Verschillende messen. Zijn gezonde verstand zei dat hij naar zijn auto moest rennen en als de bliksem moest wegwezen. Maar bij zijn keuzes had hij zich nooit laten leiden door gezond verstand.

Hij bleef diep gebukt. Het was niet zeker of hij ongezien de trappen van de veranda op kon komen, maar mocht hem dat lukken, dan zou hij genoeg tijd hebben om naar binnen te glippen, de honkbalknuppel die naast de voordeur stond te pakken en daarna toch minstens een aantal botten te breken.

Zijn ogen hadden zich inmiddels aangepast. Hij zag in de duisternis dat er een derde schip bij zijn steiger lag, achter de *Heart Pounder* en zijn skiff. Het was zwart en glimmend. Hij was nog tien of twaalf meter van zijn huis verwijderd en tuurde naar het laatste, open stuk van de tuin, terwijl hij de mannen dichterbij hoorde sluipen – het knappen van een takje, het kraken van grind, een hijgende ademhaling. Hij zat gehurkt het geschikte moment af te wachten en zette zich schrap voor een snelle sprint naar de trap, toen hij de bedwelmende geur van benzine rook en het klotsen van een vloeistof hoorde.

Hij kwam onder de eikenboom uit en zag de donkere contouren van een zwaargebouwde man, die zich om het raamwerk van Lawtons nieuwe kamer heen bewoog. Hij droeg een jerrycan van veertig liter bij zich en een andere man was op de trap bezig benzine te sprenkelen op het oude hardhout dat door Thorn van de vuilnisbelt van Miami was gered. Alsof ze een keuringscommissie waren, die kwam controleren of Thorn terecht geloofde dat dit geoliede tropische hout uit het hart van het Braziliaanse regenwoud onkwetsbaar was voor alles. Als een soort organisch staal.

Hij viel de meest nabije man aan – een vliegende tackle in zijn rug, waardoor de man voorover viel en de adem uit zijn longen werd geperst. Thorn stond alweer voordat de man zich had hersteld en overeind kon krabbelen, en hij schopte hem hard tegen zijn slaap.

Hierdoor viel de grote man languit naar links. Thorn zou graag achter hem aan zijn gegaan om hem nog een paar klappen te geven, maar hij besefte dat het geluid van de worsteling de aandacht van de anderen moest hebben getrokken. Hij pakte de plastic jerrycan en smeet hem ergens ver weg in het donker. Thorns hart bonkte in zijn borst en werkte in driedubbel tempo om aan de behoeften van zijn menselijke gastheer te voldoen.

Hij voelde een bruisen en pressen in zijn aderen dat hij kende van wel tien eerdere keren, een woeste uitbarsting van energie, een allesverblindende aandrift om aan te vallen, opgeroepen door een geheim, animaal instinct, dat ergens diep in zijn hersenen verborgen had gelegen, een restant van zijn reptilische oerverleden, dat nu, ondanks duizenden lessen in goed gedrag en beschaving en zelfbeheersing, explodeerde als een geconcentreerde napalmbom en zijn *id* in een verzengende sproeiregen van vloeibaar vuur opblies.

Hij was tot halverwege de trap gevorderd toen de lange magere man zich omdraaide en naar beneden wilde rennen. Thorn liet zijn ene schouder zakken en kwakte de man met zijn rug tegen de leuning. Een en al botten en pezen en spieren, ketste de man van de leuning af en viel op zijn zij tegen de scherpe randen van de treden aan. Zijn plastic jerrycan glipte uit zijn handen en stuiterde benzine spetterend over de trap naar beneden.

Thorn ving een glimp op van zijn wapperende witte manen. Het waren de haren van Vic Joy, maar dat deed niet ter zake, want op dat moment kon hij zijn ontketende woede niet nuanceren of richten, maar gaf hij volledig toe aan het wilde beest in hem. Hij greep Vic bij de voorkant van zijn T-shirt, hees hem overeind en stootte hem toen met het smalle deel van zijn rug keihard tegen de leuning aan, waarna hij hem op zijn rug over de treden naar boven sleurde. Tien, twaalf, dertien treden hoog, het kwam niet zo nauw. Hij zou hiervandaan diep vallen en dat zou meer schade aanrichten dan Thorn met zijn vuisten kon doen. Vic probeerde een knie in zijn buik te rammen, maar Thorn zag het aankomen en pareerde de stoot met zijn dij, waarna hij Vic kreunend een paar laatste centimeters omhoog hees en over de leuning trok, half aan de ene kant, half aan de andere, terwijl Vic tegenspartelde en een evenwicht probeerde te vinden door met zijn ene hand naar Thorns hemd te klauwen en met zijn andere naar zijn ogen. Maar Thorn stond in een gunstiger positie en hij hoefde Vic Joy maar een laatste duwtje te geven, waarna deze in een achterwaartse zwanenduik naar de hard aangetrapte aarde beneden zeilde.

'Hé, wijsneus, heb je een vuurtje?'

Thorn keek naar beneden, naar de gedrongen man die aan de voet van de trap was verschenen. Hij draaide met kleine, effectloze rukjes aan het wieltje van zijn aansteker.

'Doe het niet,' zei Thorn.

'Zo, en waarom niet?'

Thorn draaide zich half om, zodat hij recht tegenover de man kwam te staan. Hij schuifelde voorzichtig een paar centimeter naar voren en zette zich met zijn tenen schrap tegen de rand van de trede voor zijn eigen zwanenduik.

'Heb ik niet tot ziens tegen je gezegd? En verdomd, hier zijn we.'

Marty Messina verscheen hinkend achter de kleine man. Er glinsterde iets in zijn hand, iets van chroom. Het pistool was op Thorn gericht. Vic kreunde een paar meter verderop.

'Geef hem geen vuurtje,' zei Marty. 'Vic wil hem meenemen op ons tochtje.'

'Waaróm in godsnaam?' De gedrongen man, Marshall Marshall, draaide nog eens aan het wieltje van zijn aansteker, maar er kwam geen vonkje.

'Vics zuster,' zei Marty. 'Om de code van haar los te krijgen.'

'Wat? Gaan we hem martelen?' Marshall grijnsde.

‘Hij is voor mij,’ zei Vic, terwijl hij opstond van de grond. ‘Blijf van hem af.’

‘Kom mee, Thorn,’ zei Marty. ‘We verliezen tijd. We moeten weg.’

‘Wat voor code?’ Marshall keek om naar Marty en draaide verstrooid nog eens aan het wieltje. Maar deze keer verscheen er een sputterend vlammetje, dat bleef branden. En dat de zware benzinedampen in een *shht* en een blauwwitte flits tot ontploffing bracht, waardoor de lucht daar veranderde in een bloedhete vaste massa die Thorn vol tegen de borst beukte en hem omhoog en achteruit wierp, over de leuning heen. Hij verzette zich vergeefs tegen de windstoot en viel achterover naar beneden, waar hij een meter bij Vic vandaan op zijn onderrug terechtkwam. Hij liet zich op het gras zakken.

Zijn haren waren geschroeid, zijn hoofd was beneveld en zijn ogen waren bijna verblind door de verzengende lichtflits. Langs zijn ruggengraat vloeide een verdovende hitte naar boven. Hij lag plat op zijn rug en probeerde zijn hoofd een paar centimeter op te tillen, en toen zijn benevelde blik was opgeklaard zag hij groenig-oranje vlammen over de trap naar boven kruipen en aan de wand van het huis likken, waarna er een tweede lichtflits volgde en er vlammen oplaaiden rondom de palen waar het huis op rustte.

Overal om hem heen werd de lucht uit de nacht weggezogen. Er ontstond een gierend vacuüm dat vonken naar de hemel schoot, en daarna in woeste wervelingen naar boven kronkelde en gloeiende asdeeltjes meevoerde, als geesten die terugkeerden naar hun hemelse domein. Tienduizend flintertjes hout flikkerden en dansten daar – hun laatste taak op deze wereld – alvorens knipperend uit te doven tegen de achtergrond van de sterren.

Zevenentwintig

'Dit is hem,' zei Sugarman. 'De groen-en-rosse ijsvogel.'

Lawton boog zich naar voren en keek naar de glanzende kleurenfoto, waarop het groene ijsvogeltje was afgebeeld te midden van een waaier van andere veelkleurige exotische vogels, zoals motmots, toekans en een half dozijn soorten spechten.

Sugarman tuurde naar de kleine letters op de tegenoverliggende bladzijde.

'Dit is de vogel die ze heeft gezien. Ik weet het zeker. Donker, metaalachtig groen. En een rosse onderbuik.'

'Ik heb een Rosse gekend,' zei Lawton. 'Zo noemden we Rufus Slotsky. Maar zijn onderbuik heb ik nooit gezien.'

Sugarman keek naar de oude man en voelde een glimlach om zijn lippen komen.

Alex liep nog steeds op en neer voor het huis. Ze had haar telefoon aan haar oor en gebruikte haar vrije hand om motten en muggen van zich af te slaan. In het begin, toen ze pas was begonnen met bellen, had Sugarman haar niet kunnen horen, maar naarmate de avond vorderde was ze steeds luider gaan praten, met meer nadruk, en soms met ergernis in haar stem, en uitbarstingen van kwaadheid. Telkens weer hetzelfde verhaal. Dan praatte ze met iemand die ze kende bij de politie van Miami of de county, en dan kreeg ze het telefoonnummer van iemand hogerop, of in Washington, of de lokale FBI. En dan moest ze praten met mensen die ze niet kende. Ze uit hun bed bellen, zich verontschuldigen, zeggen dat het om een noodgeval ging. Steeds weer dezelfde uitleg, dat een meisje van negen was gekidnapt van het jacht van haar aanstaande stiefvader, dat er vijf mensen waren vermoord, ja, ja, die zaak was het, bij de Keys, groot schip, die dokter voor getikte lui, inderdaad. Maar het punt is nu dat dat meisje via een satelliettelefoon contact heeft met haar vader en dat ze in gijzeling wordt gehouden. In de jungle, ergens in Midden-Amerika. Ze probeerde het simpel en helder te houden, niet meer dan vier of vijf zinnen. Ze moesten een peiling hebben. Via die telefoon. Hoe moeilijk was dat? En dan luisteren naar het antwoord, soms met twee of drie korte vraagjes van Alex tussendoor, en dan een smekende toon in haar stem, of wanhoop, en daarna de verbinding verbreken en iemand anders bellen. Iedereen verwees haar door naar iemand anders. Dit was niet het terrein van hun expertise of invloed. Was het een bekende terrorist, die het meisje vasthield? Nee? Nou, dan vergt het een rechterlijk bevel, dat moet je aanvragen, laat je naam op een lijst zetten. Drie uur van dat gelul, nu al bijna vier uur.

Een poos geleden was Sugar al eens naar haar toe gelopen om te zeggen dat ze gerust kon ophouden met bellen. Het was duidelijk dat niemand hulp zou bieden. Maar Alex had haar hoofd geschud.

'Mijn vermeende invloed blijkt nihil te zijn,' concludeerde ze. 'Heb je al aan de *Herald* gedacht? Misschien heeft een van hun terriërs zin om naam te maken. Dan zouden mijn zogenaamde vrienden onder de wetshandhavers lelijk op hun neus kijken.'

'Circustijd,' zei Sugar, terwijl hij zijn hoofd schudde. 'Dan staan hier morgenvroeg tv-auto's voor de deur. En komt alles naar buiten. Vic zou het horen. Hij zou weten dat Janey met me praat. Dan trekt hij de stekker eruit. Of erger.'

Ze keek naar de lege straat in de stille buurt voor gewone mensen. Een loodgieter, een gids voor pleziervissers, een filiaalchef van een winkelketen, een drogist.

'Jouw vogelmethode lijkt niet te werken, Sugar.'

'Jawel, volgens mij wel. Ik kan het gebied steeds verder inperken. We zijn er nu bijna.'

'Bijna? Volgens mij heb je nog heel Honduras, Nicaragua en Costa Rica over. Dat zijn behoorlijk grote landen, als ik me niet vergis.'

'Nee, stúkjes ervan.'

'Maar zelfs als je precies weet waar ze is, wat dan? Huur je een straaljager en vlieg je er met ratelende mitrailleurs naar toe?'

Sugarman had over het 'wat dan' nog niet nagedacht.

'Misschien wel,' zei hij.

Alex keek met gefronst voorhoofd naar haar telefoon.

'Ik ga maar weer eens bellen,' zei ze. Niet één keer had ze de naam Thorn genoemd.

Groen-en-rosse ijsvogels hadden een voorkeur voor woudmoerassen, minder vaak ook wel voor woudbeekjes. Ze bleven in de diepe schaduw, waardoor ze moeilijk op te sporen waren. Ze doken vanaf lage takken of ranken naar kleine visjes of waterinsecten. Solitair of in paren. Een geluid als *wiek* of *wik-wik-wik*. Hoge, ijle klanken. Maar waar het om ging, het punt dat zijn hart weer deed bonken, was hun verspreidingsgebied: zuidoostelijk Nicaragua tot het westen van Ecuador. Een groot gebied, maar als hij de lengtegraad correct had berekend was de enige sector van dat gebied die een overlapping had met 84 graden westerlengte een klein stukje van de zuidelijke kust van Nicaragua en misschien een smal reepje van noordelijk Costa Rica.

Nog niet exact één stip, maar toch nog slechts een kruimel van de oorspronkelijke taartpunt.

Het was bijna een uur in de nacht en Lawton was bezig Sugarmans logeerkamer te doorzoeken. Hij snuffelde in laden en keek onder het bed. Kennelijk hadden een paar van zijn hersencellen zich vaagjes herinnerd dat hij vroeger een rechercheur was geweest. Over de snelweg in de verte raasde een reeks sirenes voorbij. Het klonk als een kettingbotsing of een grote brand. Aan het einde van de gang, achter de opening van de voordeur, zag hij Alexandra staan. Nog steeds met haar telefoon in haar hand, maar ze had hem dichtgeklapt en stond daar zo maar voor zich uit te kijken, terwijl de motten die rond haar hoofd fladderden haar een excentrieke halo gaven.

Sugarman staarde naar het computerscherm. Het was nog donker, maar hij meende iets gehoord te hebben. Hij gebruikte de ingebouwde muis van de laptop om het geluidsvolume zo hoog mogelijk te zetten.

'Janey?'

'Sst,' zei ze. 'Sst.'

'Wat is er mis?'

Alexandra kwam de kamer binnen en ging achter Sugarman staan.

'Er zijn mensen.'

'Mensen?'

'Sst. Doe je lichten uit, ze schijnen. Dat kunnen ze zien.'

Sugarman wenkte Alexandra en zij deed de plafondlamp uit.

'Wie is er, schat? Wat voor mensen?'

'Mannen,' fluisterde ze. 'Ook een paar vrouwen. Sommige zijn naakt.'

'Wat?'

'Naakt?' vroeg Lawton. 'Wat is dat voor een manier van doen, met een kind in de buurt?'

Alexandra sloeg haar arm om Lawtons schouders en legde een vinger op haar lippen.

'Ze zijn dronken en schieten met geweren.'

'Geweren?'

Sugar boog zich dichter naar het scherm toe om haar contouren te zien, maar hij zag niets anders dan het zwarte warrelen van elektronen.

'Machinegeweren,' zei Janey. 'Luister maar.'

Hij kon het niet echt horen. Ploffende geluidjes in de verte, gevolgd door vaag geknetter, even ver weg.

'Wat gebeurt er, Janey?'

'Ze schieten niet op elkaar, maar ze mikken op de hemel. Ze hebben feest, een groot feest, denk ik.' Ze liet haar stemvolume weer dalen tot een gefluister. 'Er kwamen drie mannen naar mijn hut en ze keken naar binnen, maar ik zat in een hoekje op de vloer gehurkt en ze hebben me niet gezien. Ze probeerden de planken van de vensters te rukken, maar daar kregen ze genoeg van en toen zijn ze weggegaan. Ze hebben bij de lagune een groot vuur aangestoken.'

Sugarman hoorde in de verte weer salvo's van machinegeweren. En stemmen, kreten, misschien was het gejuich, het was moeilijk te zeggen.

'De naakte vrouw,' zei Janey. 'Ze staan in een kring om haar heen.'

'Jezus,' zei Sugar zacht.

'Ik heb het bord gezien, papa.'

'Het bord?'

'Buiten, met de naam erop.'

'Echt waar?'

'Ja. Ik keek met de verrekijker naar twee mannen die met elkaar aan het vechten waren en toen viel een van de twee er tegenaan. Nu hangt het bord scheef en kan ik het lezen.'

'Wat staat erop, Janey? Wat staat er op het bord?'

'Sst. Daar komen ze. Sst.'

Toen werd het donkere laptopscherm nog donkerder en hield het verre geknetter van de machinegeweren abrupt op.

Achtentwintig

De steekwonden in zijn buik schrijnden weer. Thorn zat in een krappe vliegtuigstoel en voelde het warme bloed tot onder zijn broeksriem sijpelen. Ze waren opengegaan door de vijf of zes vuistslagen die Vic Thorn had gegeven, terwijl Marty Thorn van achteren vasthield.

En door de smak die Thorn had gemaakt begonnen zich nu vanaf zijn stuitbeen over zijn hele torso vurige tentakels te verspreiden, alsof het ranken waren die probeerden zijn bovenlichaam geleidelijk te wurgen. Zijn nek voelde stijf aan en zijn handen waren gezwollen en het zware trillen van de vliegtuigmotoren vibreerde mee tot in het merg van zijn ledematen. De achterkant van zijn benen voelde aan alsof er snaren op gespannen waren, waarop iemand woest gitaar speelde. Hoe fit hij zich eerder die dag ook had gevoeld, nú voelde hij zich als een huid die van binnen was leeggeschraapt en daarna gevuld met botten en pezen, vermengd met ontelbare glasscherven.

Na een rendez-vous met zijn watervliegtuig bij Shell Key hadden Vic, Marty en Marshall hun gasten Thorn en Anne Bonny van het schip gesleept en op een paar stoelen achter in het vliegtuig vastgebonden. Vic had de motoren gestart, was opgestegen en in westelijke richting weggevlogen, maar toen ze hoog in de lucht waren had hij het zware watervliegtuig in de richting van Key Largo teruggestuurd, vanwaar hij laag over de boomtoppen in zuidelijke richting naar Thorns huis was gekoerst.

Toen ze daar overheen vlogen had Vic een vleugeltip wat laten zakken, zodat ze allemaal goed konden zien hoe vlammen bezig waren Thorns huis te consumeren. Wat betreft de vuurbestendigheid van dat hout had Thorn het volkomen fout gehad. De vlammen laaiden op als een hellevuur en leken zich te zullen verspreiden over de wirwar van ranken en bomen aan de zuidkant van zijn terrein.

Er was een bluswagen gearriveerd en ook een paar bestelbusjes van de vrijwillige brandweer, maar de enige straal water die Thorn zag was op de omringende begroeiing gericht. Ze waren bezig de brand te beheersen. Zijn huis was een verloren zaak.

Een keer eerder was zijn huis vernietigd, toen door explosieven. Een andere keer was zijn vloer doorzeefd met kogels door een laffe moordenaar die had geprobeerd Thorn te doden zonder hem onder ogen te komen. En nu was zijn huis opnieuw reddeloos verloren.

Het bevatte niets van waarde, behalve een paar snuisterijen die de vorige aanslagen hadden overleefd. Foto's van zijn adoptiefouders, een handvol souvenirs en de bezittingen die hij nadien had aangeschaft. Daar zaten er slechts weinig bij die hij echt waardevol achtte – dat waren met name de gereedschappen die hij voor zijn vak nodig had, zoals zijn op maat gemaakte bankschroefje, een paar precisietangen, wat scharen, enkele dure hengels en een voorraadje bont en veren van het soort dat op vissen een magische aantrekkingskracht leek uit te oefenen.

Behalve een paar kleinigheden die hij aan boord van zijn Chris-Craft bewaarde had het grootste deel van zijn bezittingen zich binnen die vier houten wanden bevonden, maar toen het watervliegtuig vervolgens koers zette naar een donkere einder voelde hij in eerste instantie alleen maar opluchting. Niet langer belast en beladen door bezittingen. En hij kon er echt helemaal niets aan doen. Hierna zou hij vrij zijn om de snelweg te nemen en Key Largo voorgoed te verlaten. Met een rugzak om en een paar goede schoenen aan zijn voeten. Ergens anders helemaal opnieuw beginnen. Een nest bouwen in een boom, de volgende morgen weer verder trekken. Een zwerver, een landloper, een vagebond zonder bestemming. Plaatsen bezoeken waarover hij alleen maar had horen praten. In een stad gaan wonen. Vrede sluiten met het asfalt, wennen aan het getoeter van auto's, aan snerpende sirenes in de nacht, aan uitlaatgassen in plaats van lucht. Misschien had Vic Joy hem ongewild een dienst bewezen door hem te bevrijden van een geloof waaraan hij zich onvoorwaardelijk had vastgeklampt – dat hij op de een of andere manier hóórde bij dit eiland, of bij wat dan ook. De laatste jaren was het voor Thorn bijna ondraaglijk geworden om aan te zien hoe het weefsel van de Keys aan alle kanten was gaan rafelen, hoe het kristalheldere water zich vulde met rioolbezinksel, hoe de zeebodem en de riffen verbleekten tot een steriel wit. Het had hem hoog tijd geleken om te vertrekken. Hij had al weg moeten zijn.

Misschien zou hij aan boord gaan van de *Heart Pounder*, zijn oude kajuitjacht. De tank volgooien met benzine en wegvaren zo ver die tank hem kon brengen. En daar zou hij dan werk zoeken en geld verdienen om de tank opnieuw te vullen. Steeds kleine stukjes langs de kust of naar de eilanden aan de andere kant van de Golfstroom of naar Mexico. Een Amerikaan in het buitenland, zonder sofi-nummer, zonder bestemming, gewoon iemand die van de ene haven naar de andere zwierf. Waarom ook niet? Wat hield hem tegen? Alexandra verdwenen, de band van trouw en eerlijkheid tussen hen beiden verbroken door zijn kinderachtige bedrog, zijn bereidheid om voor Websters nar te spelen.

Zelfs Thorns oudste vriendschap leek in diggelen. Sugarman was terecht woest vanwege het feit dat Thorn op de een of andere indirecte manier de aanleiding was geweest tot Janey's ontvoering. Er was niemand meer over. Geen vriend, geen geliefde. Geen enkele reden om te blijven.

De brok verdriet zwol in zijn keel steeds dikker aan. En hij proefde de bittere smaak van zelfmedelijden. Sugarman had gelijk gehad. Alles waarmee Thorn in aanraking kwam werd ten slotte door vlammen verzengd. Hij had niets, en dat niets was ook alles wat hij verdiende. Sterker nog, zelfs dat niets was al méér dan hij aankon! Het leven van een vagebond leiden zou best al een té hoog gegrepen taak kunnen wezen. Want áls het hem al lukte zijn eiland te verlaten, waar hij ook heen ging, hij zou overal die zwarte onweerswolk met zich mee slepen en dolkstoten van bliksem laten neerdalen op de mensen om hem heen, op degenen van wie hij hield. 'Weest op uw hoede, gij allen, voor Thorn! Want groot onheil zal deze zondaar volgen tot in alle hoeken van de aarde, en voorwaar, zo gij deze man slechts aanraakt zult ge omkomen en zal alles wat ge ooit bemindet zekerlijk verschroeien tot asse!'

'Hou je niet van een lekkere fik?' Vanaf de andere kant van het smalle middenpad grijnsde Marty hem toe. 'Stukken goedkoper dan een bulldozer. Alles in één nacht voor elkaar, tot op het maaiveld.'

'Denk je dat je leuk bent, Marty?'

Marty wreef over de bult op zijn slaap die Thorn hem had bezorgd.

'Vic is pissig, man. Hij gaat je ballen eraf snijden. En ik zal vanaf de eerste rang toekijken.'

Vic bestuurde het vliegtuig en Marshall zat naast hem op de stoel van de copiloot. Charlie, de andere motorvriend bij Vics toegangspoort, zat in de stoel vlak achter Thorn bekneld en Anne Bonny zat klem naast hem. Alle mannen droegen hetzelfde uniform van wijde groene camouflagebroeken en zwarte T-shirts. Plus zware zwarte laarzen. Een speciaal commandoteam binnen het piratenwezen. Met pistolen in de geribbelde zwarte holsters op hun heupen.

Anne was stil geweest vanaf het moment dat ze de *The Black Swan* hadden verlaten en aan boord van de vliegboot waren gestapt. Ze was verdoofd, uitgeteld, gebroken. De verrijzenis van haar minnaar was een wrede mystificatie gebleken, het gebruik van deze wimpel aan Thorns vlaggenmast was slechts een truc van Vic geweest om Anne op die plek te houden tot hij klaar was met zijn laatste voorbereidingen.

Thorn draaide zich in zijn stoel en probeerde naar haar om te kijken, maar de verslagenheid die hij in haar ogen zag, die doffe berusting in haar ellendige lot, gaf Thorn een psychische opdoffer. Zij zat nog veel dieper in de put dan hij! En bij het zien van de wanhoop in haar ogen, de weerloze overgave waarvan haar gezicht getuigde, begon zijn bloed weer door zijn aderen te stromen.

Misschien had hij geen toekomst meer, misschien was hij alles en iedereen kwijt waarvan hij had gehouden, maar hij bezat nog steeds dat ene dat hem al vanaf zijn kinderjaren door elke strijd heen had geholpen. Zijn persoonlijke vloek. Zijn blinde, stijfkoppige bezetenheid om dóór te gaan, stap na stap, en in het onderhavige geval om alles te doen wat in zijn vermogen lag om de plannen van deze sadistische smeerlappen te ruïneren. En als aan het einde van deze vliegtocht mocht blijken dat Janey Sugarman nog in leven was, zou hij misschien een kansje krijgen om zelfs dát nog tot een goed einde te brengen.

Hij bleef een poos roerloos zitten om weer tot zichzelf te komen. Hij liet zijn bloed de stank van de nederlaag wegspoelen en werkte zich omhoog uit zijn neerslachtigheid. Hij haalde een paar keer diep adem.

Toen boog hij zich half over het nauwe gangpad, dichter naar Marty toe.

'Heb ik het nou goed begrepen?'

'Wat is er, Casanova?'

'Jij hebt Salbone verraden? Hem aan Vic uitgeleverd?'

'Dat is een manier om het te bekijken.'

'Is er dan nog een andere?'

'Om zelf een betere positie te veroveren,' zei Marty. 'Promotie te maken.'

'En wat nu verder? Zijn we op weg naar die piratenfuif waar iedereen het over heeft?'

Marty keek Thorn onbewogen aan. Misschien had Thorn hem onderschat. Wat hij had aangezien voor stupiditeit was misschien in feite verachting geweest, gewoon walging voor iemand als Thorn, die niet bereid was iedereen die hem hinderde om schatrijk te worden in de rug te steken. Een perfect maatje voor Vic Joy, deze Marty.

'Wat draag jij daaraan bij, Messina? Alleen spierkracht?'

'Wat kan het jou schelen, Thorn?'

'Hé, ik ben afgeschreven, wat maakt het dan nog voor verschil of je mijn nieuwsgierigheid bevredigt?'

'Val dood. Ik vertel je geen zak.'

'Want je moet weten dat Vic jou gebruikt, volgens mij, zoals hij zijn motorrijders gebruikt. Je bent misschien een half procentpunt minder stom dan Marshall en Charlie, maar in principe ben je gewoon een bonk spieren waar Vic zich achter kan verschuilen wanneer er geschoten wordt. En dat is wat er nu gaande is.'

'Ik heb iets wat hij wil hebben, zultkop. Ik heb knowhow.'

'Zo? Misschien had je dat toen je nog Salbones lakei was, maar volgens mij heb je tegenwoordig niets anders meer te bieden dan een kilo of tien lichaamshaar.'

'Je hebt het mis, lul. Zoals altijd.'

'Anne kent de code, maar jij niet. Salbone heeft hem niet met jou willen delen.'

'Salbone was paranoïde. Hij was de enige die alle onderdelen van het raderwerk kende.'

'En welk onderdeeltje beheerste jij? Hoe je het schip moest besturen?'

'De contacten,' zei Marty. 'Ik deed de contacten.'

'Contacten?'

'Zie je wel? Je weet goddomme niet eens hoe het werkt.'

Thorn leunde achterover in zijn stoel. Niet meer geïnteresseerd. Op het punt om in te dutten. Het duurde bijna een minuut, toen kon Marty zich niet langer inhouden.

'Zonder contacten zak je in de stront,' zei hij. 'Aan wie moet je die vijfduizend Honda-motoren of aggregaten of die tienduizend vaten olijfolie in jezusnaam leveren? Welnu, ik weet dan wie ik moet bellen. Dat is wat ik deed. Ik heb de contacten. Namen, nummers, alles.'

'En daarom heeft Vic je nodig.'

'En óf hij me nodig heeft,' zei Marty. 'Vic weet hoe je zo'n kolereschip moet kapen. Hij weet alles van die lullige films, van de geschiedenis, van die verdomde sir Francis Drake en zijn *Golden Hind* en die kolere Harry Morgan en god-weet-wat. Maar zijn contacten heeft hij in de wereld van het onroerend goed en marina's en het hotelwezen. Vic kan stelen wat hij wil, maar hij weet niet wat hij ermee aan moet. En als je dat niet weet kun je het schudden. Dus óf hij me nodig heeft! De man wil het groots gaan aanpakken en daarbij ben ik onmisbaar.'

'Halleluja,' zei Thorn. 'Onmisbaar.'

'Hartstikke. Hosanna!'

'En wat betekent dat gelul over een code?' vroeg Thorn. Hij had zijn ogen dicht en liet zijn hoofd achterover rusten alsof het hem allemaal geen moer kon schelen. Marty was niet meer op zijn qui-vive en had zich voorgenomen Thorn eens goed onder de neus te wrijven wat voor een waardeloze nitwit hij was.

'Daarmee krijg je toegang tot de website van de reders.'

'Lijkt me saai,' zei Thorn. 'Ik dacht dat het zeeroversbestaan heel opwindend was.'

'Het is zakendoen,' zei Marty.

'Dat bedoel ik. Saai.'

'Hé, elk kolereschip, waar ook ter wereld, is via die site te vinden! Als je de code weet kun je ze op elk moment van de dag lokaliseren, met inbegrip van hun lading en hun bestemming. Je kunt hun onderhoudsgeschiedenis nakijken, de namen van de bemanning opzoeken, álles wat je verdomme maar wilt weten! Zonder die code ben je als een blinde en vaar je dagenlang werkeloos rond in de hoop dat er iets nuttigs voorbij zal komen. Of je probeert een schip vanuit zijn haven te volgen, het liefst een beetje onopvallend. Of je moet een spion aan boord hebben die je per telefoon de coördinaten doorgeeft. Maar dat is allemaal amateuristisch. Het kan op honderden manieren de mist in gaan. Maar als je de code hebt is dat anders. Dan kun je efficiënt aan het werk.'

Thorn deed zijn ogen open en keek de grote man aan. Dat kleine krulletje glimmende haar op het voorhoofd van zijn kale schedel bleef keurig op zijn plek zitten, alsof er een onzichtbare dot reuzel onder geplakt zat. Marty keek kwaad terug, met zijn kin agressief naar voren. Nog één duwtje en het meppen zou beginnen.

Het zou met Marty Messina waarschijnlijk niet slecht zijn afgelopen als hij niet op zo jonge leeftijd in de nor was beland. Dan zat hij nu misschien nog steeds op zijn kruk in de Tarpon, was hij getrouwd, had hij kinderen op de middelbare school. Dronk hij te veel, bralde hij te veel, ging hij om met toeristen en zakenlui op en rond Key Largo. Dat had hij kunnen redden. Hij had genoeg boerenslimheid om bordenwassers en serveersters en barkeepers onder de duim te kunnen houden. Zijn machokuren had hij dan kunnen uitleven op zijn leveranciers, om hun desnoods met spierballenvertoon goedkopere prijzen voor de garnalen en kreeften en geelstaarten en baarzen af te dwingen. Marty was volgens Thorn geen geboren moordenaar. Hij was gewoon een arme sukkel die in zijn jonge jaren pech had gehad en toen de petoet in moest, en daar de spoedcursus likken-en-om-je-heen-trappen had gevolgd die je nodig had om in die omgeving te overleven. Toen hij naar buiten mocht was hij nog even zwakbegaafd als tevoren, maar nu was hij daarenboven pedant en ijdel geworden. Opgepompte spieren, versuft brein. Wat hij vroeger misschien nog aan morele normen had bezeten, was allang verdwenen. En toen bood Salbone hem een simpel baantje aan. Essentieel voor zijn operaties, maar niet al te moeilijk. Telefonische afspraken maken. Wereldwijd bellen met lui die schepen en pakhuizen en vrachtwagens en chauffeurs hadden. Thorn wist het niet met zekerheid, maar hij had het sterke vermoeden dat deze lui familie waren van lui die hij kende – degenen die legitiem omgingen met pakhuizen en vrachtwagens en chauffeurs. Zonder een DNA-test te hebben gedaan durfde Thorn dat vermoeden wel uit te spreken.

'En waar gaat die piratenfuif over? Wordt Vic gekroond? Krijgt hij een scepter in zijn hand en neemt hij de wereld onder zijn hoede?'

'Je zult het snel genoeg zien.'

'En dat wordt zijn entreekaartje bij de andere piraten. De code.'

'Zo ongeveer.'

'Het klinkt me in de oren als iets dat de eerste de beste hacker óók voor elkaar kan krijgen. Wat is er zo moeilijk aan?'

'Wees daar maar niet zo zeker van,' zei Marty. 'Salbones computerjongen was een echt genie.'

'Van zulke whizzkids gaan er dertien in een dozijn, Marty, heb je dat nog nooit gehoord? Jongetjes van tien kraken tegenwoordig de computers van het ministerie van Defensie.'

'Misschien,' zei hij. 'Maar niemand had hieraan gedacht. Salbone was de eerste en enige die het heeft gedaan. Al die andere kapers zwabberen alleen maar op goed geluk wat rond en verspillen brandstof. En de helft van de keren treffen ze een schip dat leeg is. Ze hebben die code nodig en dat weten ze verdomd goed.'

'Hebben sommige van die collega's Vic wel eens in het echt ontmoet? Weten ze waaraan ze beginnen?'

'Hoe bedoel je?'

'De man is een gestoorde maniak, Marty. Heb je dat niet opgemerkt?'

Marty staarde hem even aan, maar zei niets. Toen begon hij zich bezig te houden met het wegvegen van wat wattenpluisjes van de voorkant van zijn zwarte T-shirt, waarbij hij zijn blik op de achterkant van de stoel voor hem gericht hield. Hij dacht erover na, liet het tot zich doordringen, misschien nu voor het eerst – dat hij ten strijde trok met een levensgrote krankzinnige aan het stuurwiel.

Thorn draaide zich in zijn stoel en keek om naar Anne. Ze zat voorovergebogen. Haar gesloten ogen waren nat, haar lichaam beefde, haar snikken gingen verloren in het lawaai van de gierende wind en de motoren.

Toen draaide Thorn zich weer naar Marty toe. Hij boog zich over het gangpad zijn kant op.

'Was jij degene die Jimmy Lee Websters keel heeft doorgesneden?'

'Alsof ik met jou over die shit wil praten!'

'Ik zie jou meer als een man van de kleine handvuurwapens. Een kogel in de achterkant van iemands hoofd, als niemand het ziet. Zoals bij die arme oude mensen aan boord van Markhams jacht. Maar dat doorsnijden van een keel, ik weet het niet, dat lijkt me niet goed te passen bij Marty Messina. Lijkt me eerder een specialiteit van Vic Joy himself.'

Marty keek naar de voorkant van de cockpit of Vic zat mee te luisteren, boven het kabaal van de motoren, de vibraties en het windgeruis uit. Dat was niet het geval, waarna Marty een zure glimlach produceerde en zich weer tot Thorn richtte.

'Die conclusie is behoorlijk slim voor een dooie.'

'En die kooien,' vervolgde Thorn. 'Dat was een schilderachtig detail, eerlijk is eerlijk. Een soort historische verwijzing.'

'Marshall is lasser,' zei Marty. 'Als hij in Vics werkplaats zijn gang kan gaan, heeft hij zo'n ding in een half uur in elkaar gezet. En die kleine opdonder kan nog vliegen ook.'

'Webster heeft me verteld dat hij en Vic een deal hadden gesloten. Vic zou een aanklacht ontlopen, of zoiets. Waar ging dat over?'

Marty moest een poos nadenken.

'Wist je daar niets van, Marty? Heeft hij je erbuiten gehouden?'

'Ik ben zijn volle partner, zak. Ik ken elke fase van de operatie.'

'Heus? Dus je wist van Webster? Of was dat misschien een fase waar hij je buiten had gelaten, een van Vics nevenactiviteiten?'

'Vic was hem te slim af,' zei Marty. 'Hij heeft hem gewoon belazerd, zoals hij dat met iedereen doet. Webster was op eigen houtje bezig en probeerde wat centen bij te verdienen. Probeerde Vic af te persen, maar Vic hield hem aan het lijntje.'

'Vuil geld? Geloof ik niks van. Webster was een ware gelovige.'

'Ik zou het niet vuil willen noemen,' zei Marty. 'Zeg liever dat de man ambities had.'

'Wat voor ambities? Om ook piraat te worden? Om mee te doen?'

'Hij en Vic waren van hetzelfde laken een pak. Je had die twee mafkezen moeten horen lullen over dat piratengedoe. Ik geloof dat Webster er nog meer van wist dan Vic. Boekaniers, zeerovers, kapers, piraten. Ik kreeg er koppijn van. Alsof ik weer op school zat.'

'Hij is staatssecretaris van Marine geweest. Die laat zich niet inpakken door een Vic Joy.'

'Webster is op een gegeven moment over de rooie gegaan,' zei Marty. 'Een tijd geleden, ik weet niet wanneer precies. Gaf opdracht een schip tot zinken te brengen, maar had het verkeerde voor. Er kwamen mensen om het leven. Zoiets was het. Grote koppen in de kranten. Sleepten hem voor de senaat, een openbare hoorzitting. Dat maakte hem pissig en daar is hij nooit overheen gekomen. Wilde zijn reputatie terugwinnen door Salbone te grazen te nemen, maar misschien was hij in zijn hart nog steeds pissig op de lui van de marine en de regering. En zo kwam hij in contact met Vic. Die leerde zijn zwakke plekken kennen – piraten en geld.'

'Vond zijn zwakke plekken en maakte hem toen af.'

'Jezus, dat heeft Vic niet gedaan,' zei Marty. 'Hij en ik waren in de jungle toen deze drie te grazen werden genomen. Zoals ik het heb gehoord, hebben Webster en zijn vrienden jou welterusten gekust en was dat hun laatste officiële handeling op deze aarde. Die goeie

Marshall klopt zichzelf flink op de borst. Dat hij en Charlie drie van die topspionnen de baas zijn geweest.'

Opeens herinnerde Thorn zich de Cadillac die met gierende banden tot vlak naast Websters kamer in het motel aan was komen stuiven. En dat er twee mannen waren uitgestapt.

'Wat Vic pas echt tegen die Webster heeft ingenomen,' zei Marty, 'was dat deze maar bleef zeuren over Salbone. Salbone dit, Salbone dat. Alsof die ex-maffioso een soort popidool was. Daar had Vic de pest aan. Dat hij dat de hele dag moest horen. Was Vic immers niet degene die Salbone had uitgeschakeld, zijn bemanning had weggevaagd, zijn zaken had overgenomen? En moet hij dan de godganse dag van Webster horen hoe geweldig die vent is en dat alle piratenjagers van de hele wereld achter hem aan zitten? Ik bedoel – het was een onderdeel van Vics plan om de Feds te laten denken dat Danny nog steeds ergens rondzwierf. Dat ze hun tijd aan zoeken verdeden, terwijl Vic ondertussen zijn gang kon gaan. Maar het hing hem de keel uit steeds dat gelul over Salbone te moeten aanhoren. Salbone, Salbone, Salbone! Dat ergerde hem mateloos.'

'Geen respect,' zei Thorn. 'Miskend.'

'Vic hecht bijzonder aan respect. Zoals sommige lui die ik in de nor heb gekend. Het ergste wat je kon doen was vergeten hen te groeten als ze de kamer binnenkwamen.'

'Als het allemaal doorgestoken kaart was, waarom heeft Webster dan die grote show voor mij opgevoerd? Hij had wel duizend dia's, een hele speech met grote woorden. Lijkt me niet logisch.'

'Je luistert niet naar wat ik zeg, man! Webster dacht dat Salbone nog steeds ergens rondhing. Werkte zich de pleuris om hem te pakken te krijgen. En flirtte ondertussen met Vic. Dat was alles. Een kwestie van timing. Hij pikte jou op, zette je aan het werk, en toen hij zich daarna omdraaide was daar Marshall. En die heeft hem zijn keel doorgesneden.'

'Nou, het zal niet werken, Marty. Vroeg of laat zullen ze twee en twee bij elkaar optellen. Dan beseffen ze dat Salbone dood is en volgen ze de broodkruimels die naar Vic terug leiden.'

'Wat je maar zegt, wijsneus.'

'De federalen zijn niet achterlijk. Ze zullen het op een rijtje krijgen.'

'Daar heeft hij ook aan gedacht. Vic heeft in alles voorzien. Dat is namelijk waar *jij* voor dient, Thorn. Om in beeld te komen nadat ze alles op een rij hebben gezet.'

Marty wendde zijn blik af.
'Hoe bedoel je?'
Marty lachte voor zich uit.
'Je snapt het echt niet, geloof ik. Een lijpe vent als jij, die de kern van de zaak niet ziet.'
Thorn zweeg, maar inmiddels had hij zijn ogen open.
'Ze gaan jou de schuld geven, lul.'
'Wat?'
'Jou de schuld geven. Jij wordt de zondebok. Jij loopt kwijlend achter Anne aan, jij hangt rond bij Vic en als het voorbij is heb jij de strontzak in je handen. Vic wil je land hebben, wil op dat punt zaken met je doen, maar het is niet zijn manier van werken om maar één ding tegelijk te doen. Hij heeft die stelregel van altijd twee vliegen in één klap slaan. Hij pikt je land in, maar geeft je bovendien de zak met stront en loopt weg. Of je nog leeft of dood bent, dat maakt geen verschil.'
'Hoe kan ik in hemelsnaam de zondebok zijn?'
'Politiemensen zijn gek op lui zoals jij, Thorn. Je hebt geen status. Wat wil je hun gaan vertellen? Hé, zet me niet in de gevangenis, deze man, deze ex-staatssecretaris van Marine heeft me hiertoe opdracht en bevoegdheid gegeven? Ja? En wie zal dat geloven, denk je?'
'Stom, Marty. Dat zal nooit werken.'
'Lul maar lekker, Thorn. Jij bent de briljante van ons tweeën. Maar de laatste tijd heb je je niet echt briljant gedragen. Je hebt alles met huid en haar geslikt, zoals Vic had voorspeld. Je kwam meteen naar zijn landhuis, hooghartig en koel. Meneer James Bond himself, geheim agent, die voor mij even een toneelstukje opvoerde. Man, ik heb me moeten inspannen om niet in je gezicht in lachen uit te barsten. Je was een verdomde marionet, Thorn. Aan een draadje. Jij en je maatje Sugarman, jullie waren perfect. Overal naar toe, veel herrie schoppen, de sheriff erbij halen. Het kon niet mooier. Dus als Vic je laat gaan is iedereen paraat om je naar de nor te slepen.'
'Waarvoor? Heb ik de dochter van mijn vriend ontvoerd? Die mensen op het jacht vermoord? Heb ik Webster gedood?'
'Zou kunnen,' zei Marty. 'Heb je alibi's?'
'Wat een gezwam. Wat is mijn motief? Waarom zou ik die dingen doen?'
'Vraag het aan Vic. Hij is degene die over het verhaal gaat. Hij werkt een idee voor een film uit. Hij zal de ster zijn en jij de loser. Ik

denk dat Vic al heel wat teksten paraat heeft. Jij ook, Thorn? Heb jij een verhaal dat ook maar *iemand* zal willen geloven?'

'Vergeet het maar,' zei Thorn. 'Niemand zal geloven dat ik die drie mannen heb gedood en ze daarna gekooid in mijn eigen tuin heb gehangen.'

'Misschien wel, misschien niet. Ik denk dat we het moeten afwachten. Het beste verhaal wint.'

'De sheriff mag dan geen fan van me zijn, maar *dit* zal hij niet slikken.'

'Je hebt Vic horen praten. Kun jij dat evenaren?' Marty grinnikte. 'Maar bekijk het ook eens van de kant van de politie. Is het voor hen gemakkelijker iets op het conto te schrijven van een heethoofd met een lange geschiedenis van weerspannigheid of op dat van Vic Joy? Die de helft van de Keys bezit en vierentwintig uur per dag tweehonderd advocaten stand-by heeft? Ik heb mijn geld niet op jou gezet, makker. Jij bent de klos. Hoe dan ook.'

Thorn staarde naar het plafond van de cabine. Het klonk waanzinnig. Zo ongeloofwaardig als de pest. Maar als hij de laatste dagen nog eens de revue liet passeren kwam hij diverse momenten tegen, onplezierig veel, die moeilijk uit te leggen zouden zijn. Dingen die hij had gedaan, maar die verkeerd uitgelegd, verdraaid, verdacht gemaakt zouden kunnen worden. De verkeerde plaats, de verkeerde tijd – dingen die Taft een reden tot argwaan konden geven. Fox ook. Zelfs Alexandra had al voldoende aan hem getwijfeld om weg te gaan. Sugarman was zelfs weggerénd.

Hij richtte zich weer tot Marty. De grote man zat glimlachend naar hem te kijken.

'Weet je wel, Marty, dat er nog een stel andere federalen aan jullie spoor aan het snuffelen zijn? Een man die Fox heet heeft vanmiddag met me gepraat. Hij schijnt jou en Vic in het vizier te hebben. Heeft het landhuis in de gaten gehouden. Het zou me niet verbazen als ze ons op dit moment volgden. Daar ergens achter de wolken.'

Marty maakte een minachtend geluid.

'Ook daar hebben we aan gedacht. Een kleine afleidingsmanoeuvre.'

'O ja? De CIA voor de gek gehouden? Dat weet je zeker?'

'Als er vanmiddag drie grote Cadillacs op topsnelheid vanaf zijn landgoed zijn weggereden,' zei Marty, 'pal achter elkaar, met de hele staf erin, maar met geblindeerde ruiten, dus verder is er geen reet te zien, en jij staat buiten de poort op de uitkijk, wat zou jij dan doen?'

'Achter die Caddies aan gaan,' zei Thorn. 'Als ik zo stom was.'

'Dat zijn ze,' zei Marty. 'Haal je maar geen valse hoop in je hoofd, Thorn. Die Caddies rijden nog steeds over de I-95 naar het godvergeten Kentucky, met een heel konvooi achtervolgers in hun kielzog. Niemand komt je redden. Je bent over en uit, je hebt je laatste geintjes gemaakt, eenzame cowboy.'

Thorn keek een paar momenten door het raampje naar buiten. Toen draaide hij zijn hoofd langzaam weer naar Marty.

'En als Anne niet met die code over de brug komt? Ik durf te wedden dat jullie nieuwe piratenvriendjes dan enigszins teleurgesteld zullen zijn. Zou een knoeiboel kunnen worden.'

Marty produceerde een grijns.

'Ze komt over de brug.'

'Denk je dat het haar een bal interesseert wat er met mij gebeurt?'

'Ik heb gezien hoe jullie met elkaar omgaan. Zelfs al was het een toneelstukje, jullie geilen elkaar op.'

Thorn zag een vlieg via Marty's hoofd naar het zwarte raampje aan zijn kant van de cabine vliegen. Hij botste tegen het plastic, maakte een bocht terug en botste er toen nog eens tegenaan.

'Anne is verliefd op een dooie man, Marty. Een man die door jullie is vermoord. Waarom zou ze jullie uit de brand helpen?'

'Omdat ze is zoals jij, Thorn. Uit hetzelfde hout gesneden.'

'Welk hout dan wel?'

'Kerels als jij, man, die heb ik al zo vaak gezien. Jullie kúnnen gewoon niet anders.'

'Nou, vertel op. Dat wil ik graag weten. Wat dóe ik dan?'

'Jij hebt het *Handboek Padvinder* onder je matras liggen en elke avond voor het slapengaan haal je het tevoorschijn en kijk je even na welke goede daden je de volgende dag gaat doen.'

'Was het maar waar.'

'En dan ga je naast je bed staan en steekt je hand op en spreekt je padvindersbelofte hardop uit. Dát is wat jij doet.'

'Mijn matras is zojuist in vlammen opgegaan, Marty. Het handboek is tot as verbrand.'

'Jullie watjes hebben altijd een gevat antwoord. Maar deze keer is het gedaan, Thorn. Deze keer zullen Vic en ik het laatste gevatte antwoord hebben.'

'Anne geeft jullie de code niet,' zei hij. 'Ze geeft niets om mij.'

'Hoop maar liever dat ze wél om je geeft.'

'Onder ons gezegd, Marty, ik kan me niet voorstellen dat ze zou willen helpen met ook maar *iets* dat haar broer van haar vraagt. Voortaan.'

'Een paar uurtjes nog, dan komen we er wel achter, zou ik denken.'

'Ja,' zei Thorn. 'Dat zou kunnen.'

Negenentwintig

'Het bord, papa.'

'Ja? Wat?'

Sugarman was weggedommeld. Hij had zijn hoofd op zijn armen op het antieke tafeltje gelegd. Alexandra wekte hem met een klap op zijn rug. Janey fluisterde weer, maar de geluiden van machinegeweren op de achtergrond waren verstomd. Sugar wreef zich in zijn ogen tot hij er weer scherp mee kon zien.

'Ik heb het bord gezien.'

'Echt waar? Mooi, mooi.'

'Twee mannen waren aan het vechten en ze stootten tegen de paal en nu hangt het scheef. Ik kan het zien. Gedeeltelijk.'

'Wat staat er?'

'G-r-a-y-g-h,' spelde ze. 'Meer kan ik niet zien. Gray en dan nog iets.'

'Oké, Janey, dat is geweldig. Dat kunnen we gebruiken. Het zal zeker helpen.'

'Ik voel me beroerd, papa. Ik heb het heet en ik ril de hele tijd. Ik heb weer overgegeven. En ik heb erge buikpijn.'

'Heb je de cola's gedronken, liefje?'

'Nee.'

'Doe het dan, schat. Drink een cola. Je hebt vocht nodig.'

'Het zijn Chinezen, denk ik.'

'Chinezen?'

'De mannen buiten. Een paar ervan zijn Chinezen. Ze hebben een agoeti gedood, papa. Ze hebben hem doodgeschoten en vlak naast mijn hut gevild. Ik vond het heel erg. Er zijn ook een stel andere mensen buiten, niet alleen Chinezen. Rare talen.'

'Hoeveel mensen heb je gezien?'

'Ik weet het niet.'

'Meer dan tien?'

'Ja, meer.'
'Twintig?'
'Ik weet het niet, papa. Veel. Heel veel mensen. Vooral mannen, maar ook een paar vrouwen. En sommigen hebben zo'n ding dat jij wel eens gebruikte om de agave in de achtertuin bij te snijden. Een groot mes.'
'Een machete?'
'Ja, een machete. Sommige mannen lopen daarmee te zwaaien.'
Sugarman schoot recht overeind op zijn stoel. Het leek alsof de lucht in zijn longen stolde.
'Luister, Janey, luister goed, oké?'
'Oké.'
'We komen je halen.'
'Ja? Wanneer?'
'Als we dit laatste stuk hebben uitgepuzzeld. Maar vlug.'
'Vannacht?'
'Vlug,' zei Sugarman. 'Maar we moeten weten waar je bent, in welke hut. En hoe de plattegrond is.'
'Plattegrond?'
'Hoe de dingen daar bij elkaar staan. Welke hutten er zijn, of ze dicht naast elkaar zijn gebouwd, of je aan het ene uiteinde zit of aan het andere.'
'Ik ben aan de zuidkant, papa. Helemaal aan de zuidkant. Er zijn vijf of zes hutten die ik kan zien. Ze zien er allemaal hetzelfde uit, op een na, die groter is en een veranda heeft. De mijne staat vlak naast een vijvertje.'
'Oké, dat is super. Je doet het geweldig. Dan wil ik nu dat je naar de badkamer gaat, Janey, en de deur stevig achter je sluit.'
'Het tekentje van de batterij knippert, papa. De computer heeft piepjes laten horen.'
'Oké, oké. Luister, ga meteen naar de badkamer, Janey, en sluit de deur en blijf daar tot...'
Maar zijn scherm was weer blanco en het enige geluid was dat van statisch geruis.
'O god, Jezus Christus.'
Alexandra legde een hand op zijn schouder, zei met een sussende stem dat het goed zou komen. Ze konden er achterkomen. Ze *zouden* er achterkomen.
'Ik weet het niet,' zei hij. 'Jezus, help me.'

'Heb je een woordenboek bij de hand, Sugar?'

Hij draaide zijn hoofd en keek haar aan.

'Woordenboek?'

Ze wachtte.

'In de woonkamer, op de plank bij de tv.'

Ze gaf hem nog een klopje op zijn schouder, maar het drong nauwelijks tot Sugarman door. Hij staarde naar zijn goedkope computer. Het beeld van zijn dochter was verdwenen. Hij probeerde het zich voor te stellen – hoe die kwetsbare stroom van elektronen vanuit een regenwoud in Midden-Amerika via een hoog rondvliegende satelliet helemaal naar de Aarde terug was gericocheerd en daar via duizenden kilometers kabels zijn weg had gevonden naar zijn computer, om hem haar stem, haar gezicht te brengen. Het magische daarvan. Het afschuwelijke daarvan. De schrijnende leegte die hij voelde nu de machine dood was.

Het was alsof er een sjaal van lood over Sugarmans schouders was gedrapeerd. Of zijn adem was gestokt in zijn longen, zijn borstholte was volgestort met beton.

Hij hoorde Lawton snurken op het opklapbed. En dat Alexandra in de aangrenzende kamer in het woordenboek aan het bladeren was. De puppy was wakker geworden en hapte naar een vlo op zijn staart. Vanaf de snelweg in de verte klonken weer sirenes. Maar hij was er niet. Hij was opgesloten in een minuscule, stinkende wc. Hij zat op zijn hurken op de grond en hield een kijker van elfhonderd dollar aan zijn borst geklemd. Hij nam teugjes van een flesje cola en rilde en deed zijn best om niet te huilen. Hij had het heet en koud, al zijn ledematen deden pijn. Hij was bijna tweeduizend kilometer ver weg, omringd door buitenlandse mannen met automatische geweren en god weet wat nog meer allemaal. Hij was alleen. Eenzamer dan hij ooit in zijn leven was geweest. Met om zich heen de kreten van de jungle, en hitte en stank en duisternis.

Alexandra trok een stoel bij en ging naast hem zitten.

'Ik begrijp het,' zei ze. 'Dit is erg moeilijk. Je bent van de kaart.'

'Was dat maar het ergste.'

Ze raakte zijn wang aan, pakte toen zijn kin vast en draaide zijn gezicht naar haar toe.

'Maar we moeten dat van ons af schudden. En we moeten even een paar minuten on line gaan.'

'Waarom?'

'Gray gh...' zei ze. 'We moeten zoeken.'

Hij was nu versuft. Twee nachten zonder slaap. Bijna niets gegeten. Zijn polsslag was van een waanzinnige snelheid tot een onmeetbare traagheid gekelderd. Een hartslag, en dan een pauze waarin de wereldbol een keer helemaal in de rondte draaide voor de volgende kwam. Hij was aan het einde. Het was gedaan.

'G-h.' Alexandra had het woordenboek open op het blad gelegd. 'Veel woorden met gh zijn er niet. Ghastly, ghetto, ghihil, ghost, ghoul. En maar één van die woorden past goed bij gray.'

Hij volgde haar niet. Hij zat nog steeds ineengedoken in die wc. Waar mannen omheen slopen. Die door de kieren gluurden, die planken losrukten. Dronken, uitzinnige mannen.

'Sugarman? Luister je?'

'Ja,' zei hij. 'Ik probeer het.'

'Gray Ghost,' zei ze. 'Dat is de enige combinatie die me plausibel lijkt.'

'Bonefish,' zei Sugar. 'Gray ghost, dat is zijn bijnaam. Grijs spook.'

'Oké,' zei ze. 'Dat klinkt goed. Nu moeten we verbinding maken met het net om dit op te zoeken. We weten dat het ergens aan de kust van Midden-Amerika moet zijn en dat het een plek is die ze Gray Ghost noemen.'

'Ja,' zei Sugarman. Maar hij zag nog steeds de smalle lichtbundel voor zich, de vlijmscherpe laser die zich daar vanaf de bodem van de jungle een weg naar de hemel boorde en vandaar naar de Aarde werd teruggeketst met de stem van zijn dochter als passagier. En haar gezicht. En haar opwinding over de toekans. En haar angst en haar pijn.

Alexandra draaide het toetsenbord naar zich toe en Sugar hoorde aan de zachte piepjes van het modem dat ze verbinding zocht met zijn server. Daarna toetste ze kennelijk een zoekopdracht in, want na een minuutje hoorde hij haar zacht voor zich uit praten. 'Oké, oké, mooi.'

'Wat heb je?' vroeg Sugarman.

'Tweeëntwintig treffers,' zei ze. Ze draaide de computer, zodat hij kon meelezen van het scherm. Toen liet ze de lijst langzaam naar boven rollen. 'De meeste daarvan gaan over John Mosby, een soldaat tijdens de Burgeroorlog. Hij had de bijnaam Gray Ghost.'

'Burgeroorlog?' Sugars vertraagde geest liep drie maten uit de pas.

Alex liep de hele lijst systematisch af, riep elke webpagina op die iets beloofde en ging dan snel verder. Na drie of vier minuten was ze klaar.

'We kunnen een andere zoekmachine nemen, maar Google is gewoonlijk de beste.'

'Hoe weet je dat allemaal?'

'Het is elementair, Sugar. Ik doe zulke dingen voor mijn werk. Oké, kunnen we iets anders proberen dan Gray Ghost Centraal-Amerika?'

'Nicaragua,' zei hij.

Dat leverde meer dan zestienhonderd treffers op. Ze namen de lijst door. Sugarman was er nu met zijn hoofd helemaal bij. Volgens zijn gevoel was dit een methode die succes moest opleveren. De laatste kans.

'Te veel,' zei hij. 'Probeer het eens met gray ghost, ijsvogel en Centraal-Amerika.'

Alex typte de nieuwe zoektermen in.

'Niets,' zei ze even later. 'Geen enkel document.'

'Goed. Doe dan eens gray ghost en Costa Rica.'

'Ik dacht dat het Nicaragua was?'

Sugarman zocht tussen de papieren met zijn aantekeningen en kwam met de kaart voor de dag die hij uit zijn encyclopedie had gesneden.

'Deze lengtegraad, 84 graden west, gaat ook door het noordoostelijke randje van Costa Rica. En daar komt de groen-en-rosse ijsvogel ook voor.'

Ze typte het in. Gray ghost en Costa Rica. En binnen een seconde kwamen de treffers.

'Deze,' zei ze. Ze wees op het scherm de derde treffer van boven aan. 'Gray Ghost Lodge. Een visserskamp, tien hutten, aan de kust van Costa Rica, in de Barra de Colorado, provincie Limón.'

'Dubbel bingo!'

Hij was nu klaarwakker en tuurde naar het scherm, terwijl Alex de bijbehorende website opriep. Het leek een eeuw te duren voordat de hele pagina geladen was.

De drie kleine plaatjes die zich ten slotte op het scherm vertoonden lieten een open plek in de jungle zien. Houten hutten, looppaden van planken, een marina, een kleine landingsbaan. Vijfhonderd dollar per dag om daarvandaan op tarpon of bonefish te vissen of om onder begeleiding van een gids door de jungle te trekken. 'Een grote verscheidenheid van exotische diersoorten,' liet de reclametekst weten. 'Toekans, drietenige luiaards. De lodge biedt u een zeldzame combinatie van comfort, uitstekende dienstverlening en ongerepte wildernis. De volledige afzondering garandeert een sfeer van volmaakte ontspanning.'

'Enig idee waar dat is, Sugar?'

'Nee,' zei hij, terwijl een golf van hitte door zijn hoofd en zijn borst kolkte, 'maar dat gaan we nu snel uitzoeken.'

'Jezus christus, het is halfvijf in de nacht!' zei Kirk Graham via de telefoon. 'Ik heb morgen een vlucht. Heen en weer naar Rio.'

Lawton lag binnen te slapen, terwijl Alex en Sugar voor de voordeur stonden. Sugar gebruikte zijn mobiele telefoon om de oude man niet te wekken.

'Hé, Kirk, ik ben wanhopig. Jij bent mijn laatste kans.'

'Man, ik moet morgen vliegen. Heb je me niet verstaan?'

'Het gaat over Janey, mijn dochter. Ze is ontvoerd en wordt gevangengehouden in de jungle van Costa Rica.'

'Christus, bel de politie.'

'Kirk, luister naar me. Ik heb een amfibisch vliegtuig nodig. Zo een als we zagen liggen bij het landgoed van Vic Joy. Om het te stelen, te huren, te lenen, dat maakt me niets uit. Maar we hebben het nodig en we hebben het nú nodig!'

Kirk lachte.

'Toe maar, is dat alles?'

'Kun jij het fiksen, Kirk?'

'En dan wil je zeker dat ik ermee naar Costa Rica vlieg.'

'Het lijkt me van wel, ja.'

'Man, Sugar! Man, man.'

'Weet je waar we aan zo'n vliegtuig kunnen komen?'

Kirk bleef een poosje zwijgen. Alex staarde naar de sterren. Het was een heldere avond. De hemel had zich geopend om al zijn geheimen bloot te geven.

'Er is een vent die ik ken,' zei Kirk.

'Mooi!' riep Sugarman.

'Maar ik weet de actieradius niet. Het is een prachtig toestel, een grote eenmotorige Cessna Caravan. Maar verdomme, bijna tweeduizend kilometer, ik weet niet of deze baby dat op één tank kan halen. Ik denk dat het een paar honderd kilometer scheelt.'

'Dan stoppen we ergens onderweg om bij te tanken.'

'Midden boven de Golf van Mexico? Akkoord.'

'En er gaan nog twee anderen mee. Volwassenen.'

'Nog twee? Jezus, dat is de maximale belasting, Sugar.'

'Ze moeten mee, Kirk. Ik kan ze echt niet achterlaten.'

'Nou, dan zullen we laag moeten blijven om de tegenwind te ontwijken. Dat helpt een beetje. Misschien een stukje afsnijden over Cuba.'

'Waar treffen we elkaar, Kirk? Geef me een plek op.'

Alexandra haalde haar blik terug van de hemel. Ze glimlachte naar Sugar, balde haar hand tot een vuist en bracht deze tot schouderhoogte. Yes!

Terwijl zijn blauwe plunjezak vol handvuurwapens bij de voordeur lag en Alex en Lawton buiten al stonden te wachten, keerde Sugarman nog even terug naar de logeerkamer. Hij ging aan het oude tafeltje zitten en probeerde of hij contact kon krijgen met Janey. Het scherm bleef blanco. Buiten, achter zijn eigen venster, was de zon begonnen de eerste spotvogels en blauwe gaaien te wekken. Op een lage tak wuifde een dikke eekhoorn spottend met zijn staart naar de kat van de buren.

Hij bleef een volle minuut in de lege kamer wachten.

Toen verscheen Alexandra in de deuropening. Ze bleef een poosje naar hem staan kijken.

'We kunnen nu beter vertrekken, Sugar. Het is zes of zeven uur rijden. We boffen als we er op het middaguur zijn.'

'Ik weet het. Ik weet het.'

Alex haalde een visitekaartje uit een zak van haar jeans en hield het omhoog.

'Ik moet deze man bellen,' zei ze. 'Voordat we vertrekken moet ik hem bellen.'

'Wie?' Sugarman staarde naar het lege scherm.

'Agent Fox. Die man die bij Thorn is geweest. Wat ik je heb verteld. Dat begrijp je wel, zeker. Het is mijn plicht.'

'Ik begrijp het.'

Sugarman zat nog steeds naar het lege scherm te turen.

'Ik zou het liever niet doen,' zei Alex. 'Ik weet hoe die federale agenten zijn. Als hij dit hoort zet hij meteen alles in wat ze hebben. Zwaar geschut. Al die zeerovers daar op één plek bij elkaar! Ik bedoel, ik zou kunnen proberen hem een belofte af te persen. Hij moet het redden van Janey zijn topprioriteit maken, anders geef ik hem geen details.'

'Dat kun je niet maken,' zei Sugar.

'Dat is wat Thorn zou doen. Hij zou zo'n deal proberen te sluiten. Hij zou niet braaf volgens hún regels meespelen.'

'Jij bent Thorn niet. Je hebt plichten.'

'Dat weet ik niet zo, Sugar. Met al die lui in dat kamp, het krioelt ervan, is het moeilijk te zeggen hoe het afloopt wanneer de federalen ze frontaal aanvallen.'

'Wij kunnen hun strategie niet bepalen.'

'Weet je het zeker? Jij hebt de troeven.'

'Het is wat correct is,' zei hij. 'Zij zijn de bevoegde autoriteiten.'

'Gaat het nog wel? Je klinkt alsof je het hebt opgegeven.'

'Nee,' zei hij, 'het gaat best. Bel die Fox maar, want dat is wat correct is. Maar wacht ermee tot een minuut voordat we opstijgen. Dan hebben we een kans dat we daar als eerste aankomen. Als de situatie het toelaat kunnen we dan een poging wagen, jij en ik. Alleen wij tweeën. We weten in welke hut Janey zit. En we doen een inval voordat de cavalerie komt aanstormen.'

'Daar kan ik mee leven,' zei ze.

Sugarman schoof zijn stoel naar achteren en reikte naar de laptop om de stroom uit te schakelen toen er een licht klikje klonk en Janey's gezicht als een spook op het scherm verscheen.

'Grote god!' Sugarman schoot overeind. 'Janey?'

'Ik ben het blijven proberen,' zei ze. 'De batterij geeft piepjes af en kan nu elk moment helemaal leeg zijn. Maar ik moest het proberen.'

'Wat is er, schat? We staan op het punt om te vertrekken. We weten nu waar je bent, we zijn onderweg.'

'Thorn is hier,' zei ze.

'Wat?'

'Hij zit in een soort kooi en hangt aan een boom, papa. Het is Thorn. Ik heb het door mijn verrekijker kunnen zien. Hij hangt aan een tak. Ik weet niet of hij nog leeft.'

En toen was ze weg.

Sugar stapte bij Alex in de auto toen hij in huis zijn telefoon hoorde. Sprintte terug, opende de deur en haastte zich naar het toestel. Te laat.

Hij gebruikte de sterretjescode om de laatste beller terug te bellen en hoorde de stem van een jonge man.

'Wie daar?'
'Wie dáár?' vroeg de jonge man.
'Sugarman. U hebt me daarnet gebeld.'
'O ja, hallo. Ik ben special agent Meeker. Ik heb van agent Sheffield gehoord dat u een satelliettelefoon wilt traceren.'
'Is al gebeurd,' zei Sugar. 'Op de ouderwetse manier.'
Hij hing op en rende terug naar de auto.

Dertig

Anne Bonny Joy lag op de matras die zij en Daniel slechts zo kort met elkaar hadden gedeeld. Zijn geur hing niet meer aan het kussen. In plaats daarvan rook ze een muskusachtig luchtje en nog wat rook van de vreugdevuren, die inmiddels waren gedoofd en alleen nog nasmeulden.

Buiten lagen de mannen in de schaduw op dekens en in hangmatten. Degenen die de hoogste status hadden, zo nam ze aan, waren in een paar van de hutten ondergebracht. Ze had ook enkele vrouwen gezien toen zij en Vic en Thorn en de anderen een poos geleden vanuit de marina hierheen waren komen lopen. Hoeren, zo te zien. Kleine, half blote Maya-vrouwen, die zich naast de slapende mannen hadden genesteld. Er hing in het hele kamp een misselijkmakende stank van zweet en bedorven voedsel.

Links en rechts lagen whiskyflessen op de grond. Dicht naast de slapende mannen lagen hun pistolen en machinegeweren. In de stam van diverse bomen waren machetes diep naar binnen gehakt. Overal waar ze keek zag ze restjes van brood en tortilla's, afgekloven botten van kippen, half verkoolde hompen vet vlees die aan de spitten gebraden waren.

Ze zag zelfs dozen van piepschuim waarin afhaalmaaltijden hadden gezeten, alsof sommige van de mannen een snelle tussenstop hadden gemaakt in San José of Puerto Limón om daar niet alleen wat hoeren, maar ook een snelle hap op te pikken alvorens het laatste stukje door de jungle te reizen.

Twee vliegtuigjes stonden op het asfalt van de korte landingsbaan. In de marina lagen een paar sloepen en een kleine vissersboot. Een kilometer voor de kust had ze drie grote sportjachten met veel chroom gezien. Schepen die miljoenen dollars kostten, al hadden de huidige eigenaren er waarschijnlijk nooit een rooie cent voor betaald.

Ze had tijdens haar begeleide tocht door het kamp ongeveer dertig mannen geteld. Ze was naar een lege hut gebracht, die kennelijk was gereserveerd voor Vic en zijn gevolg.

Nu was ze alleen. Ze lag op haar rug naar de kale planken van het plafond te staren en naar de geluiden van het regenwoud te luisteren. Dát was tenminste iets dat niet was veranderd – de herrie van de jungle, het gezang van de insecten, het gekrijs en gepiep van allerlei kruipend gedierte dat zich verborgen hield, en dat net buiten je gezichtsveld fladderde en kronkelde en glibberde. Dat was waar ze naar luisterde. En terwijl ze naar die vertrouwde klanken luisterde, die klare kreetjes van extase en doodsangst, trok de nevel in haar hoofd geleidelijk op. En opeens leken al haar zintuigen volledig aangescherpt te zijn, en zag en rook en hoorde ze alles, werkelijk álles. En was ze zonder gedachten, zonder zorgen, zonder verdriet, zonder verwarring.

Alleen *dit* was er nog! Deze plek in de wildernis. De stank van dit moment. Alleen deze geluiden en de geur van nasmeulend hout. Geen Anne Bonny meer. Geen Antoinette en Jack Joy. Geen Harlan. Niets anders dan deze matras, half ingezakt onder haar gewicht. Niets anders dan het opkomende licht buiten, de stemmen die tot leven kwamen, de mannen die wakker werden.

Het voelde religieus aan. Als wierook in een kathedraal, waar gekleurd zonlicht binnenviel door de ruitjes van de glas-in-loodramen en waar galmende orgelmuziek aanzwol tot een hemels orgasme. Een mystieke ervaring. Ze voelde een grote holte in zichzelf die zich vulde met licht en met heilige zuurstof. Alsof niets er meer toe deed. Alsof zijzelf er niet meer toe deed. Voor het eerst. Voor de eerste keer zo lang ze leefde, zo lang ze herinneringen had. Iets van heel, heel, héél lang geleden. Lang voordat er galjoenen waren, lang voordat er bespottelijke piratenromannetjes waren, lang voordat er zelfs maar een ádemhaling was geweest.

Alleen *dit* hier. Alleen deze plek, deze matras en deze hut en dit lichaam.

Dronken, high, extatisch, buiten zichzelf getreden, opstijgend vanuit het vacuüm van een graf naar verse lucht, heilige zuurstof. Dit was van geen belang. Echt, van geen enkel belang. Helemaal niets was van belang. Leven en dood niet. Liefde en haat niet. Elke aanraking, elk woord, elk gebaar – allemaal vluchtig, voorbijgaand. Niets anders dan een eindeloze serpentine van onbenulligheden.

Anne stond op. Ze begon te lopen zonder te weten waar ze heen wilde. Naar de zware eikenhouten klerenkast die tegen de westelijke wand stond. Ze keek er een poosje naar en trok toen de derde la open. Als een slaapwandelaar haalde ze de lege la helemaal naar buiten. Draaide hem om. Nam hem mee naar haar matras.

Pulkte het plakband los. Hield het koele gewicht in haar hand, de mechanische schoonheid van blauwachtig staal. Sloot er haar hand omheen. Hoefde het magazijn niet na te kijken. Ze wist dat het geladen was. Ze had met eigen ogen gezien dat Daniel het vulde, dat hij het onder de la plakte, nu eeuwen geleden. Deze Beretta met het kaliber van .25. Perfect voor in een handtasje. En precies op maat voor haar hand, die er zich koesterend omheen schulpte alsof het een heilige steen was, een kostbaar, bovennatuurlijk juweel dat was gevuld met een hemels licht, helder, oogverblindend fel, machtig, vreeswekkend. En tegelijk volmaakt zinloos. *Dit* was waar alles toe had geleid. Deze oerwoudplek. Dit Eden, waarin alles was begonnen en waarin alles nu spoedig zou eindigen.

Alleen *dit* hier!

Oké, dus misschien was Thorn nog in leven, en misschien was hij dat niet. Op dat moment wist Thorn het niet precies. Hij wist alleen dat zijn brein het druk had met een waarneming van vele uren geleden, toen hij nog maar net op Vics dure landgoed was gearriveerd en Vic zijn lichaam zo zorgvuldig had bestudeerd. Als een kleermaker. Als een slavenkoper tijdens een veiling. En nu begreep Thorn wat daarvan de bedoeling was geweest. Het had gediend om hem een nieuw pak aan te meten. Dit alles was op voorhand gepland. Vic had ruimschoots de tijd gehad om de metalen kooi te laten smeden die Marshall en de andere motorduivel inmiddels uit het achterste deel van het watervliegtuig hadden gehaald, met veel gerinkel en gekletter, en over de helling naar het visserskamp mee naar boven hadden gesleept.

Toen hij had begrepen wat er op het programma stond had Thorn meteen dát moment gekozen om in actie te komen. Hij had zich naar Marty toe gedraaid en hem een oplawaai tegen zijn kaak verkocht, waardoor de grote man achterover tegen de twee motorrijders was gestoten. Maar Vics stille woede op Thorn had hem kennelijk razendsnelle reflexen gegeven, want het was Vic geweest die hem meteen keihard op zijn schedel had gemept, en terwijl Thorn wankelend naar een vlucht opgeschrikte toekans staarde, raakte Vic hem een tweede keer en stuurde hem een pikzwarte duisternis binnen.

En toen hij daaruit ontwaakte zat hij in zijn harnas opgesloten en hing hij een meter of drie boven de grond. Misschien nog in leven, maar het kostte wat tijd om dat met zekerheid te kunnen vaststellen. Gevoel kroop centimeter na centimeter terug in zijn vingertoppen, zijn tenen, zijn ledematen, een voor een, en in zijn lippen, zijn tong en de zachte delen van zijn lichaam.

Wel een goed zicht op de omgeving, vanaf die hoogte. Tien hutten, een eetzaal. Mannen kwamen onder zijn boom bij elkaar om te schateren en elkaar aan te porren van blijdschap en opwinding. Een reusachtige feestpop, daar opgehangen tot hun vermaak. Thorn als kop van Jut.

Ofwel hij leefde nog, ofwel hij bevond zich ergens in de eerste minuten van zijn dood – en in dat geval stonden een paar achtergebleven zintuigen deze zojuist ontslapene nog één laatste blik op de ruige schoonheid van de wereld toe.

Thorn liep zijn hele lichaam na. Voelde de bonkende pijn in zijn schedel, tastte toen zijn nek en zijn borst en zijn middenrif af – daar waren de twee steekwonden door Vics vulpen nu ontstoken. Toen voorzichtig nóg verder naar beneden, naar zijn kruis, om te voelen of hij daar doodsheid bespeurde, of het trage vloeien van warm bloed, of een ander teken dat Vic zijn castratie al had doorgezet. Maar hij voelde niets en na een diepe zucht van verlichting begon zijn tastende geest zijn benen te scannen, een voor een. Ze voelden allebei verdoofd aan, maar gaven in toenemende mate kleine levenstekens af, zoals die van krassen en schaafwonden en blauwe plekken op knieën en schenen en kuiten en andere delen, die tijdens zijn ruwe opsluiting in dit harnas op maat kennelijk hardhandig waren aangepakt.

Bij het uitproberen van zijn gewrichten stelde hij tot zijn verrassing vast dat hij binnen zijn kooi een zekere speling had. En het metaal was zachter dan staal. Tin misschien? Hij kon zijn voet opzij draaien, een of twee centimeter, en tegen de zijkant van de band aan duwen. Daar voelde hij een zeker meegeven. Hij probeerde hetzelfde met zijn polsen. Hij kon ze op en neer schuiven, maar dat bracht het bloed in zijn armen tot leven en bezorgde hem de pijn van honderd priemende naalden in zijn vlees.

Sommige mannen op de grond beneden waren begonnen steentjes

naar hem te gooien. En hapjes. Het groepje geteisem groeide aan. Sommigen wekten hun broeders uit de sluimer door ze aan te porren en op Thorn te attenderen. O, wat leuk. Een man die in een metalen frame aan een boom hangt. Het was nog half donker, een nevelig soort dageraad. Aan de westelijke hemel was een onweer in de maak. Steentjes raakten zijn buik en zijn armen. Een scherp exemplaar kraste een druppeltje bloed uit zijn wang. Een paar grote Latino's stonden een eindje achter de groep en zagen het kinderachtige gedoe aan met de koele minachting van professionals.

Kleine donkere vrouwen kwamen meedoen met de pret. Ze gooiden met alles wat ze binnen hun bereik zagen, maar meestal ver mis. Het hoge, jammerende gegiechel van een ander continent, een ander ras. Thorn voelde zich op een vreemde manier onthecht. Wreef met zijn polsen tegen de soepele boeien. Voelde de druk van banden op zijn voeten, in zijn kruis, onder zijn oksels. Het zat iets te strak om zijn borst. Het pak moest wat wijder worden gemaakt wilde hij het in beschaafd gezelschap kunnen dragen. Maar het gepeupel onder zijn voeten was van een heel ander slag.

Aan het einde van het kamp zag hij een hut ietwat apart staan. Er waren planken voor de vensters en de deur getimmerd. Een gevangenis. En hoewel hij geen verdere aanwijzingen bezat, leek hem dit voldoende grond om aan te nemen dat Sugarmans dochter Janey in die hut was opgeborgen.

En dat gaf hem nieuwe energie voor zijn wrijven en trekken, in het volle zicht van degenen die op de grond stonden – maar die het ongetwijfeld aanzagen voor stuiptrekkingen van pijn en paniek. Thorn voelde dat het metaal om zijn rechterpols al bijna uit elkaar week, dus hij richtte zijn inspanningen nu eerst op de andere pols. Op en neer, steeds dezelfde beweging, tot hij iets voelde meegeven in de naad en het zachte tin begon te scheuren.

Ondertussen wijzigde Thorn de focus van zijn blik. Vlak voor zijn ogen zag hij twee metalen banden en twee zilverachtige bobbels op de plek waar ze aan elkaar waren gesoldeerd. Het einde van de ene band overlapte dat van de andere. Niks gelast, alleen maar gesoldeerd. Het deed hem denken aan die brede stroken plastic waarmee je kartonnen dozen kon dichtplakken. Als je eraan rukt krijg je ze niet stuk, maar als je een vingernagel tussen de eindjes wurmt waar ze elkaar overlappen dan pulk je ze gemakkelijk los.

Zo te zien hoefde Thorn dus misschien alleen maar zijn handen vrij te krijgen. Daarna kon hij dan alle naden vrij gemakkelijk losscheuren. Het soldeersel zou toereikend zijn geweest als het harnas een lijk had bevat, maar in het geval van een levende man, een man die ziedde van woede, zou deze kooi geen dag van serieuze beproeving kunnen doorstaan. Als hij tenminste een dag hád. Of zelfs maar een uur. Hij had geen idee. Dat deel van het plan hadden ze hem niet verteld.

Afgezien daarvan waren de details van zijn fysieke omkadering nogal schimmig. Hij kon niet precies voelen hoe zijn gewicht was verdeeld – een deel rustte op zijn voeten en onderbenen, een deel op zijn kruis. Men zou denken dat de helm een groot deel van de spankracht zou opleveren, maar zo voelde het niet aan. Er waren kettingen waarmee de helm rechtstreeks met zijn onderbenen verbonden was, en wanneer hij zich voorzichtig naar links of rechts bewoog binnen de enkele centimeters marge die hij kon forceren, voelde hij de druk van zijn gewicht vooral op zijn voeten. En dat beviel hem uitstekend. Hij had weinig lust om het harnas van zich af te pellen en dan opeens te moeten vaststellen dat zijn volle gewicht aan een metalen band om zijn nek hing!

Tijdens de vlucht hierheen had hij Marty op stang gejaagd om hem feiten te ontfutselen, maar hij had vergeten hem te vragen hoe ze van plan waren Anne die code af te persen. Ze hadden wel iets gezegd over folteren, maar Thorn had daarbij het idee gehad van een pistool tegen zijn slaap, en in dat scenario zou Anne volgens hem onmiddellijk zijn gezwicht. Zonder het zich bewust te realiseren had Thorn tevens gespeeld met de gedachte om uitgerekend dán te proberen te vluchten. In die paar seconden zou de aandacht van de piraten volledig op de computer gericht zijn. Iemand zou Annes aanwijzingen opvolgen om de code te demonstreren, en op dat moment zou hij zijn kans kunnen grijpen.

Maar hij had buiten deze galgenkooi gerekend. Hij had Vic Joy's hang naar het buitensporige onderschat. Foutje. Hij zou het nooit meer doen. Als er nog ooit een ooit kwam. Of zelfs nog maar een uur. Of tien minuten.

Hij bleef met zijn lichaam kronkelen en zijn pols systematisch tegen het buigzame tin aan wrijven en probeerde ondertussen met zijn hoofd de aanhoudende stroom van steentjes en andere projectielen te ontwijken.

De sigaar was er alleen voor de show. Vic hield niet van de smaak, maar het gaf hem een zeker gewicht, en dat was in deze omstandigheden wel gewenst, vond hij. Hij nam een paar trekjes, maar na een paar minuten liet hij het stinkende ding op de planken van de eetzaalvloer vallen en zette er zijn hak op om het vuur te doven. Ze waren pas een paar minuten bezig en nog amper verder gekomen dan het 'hoe gaat het met je?', maar toch waren er al problemen in zicht. Taalbarrières, in de eerste plaats, om over de cultuurkloven nog maar te zwijgen.

Alles bij elkaar waren het er vier – de leiders van het tuig dat buiten liep te joelen. Drie Chinezen, die samen honderden schepen hadden die het Verre Oosten controleerden. Twee van deze Chinezen leken zó onbetamelijk veel op elkaar, dat Vic een microscoop en een kleurenkaart en een volle week tijd nodig gehad zou hebben om ze uit elkaar te houden. De vierde man was een lange, slanke Latino, die leek op oude nieuwsfoto's van een jonge Fidel die in triomf uit de heuvels naar beneden kwam. Dat was Ramon Bella, een Venezolaan, die de afnemer was geweest van de meeste jachten en zeilboten die Vic in de afgelopen paar jaar had gekaapt. Tot op de dag van vandaag zijn telefoonmaatje.

Ramon was een zakelijk type, messcherp, en hoewel dit de eerste keer was dat Vic hem in levenden lijve zag voelde hij al meteen een soort gelijkgestemdheid. Maar die Chinese snuiters waren een ander verhaal. Petieterige ventjes die aan een stuk door tegen elkaar kwetterden en dan opeens alle drie tegelijk hun hoofd schudden, als drie speelgoedaapjes op een stokje.

Ze zaten naast elkaar op ongemakkelijke houten stoelen met rechte rugleuningen. Een van de drie was van redelijke lengte, maar de tweeling was amper een meter vijftig. Die twee droegen zoiets als een donkere pyjamabroek en een opbollend wit hemd erboven, maar nummer drie, de grote, die een paar woorden Engels sprak, droeg een donkerblauwe jumpsuit, als van een verpleger of een monteur.

Het sociale gedeelte was niet goed gegaan. Niemand had zijn mond geopend. Vic had in zijn eentje al het praten en grinniken en rondlopen moeten doen. Hij had wanhopig geprobeerd ze aan het lachen te krijgen, een ontspannen sfeer te scheppen. Op een gegeven moment had hij zelfs verteld dat hij van plan was een film te maken, een echte speelfilm voor in de bioscopen. Met ontzettend veel actie erin, waaghalzerij, de piraten als helden, en deze keer nu eens écht historisch correct. Maar ze hadden hem alleen maar glazig aangekeken en geen kik gegeven, en op dat moment had hij geconcludeerd dat het verdomme tijd werd om zijn verkooppraatje te starten.

Vic ging voor het gezelschap staan en keek de vier mannen een voor een aandachtig aan. De Chinese lui beantwoordden zijn blik even kil als drie koperkoppen dat met hun spleetogen gedaan zouden hebben.

Hij begon zijn act met een anekdote over sir Francis Drake. Een man die van de koningin van Engeland persoonlijk een volmacht had gekregen om de Spaanse retourvloot aan te vallen. Vic bracht de Chinese mannen in herinnering hoe Drake bij Kaap San Francisco de *Cacafuego* had overmeesterd, vlak ten noorden van de evenaar, helemaal niet zo ver van de plek waar ze zich nu bevonden. De ruimen van dat schip waren volgestouwd geweest met baren goud en zilver, munten, duizenden kilo's ongemunt goud en zilver. De grootste piratenbuit aller tijden. Drake ging verder en verwoestte steden, plunderde kathedralen en veroverde de ene buit na de andere. En werd in de adelstand verheven wegens zijn grote verdiensten en kon zich daarna ergens op het Engelse platteland terugtrekken. Misschien, heel misschien, zouden zij dezelfde mazzel hebben en zouden ook zij een land vinden dat waardering toonde voor hun inspanningen en daar de hoogste eer van die natie tegenover wilde stellen. Het klonk misschien wat ongeloofwaardig, dat wist hij wel, maar het was al eens eerder gebeurd, dus waarom niet nóg eens?

De Chinese mannen keken verwonderd of verveeld, dus hij rondde zijn verhaal af met de constatering dat alles wat sir Francis Drake had gedaan in het niet viel bij wat *zij* zouden gaan verrichten, met hun gezamenlijke inspanning, hun gezamenlijke hulpmiddelen, hun gezamenlijke synergie. En natuurlijk Vic Joy's leiderschap.

Toen hij was uitgesproken praatten de drie Chinezen een paar seconden met elkaar, waarna dat hele zootje begon te giechelen. Ze keken naar Vic en gniffelden als kinderen van twaalf. Alsof Vic daarnet een lange en idiote mop had verteld. Alsof ze nog nooit hadden gehoord van Drake of sir Henry Morgan of William Dampier. En dus datgene wat ze deden allemaal deden zonder een historisch perspectief te hebben, zonder een gevoel te hebben voor de traditie of de waardigheid van hun professie. Stelletje wilden.

Vic wuifde met zijn hand alsof hij een vies luchtje probeerde weg te wapperen.

'Marty, zeg jij eens iets tegen deze vrienden van je. Ze beginnen me vreselijk te irriteren.'

'Het zijn mijn vrienden niet, Vic. Ik heb ze aan de telefoon gehad, meer niet.'

'Dan heb je met een verdomde vertaler gepraat, man, want ze schijnen geen woord te snappen van wat ik zeg.'

'Ze kennen meer Engels dan ze laten merken, Vic.'

'Vraag hun waarom ze het hele eind hierheen zijn gekomen als ze geen zaken willen doen.'

'Vraag het hun zélf. Dit is jouw eigen kolerefeestje.'

Vic wendde zich weer naar het viertal. De hardste noten die hij ooit te kraken had gehad. Hij keek om zich heen in de eetzaal en vermande zich. Zijn blik viel op een klein bruin ding dat hoog in de verste hoek hing. Hij liep die kant op, keek naar boven. Het ding klampte zich aan het hout vast, een bruin bontachtig wezentje.

'Het is een vleermuis, Vic. Die vind je hier overal.' Marty wees er nog een stel aan. Vic zag ze, begon ze te tellen, maar hield daar na de tiende mee op.

'Jezus Christus.'

'We zitten in de jungle, man. Zo is het hier.'

Vic had alleen oog gehad voor de Chinezen en was niet in de stemming geweest voor iets anders, maar toen hij om zich heen keek zag hij op een van de vensterbanken de lange groene vorm van een leguaan. Die daar lag te zonnen. Met een grote, ruwe kam over de hele lengte van zijn ruggengraat. En de ogen dicht. Dromend van fruit. Twee keer zo groot als de exemplaren die je op de Keys zag. De vorige keer dat hij hier was geweest had hij het meisje opgeborgen en verder slechts vluchtig om zich heen gekeken. De ligging van dit kamp was hem wel bevallen.

'Het krioelt hier verdomme van het ongedierte,' zei Vic.

'Dat lééft hier,' zei Marty. 'Wij komen alleen maar langs.'

Vic keek weer naar de Chinezen. Zes ogen staarden hem ongerust aan. Misschien dachten de mannen dat Vic op het punt stond in te storten. Hij schraapte zijn keel, wreef zich in zijn handen en keerde terug naar het onderwerp.

'Oké, heren. Laten we ter zake komen. Waar draait het goddomme om? Als jullie de krachten niet willen bundelen, wat komen jullie hier dan doen? Schrijven jullie dit tripje af voor de belasting? Is het een gratis vakantie?'

Een van de Chinezen kwetterde een antwoord.

'Ze willen de code,' zei Ramon Bella. 'Dat is waarom we hier zijn. Om de code te krijgen.'

'Kun jij hun koeterwaals verstaan, Ramon?'

Ramon maakte geen enkel gebaar, maar keek Vic slechts diep in de ogen. Bella's werktenue zag er versletener uit dan de kleren die Vic en Marty aan hadden. Vaak gedragen. Een reden temeer voor Vic om zich opeens opgelaten te voelen, alsof hij zich té verzorgd gekleed en té nauwgezet had voorbereid op deze kolerebijeenkomst. Bijna alsof hij een oplichter was, een charlatan, een jongen te midden van mannen. En deze figuren waren zo echt als wat. Geen ouwehoerende zwammers, maar meedogenloze bruten die voor deze opzichtige Amerikaan alleen maar minachting voelden.

En precies dezelfde ervaring was hem zijn hele kloteleven al vaker overkomen. Bij vlagen. Vanaf de schoolspeelplaats in Harlan tot en met vandaag. Kinderen die hem voor de gek hielden, die hem bespotten om zijn gave van de babbel, zijn rappe tong. En Vic die dan terugvocht met het enige wapen dat hij had, méér woorden, nóg meer babbels. Hij stapelde ze zo lang op elkaar tot al zijn tegenstanders duizelig en uitgeput bij hem wegliepen. Later probeerde hij die successen te evenaren door zichzélf op zulke stapeltirades te tracteren. Door al zijn successen op te sommen. Door de bedragen op zijn bankrekeningen hardop uit te spreken. Door te memoreren hoeveel jachten hij had gekaapt, hoeveel levens gedoofd. Hij had het echt niet nodig om een stelletje Chinese onderkruipers te imponeren. Wie dachten ze verdomme wel dat ze waren? Als je een snorretje op hun bovenlippen schilderde zouden ze op blindmuizen lijken!

Maar waarom had hij nu dan toch weer dat boertje-van-buten-gevoel? Dat jeukende, net niet grijpbare besef dat hij werd verneukt, dat ze hem achter zijn rug uitlachten? Een blos verhitte zijn wangen. Die glibberige basisgedachte dat de hele Vic Joy in wezen was gebaseerd op een leugen en nu elk moment in elkaar kon donderen – waarom had hij toch steeds weer dát gevoel, terwijl alle feiten iets anders bewezen?

'Dus jullie willen de code.'

De Chinees in de jumpsuit zei: 'We hoeven geen lesjes geschiedenis. We weten al heel veel van de geschiedenis. Wat we nodig hebben is de code.'

'Dan krijgen jullie de code. Maar daar moet verdomme wel voor betááld worden.'

'Natuurlijk,' zei de Chinees. 'Daar hebben we rekening mee gehouden.'

Ramon Bella ging staan en zuchtte ongeduldig.

'Ik heb daar op de grote tafel mijn laptop klaargezet, Vic. Met satellietverbinding. We hebben een demonstratie nodig. Daarna gaan we praten over bedragen.'

'En dáárna? Gaan we dan weer allemaal onze eigen gang?' vroeg Vic. 'Laten we deze gouden kans lopen om de krachten en de expertise van onze organisaties te bundelen?'

'We zijn onafhankelijk, Vic. Niemand van ons zoekt een leider. We zijn zélf leiders.'

'Daar is dan kennelijk enig misverstand over ontstaan.' Vic draaide zich om en keek Marty aan. 'Of niet?'

Marty beantwoordde de blik.

'Of haal je nu een Salbone uit bij *mij*, Marty? Heeft iemand je een beter aanbod gedaan?'

'Jezus, nee. Zij wilden de code, jij wilde een bijeenkomst. Ik heb die twee dingen mogelijk gemaakt.'

'Weet je het zeker, Marty? Honderd procent?'

'Ik heb misschien een wat rooskleurig beeld gegeven van hun bereidheid om met jou samen te werken, maar dat is alles. Dat zou je niet erg vinden, nam ik aan. Zo werk je zelf toch ook? Een tikkeltje overdrijving hier en daar. Het is een simpele deal. Jij geeft hun de code, verdient wat geld, en iedereen is gelukkig. Wat kan het jou schelen wat zij aan de andere kant van de wereld uitvreten? Zij hun kant, wij de onze. Zo is het toch?'

Vic wreef over de baardstoppels op zijn wang, keek toen naar de mannen tegenover hem en ten slotte naar Marty.

'Het is oké als *ik* een rooskleurig beeld geef, Marty. Maar jij hebt dat privilege niet.'

Ramon liep naar de hoofdtafel en deed iets met zijn laptop.

'Vooruit,' zei hij. 'We willen het zien voordat we het kopen. En ik mag bidden dat niemand heeft overdreven wat we op deze manier kunnen bereiken. We hebben ons allemaal in een hachelijke situatie gebracht door hierheen te komen, Vic, en ik weet dat ik mede namens mijn vrienden spreek als ik zeg dat we ernstig teleurgesteld zullen zijn als dit bluf zou blijken te zijn.'

'Ga Anne halen, Marty.'

'Anne?' vroeg Ramon.

'Mijn zuster. Zij is de expert op het gebied van de code.'
'Weet je er zelf niet mee om te gaan, Vic?'
'Anne is de expert.'
Ramon wierp de Chinezen een snelle blik toe.
'Vooruit dan maar,' zei hij. 'Iemand moet Anne gaan halen. De expert.'
Vic stond op het punt nog iets te zeggen, om hem te overtuigen van zijn competentie, om hem te sussen, toen hij op de vloer voor hem een groene klodder zag. Een kikker, die met uitpuilende rode ogen naar hem omhoog zat te kijken. Tijdens Vics toespraak was daar zo maar vanuit het niets een kikker komen zitten. Zelfs een verdomde *kikker* waagde het hem te bespotten!
'Heb ik hallucinaties, Marty? Heeft dat kolereding daar róde ogen?'
'Het is een kikker, man. Wat mankeert je?'
'Ik wéét dat het een kikker is. Maar kijk er eens goed naar. Jezus Christus, je hebt me niet gezegd dat het hier wemelt van de godvergeten buitenaardse wezens!'
Ramon schraapte zijn keel.
'Ja, ja, oké.' Vic gebaarde naar Marty. 'Haal Anne. Tijd voor de demonstratie. Op de terugweg moet je haar even op Thorn wijzen. Dan snapt ze wat er hier op het spel staat.'
Toen Marty zich omdraaide om weg te lopen klonk er buiten een gil van een vrouw, een geblafte order van een man en het schorre gelach van een andere man. Vic boog zijn bovenlichaam en keek door een venster. Thorn hing nog te bungelen in zijn galgenkooi, maar het groepje gepeupel was opgehouden steentjes naar hem te gooien. Ze waren een eindje verderop gaan staan en omringden daar iets dat hij niet kon waarnemen. Vic liep naar de deuropening om het beter te kunnen zien.
'Marty, kom hier!'
Marty kwam op een drafje en ging voor de deur naast hem staan.
'Een paar van die debiele koelies hebben de planken van de deur gerukt en het meisje uit haar hut gehaald. Ze zijn nu met haar aan het rotzooien. Haal Anne en haast je. We moeten dit afronden voor de hele zooi uit de hand loopt.'
'En dat kind?'
'Dat is irrelevant. Thorn tekent nu alles wat ik hem onder zijn neus duw. Ik snij hem goddomme in reepjes tot hij tekent.'
'Dus we gooien haar voor die wolven?'

'Doe wat ik zeg, ga Anne halen. Zij laat die klootzakken de code zien, wij krijgen ons geld en dan laten we deze stinkende jungle als de sodemieter achter ons!'

'Je wilde toch een geheime piratenhaven, Vic? Dit leek me een heel geschikt kapersnest.'

'Veel te griezelig voor mij, man. Veel te veel van die enge beesten.'

Eenendertig

Kirk Graham had het afgelopen uur vooral naar de brandstofmeter zitten kijken. De andere instrumenten kregen ook wel wat aandacht, maar de ster was toch dat wijzertje-in-het-rood. Nadat ze in de verte de eerste donkere contouren van land hadden gezien leek Kirk eindelijk weer hoorbaar te ademen.

'Het is een wonder dat we het hebben gehaald.'

'We zijn er nog niet,' zei Sugarman.

Alexandra boog zich vanaf de eerste rij naar voren.

'Hé, van wie is dit vliegtuig eigenlijk?'

'Een man met wie ik tennis,' zei Kirk. 'Rechter Carney, Kring Zeventien. Heeft een weekendhuis in Tavernier.'

'Ook dat nog,' zuchtte Sugar. 'Een rechter.'

'Geen probleem,' zei Kirk. 'Bobby is oké. Heeft in zijn jonge jaren ook de nodige gekkigheid uitgehaald. Als we een mooi verhaal hebben, en het wat verfraaien, zal hij het fijn vinden dat hij aan zoiets kleurrijks heeft meegeholpen.'

'Verfraaien?' zei Alex. 'Laten we hopen dat het nodig is.'

Lawton riep iets vanaf de achterste rij.

'Kennen jullie déze?'

'Welke, pa?'

'*Een goede uitleg legt nooit iets uit.*'

'Dat is een goeie,' zei Sugarman. 'Die houden we erin, Lawton.'

Kirk volgde de kustlijn in noordelijke richting – jungle, jungle, niets dan jungle. Geen open plekken. Geen tekenen van beschaving. Een paar riviermondingen, lagunes, moerassen. Niets dat aan de Gray Ghost deed denken.

'Ben je zeker van de coördinaten, Kirk?'

'We zijn er bijna. Je hebt gezegd dat je niet wilt dat ik er regelrecht naar toe vlieg.'

'Nee,' zei Sugar, 'nee, dat is zo.'

'Nog een kilometer of drie, als de benzine het toelaat. Dan zet ik je vlakbij af en kun je de opblaasboot gebruiken.'

'Wil je Lawton een beetje amuseren? Zo lang we weg zijn?'

Sugarman draaide zich om en keek naar Lawton en Alexandra, die rustig op de achterste rij zaten. De puppy lag in het gangpad te slapen.

'Hoe kan ik hem amuseren?'

'Vraag hem naar zijn jeugd in Ohio. Daar praat hij graag over.'

Kirk slikte en keek toen naar Sugarman.

'Ik was jachtvlieger in Nam,' zei hij. 'Heb de opleiding gedaan en van veraf met de M-16 gevuurd, net als iedereen. Maar ik was geen echte schutter. Ik kreeg de bibbers.'

'Geeft niet, Kirk. We kunnen dit wel aan. Blijf bij het vliegtuig, wacht op ons. Als er na een paar uur nog niemand bij je vliegtuig is komen opduiken, neem dan je eigen beslissing. Vlieg landinwaarts, tank bij, ga naar huis. Wij zullen het begrijpen. Dit is niet jouw oorlog.'

Kirk bleef laag vliegen, anderhalve kilometer uit de kust. Nog steeds ononderbroken jungle.

'Heb je echt de goede coördinaten?'

'Kaartlezen kan ik wél goed, Sugar! We zijn er bijna. Achter die punt daar, kijk maar.'

En inderdaad, hij zag de open plek al vanuit de verte. Het was niet veel. Als je op het verkeerde moment met je ogen knipperde zou je het kunnen missen. Een stip in de uitgestrektheid van het dichte oerwoud. Dwergachtige hutten, een piepkleine marina. Maar wel drie forse jachten voor anker buiten de kust.

Op een veilige afstand van het kampje stuurde Kirk het vliegtuig naar de kust.

'Ik zet deze kist daar bij die inham op het water neer. Dat is een meter of achthonderd ten zuiden van het kamp. Goed?'

'Ik sta bij je in het krijt, Kirk. Heel dik in het krijt.'

'We zijn tot hier gekomen,' zei hij. 'Maar ik weet niet of we brandstof hebben om nog een meter verder te vliegen.'

'Dat komt wel goed,' zei Sugar. 'Maak je geen zorgen. Ik heb daar een heel goed gevoel over.'

In al die jaren had Anne zich potdicht afgesloten gehouden. Haar gevoelens weggestopt. En nu kwamen ze naar buiten. Een vulkanische uitbarsting. Alsof ze waanzinnig werd. Of nee, misschien lag het anders, was ze altijd al waanzinnig gewéést, was ze al gek gemaakt door haar jeugd, haar bezoedelde bloed, de moorden die ze als kind had gepleegd. Was ze al vanaf haar prilste jeugd krankzinnig geweest en werd ze nu dus eindelijk normáál!

Jawel, jawel, dat was wat haar nu overkwam, dat ze normaal werd. Dat ze alles voor het eerst van haar leven helder kon waarnemen, dat alles duidelijke, scherp afgetekende omtrekken bleek te hebben. Scherpte en diepte. De wereld in het echt. De wereld in alle eenvoud en waarheid.

Ze wilden de code hebben. Of ze die gaf of niet, Vic zou gewoon Vic blijven. En de wereld zou voortmodderen als de wereld. Het maakte niets uit of ze het wel of niet deed. Niets maakte enig verschil. Maar toen ze aan de code zelf dacht kwam er opeens een idee bij haar op. Een nieuwe lavastroom van gedachten, een nieuwe openbaring. Al die enen en nullen, dat binaire gedoe. Computers waren erop gebouwd. Alles was daarop gebaseerd. Je kon de hele wereld op die binaire manier vastleggen, foto's, muziek, alles wat je zintuigen konden waarnemen. En misschien dat het vandaag de dag nog niet zo ver was, maar dan toch in elk geval binnenkort. Het was nog slechts een kwestie van tijd, dan zouden ze een manier hebben gevonden. Alles was binair. Een, nul. Plus, min. Aan, uit. Dat was de code, zo werd het opgeschreven. De manier waarop haar eigen brein werkte. Zo ontvingen haar zenuwtopjes informatie, zo gaven ze informatie door. Ze openden zich of sloten zich, ja, nee, ja, nee. Haar hart ook. Pompen, ontspannen, pompen, ontspannen. De trage trommelslag. De morsecode van de werkelijkheid.

Ze was uitgeschakeld geweest en nu stond ze aan. Ze was koud geweest en nu was ze warm. Ze was dood geweest, nu was ze levend. Zwart, wit. Boven, beneden. Ja, nee. Alles werd bij elkaar gehouden door die simpele waarheid: dat het positieve en het negatieve elkaar vasthielden binnen één entiteit. Het yin en yang, de lijm van de wereld. Noord had niets te betekenen zonder het zuiden. Het oosten had het westen nodig. Zo was het met alles. Ze was stout geweest en nu was ze braaf. Ze was dood geweest en nu was ze levend.

Van achter het venster zag ze Marty over het pleintje naderen. Liefde en haat. Dat was er ook een – je kon het ene niet kennen als je het andere niet kende. Heuvels en dalen. Hemel en aarde. Goed en kwaad. Het was de universele lijm. Trekken, duwen. Ze zag dat Marty naar haar hut kwam lopen. Marty Messina, die door Daniel werd vertrouwd. Marty, die alle contacten had ingepikt die Daniel in jaren van zorgvuldige koestering had opgebouwd. In een mum van tijd had Marty ze afgepakt en tot de zijne gemaakt. En tijdens een van de telefoongesprekken die hij continu voerde had hij stiekem met Vic Joy gesproken. En hem een deal aangeboden. Kwaad omdat hij naast Anne de tweede viool moest spelen. Wilde een groter aandeel hebben. Hij had Vic ingelicht over de *Rainmaker*, tijden, data, locaties. En die nacht, aan boord van dat schip, toen ze overvallen werden, had Anne Daniel zien sterven. Zonder het op dat moment te willen geloven. Liever had ze zich een optische illusie herinnerd – dat Daniel zich op tijd opzij had laten rollen. En doordat ze zich in de weken daarna aan die illusie had vastgeklampt had deze bijna het zekere en het tastbare van een feit gekregen. Maar hij was dood. Ze had hem zien sterven. In de schaduw. Haar eigen broer had de enige man gedood van wie ze ooit had gehouden.

Daniel en Marty waren Jezus en Judas. Je had ze beiden nodig. Geen hemel zonder hel. Geen genade zonder zonde. Heet, koud, leven, dood, goed, kwaad, geest, hart, waarheid, leugen. Alles was per saldo een eindeloze reeks balansen van tegengesteldheden.

Anne Bonny Joy had zichzelf nooit toegestaan om na te denken, maar nu dacht ze na. En ze had zichzelf nooit losheid gegund, maar nu vloog ze overal rond. En zag ze hoe het werkte. Een universeel plan. Zo simpel. Plus en min. Stimulus, response. Het pistool in haar hand, de kogel in het pistool. Zelfs een kogel had zijn tegendeel. Maar terwijl Marty haar hut naderde kon ze niet zo gauw bedenken wát. Kogel en ???

Hij stapte de kamer binnen en zag haar bij het venster aan de voorkant staan. Hij had het pistool niet gezien, hij was niet bang. Hij praatte tegen haar. Zei dat het tijd was om een voorstelling te geven. Tijd om de anderen te laten zien wat ze kon.

Kogel en verder? Kogel en verder?

Thorns rechterhand was vrij en hij was druk aan het werk om de metalen voegen open te pulken, om te beginnen met de eerste band om zijn hoofd. Al meteen sneed hij zich diep in zijn duim. Maar hij zette door. Duwde het metaal naar achteren, boog de einden uit elkaar. Eerst die band, daarna de band eronder en ten slotte die om zijn keel. Zijn hele hoofd was nu vrij. Hij kon het door de open voorkant van de helm naar buiten steken en zijn nek bewegen.

Ondertussen waren de mannen en een paar vrouwen Janey Sugarman aan het uitlachen en treiteren. Ze raakten haar blonde haren aan, knepen en porden in haar bleke huid, wreven over haar verfomfaaide feestjurkje. Een man rukte de verrekijker uit haar handen en hield hem voor zijn ogen, maar een andere man probeerde hem af te pakken. Er ontstond een worsteling. De aandacht verschoof van Janey naar de twee mannen die elkaar te lijf gingen. Er verzamelden zich donkere wolken boven het woud en er stak een verkoelend briesje op.

Bij het losrukken van de band om zijn borst sneed Thorn zich ook in de andere duim. Er liep nu bloed over allebei zijn polsen, hetgeen zijn werk glibberig en bijna onmogelijk maakte, tot hij het plakkerige vocht aan zijn buik had kunnen afvegen. Daarna stak hij zijn vingernagels onder een volgende naad en duwde deze open. Twee banden om zijn borst, een om zijn buik.

Nadat hij de verbinding onder zijn navel had losgewrikt schoot hij een eindje naar beneden en kwam zijn hele gewicht op zijn voeten te rusten. Hij kantelde ook licht naar voren en moest zich inspannen om weer recht overeind te komen.

Er waren nu alleen nog banden om zijn heupen en benen. Verder moest hij de kettingen losmaken waarmee de kooi aan de boom was vastgebonden. De kettingen waren met stalen clips aan de banden vastgemaakt. Clips zoals je die op alle boten tegenkwam. Thorn zou die tot het laatst bewaren. Ze waren gemakkelijk genoeg open te maken, maar wegens zijn hangende positie zou het misschien de moeilijkste klus van allemaal zijn.

Tien meter verderop had de ene vechtersbaas de andere tegen de grond gewerkt en in een houdgreep genomen. Hij bonkte nu diens hoofd tegen de rotsachtige bodem, hetgeen de menigte een ovatie ontlokte. Janey keek op naar Thorn en zag hem aan de band om zijn heupen wrikken. Dit bleek een sterkere las dan de vorige. Hij moest er met allebei zijn bebloede duimen tegelijk aan rukken en hing daarna wankel in de boom, alleen nog aan de twee kettingen die vanaf de tak verbonden waren met de clips aan de buitenkant op de banden om zijn dijen. Alsof hij op een schommel zat, maar dan niet op een houten plankje om zijn zitvlak te ondersteunen, nee, niks geen plankje, de kettingen van de schommel waren verbonden met de bovenkant van metalen kaplaarzen die hij droeg. Niet echt handig. Klote.

Thorn wierp een blik op de grond in de diepte. Stroken rotsgesteente, stroken onkruid. Geen uitnodigend landingsterrein. De vochtige mist ging over in een regenbui.

Het was onmogelijk te voorspellen wat er zou gebeuren wanneer hij een van de clips openrukte. Werd hij dan naar een kant gerukt? Kwam hij ondersteboven te hangen?

Geen tijd om daarover na te denken. Hij liet zijn lichaam langzaam van links naar rechts zwaaien en kreeg daardoor een moment van slapte in de rechterketting, dat hij gebruikte om de clip los te klikken en open te trekken. Daardoor viel hij naar beneden en werd er zo hard aan de tweede clip gerukt dat deze het begaf en Thorn linea recta naar de rotsachtige bodem stortte, waar hij zijn val weliswaar enigszins kon breken, maar toch pijnlijk op zijn rechterschouder terechtkwam. Zijn adem stokte, maar zijn ogen hield hij deze keer open.

Het regende nu harder, maar de kemphanen waren nog steeds aan het worstelen, hoewel een aantal toeschouwers al beschutting was gaan zoeken. Janey kwam zijn kant op. Achter haar kwam een van de Latino's achter de menigte vandaan en trok een pistool uit de schouderholster die hij over zijn hemd heen droeg.

Thorn rukte de laatste banden van zijn benen en duwde zich op handen en knieën omhoog, maar verder kwam hij niet, want zijn benen waren zo zwak als die van een pasgeboren baby. Hij zakte op zijn hurken in elkaar. Ze hadden hem zijn witte korte broek laten houden, en die hing nu flodderig, bebloed, zwaar van de regen om zijn lendenen. Hij liet zich op zijn knieën zakken en deed toen opnieuw een poging, nu voorzichtig, om te gaan staan. Janey was nog maar een paar meter bij hem vandaan. Ze kwam door de stromende regen naar hem toe gerend en riep zijn naam.

Toen er vanuit een afgelegen hut een pistoolschot klonk bleef de magere Latino staan en draaide hij zich abrupt om. De vechtersbazen bleven op elkaar inhakken, maar de rest van de menigte werd doodstil toen ze Marty Messina voor de deur van de achterste hut zagen verschijnen. Met behoedzame stapjes kwam hij de regen in gelopen, glimlachend naar de toeschouwers, zijn weg zorgvuldig kiezend tussen de plassen en de stapeltjes afval door – als een dronkeman die laat thuiskomt, maar zich heeft voorgenomen geen ophef te veroorzaken.

Hij kwam schuifelend de helling af en de menigte maakte ruim baan voor hem en Marty vervolgde zijn slentergang. Zijn glimlach kwam beter in beeld toen Thorn zich uit zijn geknielde houding omhoog werkte. Eigenlijk was het geen glimlach, maar een grimmige grimas. Marty hield zijn tanden op elkaar geklemd alsof hij een man was die een ondraaglijke last naar een verheven bestemming torste.

'Marty?' zei Thorn toen de man vlak langs hem heen liep.

Maar Messina hoorde het niet en bleef met mechanische bewegingen in de richting van de lagune lopen. Bij zijn nadering had Thorn de verwonding van Marty gemist, maar nu Marty langs hem heen was gelopen had hij de open wond vlak achter diens linkeroor gezien, en ook het bloed dat over zijn nek stroomde, door de regen verdund tot roze.

Janey kwam bij Thorn en pakte hem bij de hand. Haar haren waren doornat en hingen in vieze slierten naar beneden. De Latino draaide zich om en rende naar een van de hutten, waarschijnlijk om zijn baas het laatste nieuws te melden.

'Ik dacht dat je dood was,' zei Janey. 'Je hing in die boom. Ik heb papa gezegd dat je misschien dood was.'

Thorn bukte zich, tilde haar op, omhelsde haar en wiegde haar in zijn armen. Haar natte kleren roken zurig en haar ogen waren ouder geworden in de dagen sedert hij haar voor het laatst had gezien.

'Je vader? Is Sugar hier?'

'Hij komt. Hij is onderweg.'

'Ik hoop dat hij een leger bij zich heeft.'

Marty stak strompelend het smalle strandje over. Zijn voeten maakten diepe afdrukken in het zand. Waggelend liep hij het water in, tot zijn enkels, tot zijn knieën. Toen bleef hij staan, wankel, en staarde naar de zee. En toen viel hij languit naar voren, met zijn gezicht in het water, en enkele tellen later dreef zijn lichaam met gespreide armen op het regenbespikkelde water als dat van een snorkelaar die naar kleurige spektakels aan het kijken is.

'Kom mee, klootzak, jij gaat nergens heen.' Thorn voelde de punt van de loop tegen zijn ribbenkast. 'Ga je gang, probeer maar iets, trekpop, geef me een smoes!'

Het was Marshall Marshall en hij had Charlie bij zich om hem te helpen. Door de regen waren Marshalls krullerige rode haren veranderd in tientallen sluike slierten. Het leek zijn gezicht groter te maken en zijn haakneus nog lelijker.

'Mag ik het meisje neerzetten?'

'Ga je gang, maar doe het langzaam.'

Thorn liet Janey op de grond zakken, pakte haar bij de hand en richtte zich op.

'De boel stort in elkaar,' zei Thorn. 'Weet je wel zeker dat je erbij wilt blijven, Marshall? Misschien is dit een goed moment voor een strategische terugtocht naar het watervliegtuig.'

'Ja, precies. En dan wát? De hele rest van mijn kolereleven op de vlucht blijven?'

Charlie grinnikte.

Janey pakte Thorns hand wat steviger vast.

'Die kant op, dat grote gebouw. Kom mee, clown, jij hebt een bijzondere rol in de show. Het is marteltijd. De linkerbal eerst, dan de rechter.'

Thorn begon de helling op te lopen, Janey klampte zich vast aan zijn hand.

'Wat is er met je maatje Marty gebeurd?'

'Zo te zien is hij wijlen,' zei Charlie. 'Of hij kan verrekt lang zijn adem inhouden.'

Ze bewogen zich langs de menigte. De twee worstelaars waren opgehouden. Ze zagen er bebloed uit, maar deelden glimlachend een fles gin met elkaar. De rest van het gepeupel zei geen boe of ba en liet hen passeren.

'Het spijt me van je galgenkooi, Marshall. Vond het rot je kunstwerk te moeten vernielen.'

'Altijd maar weer de paljas uithangen, ja, niksnut?'

'Ik ben geboren om voor vermaak te zorgen,' zei Thorn.

Marshall bleef hem het hele stuk tot de vlakke grond in zijn rug porren. En daarna ook weer toen ze de treden naar de eetzaal op liepen.

Anne was daar. Ze zat achter een laptop. Een metertje rechts van haar bevonden zich drie Chinese mannen, een lange man met een baard, in een vale jumpsuit, en Vic Joy.

Anne had een pistool in haar hand, een compact automatisch gevalletje. Ze hield het ding in algemene zin op haar broer gericht, maar ze zou even gemakkelijk een van de anderen kunnen raken. En daar schenen ze zich terdege van bewust te zijn.

Thorn ving de blik op die Marshall en Vic met elkaar wisselden. Moest hij haar in haar rug schieten? En het besliste nee van Vic.

'Heb ik iets gemist?' vroeg Thorn.

'Ik heb Marty neergeschoten,' zei Anne zonder hem aan te kijken. 'Kogel in zijn kop.'

Haar stem klonk dromerig, onvertrouwd.

'Ze willen de code, Thorn. De binaire code. Nullen en enen. Dat is waarom ze hier zijn. Dan kunnen ze efficiënter zijn in hun strooftochten.'

'Ja, dat verhaal kende ik al vrij goed.'

'Liefde, haat,' zei ze. 'Waarheid, leugens.'

'Hé, Annie, luister.' Vic deed een halve stap naar haar toe, maar Anne richtte haar pistool en hij bevroor ter plekke. 'Ik zit hier in de puree. Ik reken op jou om me eruit te halen. Je hoeft deze heren alleen maar te laten zien hoe het werkt en dan zijn we hier allemaal meteen weg.'

'Puree.' Ze glimlachte. Haar blik leek zich te openen, alsof ze speelde met een oude herinnering, maar sloot zich enkele seconden later weer. 'Net als vroeger. Zusje haalt je uit de puree.'

Thorn zag vanuit zijn ooghoek de magere Latino die buiten achter hen aan was geslopen. Hij kwam de kamer binnen en koos een positie rechts van hen. Thorn hoefde niet te kijken of de man zijn pistool nog uit de holster had. Daar kon je gif op innemen.

'Waarom heb je het gedaan, Vic?' Anne wuifde met haar pistool. 'Waarom heb je Daniel gedood?'

'Hé,' zei hij, 'we zijn nu hier om zaken te doen, Anne.'

'Dat was om *mij*, is het niet? In de een of andere vorm was het om mij te doen. Het kleine-zusje-gedoe. Mij beschermen. Of anders om te bewijzen dat je echt meetelde. Hard en gemeen was. Ging het daarom, Vic? Wilde je inhalen wat je als kind had nagelaten?'

'Het spijt me, Ramon.' Vic haalde zijn schouders op en keek naar de man met de baard. 'Ze is een beetje doorgedraaid.'

'Ik ben maar een plaatsvervangster,' zei ze. 'Ik ben mama en ik ben ook papa. Als je mij ziet, Vic, dan zie je geesten. Je voelt een behoefte om jezelf te bewijzen. Je wilt hun laten zien dat je tegenwoordig wél kunt doen wat je toen hebt nagelaten. Klopt het? Heb ik gelijk, Vic?'

'Juffrouw Joy, mijn naam is Ramon Bella.' De man naast Vic maakte een kleine buiging in haar richting. 'We zien allemaal dat u van streek bent door een persoonlijke kwestie. Maar dat gaat mij helemaal niets aan, en mijn collega's evenmin.' Hij knikte naar de drie Chinezen. 'We zijn hier alleen bij elkaar om met eigen ogen te zien of het systeem waarover ons is verteld ook echt op de beschreven manier werkt. Wanneer we dat hebben geconstateerd zijn we hier klaar en gaan we weg, en dan kunt u uw eventuele problemen met uw broer in alle rust oplossen.'

'U bent heel beleefd,' zei Anne. 'Keurige manieren. Maar het spijt me, ik zal u niet helpen. Ik zal niemand meer uit de puree helpen, nooit meer. Alleen dit nog.' Ze glimlachte naar Thorn en herhaalde het: 'Alleen dit nog.'

En toen bracht ze het pistool naar haar slaap en haalde de trekker over. Haar lichaam gleed van de stoel af en viel aan de voeten van haar broer op de vloer.

In de volgende seconde haalde Thorn met zijn rechterarm achterwaarts uit en raakte Marshall vol op zijn neus, en terwijl de man sterretjes zag rukte Thorn het pistool uit zijn hand. Maar de stille Latino moest iets dergelijks hebben zien aankomen, want hij drukte zijn pistool nu tegen Thorns rug aan.

'Steek het omhoog. Nu meteen, vriendje.'

Thorn stak het buitgemaakte pistool in de hoogte en de Latino griste het uit zijn hand en wierp het naar een collega die inmiddels aan de feestvreugde was komen deelnemen.

'Wel, wel,' zei Ramon Bella, terwijl hij om Annes lichaam heen stapte. 'Is mijn aanname juist dat niemand anders in staat is deze code aan ons te demonstreren?'

Vic staarde naar zijn zuster. Zijn mond was slap gaan hangen. Het was alsof er jaren van hem af waren gevallen en hij veranderd was in een schooljongen – een jongen die was bevangen door angst en afschuw en onbegrip en rauwe paniek.

'Weet je, Vic,' zei Ramon Bella, terwijl hij dicht naar hem toe kwam en een lange vinger onder Vics kin drukte om deze omhoog te duwen, zodat hij Vic in de ogen kon kijken. 'Ik heb me door mensen die het kunnen weten laten vertellen dat een gewone man op een gemiddeld moment een kilo of twee stront in zijn ingewanden op doortocht heeft.'

Vic keek Ramon onzeker aan.

'Maar in jouw geval,' vervolgde Bella, 'kunnen we gerust aannemen dat de hoeveelheid minstens het tienvoudige is.'

'We kunnen dit regelen,' zei Vic. 'Luister naar mijn voorstel. Ik zal je een groter aandeel geven in de schepen die ik kaap. Zo zal het zijn. We zullen je winst verdubbelen. Dat zal helpen, oké? Het compenseert je voor de moeite, het ongemak, deze problemen en misverstanden. Oké? Dat is de oplossing. Het dubbele?'

Ramon liet Vics kin zakken en deed een stap opzij. Het pistool tegen Thorns rug bleef daar drukken. Janey naast hem griende. Ze liet zijn hand los, hurkte op de vloer, bedekte haar gezicht met haar handen en beefde van de snikken die ze probeerde te onderdrukken.

'Nee, Vic,' zei Ramon. 'De enige mogelijke oplossing voor deze situatie zou zijn dat jij ons een werkwijze demonstreert die je kennelijk zelf niet kent. Dus wat dacht je nu te doen? Iets voor ons verzinnen, witte duiven uit je sjaal toveren? Hoe wil je dit oplossen, Vic? Vertel het ons.'

'Driedubbel, Ramon. Het drievoudige van de winst op elk schip, vanaf heden. En een partje van mijn andere activiteiten, de casinoboot, restaurants, marina's, de hele handel. We kunnen een percentage afspreken. Een gezond aandeel. Om dit alles goed te maken. Ik snap dat je kwaad bent. Maar ik zal het compenseren. Als je me maar de kans geeft.'

Ramon keek nog eens naar de drie Chinezen en de grootste daarvan deed snel een paar stappen tot vlak achter Vic, van wie hij de handen en armen op een zodanige manier vastpakte en omdraaide dat Vic Joy een kreetje slaakte en zich daarna niet meer kon verroeren.

Janey keek even op – er biggelden tranen over haar wangen – en sloeg toen haar handen weer voor haar ogen. Thorn streelde met zijn vingertoppen over haar hoofd.

Vic opende zijn mond om te spreken, te protesteren, zich uit déze situatie te lullen, maar de Chinees bracht zijn arm naar voren en hield een mes tegen Vics keel.

'Hé!' riep Marshall en hij kwam naar voren, maar Ramon Bella's andere bandiet blafte dat hij moest blijven staan en richtte zijn pistool op hem. Marshall bleef staan.

Vic gromde, wierp zich naar opzij en dook uit de greep van de Chinees en het zwaaiende mes weg. Hij was halverwege de kamer, op weg naar de deur, toen de Latino achter Thorns rug zijn pistool op hem richtte.

'Nee,' riep Ramon Bella. 'Laat hem gaan. Hij is niemand tot nut.'

Vic wierp zich door de deuropening naar buiten en sprintte regelrecht naar het dichte bos achter de eetzaal.

'Angel,' zei Bella. 'Maak zijn watervliegtuig onklaar. Blaas het op, steek het in brand, kijk maar wat het snelste gaat. Vic Joy houdt het hier in zijn eentje geen dág vol. Over een week kluiven de aaseters zijn botten af.'

De zware Latino antwoordde in het Spaans en verliet de kamer.

'Oké, dat is geregeld.' Ramon Bella keek naar de man die Thorn in bedwang hield. 'Benito, we gaan nu vertrekken. Ik wil dat jij voor de Amerikanen zorgt. Bind ze vast, *me entiendes*? Doe het rustig aan. Toon ze de beleefdheid die je een gewaardeerde gast zou tonen.'

'Zeker,' zei Benito. 'Met genoegen.'

Tweeëndertig

Alex nam de Glock van Sugar over en haalde de slede naar achteren. Toen wist hij dat het in orde zou komen. Met Sugarman voorop slopen ze zonder een woord te wisselen langs de kustlijn door de jungle. Hij had haar niet eens in de ogen gekeken om na te gaan of er glimp van bezorgdheid te zien was. Hij dacht van niet, maar wilde het niet weten als het wél zo was.

Tegen de tijd dat het woud wat opener werd en er van boven soms wat daglicht naar beneden viel was Sugar doornat van de regen en het zweet. Het was al de vierde of vijfde keer dat hij dit hemd drijfnat maakte sinds hij het drie dagen geleden had aangetrokken. Hij stonk als een kameel en zelfs zijn adem smaakte smerig.

Hij bleef achter een dikke boom staan en tuurde door een opening in het gebladerte. Er zaten vogels op de vele takken, hij hoorde gekir en gefluit en gesis en *psj-psj*-geluiden van wezens die opgeschrikt waren. In de marina en bij het strand zag hij sloepen die met veel lawaai tot leven werden gewekt en aanstalten maakten om te vertrekken. Vooral opblaasboten, met mannen erin die in de lucht schoten. Met automatische geweren – misschien uit blijdschap, misschien ten teken van afscheid.

'Ze vertrekken,' fluisterde Alex. 'De fuif is voorbij.'

'We zijn niet te laat,' zei hij. 'Dat kan niet.'

Ze gaf hem een tikje op zijn schouder.

'Ze is in de hut aan dit uiteinde,' zei Sugar. 'De zuidkant. Een vijver, ze had het over een vijver.'

'Blijven we samen of gaan we apart?'

'Jij houdt deze koers aan, blijft naar het noorden gaan. Ik duik het bos in en kom dan vanuit het westen.'

Ze knikte. De vrouw was een technisch medewerkster van de politie. Goed met een camera, of een borsteltje om vingerafdrukken te vinden op flesjes en buisjes en doosjes, en met andere verfijnde hulpmiddelen van haar vak. Maar ze leek ook zeer op haar gemak met dat pistool in haar hand. Misschien was 'op haar gemak' niet de juiste term. Ze leek er *vertrouwd* mee. Ervaren.

'Hoe onderscheiden we vriend en vijand?' vroeg ze.

'Als je zijn voornaam niet weet is het een vijand.'

'Misschien moeten we nog even wachten, tot er meer vertrokken zijn,' zei Alex. 'Ik weet niet of we genoeg munitie hebben voor het hele stel.'

'Ik ben hier voor Janey,' zei Sugarman. 'En voor Thorn, als hij hier is. Schieten is het laatste middel.'

'Gesproken als een smeris.'

'Ik ben over twee, drie minuten bij die hut,' zei hij. 'Jij zult er misschien iets eerder zijn, dus wacht aan de rand van de jungle, zoek ergens dekking. Het lijkt me beter als we samenwerken, samen naar binnen gaan.'

'Afgesproken.'

Sugar zocht zich tastend een weg tussen de ranken en lage takken door. Het was een paar minuten geleden opgehouden met gieten en nu stegen er dampen op van de woudbodem. Hij bleef hoogstens acht tot tien meter bij de kustlijn vandaan, maar kwam slechts moeizaam vooruit door de jungle. Zweet prikte in zijn ogen.

Toen hoorde hij voor zich uit een stem. Het was iemand die Engels sprak, maar met een zangerig salsa erin. Geen Cubaans. Dat accent kende hij goed genoeg. Deze stem had iets gedistingeerds, bijna iets Engels. Hij kon de woorden niet verstaan, maar de toon was die van een slangenbezweerder.

Misschien kwam het doordat hij instinctief aan haar gekoppeld was, door zijn vaderband met haar, maar toen hij boven al het geknal van de geweren en de onbestemde geluiden van de jungle een kreetje en toen een zacht snikken hoorde wist hij dat het van Janey kwam. Daarvan was hij tot in het diepst van zijn merg overtuigd.

Hij draaide zijn hoofd in de richting van dat geluid en bewoog zich dichter naar de kant van het strand toe, zo zachtjes mogelijk, zonder takken te breken, maar wel sneller nu, gebukt. Duwde met de lopen van zijn twee pistolen het gebladerte opzij. De stem sprak weer in het Engels, met die ondertoon van de zachte en geprononceerde taal van het oude Spanje. Kalm, beleefd, beschaafd. Sugars huid prikte nu overal, zijn hoofd was leeg. Zijn eigen toekomst deed niet meer ter zake. Desnoods zou hij zichzelf als een granaat op iemand werpen.

Hij dook onder lage takken door, duwde een dicht weefsel van twijgen en struiken opzij, tot hij, shit, bijna tegen hen aan botste! Vier mensen op hun knieën, met hun rug naar Sugar toe. Twee stappen verderop! Thorn, Janey en twee mannen met lang, piekerig haar. Vanuit zijn positie kon Sugar niet zien of de Latino alleen was of dat er nog een stuk of tien achter hem stonden.

Terwijl hij zich naar opzij boog om een beter zicht te krijgen hoorde hij de Latino met die sussende stem zeggen dat hij wilde dat ze hier bleven zoals ze waren. Een van hen moest langzaam en hardop tot honderd tellen, dan hadden hij en zijn vrienden de tijd om veilig weg te komen. De man stelde voor dat Thorn het tellen voor zijn rekening zou nemen. Toen vroeg de Latino of ze zijn instructies goed hadden begrepen. Tot honderd, en geen tel minder. Toen ze instemmend hadden gemompeld zei hij tegen Thorn dat hij kon beginnen met tellen.

Thorn aarzelde een moment. Hij had zijn hoofd naar voren gebogen, maar Sugarman kon zien dat hij zijn best deed om naar achteren te kijken. Toen zei hij: 'Een.' Meteen stapte de Latino tot achter de man met rode haren, die een zwart T-shirt en een wijde broek in camouflagekleuren droeg, richtte op zijn achterhoofd en vuurde. En met de snelheid van een adder richtte hij op het hoofd van de geknielde man ernaast.

Maar in die fractie van een seconde barstte het hele tafereel uiteen. Thorn liet zich naar opzij vallen en bedekte met zijn lichaam dat van Janey, terwijl hij tegelijkertijd een handvol modder en bladeren naar het gezicht van de Latino gooide, om direct daarna een been om de enkel van de schutter te haken en hem tegen de grond te trekken. De man kwam op zijn rug terecht, maar herstelde zich onmiddellijk en richtte zijn pistool op Thorns borst. Sugarman stapte naar voren en vuurde twee keer en raakte de man beide keren in zijn maag. Een halve seconde later kwam Alexandra drie meter oostwaarts uit het struikgewas gesprongen en vuurde vier of vijf schoten af naar het hoofd en de schouders van een andere Latino, die door Sugarman nog niet was opgemerkt, een man die achterover tuimelde toen hij net op Sugars voorhoofd richtte.

Thorn bleef op Janey liggen tot het vuren was afgelopen.

En toen hij zich oprichtte en naar Sugar en Alex keek, met zijn gehavende en bebloede gezicht, dat niettemin een scheve grijns vertoonde, verscheen er opeens een zwerm zwarte helikopters aan de hemel.

Sugarman trok Janey in zijn armen. Thorn keek omhoog naar de helikopters, vier, vijf, terwijl er vanuit het westen nog een paar kwamen. Toen keek hij naar Alex. Ze had in elke hand een pistool, maar hield haar armen open. Thorn liep de omhelzing binnen. Ze draaide haar hoofd naar opzij en legde het op Thorns schouder en hij zoog de geur van haar haren en de bedwelmende prikkeling van haar zweet in zich op.

Ze trok hem strak tegen zich aan en hij voelde het prikken van de pistolen in zijn rug, maar daarna versmolten dat gevoel en alle andere gevoelens tot één overweldigende, kolkende golf toen ze elkaar wederzijds omklemden met alle kracht die ze in zich hadden.

'Jij lul,' fluisterde ze in zijn oor. 'Jij waardeloze klootzak.'

'Ja,' mompelde hij, 'ik hou ook van jou.'

De piraten op de boten en schepen, en de piraten die nog aan land waren, hadden het vuur geopend op de helikopters en vanuit de helikopters werd teruggeschoten. Een stem uit een krachtige luidspreker gaf vanuit de lucht bevelen aan de vluchtende mannen, maar die stem ging verloren in het verwarde lawaai van schoten en kreten en woede.

Alex maakte zich los uit de omarming. Een stap verderop zat Sugarman Janey te wiegen. Ze huilden allebei. De tweede motorrijder, Charlie, was allang verdwenen.

'Dat is Fox zelf,' zei Alexandra. 'Amerika's numero uno.'

'Hoe hebben jullie deze plek in godsnaam kunnen vinden?'

'Vogels,' zei ze. 'Vogels en vlinders en het opkomen van de maan. Je hebt een geweldige vriend, Thorn. Een echt geweldige vriend.'

'Meer dan één, hoop ik.'

'We zullen zien,' zei ze. 'Dat zullen we moeten zien.'

De hut drie meter achter hen werd door een salvo vanuit een machinegeweer getroffen. De dakspanten werden in spaanders geschoten. Even later raakte een volgende sproeiregen van lood de grond naast de dode Latino's.

'Hé!' Thorn stapte het open terrein op en zwaaide naar de dalende helikopter. Er hingen mannen in donkere pakken uit de open cabine naar buiten gebogen. Ze richtten op hun groepje. Thorn stak zijn handen omhoog. 'Hé!'

Marshall Marshalls lijk sprong even op toen het werd geraakt door een kogelregen, die zich daarna hun kant op dreigde te bewegen.

'Nooit een saai moment,' riep de oude man opgewekt – Lawton kwam uit het struikgewas en de verstrengelde lianen naar hen toe, met zijn puppy op zijn hielen en Kirk Graham dáár weer een eindje achter.

'Hij wist weg te komen, het spijt me, echt.'

Thorn wuifde met zijn armen naar de helikopter. De luidspreker brulde weer iets, het was een man die Engels sprak, maar ook nu nog werden zijn woorden overstemd door de kakofonie op de grond.

'Ze denken dat wij de slechteriken zijn,' riep Sugar. 'Laten we gaan!'

Lawton dook naar voren en pakte een pistool dat naast de Latino op de grond lag. Hij vuurde er drie snelle schoten op de helikopter mee af voordat Thorn hem kon vastpakken om hem weer de dichte jungle in te trekken.

Overal om hen heen geselden kogels de bladeren en versplinterden ze de takken. De aarde spatte omhoog voor hun voeten. Janey gilde en ze vluchtten dieper de jungle in. Daar zwiepten takken tegen hun gezicht aan en bleven hun voeten achter lianen haken. Sugar liep voorop met Janey in zijn armen. Thorn en Alex hadden ieder Lawton bij een arm gepakt en sleepten hem mee. De puppy blafte opgewonden en probeerde onderweg steeds naar Thorns enkels te happen.

De stem uit de hemel donderde weer, maar kwam niet boven het geronk van de motoren uit. Na dertig, veertig meter werd het oerwoud nog dichter, maar nog steeds sloegen er overal om hen heen kogels in.

Kirk Graham, die een paar meter voor de anderen uit was, slaakte opeens een kreet en viel op de grond. Thorn was als eerste bij hem. Hij zag een snee over Kirks rechterdij lopen.

'Het is in orde,' zei Kirk, 'het is in orde, in orde.'

Thorn legde Kirks arm om zijn schouder en trok hem zo overeind en voorwaarts door de groene doolhof. Zijn ogen raakten verblind door het prikken van de twijgen en het steken van allerlei soorten netels. De helikopter draaide weg en bleef even uit de buurt, maar kwam toen terug, zakte naar beneden en vuurde een nieuw salvo af.

'Blijf staan!' brulde Sugar.

Het groepje kwam om hem heen staan.

'Ze kunnen ons zo niet zien, maar ze zullen vast en zeker mensen op de grond zetten. Die zijn er misschien nu al. We moeten wachten.'

'En dan?' vroeg Thorn.

Kirk kreunde en leunde zwaar tegen hem aan.

'Dan kiezen we een geschikt moment en proberen het vliegtuig te bereiken.'

'Dit zijn mensen van óns. We hebben niets verkeerds gedaan,' zei Kirk.

'Jazeker wel,' zei Sugar. 'We hebben ze in de weg gelopen.'

Aan de rand van de jungle wachtten ze af. Ze konden hun opblaasboot zien liggen. De helikopter kwam en ging. Ongetwijfeld zocht de bemanning met verrekijkers het landschap af.

'Vergeet die boot maar,' zei Thorn. 'Een veel te groot doelwit. Zo halen we het nooit. We zullen moeten zwemmen.'

'Zwemmen?' vroeg Lawton. 'Daar heb ik wel zin in. Het is hier zo heet als de hel.'

De puppy jankte en sprong toen hard tegen Thorns been aan. Toen hij keek zag Thorn dat een verdwaalde kogel een stukje staart van de hond had afgekapt.

'Wel verdomme!' zei de oude man. 'Lawton is gewond!'

Alex scheurde een mouw van haar hemd en verbond het uiteinde van de staart van de puppy.

Terwijl Alex de laatste knoop legde kwam Janey naar het hondje toe, hurkte naast hem neer en streelde zijn kopje. De puppy kalmeerde en begon met zijn tong over haar blote been te likken.

De helikopter was al een aantal minuten uit de buurt gebleven toen ze opeens in de jungle achter hun rug zachte stemmen hoorden – de gedempte conversatie van mannen die hun spoor volgden.

'Oké,' zei Sugar. 'Vorm paren en laten we vertrekken.'

'Maar dat zijn verdomme onze *eigen* mensen!' protesteerde Kirk. 'Waarom *doen* we dat?'

Thorn nam Kirk onder zijn hoede, Alex nam Lawton.

Zo volgden ze Sugarman toen deze vanuit de schaduwrijke jungle wegsprintte met Janey in zijn armen. Hij rende over een smal modderig strand, met het oerwoud een metertje rechts van hem en het glinsterende blauwe water links.

Een kleine kilometer buiten de kust zweefden diverse helikopters boven drie witte jachten. Thorn zag het schuimende kielzog achter de drie grote schepen. Hij zag ook de gele lichtflitsen van het mondingvuur vanaf de dekken, dat vanuit de helikopters werd beantwoord.

Kirk schoot tamelijk snel op, ondanks zijn lelijke wond. Hij had zijn rechterarm nog steeds om Thorns schouder. Sugarman waadde het water in. Toen liet hij Janey los en crawlden ze naast elkaar voort, waarbij Sugar haar met woorden aanmoedigde.

Het watervliegtuig was maar honderd meter ver weg, maar het hadden net zo goed tien kilometer kunnen zijn. In dat open water was verbergen onmogelijk. Maar de helikopters leken het druk te hebben met de jachten. Dit was hun kans.

Dus ze zwommen die kant op. Kirk deed het met nogal woeste armbewegingen. Lawton beschikte over een sierlijke schoolslag, waarbij hij zijn hoofd hoog boven het water hield, heel netjes, als iets wat hij ooit bij een christelijke jongensclub had geleerd en nooit was vergeten. De hond naast hem kon hem gemakkelijk bijhouden. Alex kwam in een soort zijwaartse rugslag naast Thorn zwemmen en zond hem boodschappen met haar blik. Ondanks de omhelzing, haar woorden van liefde, zag hij nog reserve in haar ogen, en hij wist dat vergiffenis nog geen vanzelfsprekendheid was.

Voor hem uit hield Sugar abrupt op met zwemmen. Hij keek achterom naar het strand en fronste zijn voorhoofd. Thorn volgde zijn blik en zag daar, dertig of veertig meter verderop, Vic Joy tot aan zijn knieën in het water staan. Hij was naakt, maar tussen zijn tanden had hij iets dat op een groot jachtmes leek.

Thorn draaide zich om en begon in de richting van het strand te zwemmen, maar Alex kwam naar hem toe en pakte hem bij zijn schouder. Thorn hield op met zwemmen. Op een halve meter afstand van elkaar bleven beiden watertrappelen, terwijl de anderen verder zwommen.

'Wat ga je doen?'

'Ik moet hem te pakken nemen.'

'Te pakken nemen?'

'Hem doden,' zei Thorn. 'Die smeerlap heeft Janey gekidnapt. En mijn huis in de fik gezet.'

'Je huis?'

De anderen waren nog maar veertig meter bij het vliegtuig vandaan. Sugarman riep naar achteren dat ze zich moesten haasten: 'Kom op, kom op!'

'Die man blijft achter me aan komen, Alex. Ik moet daar nu mee afrekenen, anders moet ik de rest van mijn leven over mijn schouder blijven kijken.'

'Verdomme, Thorn. Laat het lopen! Je brengt ons allemaal in gevaar. We moeten nu weg. Meteen. Er is geen tijd voor. Laat de federalen hem maar oppakken.'

Ze greep Thorn weer bij de schouder en probeerde hem in de richting van het vliegtuig te trekken. Hij verzette zich even, maar kwam toen in beweging en begon dicht naast haar te zwemmen.

De sneden in Thorns handen staken en bloedden, en hij liet een rozeachtig spoortje achter in de kristalheldere zee. Je liep zo de kans haaien aan te trekken, maar haaien waren wel het laatste waar Thorn aan dacht. Hij keek nog eens snel om, maar Vic was verdwenen. Thorn zette aan en haalde Alex in.

Ze hadden de afstand tot het vliegtuig nu half afgelegd. Het water was zo helder dat hij de schelpen en roggen in het witte zand op vier meter diepte haarscherp kon zien. Hier en daar stak een oranje bosje hertshoornkoraal boven het zand uit. Felgekleurde vissen zigzagden tussen de scherpe staketsels door.

Voor hen uit lag het watervliegtuig genesteld in een bocht, vlak achter de stompe landtong. Een half voetbalveld – een afstandje van niks, als ze op het land waren geweest. Maar zijn armen waren al traag van vermoeidheid en door het zijdeachtige water leken ze alleen maar lomer te worden. Bloedverlies, gebrek aan slaap, het instorten van zijn lichaamschemie nadat de laatste erupties van adrenaline waren uitgewerkt. Hij keek voor zich uit naar de andere zwemmers. Zijn vrienden, zijn geliefde. De binnenste kring van zijn hart.

Alex zwom met een sterke, gelijkmatige slag en met snelle beenbewegingen. Zij haalde haar vader in. Thorn vormde de achterhoede. Hij zwom in een vrije stijl, een gemakkelijke slag die hij zich als kind zelf had bijgebracht in de ondiepe wateren rond de Keys.

Natuurlijk had Alexandra gelijk wat betreft dat teruggaan naar Vic. Dat zou puur egoïsme zijn geweest, een aanval van waanzin. Daarmee zou hij het leven van al deze geliefde mensen in gevaar hebben gebracht. Weer zo'n stom instinct, gevormd in de decennia van zijn isolement. Een man alleen kon doen waar hij zin in had, zijn eigen codes volgen, zijn eigen excentrieke gewoonten, zijn specifieke verslavingen. Hij kon wild uithalen naar degenen die hem bedreigden, zonder bang te hoeven zijn dat hij anderen in gevaar bracht. Maar in deze nieuwe omstandigheden was hij gebonden aan een ander stel regels. Het leven binnen een groep vereiste lenigheid van geest en impliceerde een absolute noodzaak om je aan te passen en compromissen te sluiten. Hij moest zijn egocentrische aandriften ondergeschikt maken aan het welzijn van de groep als geheel. Bij god, het was flagrant in strijd met alle neigingen die hij in de loop van de jaren had ontwikkeld, maar nu hij het water doorkliefde merkte Thorn opeens dat hij bezig was Alexandra's manier van zwemmen te imiteren, sterker nog, dat hij probeerde met haar in de maat te blijven! Hij stelde zijn aangeboren eigenzinnigheid in dienst van de behoeften en het vernuft van de groep als geheel.

Sugarman en Janey waren nog maar enkele seconden zwemmen van het watervliegtuig vandaan toen van achter de landtong een zwarte helikopter naderde, nog geen zes meter boven het water.

De twee mannen die zich vanuit de open cabine naar buiten bogen waren zo dichtbij dat hij hun naamplaatjes kon lezen. Janey schreeuwde toen een kogelregen gaatjes in het water om haar heen begon te schieten. Sugarman hield op met zwemmen. Hij beschermde zijn dochter met zijn ene arm en hield hen beiden drijvende met de andere. De helikopter kwam nog wat dichterbij gezweefd, alsof de piloot voor de schutters de gunstigste hoek om te schieten uitzocht, en de wind van de rotor deed het water kolken en schuimen.

Ze zouden allemaal binnen een paar seconden dood zijn geweest, tot pulp geschoten door die sproeiende salvo's van lood, als er niet maanden geleden, ergens in de Zuid-Chinese Zee, een scheepslading militaire wapens was gestolen. De lading die door James Lee Webster aan Thorn was omschreven als serieus, professioneel wapentuig, en waarin zich onder meer een stel warmtezoekende raketten moest hebben bevonden, want dát waren de dingen die nu vanaf het meest nabije jacht werden afgevuurd, de ene na de andere. Vanaf iemands schouder, in verzengende explosies van wind en vuur.

Een kilometer verderop was een van de helikopters juist op dat moment in de lucht ontploft. De helikopter die hun groepje belaagde bleef even stil in de lucht hangen, kantelde toen scherp naar rechts en schoot weg om de medestrijders hulp te gaan bieden.

Sugarman en Janey zwommen het laatste eindje naar het watervliegtuig zo snel zo konden. Thorn zag dat zijn vriend de onderste sport van de ladder die aan een van de drijvers was gemonteerd vastpakte. Hij stak zijn andere arm uit en hees Janey uit het water. Daarna stak hij zijn hand uit naar Kirk Graham.

Terwijl Thorn tijdens het zwemmen zag hoe de anderen aan boord van het vliegtuig klommen, voelde hij trillende bewegingen in de buurt van zijn buik en zijn dijen, alsof de passerende zwemmers een groot onderwaterwezen uit zijn hol hadden opgeschrikt. Thorn boog zijn hoofd en tuurde door het transparante blauw naar beneden.

Vlak onder hem, amper twee meter bij hem vandaan, zag hij het wuivende spoor van een sliert grijze haren – een lange wimpel die daar wapperde in de sterke stroming. Aan het witte, naakte lichaam van Vic Joy, die daar met grote wapperende voeten door het water schoot.

Juist op dat moment draaide Vic zijn hoofd en keek naar boven. Zijn blik ontmoette die van Thorn. Een halve seconde bleef alles bevroren in de stille zuil van water tussen hen beiden in, maar toen ontsnapte er een wolk van luchtbellen aan Vics lippen en maakte hij een heftige schaarbeweging met zijn benen, waardoor hij zich in de richting van Thorn lanceerde, met zijn mes in zijn rechterhand.

Thorn zoog lucht naar binnen en stak zijn hoofd toen weer onder water. Met wilde bewegingen van zijn armen en benen verplaatste hij zich een metertje.

Vic had zo veel vaart, dat hij ruim achter Thorn boven het water uit schoot. Hij hapte naar lucht, draaide zich half om en maaide met zijn mes naar dat deel van het water waar zich een seconde geleden Thorns gezicht had bevonden. Er spoot daar een sierlijke golf water omhoog. Thorn graaide naar Vics pols, maar kreeg alleen een handvol schuim te pakken.

Even bleef Vic op zijn buik drijven. Hij hield zijn gezicht onder water en probeerde te zien waar Thorn was gebleven. Thorn zwom op zijn rug weg en kwam drie meter verderop aan de oppervlakte. De anderen klommen aan boord van het vliegtuig. Alleen Alex lag nog in het water. Zij watertrappelde vijf meter van hem vandaan.

'Vlug, Alex. Ga aan boord. Ik kom. Ga!'

Vic kwam met wilde uithalen zijn kant op, maar de hand met het mes miste Thorn wel een meter, en bij een tweede poging, na veel gehijg en gespetter, nog zeker een halve meter.

Thorn zou dit eindeloos kunnen volhouden, deze ontwijkende rugslag, om Vic uit te putten. Hij waagde een snelle blik naar de strijd in de verte. Het was moeilijk te zeggen wie er aan het winnen was, maar er hingen nog steeds drie helikopters boven de jachten en hij hoorde vaag het geluid van machinegeweren.

'Waardeloze niksnut.' Vic kwam in het kalme water langzaam dichterbij. Zijn mes was niet te zien. 'Ik snij je ballen af en stop ze in een glazen potje.'

'Kom op, Vic. Genoeg gepraat.'

'Je bent de pineut, Thorn. Jij en al je kolerevriendjes. Dit is het einde.'

Vic was aan het watertrappelen, maar hij maakte de afstand tussen hen beiden langzaam kleiner.

'Mooie piraat ben jij, Vic. Verstopt zich bibberend in een kast, de avond dat zijn ouders worden afgemaakt. Ik wed dat je daar nog steeds zit. Is het niet zo, Vic? Daar in het donker, claustrofobisch? Hoe gaat het, boekaniertje? Zit je daar nog steeds op je duim te sabbelen?'

Vic haalde uit en Thorn liet zich achterwaarts buiten zijn bereik rollen, maar deze keer zette Vic de stoot met het mes niet door. De beweging was een schijnmanoeuvre geweest, want de volgende tel draaide hij zich naar links en schoot pijlsnel in de richting van Alexandra, die totaal werd verrast.

Ze draaide zich om en begon op haar efficiënte manier, met rap bewegende voeten, in de richting van het vliegtuig te zwemmen, maar niet snel genoeg. Vic was al bijna bij haar en sneed akelig snel door het water. Thorn koos de kortste weg en na vier forse slagen waren Vics voeten nog maar centimeters van zijn gezicht verwijderd.

Maar Alexandra moest hebben gevoeld dat Vic haar inhaalde, want ze hield abrupt op met zwemmen en draaide zich om. Thorn stak zijn hoofd juist op tijd boven water om te zien hoe Vic met zijn mes uithaalde naar haar keel. Haar hand schoot omhoog om de aanval te pareren.

In de maanden van hun kalme samenzijn was Thorn geleidelijk vergeten hoe capabel ze was in de *martial arts*. Dat ze jarenlang in karate getraind was. Hoe verbluffend scherp haar reflexen waren. Hoe kalm ze kon zijn, hoe geconcentreerd. Ze pareerde Vics aanval met een gemene kapbeweging tegen zijn pols aan. Het mes schoot uit zijn hand en viel een meter rechts van hem in het water. Alex mikte een achterwaartse stoot op zijn kin, maar deze schampte af, want Vic dook net op tijd weg en verdween onder water.

Thorn repte zich naar voren en probeerde Vics enkel vast te grijpen, maar hij was een fractie van een seconde te laat. Vic schoot als een snoek naar het mes dat op het zand van de zeebodem lag te glinsteren, slechts een meter naast het bosje hertshoornkoraal.

'Niet doen, Thorn!' riep Alexandra. 'Er is geen tijd! Kom nou!'

'Het moet gebeuren, Alex. Geen keuze.'

Thorn haalde diep adem en dook onder. Op vier meter diepte had Vic het mes niet goed vast en liet hij het weer in het zand vallen. Hij schopte wild met zijn voeten om onder water te blijven.

Thorn naderde hem van boven, greep een pluk van Vics grijze haren beet en rukte zijn hoofd naar opzij. Toen hield hij zich vast aan de basis van een van de vlijmscherpe koraalpieken en sleurde Vic tot enkele decimeters buiten het bereik van het mes. Maar Vic kronkelde met zijn lange lichaam en rekte zich en wist met zijn arm het mes toch nog te bereiken, waarna het lemmet opeens enkele centimeters voor Thorns gezicht blikkerde. Verder kwam het niet.

Thorns hand werd bijna verscheurd door de spitse koraalpunten en er wolkte bloed door het water, maar hij hield vol en bleef Vics hoofd heen en weer rukken. Er ontsnapte een hele stroom luchtbellen uit Vics mond. Hij verzette zich hevig tegen Thorns greep en probeerde met zijn mes diens arm te raken, maar hij miste. Toen richtte hij het lemmet op Thorns borst en daar trok het een gloeiende streep dwars door het weefsel van vlees en spieren. Een enkel bloedspoor steeg daarvandaan naar boven, een spoor dat al vlug een verwaterde spiraal werd. Maar door de uithaal naar Thorns borst ontglipte het mes aan Vics hand, en het viel naar beneden om in een werveling van het omgewoelde zand te verdwijnen.

Thorns linkerarm was gevoelloos geworden, maar zijn ene hand hield de grijze haren van Vic Joy in zijn greep en met de andere klampte hij zich aan het staketsel van koraal vast. Er scheen opeens een soort lome warmte tot in het water doorgedrongen te zijn. De luchtloze druk van de zee omknelde zijn borst steeds strakker. Thorn had zijn adem inmiddels een halve minuut ingehouden, maar nu werd het met elke hartslag donkerder voor zijn ogen en werd de hete bankschroef om zijn longen een slag aangedraaid.

Vic Joy verzette zich stuiptrekkend tegen Thorns greep, maar zag geen kans zich los te rukken. Thorns hand, omwikkeld door strakgetrokken grijze haarslierten, was tot in de kern van Vics haardos doorgedrongen.

En inmiddels vormde zich in Thorns gedachten een opvatting, een zekerheid, die elke twijfel en alle rationele overwegingen verdreef. Zelfs het bonken in zijn borst leek erdoor te kalmeren. Hij was rustiger dan hij zich in jaren had gevoeld. Helder van geest. Zeker van zijn zaak.

Dit ging niet gewoon over gerechtigheid of over goed en kwaad.

De prikkels van de wraakzucht speelden er ook geen rol in. Het was allemaal veel simpeler. Deze man was een gevaar voor elke persoon van wie Thorn hield, en als het Thorns eigen leven vergde om Vic Joy uit te wissen dan was dat een eerlijke ruil. Een kleine correctie in de karmastromen, zogezegd, ter compensatie van het leed dat Thorn zelf in de loop van de jaren door zijn egoïstische optreden had veroorzaakt.

Hij hield het langer vol dan draaglijk was. Overal om hem heen hing nu in het stille water een vuurrode nevel. Het werd hem zwart voor de ogen en er dansten nog zwartere stippen over zijn netvlies. De zuurstof in zijn longen raakte op, maar hij kon de gebruikte lucht niet uitademen. In een moment van verdwazing overwoog hij zeewater te inhaleren en met Vic hier achter te blijven, voor eeuwig met elkaar verstrengeld op deze zandbodem. Het zou best een passend einde van Thorns grillige, opgejaagde reis zijn.

Maar op dat moment hield hij zijn hoofd schuin en zag hij boven zich het door zonlicht bespikkelde oppervlak van de zee. Duizenden lichtjaren bij hem vandaan dreef daar Alexandra Collins met het gezicht naar beneden. Ze keek naar hem en wenkte met haar arm, in een spookachtige vertraging, dat hij moest komen, snel, snel.

Vics verzet nam af en hield ten slotte op. Thorn rukte zijn hoofd nog een laatste keer naar achteren en bekeek het gezicht, terwijl er uit Vics mond een laatste stroom luchtbelletjes ontsnapte – als een rij woordjes die te klein waren om een betekenis te hebben. En toen werd zijn lichaam slap en verroerde het zich niet meer.

Vanaf de oppervlakte zag Alexandra dat Thorn het lichaam nog een aantal tellen vasthield en toen pas losliet. En dat hij zich door het water omhoog liet tillen. En dat hij met een laatste inspanning van zijn wil ook die laatste seconden zijn adem nog kon inhouden, tot hij met zijn hoofd boven water verscheen.

Toen Thorn zijn ogen opende zat Kirk Graham achter het besturingspaneel. Het vliegtuig taxiede over het ondiepe blauwe water en steeg toen op. Het was te zwaar beladen, dus het vocht nogal schommelend tegen de zwaartekracht voordat het zich van het water los kon maken. Een of twee kilometer oostwaarts woedde de zeeslag nog voort. Een jacht stond in brand, een ander maakte zwaar slagzij en was bezig te zinken. De helikopters waren aan het winnen. Het bewees weer eens hoe belangrijk luchtoverwicht was.

Lawton zat op de stoel van de copiloot. Op de eerste rij hielden Sugarman en Janey elkaar stevig omklemd. Alex zat naast Thorn en drukte een lap stof stevig tegen de snee in zijn borst. In de seconden voordat hij opnieuw flauwviel zag hij de puppy door het gangpad dribbelen. Het hondje was zich niet bewust van zijn wond, want het zwaaide zorgeloos met zijn beknotte staart en besprenkelde hen allen met druppeltjes van zijn onschuldige bloed.

Drieëndertig

'Heeft Thorn in dat kleine tentje geslapen?'

'Soms in zijn boot,' zei Sugarman, 'soms in de tent.'

De eenpersoonstent die Thorn had gebruikt was zo klein, dat hij er zich niet in kon omdraaien zonder het ding zowat af te breken.

'Waarom hebben ze zijn huis in brand gestoken?' vroeg Janey.

'Ik weet niet waarom,' zei Sugarman. 'Waaroms zijn altijd moeilijk.'

Ze werkten een half uur om de haringen in de harde grond te slaan. De vierpersoons safaritent had Sugarman bij Sears zeshonderd dollar gekost. Geld dat hij niet bezat, maar wat maakte dat uit? Met een muggennetje voor de opening. En binnenin ruimte voor een veldbed, een tafeltje, een koeler. Sugar had ook een Coleman-lantaarn gekocht, dan kon Thorn na zonsondergang nog lezen. Of kijken waar hij liep, mocht hij de slaap niet kunnen vatten.

'Die Zeiss-kijker was mooi,' zei Janey, 'maar de verrekijker die ik van jou heb gekregen bevalt me beter.'

Jackie stond op de aanlegsteiger. Ze gooide steentjes in het water, zo te zien op de maat van de rapmuziek die ze in haar oortelefoon hoorde.

'Jammer dat hij niet stikstofgezuiverd is.' Sugar sloeg een haring de steenharde grond in.

'Ja, de glazen beslaan wel eens een beetje, maar dat geeft niets,' zei Janey. 'Hij bevalt me. Ik zag laatst een woudzanger.'

'Die zijn staart bij het lopen wiegend over de grond laat slepen?' vroeg Sugar.

'Ja, die,' zei Janey. Ze begon met de grote rubberhamer op een haring te timmeren. Vijf klappen, en toen was het klaar. Sterk meisje. Verdomd sterk. Verbazend. Sterker dan hij had verdiend.

'Waar is Thorn naar toe?'

'Een tripje naar het noorden.'

'Naar de noordpool?'

'Nee, zo ver niet.'
'De tent zal wel een grote verrassing voor hem zijn.'
'Ja,' zei Sugarman. 'Hij zal verrast zijn. En ook blij.'
'Thorn is aardig cool.' Ze sloeg een volgende haring in de grond.
'Ja, dat is hij,' zei Sugar. 'Het is een man die behoorlijk cool is.'
'Maar hij komt wel vaak in de problemen.'
'Ja,' zei Sugar. 'Maar we moeten proberen hem dat niet aan te rekenen.'
'Ik mag hem graag. Ik vind hem grappig. Ik wil op een dag met hem trouwen.' Ze pakte een nieuwe haring.
Sugarman keek hoe ze werkte. Zijn meisje. Zijn vlees en bloed. Mijn god, wat was ze sterk.

'Nee, het is goed, we vinden het niet vervelend, kom binnen.'
Lawton had een inklapbaar schopje in zijn hand. Legergroen. Nog uit zijn diensttijd. Thorn en Alexandra stonden op de veranda van het witte houten huis op nummer 215 van de Oak Street in Columbus, Ohio.
Het paar dat er nu in woonde heette Prevost. Ze waren gepensioneerde leraren, zeiden ze. Mevrouw Prevost legde uit dat ze zelf een moeder had die wat begeleiding nodig had, net als Lawton. Ze begrepen het, begrepen het volledig.
'De hond oké?' vroeg Thorn. 'We kunnen hem ook in de huurauto laten.'
'Nee, best hoor,' zei meneer Prevost. 'We houden van honden.'
'Nou, kom binnen, kom binnen,' voegde mevrouw Prevost daaraan toe.
Het echtpaar deed een stapje opzij en Lawton marcheerde zonder een woord te zeggen vanaf de voordeur meteen naar de achterdeur, en vandaar naar buiten. De hond trippelde achter hem aan.
'Een kop koffie?' vroeg mevrouw Prevost. 'Voor bij het kijken naar de opgraving?'
'Graag,' zei Alexandra. 'Dank u.'
Ze namen plaats in een zonnige eetkamer met een breed venster dat uitzicht bood op de kleine achtertuin. Lawton stond aan de voet van een esdoorn die allemaal jonge blaadjes had. Hij draaide zich om, ging met zijn rug tegen de boom staan en zette toen drie stappen dieper de tuin in.
'We ruimen de rommel die hij maakt uiteraard op,' zei Alex. 'Ik

denk trouwens dat hij al over een paar minuten geen belangstelling meer zal hebben.'

'Wat is er met u gebeurd?' Mevrouw Prevost wees naar de linkerarm van Thorn, die in een mitella hing. Weken buiten gebruik, tot de oorzaak van de snijdende pijnscheuten geheeld zou zijn.

'Een ongeluk bij het zwemmen,' zei Thorn.

'Een haai?' vroeg meneer Prevost.

'Een nóg lagere levensvorm,' zei Thorn.

Mevrouw Prevost keek glimlachend door het grote raam. Ze had lange grijze haren, die ze los droeg. Ze leek een beetje op de wiskundelerares die Thorn op school had gehad. Dit was duidelijk een aardige vrouw die getrouwd was met een aardige man.

'We hebben de Morgans gekend,' zei mevrouw Prevost. 'Van hen hebben we dit huis gekocht. Maar we wisten niet wie de vorige eigenaars zijn geweest.'

'De ouders van mijn vader hebben dit huis gebouwd,' zei Alexandra.

'Het is een leuk huis,' zei Thorn.

'Nou, we zijn hier heel gelukkig geweest. Twintig jaar huwelijksgenot.' Ze glimlachte naar haar man. Waarschijnlijk was ze een geweldige lerares geweest.

Lawton was nu aan het graven. De puppy had de bedoeling snel begrepen en werkte mee door vanuit hetzelfde gat met zijn achterpoten aarde op te werpen. Zijn staart was zes of acht centimeter korter dan tevoren, maar daar scheen het hondje geen last van te hebben. Hij kon er nu nóg sneller mee kwispelen.

'Als kind heb ik zelf ook nog eens een tijdcapsule begraven,' zei meneer Prevost. 'Maar het is zo lang geleden dat ik niet meer weet wáár. Ik weet nog bij welk huis, maar verder zou ik de plek nooit kunnen terugvinden.'

'Ik denk dat pa het ook niet meer precies weet. Maar hij heeft er zo vaak over gepraat, dat we dachten dat het de tocht waard zou zijn.'

'U komt uit Florida?'

'De Keys,' zei Thorn. Toen keek hij naar Alex. 'En Miami.'

'Sinds we met pensioen zijn gaan we een keer per jaar naar Disney World in Florida,' zei mevrouw Prevost. 'Ik ben gek op die onzin.'

Lawton kwam het huis binnen. Hij had een glazen potje in zijn hand.

'Ik geloof er niks van,' zei Thorn.

Lawton kwam bij hen aan de eettafel zitten.

'Te stevig aangedraaid voor mij,' zei en hij gaf het potje aan Thorn.

Deze draaide met zijn goede hand het deksel los en gaf het potje terug. Lawton kieperde de inhoud over de tafel uit. Een loper. Een paar munten. Een rood-met-groen fluitkoord. En een foto die bijna helemaal verbleekt was. Een foto van twee jongens, die allebei een lange hengel in hun hand hadden. Ze hadden beiden blonde haren, die deels over hun voorhoofd hingen, en de oudste van de twee hield iets omhoog dat vermoedelijk een vis was. Dat deel van de foto was helemaal wit geworden.

'Dat zijn Charlie en ik,' zei Lawton. 'Onze eerste vangst. Charlie is dood. Gestorven aan kanker. Zo was het toch, Alex? Kanker?'

'Dat klopt.'

'Hij is gestorven toen hij jong was. Maar ik blijf alsmaar doorleven.'

'Daar zijn we blij om,' zei Alex.

'Charlie en ik deden alles samen,' zei Lawton. 'Ja, soms vochten we met elkaar als pitbulls, maar zie ons daar eens staan. Je kunt zien dat we dikke vriendjes waren.'

'Leuke jongens,' zei mevrouw Prevost. 'Jullie allebei.'

'Wat voor vis was dat?' vroeg meneer Prevost.

'Een marlijn,' zei Lawton. 'Gevangen in een poel die vroeger achter onze tuin lag.'

'Een marlijn, pa?'

'Nou ja, oké, geen marlijn. Iets anders, een kleintje. Maar nu verdwenen. We hebben hem toen opgepeuzeld, Charlie en ik. Gebraden voor het avondeten. De eerste vis die ik ooit heb gevangen.'

'We zullen ervoor zorgen dat het niet de laatste is,' zei Thorn.

Alexandra stond op van de tafel en bedankte de twee gepensioneerde leraren.

'U bent heel vriendelijk geweest,' zei ze. 'We gaan het gat nu dichtgooien.'

'Nee, nee,' protesteerde meneer Prevost. Hij glunderde. 'Ik weet iets beters, Millie. We moeten er zélf een potje in begraven. Iets voor onze oude dag.'

'Ja,' zei ze, en ze keek haar echtgenoot glimlachend aan. 'Wat een charmant idee!'